JENNIFER WILEY

LIKE FIRE IN THE NIGHT

ROMAN

KNAUR✦

Besuche uns im Internet:
www.droemer-knaur.de
Hat dir dieses Buch gefallen? Lesetipps und vieles mehr rund um unsere
romantischen Lieblingsbücher findest du auf Instagram: @knaurromance

Originalausgabe Dezember 2024
© 2024 Knaur Verlag
Ein Imprint der Verlagsgruppe
Droemer Knaur GmbH & Co. KG, München
Alle Rechte vorbehalten. Das Werk darf – auch teilweise –
nur mit Genehmigung des Verlags wiedergegeben werden.
Die Nutzung unserer Werke für Text- und Data-Mining
im Sinne von § 44b UrhG behalten wir uns explizit vor.
Dieses Werk wurde vermittelt durch
die Günter Berg Literary Agency GmbH & Co. KG, Hamburg und Berlin.
Redaktion: Michelle Stöger
Covergestaltung: © SO YEAH DESIGN, Gabi Braun
Coverabbildung: © Collage unter Verwendung
von Motiven von Shutterstock.com
Illustration im Innenteil: Apostle/Shutterstock.com
Satz und Layout: Adobe InDesign im Verlag
Druck und Bindung: GGP Media GmbH, Pößneck
ISBN 978-3-426-29386-7

2   4   5   3   1

Bei manchen Menschen lösen bestimmte Themen ungewollte Reaktionen aus. Deshalb findet ihr am Ende des Buches eine Liste mit sensiblen Inhalten.

Für die Queen Taylor Momsen, deren Songs mir auch in den dunkelsten Stunden Inspiration und Kraft geben – und ohne die die Idee zu Like Fire in the Night nie entstanden wäre.

Haunted by echos of forgotten days,
the weight of silence presses me down.
Fragments of hope scattered like ashes,
once vibrant, now dulled by relentless void.

(*Haunted* by Ivy Cohen)

KAPITEL 1

MEMORIES AT A BARGAIN PRICE

Milo

In dem Schaukasten vor mir liegen unzählige Erinnerungsstücke. Die meisten werden wohl nicht mehr eingetauscht werden, auch wenn die Uhren, Ketten und Armbänder noch geduldig darauf warten, wieder abgeholt zu werden.

Eine *meiner* Erinnerungen befindet sich gerade in nikotingelben Fingern, die die Uhr meines Vaters hin und her drehen. Der Mann vor mir brummt nachdenklich. Schwer zu sagen, ob dieses Brummen nun einen Geldsegen für mich bedeutet oder nicht. Ich kann nur hoffen, dass er seine Entscheidung schnell trifft, weil ich von dem penetranten Tabakgestank in diesem Laden allmählich Kopfschmerzen bekomme.

»Da ist ein Kratzer«, sagt der Mann und hält mir die goldene Uhr entgegen.

Er braucht ihn mir nicht zu zeigen, immerhin habe ich den Kratzer mit sieben Jahren selbst verursacht. Ich hatte mir die Uhr unbedingt nehmen müssen, obwohl mein Vater mir damals immer verboten hatte, damit zu spielen. Zu kostbar war dieses Erbstück für ihn. Zehn Monate vor meiner Geburt war mein Grandpa gestorben, und ich kenne meinen Dad nur mit dieser Uhr. Er hat sie immer getragen. Jeden einzelnen Tag der letzten dreiundzwanzig Jahre. Diese Uhr hat alles miterlebt, die guten wie die schlechten Tage. Die Hoch- und Tiefphasen.

Das hier ist dann wohl das tiefste Tief.

Das Ende der Erinnerung.

»Der Kratzer mindert natürlich den Wert«, murmelt der Pfandleiher. »Einhundertfünfzig Dollar kann ich dir anbieten.«

»Was?« Die Kopfschmerzen gleichen nun kleinen Nadeln, die sich in mein Hirn bohren und damit jeden einzelnen hoffnungsvollen Gedanken zum Platzen bringen. »Aber die Uhr ist aus Gold.«

»Ist auch nicht mehr so viel wert wie früher. Einhundertfünfzig ist mein letztes Angebot. Ob du es annimmst oder nicht, ist deine Sache.«

Er lächelt müde, vermutlich weil er genau weiß, dass ich es annehmen werde. Würde ich das Geld nicht dringend brauchen, wäre ich schließlich nicht hier.

»Dann einhundertfünfzig«, seufze ich.

Die nächsten zehn Minuten leiert er Bedingungen herunter. Er redet von Zinsen und von einer allgemeinen Aufbewahrungsdauer, aber ich höre nur mit einem Ohr zu. Weder Dad noch ich werden diese Uhr wieder einlösen können.

Mein Magen verkrampft sich, während ich mir vorstelle, wie mein Grandpa sich im Grab umdreht. Aber wenn es stimmt, was man über den Tod sagt und die Menschen, die gehen, einen trotzdem niemals ganz verlassen, kann ich nur darauf hoffen, dass er es verstehen wird. Dann hat er gesehen, was ich gesehen habe, und dann weiß er, dass mir nichts anderes übrig bleibt, als Dad zu helfen und diese Uhr für ihn zu verkaufen.

Der Pfandleiher ist fertig mit seinem Monolog und reicht mir endlich die abgezählten Scheine, die ich einrolle und in die Innentasche meiner Jacke steckte. Das Bündel ist winzig.

Einhundertfünfzig Dollar sind letztendlich nur ein kleiner Regentropfen in einer ausgewachsenen Dürre.

Mein Apartment in Kings Country empfängt mich mit einer beruhigenden Stille. Neben mir wohnt eine alte Dame, die kaum das Haus verlässt und die höchstens mal zu laut fernsieht, dafür aber ab und zu jemanden braucht, der ihren Wasseranschluss überprüft. In den neun Monaten, in denen ich hier lebe, habe ich schon drei Mal versucht, ihr zu helfen. Die Hausverwaltung kümmert sich einfach nicht genug. Dafür ist die Miete von zweitausend Dollar für Brooklyn-Verhältnisse erschwinglich.

Ich knipse die Stehlampe an, die ich vor vier Monaten auf dem *Brooklyn Flea* gekauft habe. Die meisten meiner Möbel sind Secondhand, was Dads Finanzlage und meinem eher schlecht bezahlten Job in der Redaktion von *Current Flash* geschuldet ist. Während meines Journalistikstudiums hatte ich mir etwas mehr Luxus vorgestellt als einen Raum mit vierundzwanzig Quadratmetern, auch wenn immerhin ein eigenes Badezimmer dazugehört. Aber nun liebe ich dieses kleine Reich und die Möbel, die ich in mühevoller Handarbeit abgeschliffen und neu lackiert habe und die somit ihren ganz eigenen Charme besitzen.

Ich lege die Scheine, die ich vom Pfandleiher bekommen habe, in eine kleine Holzschachtel auf meinem Bücherregal.

Eigentlich bräuchte ich dringend ein zweites, weil das hier aus allen Nähten platzt, aber der Platz im Apartment ist mit Couch, Abstelltisch, Bücherregal, Apothekertisch, Doppelbett und Nachttisch und der integrierten Küchenzeile mehr als ausgereizt. Mehr geht nicht. Mich von Büchern zu trennen, geht allerdings auch nicht, deswegen stapeln sich inzwischen auch welche vor dem Regal. Lyrik neben Märchen, Thriller neben Fantasyromanen. Zwischendrin ein paar Klassiker und Ratgeber zu kreativem Schreiben. Auf dem obersten Regalbrett ist ein signierter Ball von Derek Jeter platziert, direkt daneben steht ein Foto von Mom und mir. Wir tragen beide weiße Yankee-Shirts und Kappen, und ich habe einen dieser Schaumstoffdaumen. Dabei lächeln wir in die Kamera – ich ein wenig zahnlos, Mom dafür mit ihrem makellosen Julia-Roberts-Lachen.

Was Mom wohl über die Pfandleiher-Pleite denken würde? Oder über diese ganze verkorkste Situation mit Dad und meinen Versuchen, ihm zu helfen?

Auf meinem Smartphone wartet bereits eine Nachricht von ihm, aber ich bringe es nicht über mich, ihm zu sagen, welch traurige Ausbeute ich beim Pfandleiher gemacht habe. Er hat eine Arbeitsschicht im Sicherheitsdienst vor sich und ist ohnehin erschöpft, schließlich arbeitet er vormittags auch noch als Reinigungskraft. Die schlechten Nachrichten sollte ich ihm wohl auch besser persönlich übermitteln.

Ich antworte ihm, dass ich morgen vorbeikomme, und wünsche ihm eine erfolgreiche Schicht, ehe ich den Flugmodus aktiviere. Brooklyn versinkt bereits in der zunehmenden Dämmerung und läutet damit meine liebste Zeit ein. Die, in der ich für eine Stunde alle meine Sorgen, Gedanken und Probleme vergessen kann.

Ich sehe zu meinem antiken Apothekertisch – dem Herzstück meiner Wohnung und mein liebster Ort, um meiner Kreativität nachzugehen, seit ich ihn auf dem *Bushwick Market* entdeckt und nachlasiert habe. Darauf befinden sich mindestens zehn Notizzettel, die ich gestern Abend geschrieben habe. Ideen und Skizzen, die darauf warten, in meinen Fantasyroman eingearbeitet zu werden.

Im Kühlschrank finde ich Pizzareste von gestern, mit denen ich mich an den Tisch setze und den Laptop aufklappe. Dann beginne ich zu schreiben und versinke in meiner eigenen Welt.

***

Wenn ich früher in das Haus meiner Eltern gekommen bin, hat es immer nach Jasmintee gerochen. Mom hat ihn sich jeden Tag in der Küche aufgegossen und ist in ihr Büro gegangen, um zu schreiben, nur um dann Stunden später den kalten Tee vorzufinden, dessen Existenz sie über ihrer Arbeit vergessen hatte. Während der Duft ihrer Haare oder der Klang ihres Lachens drei Jahre nach ihrem Tod immer weiter in die Ferne rücken, ist der Jasmintee etwas Greifbares. Manchmal koche ich mir beim Arbeiten selbst welchen, einfach um ihr noch mal nah sein zu können.

Wenn ich jetzt Dads Haus in Brooklyn betrete, empfängt mich hier kein Tee, sondern abgestandene Luft.

Irgendwo im Nachbarhaus brummt Bassmusik, weil die Nachbarschaft sich in den letzten Jahren ebenso verändert hat wie die Atmosphäre in diesem Haus. Es sind dieselben braunen Möbel, dieselbe dunkelblaue Tapete und dasselbe dunkle Parkett, und doch wirkt alles anders. Weniger lebendig. Als wären sieben Jahre voller Krankheit und Leid in die Wände gesickert.

Ich finde Dad schlafend in dem Sessel, in dem auch Mom immer gesessen hat, um sich zu erholen. Eine Wolldecke, die er sich um die Beine gelegt hat, ist verrutscht und hängt nun auf dem blauen Teppich, den wir für Mom gekauft haben, weil sie durch die Chemo immerzu kalte Füße hatte.

Tränen schießen mir in die Augen, aber ich lasse sie nicht zu. Dad soll sich erholen und nicht mitbekommen, wie sehr ich mich sorge.

Wie konnte ich nur übersehen, was in diesen Wänden vor sich ging? Wieso habe ich nicht gemerkt, dass Dad nach dem Tod von Mom nicht mehr auf die Beine kam?

Ich hätte ihn einfach viel öfter besuchen sollen, anstatt nur zwischen Arbeit und Freizeit anzurufen, immerzu kurz angebunden. Sicher hätte ich dann früher erkannt, dass es nicht bei

15

seinen gelegentlichen Abenden vor den Spielautomaten in der Bar um die Ecke geblieben ist.

Ich hebe die Decke auf und lege sie ihm wieder über die Beine, ohne ihn zu wecken. Ihm bleiben nur noch ein paar Stunden bis zu seiner nächsten Schicht, und er braucht den Schlaf.

So leise ich kann, gehe ich in die Küche.

Eierschalenfarbene Wände mit Familienfotos heißen mich willkommen, während ich aus meinem Rucksack ein paar Dosensuppen hervorhole. Keine Ahnung, ob es Dad zwischen seinen zwei Jobs überhaupt noch zum Einkaufen schafft. In seinem Kühlschrank finde ich jedenfalls nichts außer einem halben Glas Mayonnaise und einem Salatkopf.

Ich gieße mir ein Glas Wasser ein und öffne meinen Laptop. Vor drei Wochen waren Dad und ich zusammen bei einem Schuldenberater, der uns empfohlen hat, jede seiner Ein- und Ausgaben in einer Exceltabelle festzuhalten, um nicht den Überblick zu verlieren. Mir war schon zu diesem Zeitpunkt klar gewesen, dass diese Tabelle eher niederschmetternd als motivierend sein würde, doch das ernüchternde Ergebnis schockierte mich trotzdem mehr als gedacht.

So viele rote Zahlen, zu wenig grüne.

Ich trage die einhundertfünfzig Dollar ein, die ich vom Pfandleiher bekommen habe, und verbuche damit endlich mal wieder ein Einkommen. Demgegenüber stehen 50 000 Dollar Schulden durch Kreditkartenüberziehungen und Zahlungsrückstände. Der Schuldenberater hat gesagt, dass Dad damit fast in der Norm liegen würde, immerhin würden die meisten Leute von Gehaltsscheck zu Gehaltsscheck leben und Schulden anhäufen. Er war zuversichtlich, dass Dad durch seinen zweiten Job genügend Geld reinbekommt, um das Haus behalten zu können.

Würde er die zweite Kostenaufstellung sehen, wäre sein Optimismus vermutlich sofort verpufft. Noch mal 50 000 Dollar Schulden, und zwar bei Leuten, bei denen man besser nicht in der Kreide stand. Ich war kurz davor, es dem Schuldenberater zu beichten, aber ich wollte Dad nicht in die Pfanne hauen.

Die roten Zahlen verschwimmen vor meinen Augen, und trotzdem starre ich weiter darauf, als würden sie mir eine Lösung zurufen. Die Wahrheit ist, dass ich mir seit zwei Monaten, seit ich von den Schulden erfahren habe, über kaum etwas anderes den Kopf zerbreche als das und trotzdem kein richtiger Ausweg in Sicht ist.

»Milo?« Im Wohnzimmer knarzt der Sessel. »Bist du das?«

»Ich bin in der Küche, Dad.«

Sein Gang ist schwerfälliger geworden. Die Doppelschichten und die Nickerchen auf dem Sessel, weil er so erledigt ist, dass er es nicht hoch ins Schlafzimmer schafft, zehren an ihm.

»Du hättest mich wecken können.«

»Und dich um die wenigen Stunden Schlaf bringen, die du jeden Tag bekommst?« Ich schüttle den Kopf.

Dad begutachtet derweil die Dosensuppe, die ich auf der Anrichte stehen gelassen habe.

»Ich wollte mir sowieso noch mal die Lage angucken.«

Seine Miene verfinstert sich. »Ich wünschte, wir könnten uns mal wieder mit anderen Dingen beschäftigen.«

Erschöpft lässt er sich auf dem zweiten Barhocker nieder und fährt sich über den dichten, grauen Bart. Manchmal erschrecke ich richtig, wenn mir auffällt, wie alt Dad geworden ist. Auf früheren Bildern konnte ich mit den dunkelbraunen verwuschelten Haaren als sein Klon durchgehen. Inzwischen sind seine Haare jedoch ergraut und licht.

»Wie viel hast du für meine Uhr bekommen?«, fragt er, und mein Herz wird schwer. Dad seufzt sofort. »So wenig, hm?«

»Ich habe gar nichts gesagt.«

»Dein mitleidiger Blick war Antwort genug.«

Ich seufze ebenfalls. »Hundertfünfzig Dollar. Und das war kein Mitleid, sondern Sorge.«

»Tja.« Dad steht auf und geht zur Anrichte, um die Dosensuppe zu öffnen. »Die Sorgen sind nicht unbegründet. Ich habe gestern mit Carl gesprochen und ihn nach einem Vorschuss gefragt.«

»Keine positiven Nachrichten?«

Dad schüttelt den Kopf. »Wo soll er das Geld hernehmen? Der Sicherheitsfirma geht's schließlich auch nicht gut, da kann Carl seinen Angestellten nicht noch irgendwelche Gehälter vorstrecken. Aber … na ja, nach all den Jahren hatte ich trotzdem gehofft, es würde sich was machen lassen.«

Seine Hände zittern, als er die Suppe in die Mikrowelle stellt. Es lässt mich jedes Mal hilflos zurück, ihn so emotional und ausgelaugt zu sehen. Langsam fühle ich mich schon genauso gebrochen wie er.

»Das wird schon«, versuche ich ihn aufzumuntern, obwohl wir beide wissen, dass die Hoffnungslosigkeit uns umkreist wie Geier. Immerhin geht es hier nicht nur um die Sorge, Dad könnte unser Haus verlieren. Es geht um sein Leben. Wortwörtlich. Ich habe schließlich die Hämatome auf Dads Bauch gesehen.

»Ich bin ein toter Mann«, bricht es aus ihm heraus, als hätte er meine Gedanken gehört. »Jaxon wird niemals akzeptieren, dass ich nur dreizehntausend Dollar habe. Er wird es mich büßen lassen. Ganz sicher. Ich bin geliefert.«

Ich habe Dad immer für einen klugen Mann gehalten. Für jemanden, der sich nicht in illegale Machenschaften hineinziehen lässt. Schon gar nicht in Sportwetten. Aber altbekannte Thesen und Gleichungen gehen plötzlich nicht mehr auf, wenn Trauer und Einsamkeit sich ausbreiten. Als hätte Moms Krebs sich nicht nur durch ihren Körper, sondern auch durch Dads Urteilsvermögen gefressen.

»Wann ist dieses Treffen noch mal?«, erkundige ich mich.

»In zehn Tagen. Keine Ahnung, wie ich bis dahin noch 37000 Dollar aufbringen soll. Es ist einfach unmöglich.«

Er hat recht. Selbst wenn ich mich doch noch entscheiden würde, meine Wohnung aufzugeben, würde das nichts nutzen. Was sind schon zweitausend Dollar Miete im Vergleich zu 37000 Dollar Schulden?

»Lass mich mit ihm reden«, sage ich nicht zum ersten Mal. Schon seit drei Wochen, seit mir klar wurde, dass wir die Schulden nicht fristgerecht begleichen können, habe ich Dad darum gebeten, mit dem Mann sprechen zu dürfen, der diese immensen Summen von ihm fordert. Nur wollte Dad nie etwas davon wissen.

»Er könnte dich umbringen, Milo! Ich kann nicht zulassen, dass du in die Schusslinie gerätst.«

»Und ich kann nicht zulassen, dass sie dich noch mal so zurichten!«

Das Piepen der Mikrowelle unterbricht mich.

Bewusst atme ich ein und aus, um wieder Kontrolle in mich und meine Stimme zu bringen. Um die Angst fortzuschieben. Dann stehe ich auf und hole die Suppe aus der Mikrowelle und stelle sie vor Dad ab. Er verschlingt sie, als hätte er seit Tagen nichts Warmes mehr gegessen. Vielleicht aus Zeitmangel. Wie lang kann ein Mensch, der bereits über fünfzig ist und ein kaputtes Knie hat, zwei Arbeitsschichten am Tag aushalten?

»Wir werden das Geld nicht rechtzeitig auftreiben«, sage ich nachdrücklich. »Du steckst also schon bis zum Hals in der Scheiße, und das Einzige, was uns bleibt, ist ein Kompromiss. Wir müssen mehr Zeit herausschlagen.«

»Das kann ich versuchen.«

»Wir wissen beide, dass ich besser in so etwas bin. Du hast immer gesagt, ich hätte Anwalt werden sollen, weil ich so gut verhandeln kann. Weißt du nicht mehr?«

»Natürlich weiß ich das noch. Aber mit Leuten wie Jaxon Hernandez verhandelt man nicht.«

»Von Leuten wie Jaxon Hernandez leiht man sich auch kein Geld«, erwidere ich und bereue es sofort wieder. Vorwürfe bringen uns nicht weiter. Er musste sich schon genug davon anhören.

Wieso hast du nichts gesagt?

Wieso hast du nicht legale Wege genutzt, um zu wetten?

Wieso hast du dir so viel Kohle von irgendeinem vorbestraften Geldwäschetypen geliehen?

Wieso, wieso, wieso?

Aber genauso gut könnte ich solche Fragen an mich richten.

Wieso habe ich nicht gesehen, dass es Dad schlechter ging?

Wieso habe ich ihn nach Moms Tod nicht öfter besucht?

Wieso, wieso, wieso?

»Dad, bitte.« Ich nehme seine Hand. »Lass es mich versuchen. Lass *mich* zu diesem Treffen gehen.«

Er blinzelt mich an, eine Träne läuft ihm über die Wange.

»Was haben wir für eine Alternative?«, versuche ich es weiter. »Mehr als diesen Versuch haben wir doch nicht mehr.«

»Ich weiß.« Seine Hand drückt meine. Er wirkt so unfassbar müde. »Aber versprich mir, dass du auf dich aufpasst. Mit Typen wie Hernandez ist nicht zu spaßen.«

»Versprochen«, lüge ich, obwohl wir doch beide wissen, dass das außerhalb meiner Kontrolle liegt.

KAPITEL 2

WHO ARE YOU, MISS COHEN?

Milo

An einem guten Tag brauche ich von meinem Apartment ungefähr fünfundzwanzig Minuten bis zum Büro. Ich habe Glück, dass ich mich mit meiner dunkelblauen Suzuki SV 650 meist mühelos an den Autos und Bussen vorbeischlängeln und somit der New Yorker Rushhour entfliehen kann.

Auch heute überhole ich wartende Autos. Die Sonne durchbricht die Wolken und haucht der Skyline von Manhattan zusätzliche Magie ein. Die meisten bewegen sich darauf zu, sie wollen alle über den East River, aber ich biege ab und bleibe in Brooklyn. Schließlich halte ich vor einem unscheinbaren Gebäude in der Imlay Street.

Das bräunliche Haus und die Lagerhaus-Idylle auf der gegenüberliegenden Straßenseite geben kaum Hinweis darauf, dass sich im Inneren die Redaktion von *Current Flash* befindet. Nur ein kleines, etwas verblasstes Schild am Hauseingang erinnert daran.

Im Eilschritt betrete ich das Gebäude, begrüße den Pförtner, der wieder einmal am iPhone hängt und nur einen müden Blick für mich übrighat, und fahre dann in den dritten Stock. Die Tür quietscht, als ich eintrete, und so sichere ich mir gleich die Aufmerksamkeit der anderen.

Howard, unser Praktikant, ist der Erste, der mich begrüßt. Egal, wie oft ich ihn sehe und wie oft er seine Brille zurechtrückt: Sie sitzt immer schief auf der Nase.

Er winkt mir über einen der Pappaufsteller hinweg zu, die unsere Arbeitsplätze voneinander abtrennen und so etwas wie Privatsphäre suggerieren, obwohl wir trotzdem jedes Nasenkratzen und Räuspern der anderen hören können.

»Guten Morgen.« Meine Arbeitskollegin Priya kommt mit einem frischen Kaffee auf mich zu. Ihre langen schwarzen Haare fallen ihr wieder einmal seidig über die Schultern.

»Guten Morgen.« Verwirrt sehe ich mich um. Es ist viel zu ruhig hier. »Wo sind Hillary und Paolo?«

»Die sind auf einem Außentermin, für ein Interview mit Alexis Heart.«

Ah. Die Millionenerbin, die auf der Upper East Side eine Kosmetikfirma eröffnet hat. Heute dreht sich vermutlich alles um sie. Roter Teppich, Paparazzi, It-Girls. All die Sachen, mit denen ich eigentlich nie etwas zu tun haben wollte.

Ich wollte immer in einer großen Redaktion arbeiten, vorzugsweise in einer hektischen Geschäftigkeit hinter meterhohen Fensterfronten mit Blick auf Manhattan. Die Realität besteht aus einer Seitenstraße mitten in Brooklyn, meinem cholerischen Chef Steven und einer Welt, in der ich mit fünf anderen Leuten dem neusten Klatsch und Tratsch hinterherlaufe, der mich kein bisschen interessiert. Trotzdem würde ich gerne anstelle von Paolo und Hillary dieses Interview führen, weil es bedeuten würde, mal mehr zu leisten als stumpfsinnige Recherchearbeiten.

»Dann sind es wohl nur wir drei heute«, sage ich zu den anderen.

»Und Steven«, ergänzt Priya und sieht automatisch zu dem einzigen Arbeitsplatz mit richtigen Wänden. »Er hat nach dir gefragt und wollte wissen, wann du kommst.«

»Döm, döm, döm«, macht Howard. »Hast du was ausgefressen?«

Ich stelle mir die gleiche Frage. Unser Chef braucht normalerweise morgens mindestens eine Stunde und viel Kaffee, ehe er uns Anweisungen geben und Gespräche führen kann. Und wenn er dann jemanden hereinruft, handelt es sich eigentlich immer um Paolo und Hillary, die beide schon viel länger hier sind und auf deren Expertise er scheinbar mehr setzt.

»Keine Ahnung«, sage ich mit trockener Kehle. »Aber ich schätze, ich werde es gleich herausfinden.«

Priya schürzt die Lippen. »Viel Glück.«

Steven sitzt mit seiner obligatorischen »Grumpy in the Morning«-Kaffeetasse an seinem Schreibtisch. Als ich die Stelle frisch angetreten hatte, habe ich mich über diesen Spruch noch amüsiert, aber Steven ist *wirklich* kein Morgenmensch.

Er sieht zu mir auf, und seine Halbglatze glänzt im Licht der Deckenlampe. »Harrison. Schließ die Tür hinter dir.«

Priyas neugieriger Blick verschwindet hinter der geschlossenen Tür, dann trete ich näher an Stevens Schreibtisch. »Du wolltest mich sprechen?«

Steven steht unter einem Ächzen auf und zeigt auf den ovalen Besprechungstisch zu seiner Linken. »Setz dich.«

Ich bemühe mich um einen entspannten Gesichtsausdruck, aber die Nervosität wuchert trotzdem wie ein Pilz in mir. Ich kann nur inbrünstig hoffen, dass Steven keine schlechten Nachrichten für mich hat. Nach einem ganzen Monat voller Probleme habe ich einfach keine Energie, um noch mehr Mist zu verkraften, und ich darf diesen Job – beschissen oder nicht – auf keinen Fall verlieren.

Steven sitzt mir nun gegenüber und mustert mich auf eine besorgniserregende Art und Weise. Noch nie habe ich dieses erwartungsvolle Blitzen in seinen Augen gesehen. Und … ist das ein halb lächelnder Mundwinkel?

»Du hast in deinem Lebenslauf angegeben, dass du im letzten Jahr deines Studiums als Barkeeper gejobbt hast. Stimmt das?«

Perplex blinzle ich. »Ja, ich war für ein Jahr jedes Wochenende im *Red Moon,* einer Bar Downtown.«

»Dann kannst du Drinks mixen? Oder hast du das inzwischen verlernt?«

»Das würde ich immer noch hinbekommen. Aber ich verstehe nicht …«

Stevens Mundwinkel verziehen sich zu einem ausgewachsenen Lächeln, das mich ehrlicherweise verstört. In den vergangenen sechs Monaten habe ich ihn nicht einmal lächeln sehen.

»Heute ist dein Glückstag, Harrison, denn ich gebe dir eine einmalige Chance.«

Verwirrt kratze ich mich am Hinterkopf. »Was für eine Chance?«

»Wie klingt ein Großauftrag für dich? Inklusive fetter Bonuszahlung.«

Ich richte mich ein wenig auf. Dads dunkelrote Exceltabelle schiebt sich vor mein inneres Auge.

»Worum geht es dabei?«, frage ich vorsichtig. Ich bin nicht mal sicher, ob ich ihn richtig verstanden habe oder nicht doch in irgendeinem Tagtraum festhänge, um nicht mit unschönen Wahrheiten konfrontiert zu werden.

Das Tablet, das Steven mir zuschiebt, fühlt sich jedoch verdammt echt an. Darauf ist ein Foto zu sehen.

»Es geht um sie.«

Eingehend betrachte ich das Bild einer Sängerin. Das Erste, was mir auffällt, ist ihre sexy Version eines Grunge-Looks, der eindeutig von den 90ern inspiriert wurde, obwohl die Frau sicher erst Anfang zwanzig ist. Ihre gefühlt meterlangen Beine stecken in schwarzen Boots und Kniestrümpfen, zu denen sie ein schwarzes Minikleid aus Spitze kombiniert hat. Ihre platinblonden Haare reichen ihr bis zu den Hüften.

»Wer ist das?«

»Hast du die letzten Monate auf dem Mond gelebt?«

Nein, nicht auf dem Mond. Nur auf einem Berg aus Problemen und Familienkrisen. Irgendwo zwischen Trauer und viel zu vielen Schuldgefühlen.

»Das ist Ivy Cohen.«

»Ivy«, murmle ich und krame in meinem Kopf. »Hat Priya nicht irgendwelche Informationen über sie gesammelt?«

Ich erinnere mich noch daran, wie Priya bei einem Mittagessen vor zwei Monaten ein paar Worte darüber verloren hat.

»Sie ist eine Sängerin und tritt hier irgendwo in New York auf, richtig?«

»In der Bronx, in einem Club namens *Silverside*.«

»Ja, genau.«

Jetzt erinnere ich mich lebhafter an die gemeinsame Mittagspause: Priya aß einen Salat, ich einen Hotdog, und sie hat irgendetwas davon erzählt, Informationen über den Club herausfinden zu müssen. Aber noch während dieser Ausführungen hat mein persönliches Drama begonnen und fast alles von ihren Erzählungen ausgeblendet. In meinem Kopf ist nur noch der Anruf vom Krankenhaus und die Mitteilung, dass mein Dad eingeliefert wurde. Diese Mittagspause fand genau zwei Stunden vor dem Moment statt, in dem ich endlich herausgefunden habe, wieso Dad so ausgebrannt wirkte. Danach wurde mir klar, wie sehr ich als Sohn versagt hatte.

»Ivy Cohen tritt seit vier Monaten im *Silverside* auf«, bringt Steven mich zurück ins Hier und Jetzt. »Nur einen Monat nach ihrem ersten Auftritt ist ein Video eines Konzertbesuchers viral gegangen, und jetzt rasten alle aus wegen ihr. Sie ist quasi über Nacht zum Star geworden.«

Sofort mustere ich das Foto etwas interessierter. Nach New York verirren sich viele Menschen, die berühmt werden wollen, aber die wenigsten schaffen es wirklich. Schon gar nicht so schnell.

»Was genau heißt das?«, hake ich nach. »Wie berühmt ist sie?«

»Berühmt genug, um einen Exklusivvertrag bei Sony Music unterschrieben zu haben. Sie hat letzte Woche ihre erste Single veröffentlicht und bricht damit sämtliche Streamingrekorde. Das erste Album wurde bereits angekündigt.«

»Und das hat sie wirklich innerhalb von nur drei Monaten geschafft?«

»Tja. Sie ist ein Phänomen.« Steven sinkt tiefer in seinen Stuhl, der bedrohlich knarzt. »Ihre Fangemeinde nennt sich schon *Cohearts* und flutet das Internet. Ihre Texte, die sie angeblich alle selbst schreibt, sind sehr melancholisch. Richtig deeper Scheiß.«

»Worüber singt sie?«

»Hör es dir selbst an.«

Steven nimmt sich das Tablet und öffnet ein Video von einem ihrer Auftritte. Es hat zwanzig Millionen Aufrufe innerhalb von drei Wochen.

Gebannt sehe ich dabei zu, wie Ivy Cohen mit einer rauen, eingängigen Stimme davon singt, sich Stück für Stück aufzulösen. Sie singt davon, wie ihre Seele zerschmettert und mit dem Wind davongetragen wird. Es hat *definitiv* etwas Melancholisches, wie sie mit ihrer Reibeisenstimme und den blonden Haaren dasteht und von so viel Schmerz und Leid singt. Sicher finden sich viele Menschen darin wieder. Es ist der perfekte Song, um ihn nachts von irgendeinem Dach zu brüllen und sich mit ihren Worten verbunden zu fühlen. Es erinnert mich an den Zustand nach dem Tod meiner Mom … wenn die Trauer einem vorkommt, als würde man ins Leere fallen und nie wieder daraus ausbrechen können. Aber das ist eben die Macht von Musik. Sie erzeugt Bilder im Kopf und Sehnsucht im Herzen – dafür braucht es nicht unbedingt eine Ivy Cohen. Es gab schon viele Musiker und Bands, die mir den Zugang zu meinen Gefühlen erleichtert und mich berührt haben. Trotzdem beuge ich mich etwas tiefer über das Tablet, als Ivy zu tanzen beginnt. Während der Text und die Stimmfarbe Melancholie ausdrücken, sind ihre Bewegungen dazu federleicht. Sie würde mich fast an eine Elfe erinnern, wäre ihr Tanzstil nicht so verdammt sinnlich. Als wäre sie eine Sirene, die ihrem eigenen Ruf folgt.

Sie singt von innerer Leere und strahlt mit jeder Bewegung Lebendigkeit und Freiheit aus. Ob sie sich des Kontrasts, den sie da schafft, bewusst ist?

Steven stoppt das Video, und ich muss tatsächlich erst mal blinzeln, um mich mental wieder in seinem Büro einzufinden.

»Das war … einnehmend«, gebe ich zu. »Diese Mischung aus Dunkelheit und Licht.« Ich komme mir sofort seltsam vor bei diesen Worten, es klingt viel zu poetisch, um aus meinem Mund zu stammen. Und doch fällt mir keine bessere Beschreibung für das ein, was ich soeben gesehen habe.

Steven brummt zustimmend. »Das Internet ist voll mit Leuten, die versuchen, aus ihr und ihren Songs schlau zu werden und herauszufinden, was hinter diesen düsteren Lyrics steckt. Echte Erlebnisse? Nur PR? Es gibt wilde Spekulationen. Sowohl, was ihre Karriere angeht, als auch für die Zeit davor.« Steven nimmt einen Schluck aus seiner Kaffeetasse.

»Was weiß man aus der Zeit vor der Karriere?«

»Nichts.«

»Wie? Nichts?«, frage ich verdutzt. »Da werden einem doch Interviews mit ihr angezeigt«, sage ich mit einem Kopfnicken Richtung Tablet. »Irgendetwas muss sie darin doch erzählen.«

»Sie sagt offen, dass sie erst vor neun Monaten nach New York kam und dass das hier ihr neues Leben ist. Was sie bis dato gemacht hat, ist nicht bekannt. Bisher zumindest nicht. Es gibt Theorien darüber, dass sie vielleicht früher als Stripperin oder Pornodarstellerin gearbeitet hat, aber ich denke, diese Theorien wurde von Leuten gestreut, die etwas gegen ihre sinnlichen Shows haben. Es gibt einige Menschen, die glauben, Ivy würde mit ihrem Auftreten die jungen Fans verwirren.«

»Komisch. So einen Aufschrei gibt es immer nur bei Künstlerinnen. Was Boybands und männliche Sänger auf der Bühne anstellen, ist meistens egal.«

»Amen«, sagt Steven. »Aber Fakt ist, dass wir quasi nichts über Ivy wissen. Sie gibt so wenig von sich preis, dass die Gerüchte genauso gut wahr sein könnten. Man weiß es einfach nicht.« Frustriert blickt er auf das Standbild, auf dem Ivy mit dunklem Augen-Make-up zu sehen ist.

»Aber wieso dann der Hype?«, frage ich offen. »Ist es nur die erste Faszination? Die Leute mögen es doch eigentlich eher nahbar …«

»Sie ist nahbar. Zumindest für ihre Fans. Während sie in Interviews die Coole spielt und wenig von sich erzählt, ist sie bei den Fans total aufgeschlossen. Ivy gibt in den nächsten zehn Wochen exklusive Konzerte im *Silverside,* für die die Fans Tickets gewinnen können. Sie nimmt für diese Konzerte kein Geld, alle Tickets werden verschenkt. Und nach jedem Konzert macht sie Fotos mit den Fans und signiert Autogramme.«

Nachdenklich sehe ich zu dem Standbild. »Sie bedient also Gegensätze«, fasse ich zusammen. »Leichtigkeit in ihren Shows, Schwere in ihren Liedern. Offenheit ihren Fans gegenüber, Distanz in der Öffentlichkeit. Eine interessante Mischung.«

»Die für viel zusätzlichen Trubel sorgt, weil niemand so genau sagen kann, was davon nun die echte Ivy ist. Sie ist wie ein Rätsel, das gelöst werden will, und die Leute stürzen sich gerade darauf.«

Nach sechs Monaten bei *Current Flash* überrascht es mich nicht. Mir ist vorher nie klar gewesen, wie sehr die Leute Klatsch und Tratsch brauchen. Wie sehr die Menschen es lieben, Spekulationen aufzustellen und Geheimnissen auf den

Grund zu gehen. Es lenkt sie von ihrem tristen, eintönigen Alltag ab und liefert ihnen ein Gesprächsthema. Ein gesellschaftliches Zusammengehörigkeitsgefühl.

Irgendwo habe ich sogar mal gelesen, dass dieses Phänomen zu unserer Entwicklungsgeschichte als Menschen dazugehört und in archaischen Zeiten überlebensnotwendig war – immerhin lebte man da in kleinen Verbunden und musste wissen, wenn es etwas Neues gab. Damals noch, um sich zu schützen, nicht aus Langeweile.

»Wieso genau erzählst du mir das alles? Was hat das mit deinem Auftrag für mich zu tun?«

»Der Besitzer vom *Silverside*, Daniel Chambers, sucht momentan einen neuen Barkeeper, und zufällig hat Mister Chambers einen anderen Barbesitzer um Rat gefragt.« Noch nie habe ich Steven so viel Zufriedenheit ausstrahlen sehen. »Nach allem, was im *Silverside* so los ist, hat er natürlich Sorge vor einer öffentlichen Stellenanzeige und hat auf Empfehlungen gehofft. Glück für mich, dass ich Manny kenne und dass er Mister Chambers von einem ehemaligen Barkeeper vorgeschwärmt hat. Ein gewisser Milo Harrison, der ihm letztes Jahr ausgeholfen hat. Und nun erwartet Mister Chambers von diesem jungen Mann einen Anruf zum Probearbeiten.«

Ich starre Steven an. »Du willst, dass ich im *Silverside* arbeite?«

»Ich will, dass du dich da einschleust und das Rätsel löst«, lässt er die Bombe platzen. »Enthülle, was Ivy vor dieser Karriere gemacht hat, woher sie kommt, ob sie diese Texte selbst schreibt und was ihre Inspiration dafür war. Letztendlich ist mir egal, was du herausfindest, solange nur eine große Story für uns dabei herausspringt.«

»Eine Story?«, frage ich begriffsstutzig. »Du willst, dass ich Ivy Cohen ausspioniere? Ich … ich weiß nicht, ob das so mein Ding ist.«

Steven verschränkt die Arme vor der Brust. »*Du* bist doch derjenige, der mir bei seinem Vorstellungsgespräch erzählt hat, dass er von großen Reportagen träumt.«

Genau das waren meine Worte. Nur habe ich dabei nicht an Klatschkolumnen und Lügenmärchen gedacht.

»Das hier ist deine Chance. Wenn du es gut machst, hast du am Ende deine große Reportage – auf der Titelseite, mit deinem Namen. Es gibt da draußen sicher einige Leute, die alles dafür geben würden, um diesen Auftrag auszuführen, aber nicht viele bekommen so eine Möglichkeit von mir.« Steven schmunzelt. »Du hast das, was ich brauche, nämlich echte Erfahrung als Barkeeper.«

Nachdenklich sehe ich zu Steven. Könnte ich wirklich für ein paar Wochen Milo, der Barkeeper sein? Ein verdeckter Journalist auf geheimer Mission? Für die Luftschlösser, die ich mir damals mit zehn Jahren im Büro meiner Mutter gebaut habe und die nun endlich Wirklichkeit werden wollen?

Damals habe ich mir immer vorgestellt, wie es wäre, eine eigene Reportage in einer Zeitung zu haben. An so eine Art von Artikel habe ich dabei aber nie gedacht.

»Wenn dich das noch nicht überzeugt hat, dann sieh dir das mal an«, unterbricht Steven meine Gedankengänge und schiebt mir einen gefalteten Zettel zu.

Einen Scheck.

Mir wird heiß und kalt zugleich, während ich darauf starre.

»D-dreißigtausend Dollar?« Eine Gänsehaut überzieht meine Arme und wandert rauf bis auf die Kopfhaut. »Du gibst mir dafür dreißigtausend Dollar?«

Allein diese Zahl auszusprechen, fühlt sich unwirklich an.

»Mir ist bewusst, dass dieser Auftrag Mehrarbeit und ein gewisses Risiko bedeutet. Er bedeutet, unentdeckt zu bleiben. Du wirst deine Spuren im Internet verwischen müssen – keine Social-Media-Profile unter echtem Namen, nichts, was dich irgendwie mit diesem Job hier in Verbindung bringt. Dein Glück, dass du noch so unbefleckt bist und es bisher keine Artikel unter deinem Namen gibt.« Er zwinkert mir zu, aber der Witz tut ein bisschen weh. »Der Auftrag bedeutet, am Abend hinter der Bar zu stehen, zu recherchieren und sich den Arsch aufzureißen, und das weiß ich zu schätzen. Genauso weiß ich es zu schätzen, wenn du mir das lieferst, was ich mir wünsche. Deswegen gibt es fünftausend Dollar gleich hier und heute, wenn du zusagst. Den Rest gibt es, wenn ich deinen Artikel gelesen und für gut befunden habe.«

Da ist wieder dieses zufriedene, etwas diabolische Grinsen von Steven.

»Wie klingt das für dich?«

Einige Sekunden lang kann ich nichts sagen. Mein Kopf ist dabei, alles durchzugehen und vor Zuversicht zu schreien.

Die roten Zahlen auf Dads Finanztabelle, die noch immer vor meinem inneren Auge tanzen, rufen mir zu, dass ich zusagen muss. Da ist Dad im Krankenhaus, während Maschinen sein Herz überwachen und die Ärztin mir sagt, dass mein Vater zu wenig getrunken und gegessen habe. Da ist Dad, wie er mir beichtet, dass er einen zweiten Job annehmen musste und nun Tag und Nacht arbeitet und sich zu wenig Pausen nimmt. Da ist Dad, der weint und mir gesteht, in welch tiefer Scheiße er steckt. Da sind Schuld und Verzweiflung, weil ich nichts davon habe kommen sehen. Da ist Angst, weil ich Dad nicht verlieren kann, wie ich Mom verloren habe. Weil ich nicht noch mal dabei zusehen kann, wie ein geliebter Mensch dahingerafft wird.

»Fünftausend bekomme ich sofort?« Meine Stimme ist nichts als ein Krächzen. Zu sehr will die Hoffnung durch die Dunkelheit der letzten Wochen kriechen.

Auch dann würde das Geld beim Treffen mit Jaxon nicht reichen, aber ich hätte immerhin eine bessere Verhandlungsgrundlage. Die ganze beschissene, eigentlich hoffnungslose Rechnung würde vielleicht doch noch aufgehen.

»Wenn das ein Ja ist?«, fragt Steven herausfordernd.

Mit fünftausend Dollar auf die Hand und der Aussicht auf weitere fünfundzwanzigtausend Dollar muss es ein Ja sein. Zweifel und Vorbehalte haben keinen Platz mehr, wenn es das Einzige ist, was meinen Dad vielleicht retten könnte.

»Es ist ein Ja«, höre ich mich sagen, obwohl es in meinem Kopf rauscht.

Die ganze Zeit über habe ich darauf gehofft, mich in der Redaktion endlich beweisen zu dürfen. Dabei habe ich nur nie gedacht, dass es direkt um Leben und Tod gehen würde.

Früher habe ich an Manifestation geglaubt. Ich wusste, dass ich Journalist werden wollte, bevor ich richtig schreiben konnte. Ich wusste es immer dann, wenn ich Mom bei ihrer Arbeit in der *Havington Gazette* beobachtet und mitbekommen habe, an welch wichtigen Reportagen sie arbeitet. Sie hat damit Themen und Missstände angesprochen, die sonst im Verborgenen geblieben wären. Ihre Worte hatten Macht. Und ich fühlte schon früh diesen tiefen Wunsch, in ihre Fußstapfen zu treten. Ich habe mir vorgestellt, wie ich ihren Platz in der *Havington Gazette* einnehmen würde, und habe gedanklich schon meine Artikel in denselben Ordner geheftet, in dem sie alle ihre Artikel aufbewahrt hat.

Die letzten Monate waren dadurch ein nur noch herberer Rückschlag. Erst habe ich den Job in der *Havington Gazette* nicht bekommen, dann wollte mich auch keine andere Zeitung einstellen. Letztendlich ist ein Bulldozer über sämtliche Manifestationen, Wünsche und Träume gefahren und hat alles zerstört. *Current Flash* war ein Kompromiss, der sich aber immer mehr als Frustrationsherd herausgestellt hat. Doch jetzt, als ich aus Stevens Büro komme, kann ich das erste Mal wieder das große Ziel vor Augen sehen.

»Milo? Alles gut?«

Priya steht vor mir und sieht mich besorgt an. Ihre Lippen sind noch schmaler als sonst, und ihr Blick huscht immer wieder zu mir und dann zu Howard, als würde sie ihn auffordern wollen, ihr eine Einschätzung meiner gegenwärtigen Verfassung zu geben. Dabei weiß ich selbst nicht mal, wie es mir geht. Alles fühlt sich noch ganz surreal an. Fast wie ein Fiebertraum.

»Was wollte Steven?«, fragt sie weiter.

»Hm?« Ich sehe verwirrt zu ihr.

»Er ist total hinüber.« Howard zieht hörbar die Luft ein. »Steven hat dich doch nicht gefeuert, oder?«

»Hat er natürlich nicht«, erwidert Priya sofort, aber ihre Stimme zittert leicht. »Richtig? Wieso sollte er so was auch tun?«

»Weil Steven manchmal echt ein Arsch ist«, antwortet Howard.

»Sprich leise, er hört dich noch.«

»Ich denke, er weiß, dass er ein Arsch sein kann. Sieh dir Milo doch mal an, der steht ja total neben sich.«

»Ich … bin okay«, bringe ich hervor und beende damit die Diskussion, auf die Priya gerade etwas erwidern wollte. »Ich bin nur etwas durch den Wind.«

»Weil du doch gefeuert wurdest?«, fragt Howard und fängt sich von Priya einen Klaps auf den Oberarm ein.

»Nein. Ich bin nicht gefeuert.« Ich kratze mich am Hinterkopf, dann sehe ich das erste Mal richtig zu den anderen. »Ich habe meinen ersten eigenen Auftrag.«

»Was?« Priyas braune Augen werden größer. »Ein echter Auftrag? Ein Interview?«

»Größer«, murmle ich. »Viel größer als das.«

Mechanisch gehe ich zu meinem Schreibtisch. Ich muss mich dringend setzen, denn ich fürchte, meine Beine könnten gleich nachgeben. Die anderen folgen mir aufgeregt.

Knapp erzähle ich ihnen von meinem Auftrag, während ich gedanklich meine nächsten Schritte durchgehe. Steven hat mir bereits eine Mail mit den Kontaktdaten von Daniel Chambers geschickt. Ich muss gleich heute dort anrufen, um alles in Gang zu bringen.

»Ivy Cohen«, murmelt Priya. Sie lächelt, aber ich sehe den kleinen Funken Enttäuschung in ihren Augen.

»Ich weiß, dass du vorab wegen dieser Sache recherchiert hast. Es fühlt sich bestimmt unfair an, dass du diesen Auftrag nicht bekommen hast.«

»Zugegeben, ich bin ein kleines bisschen neidisch. Aber das bedeutet nicht, dass ich mich nicht für dich freue. Wir warten schon so lange auf eine Chance.« Priyas Lächeln wird ein wenig echter. »Häng dich da bloß richtig rein, klar? Ich will, dass du das rockst und ihm zeigst, wie viel wir wert sind.«

»Genau, du kämpfst hier auch für uns anderen armen Schlucker, die nicht Paolo und Hillary heißen«, sagt nun Howard und zieht eine Grimasse.

»Weißt du was? Ich schicke dir alles, was ich bislang zum *Silverside* herausgefunden habe«, schlägt Priya vor. »Ich weiß nicht, wie viel es dir wirklich hilft, aber es schadet sicher auch nicht.«

Dankbar sehe ich zu ihr. Ich weiß, dass es nicht selbstverständlich ist, dass sie mich dabei unterstützt. Meine Mom hat immer gesagt, dass Redaktionen ein Haifischbecken sein können. So ist es wohl immer, wenn Leidenschaft und Kunst nebeneinanderstehen und es darum geht, immer den nächsten Auftrag an Land zu ziehen. Wenn man dabei scheitert, gerät man schnell in eine Spirale aus Selbstgeißelung und Eifersucht. Schafft man es, steht man unter dem Druck, sich immer wieder aufs Neue zu beweisen und ja nicht nachzulassen. Es ist ein Teufelskreis.

Priya eilt sofort zu ihrem Schreibtisch, um mir ihre Infos über das *Silverside* zu mailen.

Besitzer: Daniel Chambers, 51 Jahre alt. Verheiratet mit Lizz Chambers (49), Vater von Lennon Chambers (22). Früher Barchef im *Barely Disfigured*. Seit drei Jahren Besitzer vom *Silverside*, früher für Stage Comedy und Open-Mic-Nights bekannt. Erster Auftritt von Ivy Cohen im Januar 2024.

»Was wirst du als Erstes machen?«, fragt Howard, der über meine Schulter hinweg mitgelesen hat.

»Erst mal bei diesem Daniel Chambers anrufen«, erwidere ich und schnappe mir mein Smartphone.

Lieber telefoniere ich gleich mit ihm, bevor er sich nachher doch jemand anderen für die Bar sucht.

Ich entscheide mich dazu, auf den Flur zu gehen, um zu telefonieren, denn es ist besser, wenn er nicht aus Versehen etwas von unserer Reaktion mitbekommt. Zwischen Aufzug und Treppe hallt es ein wenig, aber ich wähle trotzdem seine Nummer.

Fünf Sekunden lang klingelt es, ehe ein Mann mit dunkler, freundlicher Stimme ans Telefon geht.

»Mister Chambers?« Mein Puls schießt in die Höhe, sodass ich befürchte, er könnte es durch das Telefon bemerken und sofort erkennen, dass ich ein Betrüger bin. »Hier spricht Milo Harrison. Manny Turner hat mir Ihre Nummer gegeben.«

»Ach.« Er lacht leise. »Ja, klar. Ich habe deinen Anruf schon erwartet.«

So weit, so gut.

»Manny hat dich wärmstens empfohlen. Er hat gesagt, dass du ein Jahr für ihn gearbeitet hast?«

»Neben meinem Studium«, versuche ich es mit der Halbwahrheit. »Ich stand jedes Wochenende hinter der Bar.«

»Das ist super.«

Im Hintergrund lacht eine Frau, er wirkt kurz abgelenkt. Ob das Ivy war? Könnte sie gerade im *Silverside* sein und proben?

»Manny ist schon lange ein Freund und Kollege von mir und meinte, dass ich niemand Besseren finden würde. Daher schlage ich vor, dass du einfach mal zum Probearbeiten kommst.«

Was hat Steven diesem Manny geboten, um seinen Freund zu hintergehen und ihm einen Barkeeper zu empfehlen, den er noch nie im Leben gesehen hat?

»Natürlich. Wann würde es denn am besten passen?«

»Wie wäre es übermorgen? Da haben wir volles Haus, und du kannst gleich mal zeigen, was du draufhast.«

Mister Chambers und ich besprechen die Zeit, zu der ich ins *Silverside* kommen soll, und ich gebe ihm noch meine Kontaktdaten. Es ist lockerer, als ich anfangs dachte. Irgendwie leicht, trotz der kleinen Lügen.

Als wir auflegen und ich zurück ins Büro gehe, bin ich erleichtert. Bleibt nur noch die Frage, wie ich es schaffen kann, Ivy Cohen bei diesem Barjob näherzukommen.

Kurzerhand gehe ich wieder an mein Laptop, öffne Google und suche die Sängerin, um deren Leben sich meine nächsten Wochen drehen werden.

Ich klicke mich durch Schlagzeilen wie »Neuer Star in New York gesichtet« und »Musikmanager Henry Bishop glaubt an eine große Karriere für Ivy Cohen«. Daneben finde ich auch einige Fanseiten. Videos, auf denen Auftritte der Sängerin zusammengeschnitten wurden, Fotocollagen, sogar Analyse- und Reactionvideos zu ihren Auftritten und den Songtexten.

Und dann finde ich die Artikel von *Newsflash200*, der wohl größten Konkurrenz von *Current Flash*. Steven verfällt regelmäßig in Hasstiraden auf das New Yorker Onlinemagazin, das mit seiner News-App und dem Liveticker so was wie *Gossip Girl* darstellt und eine viel größere Fanbase hat als wir.

Ivy Cohen: ein aufstrebender Stern
oder doch nur ein PR-Konstrukt?

Kaum jemand kommt derzeit an der jungen Sängerin Ivy Cohen (21 Jahre) vorbei, die mit ihren nachdenklichen und doch aufreizenden Shows das Internet flutet. Die Fans sind begeistert von der Mischung aus ihren bodenständigen Interviews, tiefgründigen Songtexten und ihren selbstbewussten Auftritten. Doch alle fragen sich: Was hat die junge Frau erlebt, dass ihre Texte von so viel Leid und Schmerz handeln? Wieso erzählt Ivy gleichzeitig so wenig von sich privat? Und wie konnte sie trotzdem so schnell berühmt werden?

Newsflash200 hat mit dem Musikproduzenten Terence Lestright gesprochen, der selbst jahrelang bei SONY MUSIC gearbeitet hat – dem Label, bei dem Ivy Cohen nun exklusiv unter Vertrag genommen wurde. Wir wollten wissen, was er von der steilen Karriere der jungen Sängerin hält, und seine Antwort war vernichtend. »Ich produziere selbst seit rund zwanzig Jahren Musik und würde kritisch hinterfragen, wie schnell Ivy Cohen einen Exklusivvertrag bekommen hat und wie schnell die Albumproduktion gestartet ist; immerhin gibt es lange Vorlaufzeiten in den New Yorker Studios.«

War der Karrierestart über Nacht also im Vorhinein genauestens kalkuliert und alles geplant? Sehen wir hier wirklich eine authentische, aufstrebende Sängerin bei der Erfüllung ihrer Träume ... oder doch eine geplante PR-Kampagne, bei der eine talentierte Sängerin eine Rolle spielt, um im Internet gehyped zu werden? Wenn dem so ist, sollte Ivy wohl doch besser über eine Karriere als Schauspielerin nachdenken.

Die nächsten Artikel von *Newsflash200* schlagen alle in dieselbe Kerbe und mutmaßen, dass Ivy nichts als eine Rolle spielt. »Eine Inszenierung durch und durch«, nennen sie es immer wieder, und ich frage mich, ob sie recht haben könnten.

Nachdenklich betrachte ich ein Foto, das Ivy Cohen im Central Park zeigt. Sie trägt eine dunkle Sonnenbrille, und ihre langen Haare sind zu zwei lockeren Zöpfen geflochten, dazu hat sie eine zerrissene Hotpants mit einem oversized Holzfällerhemd und einem Bandshirt von *Nirvana* kombiniert. Auf dem Bild sieht sie so normal aus, dass es nicht schwerfällt, darin die junge Frau zu erkennen, die erst vor ein paar Monaten bekannt geworden ist und vorher ein normales Leben geführt hat.

Aber sie wäre sicher nicht die erste Sängerin, die eine Rolle spielt, sei es nun freiwillig oder auf Druck durch das Label. Britney Spears wurde zu Beginn ihrer Karriere zu ihrer Babystimme verdammt. Lady Gaga hat in den ersten Monaten ihrer Karriere immerzu Kostüme getragen und sich nie so gezeigt, wie sie war. Miley Cyrus musste das brave Disney-Mäuschen spielen, obwohl sie sich so präsentieren wollte, wie Ivy es auf der Bühne tut: feminin, wild und frei.

»Ivy Cohen«, murmle ich, während ich mir einige Passagen aus dem Artikel abschreibe, um sie im Hinterkopf zu behalten. »Wer bist du? Und wie viel an dir ist echt?«

KAPITEL 3

HERBAL TEA IN BED

Ivy

Meine langen Haare verfangen sich in flauschigen rosa Kissen, während ich in einem schwarzen Negligé einen Kräutertee trinke und mir dabei Tausende von Leuten zusehen. Ein seltsamer Gedanke. Es ist schwer, die vielen Kameras nicht bewusst wahrzunehmen und mich stattdessen auf Dolores James zu konzentrieren. In *Good Morning, New York* soll es gemütlich und intim zugehen, deswegen sitzt sie neben mir in einem Bett, das den Großteil ihres Fernsehstudios einnimmt. Während mein Negligé aus dünnem Seidenstoff ist, hat sich Dolores in einen rosa Flanellpyjama geschmissen und trägt ihre Häschen-Pantoffeln, die inzwischen so etwas wie ihr Markenzeichen geworden sind.

»Deine erste Single *Riveting Humility* ist erst vor knapp einer Woche direkt auf Platz drei der Charts eingestiegen«, sagt sie nach einem Schluck Kaffee. »Was, glaubst du, ist dein Erfolgsgeheimnis?«

»Ehrlich gesagt analysiere ich so was wie Erfolg nicht gerne. Ich ziehe einfach durch, was ich liebe, und versuche, meine Musik auszuleben.«

Ich widerstehe dem Drang, meine Marketingmanagerin Keyla Jones anzusehen, die nur ein paar Meter hinter der rechten Kamera steht und jedes meiner Worte sorgfältig verfolgt. Die Fragen wurden ihr vorab zugeschickt, sie sind also

39

keine Überraschung für mich. Sie vor der Kamera zu beantworten ist trotzdem nach wie vor ungewohnt, und das, obwohl es mein zehnter Pressetermin diese Woche ist. Podcasts, Radiosendungen, Interviews, Talkshows. Releasewochen sind wild.

»Aber es ist wundervoll, dass meine Musik so gut ankommt. Ich glaube, meine Fans wissen gar nicht, wie viel mir ihre Unterstützung bedeutet.«

»Deswegen verschenkst du die Konzerttickets für deine aktuellen Shows, oder?«, will Dolores wissen. »Um ihnen etwas zurückzugeben?«

»Richtig. Ohne sie wäre ich jetzt nicht hier.«

»Deine Tanzeinlagen werden heiß diskutiert. Woher nimmst du das Selbstbewusstsein auf der Bühne?«

»Ich bin nicht mal sicher, ob es wirklich Selbstbewusstsein ist, was man sieht. Es ist eher das Gefühl, sich komplett im eigenen Körper und Geist fallen zu lassen.«

Dolores lächelt in die Kamera. »Das klingt ja fast spirituell.«

»Sich des eigenen Körpers bewusst zu sein, hat ja auch etwas sehr Spirituelles«, gebe ich zu bedenken.

»Trotzdem bin ich nicht die Einzige, die einen starken Kontrast zwischen deiner doch sehr aufreizenden Bühnenshow und deinen nachdenklichen Texten wahrnimmt. Woher kommt dieser Gegensatz?«

Ich spüre förmlich Keylas Blick auf mir. Er will mir so etwas wie *Denk daran, was wir besprochen haben* zurufen.

»Das Leben besteht doch aus Kontrasten«, antworte ich ausweichend. »Es gibt Höhen und Tiefen, Schatten und Licht. Und ich befasse mich gerne mit allen Facetten meines Seins.«

Dolores nickt vorsichtig. Ich sehe das kleine Zucken ihres Mundwinkels, als würde sie sich mehr als das erhoffen, aber ihr Lächeln bleibt freundlich.

»Trotzdem sind sich viele Leute da draußen einig, dass du

diese Schattenseiten besonders intensiv erlebt haben musst. Deine Texte wirken so unfassbar schmerzvoll und intensiv, das kann doch nicht nur bloße Fiktion sein, oder?«

Ich weiß ehrlich nicht, ob ich es wunderbar oder beängstigend finden soll, dass Leute meinen Songtexten derart viel Beachtung schenken. Wenn man Dinge zu lange betrachtet, findet man ja doch nur etwas, was einem nicht gefällt. Die Wahrheit zum Beispiel.

»Musik ist kraftvoll«, gebe ich zurück.

»Ivy … du machst es einem echt nicht leicht, mehr aus dir herauszubekommen.«

Ich lache leise. »Wo wäre sonst der Spaß?«

Dolores schüttelt lächelnd den Kopf und schaut wieder direkt in die Kamera. »Es scheint, als würden heute nicht alle Rätsel um Ivy Cohen gelöst.« Dann sieht sie wieder zu mir. »Aber ein kleines Geheimnis über dich kannst du doch sicher noch verraten, oder? Irgendetwas, was noch niemand von dir weiß.«

»Mal überlegen.« Ich tue so, als würde ich nachdenken müssen, obwohl Keyla und ich bereits besprochen haben, was ich preisgeben kann. »Manchmal, wenn ich beim Songwriting nicht weiterkomme, höre ich mir Soundeffekte von zirpenden Grillen an.«

Dolores sieht mich verdutzt an. »Ivy Cohen ist also auch noch eine Naturfreundin?« Sie beugt sich etwas weiter vor zu mir. »Oder willst du uns damit einen Hinweis geben, dass du nicht in einer Großstadt aufgewachsen bist?«

Ich nippe lediglich an meinem Tee. Das ist besser als der Versuch eines Lächelns.

»Ich habe vorher auf jeden Fall noch nie in einer so großen Stadt wie New York gelebt. Es überwältigt mich jeden Tag aufs Neue, hier zu sein.«

Eine Stunde später verlasse ich an der Seite von Keyla die NBC Studios. New York City erstrahlt im Sonnenschein, der sich in den gläsernen Fassaden der Wolkenkratzer spiegelt und alles zum Funkeln bringt. Das Negligé habe ich wieder gegen eine enge Lederhose und einen spitzenbesetzten Body getauscht, über dem ich einen Mantel trage.

In den letzten Tagen ist der Frühling in Manhattan ausgebrochen. Die Kirschblüten zeigen sich in ihrer vollsten Pracht, im Central Park singen Vögel, und die Außenterrassen von Cafés und Restaurants sind gut gefüllt. Ungefähr so voll wie mein Terminkalender, der mich nun direkt weiter zum nächsten Interview schickt.

»In einer Stunde sollten wir bei NWYC sein«, sagt Keyla mit Blick auf ihr iPhone. »Genug Zeit, um noch ein paar Leute glücklich zu machen.« Sie nickt einer Gruppe Mädchen zu, die sich vor dem Studio versammelt hat und aufgeregt kreischt, als wir näher kommen.

»Ivy! Können wir ein Foto machen?«, fragt mich eine von ihnen. Sie trägt einen ähnlichen Rock wie ich letzte Woche bei einem meiner Interviews.

»Zehn Minuten«, murmelt Keyla mir zu, während sie eine Sonnenbrille aus ihrer Tasche holt. »Dann müssen wir los.«

Ich nicke ihr unauffällig zu, während sie zu telefonieren beginnt. Sicher ruft sie unseren Fahrer, damit er uns abholen kommt.

Zehn Minuten lang mache ich Fotos, gebe Autogramme und höre den Mädchen zu, wie sie aufgeregt davon erzählen, dass sie sich für Tickets für meine nächsten Konzerte beworben haben und hoffen, zu gewinnen. Es ist ein pures Glücksgefühl, ihre roten Wangen und ihre aufgeregten Augen zu sehen und zu wissen, dass *ich* der Grund für ihre Aufregung bin.

Cohearts 4ver steht auf einem der Plakate, auf dem ich unterzeichnen soll. Ein Mädchen reicht mir ein selbst gemachtes

Armband mit schwarzen Perlen. Zu Hause habe ich inzwischen eine ganze Kiste mit diesen Armbändern, und ich hebe jedes einzelne davon auf. Denn jedes einzelne steht für meinen Traum.

Ein schwarzer SUV fährt vor, und Keyla gibt mir ein Zeichen. Mit einem letzten Lächeln verabschiede ich mich von den Fans. Unser Fahrer öffnet mir die Tür, und ich rutsche auf die lederne Rücksitzbank. Keyla setzt sich neben mich, auf ihrem Schoß liegt ihr Smartphone, auf dem unentwegt Nachrichten eingehen. Sie ist der pure Workaholic. Mir ist es zumindest schleierhaft, wie sie es schafft, so viele Artists zu betreuen. Sie kümmert sich einfach um alles, was mit der Öffentlichkeitsarbeit zu tun hat, und ich habe das Gefühl, dass es allein bei mir gerade ein Fulltime-Job ist.

»Das lief gut.« Sie schiebt die Sonnenbrille auf ihren kurz geschorenen Afro. »Genau die richtige Mischung aus Geheimnissen und neuen versteckten Infos über dich.«

»Ich kann nur hoffen, dass es die Leute nicht irgendwann leid sind, dass ich nicht mit der Sprache rausrücke.«

»Werden sie nicht«, sagt sie voller Überzeugung. »Stell dir vor, ein Nachbar würde jeden Tag auf dich zukommen und dir erzählen, was in seinem Eheleben so vor sich geht – jeder Streit wird bis ins Kleinste berichtet. Es wäre total langweilig, oder? Wen interessieren diese ganzen ermüdenden Details? Aber wenn der Nachbar von sich aus nie etwas erzählt und du dann durch die Wände deiner Wohnung mitbekommst, wie sie sich streiten, würdest du jedes Detail wissen wollen. Du würdest dein Ohr an die Wand halten, um ja nichts zu verpassen.«

Ich runzle die Stirn. »Würde ich das?«

»Alle würden das machen, aber nicht jeder würde es zugeben. Neugier und Sensationsgier liegen nun mal in der Natur des Menschen.«

»Vielleicht«, murmle ich.

Keyla tippt auf ihrem Smartphone herum, dann räuspert sie sich wieder. »Trish hat die Tourenverträge bekommen. Danke, dass du schnell unterzeichnet hast, dann können wir jetzt in die heiße Phase gehen.«

»Klingt ziemlich gut.«

»Das wird es auch. Ich bin selber schon ganz hyped.«

Ich dachte immer, so eine Tourplanung nimmt Monate in Anspruch, doch es ist erstaunlich, wie schnell alles geht, wenn das Label sich dazu entscheidet, die aktuelle Begeisterung für mich auszunutzen. Keyla hat mir gesagt, dass es jetzt darum geht, schnell zu sein: Single, Album, Tour. Alles möglichst innerhalb des ersten Jahres, damit das Interesse nicht abbricht, sondern steigt. Musikkarriere auf der Überholspur. Es bedeutet, schon in weniger als fünf Monaten in andere Staaten aufzubrechen, um dort aufzutreten. Mein Magen kribbelt sofort bei der Vorstellung.

Der Ticketverkauf für meine Tour durch die Staaten soll bereits in zweieinhalb Monaten starten, am Abend von meinem letzten Konzert im *Silverside*, das dann auch im Internet gestreamt werden soll, um die Ticketverkäufe anzukurbeln.

»Wir planen gerade schon alles für die Tourpromo, und *Vogue* hat dich für eine Fotostrecke angefragt. Das zeigt, dass die Leute dich wahrnehmen.« Sie beugt sich etwas weiter vor zu mir, ihre Augen blitzen auf. »Wir sind auf Erfolgskurs, Kleines.«

Erfolgskurs. Ein Wort, das man früher nie mit mir in Verbindung gebracht hätte.

»Klingt wie Musik in meinen Ohren«, erwidere ich grinsend.

Hinter den getönten Scheiben des SUV gerät der Verkehr ins Stocken. Menschenmassen ziehen an uns vorbei, die meisten davon tragen Einkaufstüten oder haben ihre Smartphones gezückt, weil sie die Schönheit der Hochhäuser einfangen wollen, obwohl ich finde, dass Bilder dem Gefühl der Stadt nicht gerecht werden. Vielleicht, weil Fotos stumm sind, während die Stadt ihren ganz eigenen, meist hektischen Sound hat.

In den letzten Wochen wurde ich oft gefragt, wann ich nach New York gekommen bin und wie es mir hier gefällt, und ich habe offen darüber gesprochen, wie unglaublich groß und überwältigend es sich anfühlt. Die meisten gehen davon aus, dass diese Aussage bedeutet, ich würde mich in dieser großen Stadt verlieren. Ich lasse sie in dem Glauben, sie sollen ja eh nicht so viel von mir wissen. Aber ich kann nicht aufhören, darüber nachzudenken, dass ich mich zwischen diesen Wolkenkratzern zum ersten Mal in meinem Leben nicht klein und verloren fühle.

Hier bin ich Ivy Cohen.

Ich habe Erfolg.

Ich habe ein Leben.

KAPITEL 4

SIREN CALL

Milo

Wenn ich in der Vergangenheit in die Bronx gefahren bin, dann nur aus zwei Gründen: das *Yankee Stadium*, indem wir früher als Familie unzählige Spiele angesehen haben, und für meine Ausflüge zum Poe Cottage, weil mich das Werk von Edgar Allan Poe schon als Jugendlicher fasziniert hat.

Das Nachtleben in der Bronx kenne ich hingegen überhaupt nicht, und ich bin überrascht, als ich mein Motorrad in einer Seitenstraße am *Silverside* parke. Über dem Eingang prangt ein weiß-silbernes Neonlicht, ansonsten ist der Club mit silberner Markise und einem beleuchteten Plakat von Ivy eher unscheinbar. So unscheinbar, dass die Auftritte darin ohne Internetvideos sicher niemals diese Bekanntheit erlangt hätten.

Rund fünfzig Leute warten bereits vor der Tür. Aus einem Lautsprecher klingt Ivys erste Single *Riveting Humility*, die ich mir gestern Abend selbst mehr als einmal angehört habe. Ich habe mir eingeredet, dass ich es nur mache, um mich auf den Auftrag einzustimmen, aber Ivys raue Stimme hatte etwas von einem Strudel, in den man tiefer und tiefer gezogen wird und dabei die Zeit vergisst.

Die meisten, die vor der Tür warten, sind unter dreißig, einige davon sicher noch minderjährig. Viele haben dunkle Kleidung an, die Ivy ebenfalls zu bevorzugen scheint, und in ihren Händen halten sie Armbänder mit dunklen Steinen, die sie vermutlich selbst gemacht haben. In vorderster Reihe steht ein Mädchen, vielleicht siebzehn oder achtzehn, das eine lila Blume häkelt, während es leise das Lied mitsummt.

Ich überhole die Wartenden und ziehe damit einige böse Blicke auf mich, als würde jeder nur darauf warten, dass sich jemand vordrängeln möchte.

Vor dem Eingang steht ein Bär von einem Mann und mustert mich. »Du kommst hier nur mit gültigem Ticket rein, und Einlass ist erst in drei Stunden«, leiert er sicher nicht zum ersten Mal an diesem Abend herunter.

»Ich bin Milo Harrison, der neue Barkeeper. Daniel Chambers erwartet mich.«

Er zieht eine Augenbraue hoch. »Kannst du dich ausweisen?« Wer weiß, mit welch wilden Geschichten die Menschen hier versuchen, sich Zutritt zu verschaffen.

»Klar.«

Ich reiche ihm meinen Ausweis und versuche dabei keine Miene zu verziehen. Ich sage immerhin die Wahrheit, Daniel erwartet mich. Kein Grund, nervös zu sein.

Fast keiner.

Er gleicht mein Ausweisfoto mit mir ab, dann nimmt er sein Walkie-Talkie aus seiner Gürtelschnalle.

»Ein Barkeeper namens Milo Harrison am Vordereingang?«

»Das ist korrekt«, ertönt es. »Daniel erwartet ihn.«

Der Mann gibt mir den Ausweis zurück und geht einen Schritt zur Seite, sodass ich an ihm vorbei den Laden betreten kann.

So unscheinbar das *Silverside* von außen auch wirken mag: Das Innere macht eindeutig etwas her. Der Name ist offenbar Programm, denn neben schweren silbernen Vorhängen, die noch die Bühne verhängen, sehe ich im hinteren Bereich des Clubs silberne Sessel, die an runden Tischen aus Chrom stehen und zum Verweilen einladen. Das Licht ist gedimmt, und aus den Boxen dringt leise Musik.

»Hey, du bist Milo?«

Ich schnelle herum und sehe als Erstes einen langen Ziegenbart, dessen Spitzen auf ein silbernes Hemd fallen. Ein Mann mit braunem Pferdeschwanz streckt mir die Hand aus, kleine Lachfältchen um seine Augen.

»Ich bin Daniel«, sagt er, als ich seine Hand schüttle. »Wir hatten telefoniert.«

»Ganz schön was los da draußen«, versuche ich es mit Small Talk.

Außer Daniel sehe ich niemanden, aber ich höre eindeutig Stimmen, die nicht von den Fans vor der Tür kommen. Unauffällig schiele ich zu dem schweren, silbernen Vorhang, der zu einem Backstagebereich führen könnte. Und damit vermutlich geradewegs zu Ivy.

»Ich weiß nicht, wie viel Manny dir vorab erzählt hat«, spricht Daniel weiter. »Ich hatte ihn gebeten, meine Suche möglichst diskret zu behandeln und nur Leute einzuweihen, die tatsächlich für diese Arbeit hier infrage kommen.«

Ich verziehe keine Miene, aber innerlich lache ich. Wenn er nur wüsste, dass dieser Manny die Suche sofort an die Presse weitergegeben hat.

»Hier finden für die nächsten zehn Wochen exklusive Konzerte von Ivy Cohen statt, und da ist Alltag gerade nicht vorhanden. Wir haben extra Securityleute eingestellt, und neben den Konzerten finden hier auch Bandproben, Pressetermine und Fotoshootings statt. Es ist viel los. Und gleichzeitig habe ich allerhand Papierkram zu erledigen. Da war es echt schlechtes Timing, dass eine unserer Barkeeperinnen, Pam, in ihrer Schwangerschaft kürzertreten musste. Für zwei Abende hat uns meine Tochter Lennon unterstützt, aber sie gibt Kunstkurse, und die sind oft abends, sodass sie eigentlich schon genug eingespannt ist. Ah, da kommt sie.« Er zeigt auf eine zierliche Frau mit dunklem, fransigem Pony und olivfarbener Haut, die gerade aus dem vermeintlichen Backstagebereich kommt. Direkt gefolgt von einer zweiten Frau, die aussieht wie eine ältere Version von ihr, mit grau durchzogenen schwarzen Haaren und freundlichen Lachfältchen.

»Milo, das sind meine Frau Lizz und meine Tochter Lennon.« Ich gebe beiden die Hand. »Lizz unterstützt uns am Eingang«, fährt er fort. »Sie kontrolliert die Tickets und schreibt jedem eine Nummer auf den Handrücken, damit die, die am längsten warten, auch die besten Plätze bekommen. Und nach den Konzerten finden meist Autogramm- und Fotosessions mit Ivy statt, die Lizz koordiniert.«

Lennon mustert mich, während sie den Kopf ein wenig schräg legt. »Wie alt bist du, Milo?«

»Dreiundzwanzig. Seit letztem Monat.«

»Dann Happy Birthday nachträglich.« Sie grinst mir zu, dann sieht sie zu ihrem Vater. »Er bekommt sicher mehr Trinkgeld als du, Dad. Die Mädels da draußen werden auf ihn fliegen.«

Daniel lacht brummend. »Das ist okay für mich. Solange er seinen Job gut macht.«

»Dann stellen wir Milo doch direkt auf eine erste Bewährungsprobe«, schlägt Lennon vor. »Ich hätte gerne einen Whiskey Sour.«

»Du hast doch nichts gegen den kleinen Test?«, fragt Daniel.

»Nein. Whiskey Sour ist kein Problem.«

Wir treten an die Theke, die mit allerhand Spirituosen und Früchten lockt, was sich überraschenderweise ein bisschen wie nach Hause kommen anfühlt. Das Jahr, in dem ich Downtown hinter der Bar gearbeitet habe, war anstrengend. Da war Moms Tod, den ich irgendwie verkraften musste, und gleichzeitig sollte ich den Prüfungen im Studium gerecht werden. Die Wochenenden hinter der Bar fühlten sich wie Urlaub an. Eine kleine Auszeit von Stress und Trauer und die Musik haben mich lebendiger fühlen lassen. Gleichzeitig hatte das Mixen von Drinks etwas Beruhigendes an sich.

Auch jetzt spüre ich diesen Effekt wieder, während ich den Whiskey Sour mixe und dabei allerhand Fragen von Daniel beantworte. Er will wissen, welche Biersorten ich empfehle, fragt nach den Namen von Spirituosen. Es ist kein Problem für mich.

Mit einem Lächeln serviere ich Lennon den Drink, von dem sie sofort einen Schluck nimmt. Gespannt warte ich auf ihre Reaktion. Ich kann nur hoffen, dass ich *wirklich* nichts verlernt habe.

»Mhm. Nicht schlecht.«

Sie reicht Daniel das Glas, damit er ebenfalls probieren kann. Er nickt anerkennend.

»Den sollten wir behalten, Dad. Milo ist viel besser als Pam.«

Sie grinst mir zu, dann verschwindet sie wieder hinter dem Vorhang. Als sie sich hindurchschlängelt und ihn anhebt, sehe ich einen Raum dahinter, aus dem eindeutig eine zweite weibliche Stimme kommt, die mit Lennon redet. Zu gerne würde ich ihr hinterhergehen, um mir ein eigenes Bild zu machen, aber Daniel räuspert sich und fordert damit meine Aufmerksamkeit. Um an Ivy heranzukommen, muss ich zunächst ihn überzeugen. Daran führt kein Weg vorbei.

»Deine Tochter ist nett«, versuche ich es wieder mit Small Talk.

»Sie ist ein ziemlicher Wirbelwind. Ich hoffe, sie hat dich nicht überrumpelt.«

»Ist doch gut, dass sie der Meinung ist, ich sollte den Job bekommen. Ich kann ihn auch wirklich gut gebrauchen. Mein Dad war im Krankenhaus und muss etwas kürzertreten, und somit wäre es schön, ihm finanziell unter die Arme greifen zu können«, versuche ich es mit der halben Wahrheit. »Und ich bin zeitlich ungebunden. Ich kann mich also ganz nach euch richten und so viele Schichten übernehmen, wie ihr wollt.«

Daniels Mundwinkel zuckt, aber er zeigt sein Lächeln nicht. Vielleicht will er mir noch keine falschen Hoffnungen machen, bevor er mich nicht in vollem Einsatz gesehen hat.

»Nicht mehr lange, bis sie uns die Bude stürmen. Ich würde gerne vorher noch ein bisschen mehr von deinen Künsten sehen. Kannst du auch alkoholfreie Cocktails?«

»Wie wäre es mit einem Liar Martini?«, schlage ich vor.

»Perfekt.«

Ich suche die passenden Zutaten zusammen, während Daniel dabei jeden meiner Handgriffe verfolgt. Es sollte mich vermutlich nervös machen, immerhin geht es hier um alles. Überzeuge ich ihn nicht, dann war es das mit meinem goldenen Schlüssel in Ivy Cohens Umfeld. Aber es ist fast wie Fahrradfahren. Ich muss gar nicht darüber nachdenken, was meine nächsten Schritte sind.

»Ivys Fangemeinde besteht zum Teil aus jungen Leuten«, erzählt Daniel währenddessen. »Letzte Woche hatten wir einige Sechzehn- und Siebzehnjährige hier. Du musst also wirklich von *jedem*, der etwas Alkoholisches bestellt, einen Ausweis verlangen. Keine Ausnahmen.«

»Du kannst dich drauf verlassen.«

»Gut.« Daniels Lächeln ist warm. »Das wollte ich hören.«

Vier Stunden später nimmt mich die Arbeit hinter der Bar komplett in Beschlag. Kurz vor dem Konzert sind noch die zwei anderen Barkeeperinnen, Zandra und Alice, gekommen, die sich mit uns um die Getränke kümmern.

Rund zweihundert Menschen haben sich in dem kleinen Club versammelt. Die Tische vor der Bar sind voll besetzt, und der Vorraum zur Bühne ist mit wartenden Menschen gefüllt. Cocktails, Bier und Softdrinks gehen im Minutentakt über die

Theke, und ich habe alle Hände voll zu tun, um die Ausweise zu kontrollieren und den Bestellungen gerecht zu werden. Ich bin nicht mehr so schnell wie früher und habe trotz Einweisung noch nicht den Überblick, deshalb beherrsche ich die Abläufe noch nicht perfekt. Daniel hat mich genau im Blick, aber er lässt immer wieder ein »Weiter so« und ein »Nicht schlecht« fallen, sodass ich zuversichtlich bin.

Plötzlich wird das Licht gedimmt. Die Musik, die im Hintergrund lief, verstummt. Ein paar letzte Bestellungen werden bearbeitet, aber die meisten strömen zur Bühne, um nichts zu verpassen.

Irgendwann sind nur noch Daniel, Zandra, Alice und ich an der Bar. Erwartungsvolles Schweigen legt sich über den Raum.

»Zeit, ein bisschen zu entspannen.«

Daniel reicht mir ein Glas Wasser, von dem ich sofort einen Schluck nehme. Die Luft hier ist wahnsinnig trocken, aber vielleicht ist es auch der Hauch Nervosität, der sich auf meine Stimmbänder und meinen Rachen legt. Immerhin werde ich sie gleich das erste Mal sehen: die Frau, die meine Zukunft in Händen hält.

Eine Bass Drum erfüllt die Stille. Violettes Licht erleuchtet die Bühne und zeigt drei Leute. Eine Schlagzeugerin, einen Bassisten und einen Gitarristen. Doch sie sind nur Silhouetten, ihre Gesichter sind kaum zu erkennen, denn das Licht ist auf den Mikrofonständer vorne auf der Bühne gerichtet.

Ein Jubeln geht durch die Menge, als die anderen Instrumente einsteigen. Ein rockiger Sound erfüllt den Club, und Nebel verdichtet die Atmosphäre auf der Bühne.

Und dann dringt eine raue, kraftvolle Stimme durch die Boxen. Allein der erste Ton verpasst mir eine ausgewachsene Gänsehaut, die ich nie für möglich gehalten habe.

Ich richte mich unwillkürlich etwas auf.

Ivy Cohen tritt mit ihrem Mikrofon auf die Bühne.

Der Nebel und die Lichteffekte verleihen ihr etwas Mystisches, was durch ihre äußere Erscheinung verstärkt wird. Sie trägt einen kurzen Lederrock und ein schwarzes Spitzentop, die sie mit verdammt hohen Stiefeln kombiniert hat. Ihre blonden Haare sind so lang wie auf den Videos und reichen ihr bis zur Hüfte, die sich langsam und sinnlich zu bewegen beginnt.

Ivy hat die Augen geschlossen. Die Leute klatschen und kreischen, während sie in sich ruht. Sie ist einfach in ihrem Element, als sie über verbotene Sinnlichkeit singt und sich dazu bewegt, als wäre sonst niemand in diesem Raum. Als wäre sie nicht umgeben von rund zweihundert Menschen, die ihr gebannt dabei zusehen, wie sie ihre Hüften kreisen lässt, wie sie sich im Takt der Musik dreht und ihre Haare dabei mitschwingen. Wie sie immer wieder lasziv in die Knie geht und sich ihre Finger in den Haaren vergraben.

Meine Finger liegen um das Wasserglas, und ich spüre die Kühle der Eiswürfel, aber mir ist heiß. Wie eine Sirene bezirzt sie den Raum, der in seinen Farben und Formen verschwimmt und nur noch sie übrig lässt. Sie und diese Wucht von einer Stimme. Sie und diese faszinierenden Bewegungen, diese Präsenz.

Ich nehme einen Schluck Wasser, um mich zusammenzureißen, aber – verdammt –, hat sie sich gerade zwischen zwei Zeilen verführerisch auf die Lippe gebissen?

Ihre Stimme ist wie der raue Schrei eines Engels, aber ihre Bewegungen … die sind pures Verlangen.

KAPITEL 5

BEHIND OCEAN BLUE EYES

Milo

Eine Stunde lang gibt Ivy alles. Kaum jemand kommt in dieser Zeit an die Bar, ich habe also viel Zeit, um ihr zuzusehen und mich ein wenig darin zu verlieren, wie absolut authentisch und einnehmend sie wirkt. Niemand würde glauben, dass sie erst vor vier Monaten angefangen hat, professionell aufzutreten. Es wirkt, als hätte sie nie etwas anderes getan. Als würde sie die Musik atmen, leben, inhalieren. Es ist ihr Sauerstoff.

Ich hingegen habe das Gefühl, kaum Luft zu bekommen, während ich ihr zusehe und mir dabei immer noch viel zu heiß ist.

Fast schon bin ich erleichtert, als sie schließlich die Bühne verlässt. Applaus und Jubelschreie begleiten sie, auch dann noch, als das Licht wieder angeht.

Ich rechne damit, dass die meisten nun wieder zur Bar stürmen, sich ein letztes Getränk gönnen und dann nach Hause fahren, während sie in Erinnerungen an dieses Konzert schwelgen. Doch stattdessen betritt Lizz mit einer Securityfrau die Bühne.

»Alle, die ein Foto und ein Autogramm von Ivy wollen, bitten wir noch zu warten«, sagt Lizz ins Mikrofon. »Ivy kommt gleich zurück, und dann rufen wir euch anhand der Nummern auf eurer Hand auf. Gruppe eins bis dreißig kann sich schon mal hier vorne aufreihen.«

Die Ersten gehen kichernd zu der Stelle, auf die Lizz gezeigt hat. Das Mädchen mit der selbst gehäkelten Blume ist auch darunter.

»Ivy wird jetzt sicher noch eine Stunde beschäftigt sein«, sagt Daniel. »Wir versuchen in der Zeit meistens unauffällig aufzuräumen, ohne zu stören.«

Ein aufgeregtes Raunen geht durchs Publikum und bringt mich wieder dazu, auf die Bühne zu sehen. Ivy kommt zurück.

Mit einem umwerfenden Lächeln stellt sie sich neben die Securityfrau, während Lizz den ersten Wartenden ein Zeichen gibt, auf die Bühne zu kommen.

Ich dachte, Ivy während ihres Konzerts zu sehen, hätte etwas Einnehmendes, doch es fasziniert mich noch mehr, wie sie mit ihren Fans umgeht. Während der Show war sie sinnlich und nachdenklich, sehr in ihrer eigenen Welt. Doch nun, während sie Autogramme gibt, für Fotos posiert und sich mit den Fans unterhält, wirkt sie eher wie das Mädchen von nebenan. Absolut offen und herzlich.

»Du hast dich heute gut geschlagen.« Daniel bringt mich dazu, meinen Blick von Ivy abzuwenden. »Wie hat es dir gefallen? Könntest du dir vorstellen, uns in den nächsten zehn Wochen auszuhelfen?«

Auch wenn ich mir keine Sorgen gemacht habe, strömt Erleichterung durch meinen Körper. Die Feuerprobe ist also bestanden. Damit steht dem restlichen Auftrag nichts mehr im Weg. Mal abgesehen von der Tatsache, dass Ivy dort drüben auf der Bühne ist und ich hier hinter der Bar stehe und dass sie noch keine Ahnung hat, dass ich existiere.

»Während der Konzerte werden wir möglichst immer zu viert hinter der Bar stehen«, ergänzt Daniel, der meine Stille vielleicht als Zögern interpretiert, obwohl meine Gedanken einfach etwas übervoll sind. »Solltest du darüber hinaus Zeit aufbringen können, während der Pressetermine und Fotoshootings hier zu sein, wärst du an diesen Nachmittagen und Abenden alleine an der Bar, damit ich in meinem Büro den Papierkram erledigen kann. Ich wäre aber immer greifbar, und bei diesen offiziellen Terminen gibt es meistens weniger zu tun. Eigentlich geht es nur darum, die Gäste mit Kaffee, Tee und Wasser zu versorgen und ihnen bei Fragen zur Seite zu stehen. Ich hätte gerne auch noch Zandra und Alice dazu eingespannt, aber sie studieren noch und haben daher nicht unbegrenzt Zeit.«

»Das wäre gar kein Problem. Ich wäre bei allem dabei.«

»Dann ist das abgemacht.«

Daniel hält mir seine Hand hin, und ich schlage bei ihm ein.

»Willkommen im Team, Milo.«

»Vielen Dank.«

Alice und Zandra kommen ebenfalls zu uns, um mir zu meiner Einstellung zu gratulieren.

»Hättest du noch etwas Zeit?«, fragt Daniel. »Dann würde ich dir gleich auch noch die anderen vorstellen.«

Er sieht zur Bühne, wo Ivy noch immer für Fotos und Autogramme bereitsteht. Die Fans, die bereits bei ihr waren, werden danach aus dem *Silverside* gelotst, sodass die Reihen sich langsam lichten. Ivy muss unfassbar müde sein nach ihrem Auftritt, aber ihr Lächeln verrutscht kein bisschen.

»Ich habe alle Zeit der Welt«, erwidere ich.

Leise beginnen wir, die benutzten Gläser einzusammeln und zu spülen. Lennon kommt irgendwann aus dem Backstagebereich und sammelt auf dem Weg auch ein paar ein.

»Du sollst dich doch entspannen«, ermahnt Daniel sie.

Lennon sieht zu mir und zieht eine Grimasse. »Er macht sich immer viel zu viele Sorgen, dass ich mich mit meinen Kursen übernehme. Ich organisiere Creative Nights«, ergänzt sie.

»Und was genau ist das?«

»Ich habe Kooperationen mit Cafés und Restaurants. Die

Leute genießen das Ambiente, das Essen und Trinken und haben einen schönen Abend zusammen und können dabei kreativ werden. Dafür zeige ich ihnen bestimmte Maltechniken, die sie dann vor Ort ausprobieren können.«

»Das klingt ziemlich cool.«

»Mein ganzes Herzblut steckt in diesem Business, aber es ist auch echt viel Arbeit, die Creative Nights bekannt zu machen. Dad hat daher immer Sorge, dass ich mich übernehme.«

»Hast du ihm gesagt, dass meine Sorgen gar nicht darauf beruhen, dass du zu viel arbeitest«, mischt sich Daniel ein, »sondern dass du immer so viel unterwegs bist?«

»Ich pass doch auf mich auf, Dad.«

Sie lächelt mir mild zu, dann schnappt sie sich einen Lappen, um Tische abzuwischen. Ich hingegen spüle weiter Gläser und frage mich, ob ich gleich auch Ivy kennenlernen werde. Sie posiert gerade mit den letzten Fans, das *Silverside* ist fast leer. So leer, dass Alice und Zandra Feierabend machen und Daniel begonnen hat, Konfettireste aufzufegen.

Schließlich verlässt der letzte Fan den Club, und Ivy verschwindet wieder im Backstagebereich. Als der Vorhang sich nur ein paar Minuten später lüftet, erwarte ich, Ivy zu sehen, aber es sind ihre Bandkollegen, die sich nun zu uns gesellen.

Daniel stellt mich ihnen vor, und ich schüttle ihnen die Hand. Der Gitarrist Gil und der Bassist Josh wirken mit ihren langen, zotteligen Haaren und Bärten wie alte Rocker. Daniel erzählt, dass er die beiden schon seit Jahrzehnten kennt, also gehe ich davon aus, dass sie in seinem Alter sind. Effie, die Schlagzeugerin, die in meinem Alter sein muss, wird mir als Joshs Tochter vorgestellt. Sie hat etwas sehr Lässiges mit ihren kurzen blonden Haaren und ihrer Baggy Jeans.

»Holst du uns vier Flaschen Bier aus dem Kühlschrank?«, bittet mich Daniel.

»Klar.«

Kurz lege ich die Spülutensilien zur Seite, öffne den Kühlschrank und reiche ihnen vier Flaschen, mit denen sie sofort anstoßen. Gemeinsam gehen sie zu einem der Tische.

»Das ist Dads Lieblingsritual«, sagt Lennon zu mir. »Nach Feierabend zusammen ein Bier trinken und in alten Zeiten schwelgen.«

»Hat er die Band zusammengebracht?«

»Irgendwie schon. Josh, Gil und Dad haben früher, noch vor meiner Geburt, zusammen in einer Garagenband gespielt, aber sie sind nie aufgetreten. Als Ivy dann auftreten wollte, hat Daniel die vier zusammengebracht. Aber das ist vermutlich nur eine Übergangslösung, weil Josh und Effie es nicht hauptberuflich machen wollen, und so, wie die Dinge gerade für Ivy laufen, wird es immer mehr zum Fulltimejob.«

Das erklärt zumindest, wieso ich keinen der drei Bandmitglieder schon mal in der Presse gesehen habe. Ivy wird als Solokünstlerin vermarktet, nicht als Leadsängerin einer Band.

Automatisch gleitet mein Blick zum Vorhang, der sich wieder bewegt hat. Zu meiner Enttäuschung tritt nur Lizz heraus.

»Alles geschafft«, sagt sie laut in die Runde. »Aber ich sehe, ihr habt schon den Feierabend eingeläutet.«

»Zumindest fast«, erwidert Daniel und reicht ihr sein Bier, damit Lizz einen Schluck nehmen kann. »Den Rest machen wir gleich noch.«

»Ivy!«, ruft Lennon plötzlich und verwandelt meine Beine damit zu Pudding. »Schwing deinen hübschen Arsch hierher und feiere noch ein paar Minuten mit uns, bevor Dad wieder den ganzen Laden putzt!«

»Bin ja schon da!«

Mein Herz rast bei diesem einen Satz. Während Ivys Singstimme rau ist, klingt ihre Sprechstimme viel weicher.

Wieder regt sich der Vorhang, und diesmal weiß ich mit Sicherheit, dass sie es ist. Noch immer trägt sie ihr Bühnenoutfit, hat aber ihre hohen Stiefel gegen Turnschuhe eingetauscht. Ihre langen blonden Haare schwingen bei jedem Schritt, den sie auf uns zugeht.

»Da ist ja die Frau der Stunde«, sagt Gil zu ihr. »Hol dir was zu trinken und setz dich noch ein bisschen zu uns.«

»Das lasse ich mir nicht zweimal sagen.«

Ivy steuert direkt auf den Tresen und damit auf mich zu. Dabei vergesse ich zu atmen, vergesse alle Worte, die ich mir für diesen Moment zurechtgelegt habe. Der erste Eindruck ist doch entscheidend, oder? Jetzt zeigt sich gleich, welche Richtung der Auftrag nehmen könnte. Leichtes Spiel oder eine Herausforderung? Angesichts meiner Schockstarre wird es vielleicht auch eine Vollkatastrophe, denn allein der Frau gegenüberzustehen, auf die mein Körper bei dem Konzert noch so intensiv reagiert hat, bringt mich komplett aus dem Konzept.

Ivy entdeckt mich. Einen Augenblick lang wirkt sie irritiert über das neue Gesicht, das sie vorsichtig mustert. Ihr Blick wandert von meinen vermutlich verwuschelten Haaren bis hin zu meinen Jeans und bleibt dann an meinen Händen hängen.

Ihr Mundwinkel zuckt. »Du tropfst dich voll.«

»Wie bitte?«

»Du verlierst Schaum.«

Perplex sehe ich auf das Glas in meiner Hand. Der Schaum ist nicht nur auf die Theke, sondern auch auf mein Shirt getropft und hat einen feinen Film aus Seife und Wasser hinterlassen. Auf dem Tresen sammelt sich bereits eine kleine Pfütze.

Ganz toller erster Eindruck.

»Du musst der neue Barkeeper sein.«

»Genau.« Ich stelle das Glas auf das Abtropfgitter und nehme mir ein Tuch, um die Spuren wegzuwischen. »Ich bin Milo.«

»Ich bin Ivy«, sagt sie, als wäre ich gerade nicht Zeuge ihres Konzerts gewesen. »Willkommen im Team. Daniel war ganz aufgeregt, nach der Empfehlung von Manny. Ich hoffe, du enttäuschst ihn nicht.«

»Würde ich niemals tun.«

Die unterschiedliche Farbe ihrer Augen ist mir schon auf den Fotos im Internet aufgefallen, aber in Wirklichkeit wirkt dieser Kontrast noch viel intensiver. Während ihr linkes Auge aussieht wie der Ozean, auf dem sich das Meer bricht, sieht das rechte fast aus wie Bronze. Ich versuche, sie nicht zu sehr anzustarren.

»Kann ich dir etwas zu trinken bringen?«, frage ich. »Willst du auch ein Bier?«

»Danke, aber ich mache mir selbst schnell einen Kräutertee. Der ist besser für die Stimmbänder.«

Sie tritt hinter den Tresen und schiebt sich an mir vorbei. Für ein paar Sekunden ist sie mir dabei so nah, dass ich einen dezenten Pfirsichduft wahrnehme. Unter ihrem rechten Auge befindet sich ein kleiner Leberfleck.

Mit routinierten Handgriffen holt sich Ivy eine Tasse, öffnet eine Schublade und nimmt eine Teemischung heraus. Etwas unnütz stehe ich daneben und sehe ihr zu, anstatt mich weiter um die Gläser zu kümmern. Ich hatte mir Ivys enorme Bühnenpräsenz mit der Kraft ihrer Stimme und der Leichtigkeit ihrer Tanzeinlagen erklärt, aber selbst jetzt, während sie einfach die Kräutermischung mit heißem Wasser aufgießt, hat sie diese besondere Anziehung. Es ist dieselbe offene Energie, die ich eben noch im Kontakt mit ihren Fans gespürt habe und die so gar nicht zu den Geheimnissen passen will, die die ganze Welt ihr andichtet. Vielleicht wirklich alles reine PR?

»So wie du mich ansiehst, fühle ich mich langsam beobachtet«, ertappt sie mich. So viel zu dem Vorsatz, mich unauffällig zu verhalten.

»Wundert es dich, dass ich dich ansehe? Ich stand immerhin

genau hier, während du da drüben auf der Bühne eine unglaubliche Show abgeliefert hast. Ich bin ab jetzt ein Fan.«

Ein Lächeln zupft an ihren Mundwinkeln. »Welches war dein Lieblingslied?«

Wenn ich nur die Titel kennen würde …

»Du hast es relativ am Anfang gespielt und dabei mit dem Rücken zum Publikum getanzt.«

»Um dich Fan nennen zu dürfen, braucht es noch etwas mehr als das«, zieht Ivy mich auf.

Noch immer stehen wir nah beieinander und sehen uns an, und mir gefällt alles an dieser lockeren Situation. Ihr Tee ist fertig, sie könnte einfach zu den anderen gehen und mich stehen lassen. Aber sie bleibt an Ort und Stelle.

»Ich habe nichts gegen ein bisschen Nachhilfe. Als der neue Barkeeper will ich der größte Coheart werden, den es gibt. So nennen sich deine Fans doch, oder?«

»Die einzig wahren.«

»Ich werde ab sofort Ehrenmitglied in deinem Fanclub.«

»Ich besorg dir einen Button«, verspricht sie.

»Und ein T-Shirt wäre auch gut. Das kann ich dann hinter der Bar anziehen und bekomme vielleicht noch mehr Trinkgeld.«

»Die Vorsitzende vom Fanclub bin aber ich.« Lennons Stimme von der anderen Seite des Tresens erschreckt mich. »Immerhin habe ich Ivy sozusagen entdeckt.«

Sofort werde ich hellhörig. Stand im Internet nicht etwas von Henry Bishop, der durch die Konzertvideos auf sie aufmerksam wurde?

»Du hast sie entdeckt?«, hake ich nach.

»Ich habe sie zumindest mit Dad bekannt gemacht, und dadurch sind die Auftritte hier zustande gekommen. Ihr Erfolg ist also schon auch mein Verdienst, mit dem ich gerne ein bisschen angebe.« Lennons Finger trommeln ungeduldig gegen die Theke. »Aber was soll eigentlich diese Privatparty hier? Wir wollen doch eigentlich alle zusammen anstoßen.«

»Ich musste doch mal dem neuen Barkeeper auf den Zahn fühlen«, erwidert Ivy grinsend. »Wir haben immerhin nicht oft neue Leute im Team.«

»Dann hat Dad dich jetzt fest angestellt?«, fragt mich Lennon.

»Ja, zumindest für die nächsten zehn Wochen.«

»Super, endlich trifft er mal gute Entscheidungen. Beim nächsten Mal muss Ivy dann auf ihren Tee verzichten und mit mir eine Piña Colada trinken. Die kannst du doch sicher, oder, Milo?«

»Meine leichteste Übung.«

»Perfekt. Und jetzt lass uns nicht länger warten, Ivy. Wir kommen schließlich nicht oft zusammen.«

Ivy setzt sich bereits in Bewegung, und ich bin enttäuscht über dieses abrupte Ende unseres Gesprächs. Aber immerhin war es ein guter Start. Sich mit Ivy zu unterhalten, ist wesentlich leichter, als ich befürchtet hatte.

Ich gehe wieder zum Spülbecken, um mich um die restlichen Gläser zu kümmern. Ivy ist schon fast bei den anderen, als sie sich noch mal zu mir umdreht.

»Du wirst doch nicht arbeiten, während wir anderen Spaß haben?«

»Na ja, fürs Arbeiten werde ich ja schließlich bezahlt …«

Daniel, der offenbar mitgehört hat, schüttelt den Kopf. »Du hast für heute genug gemacht. Setz dich zu uns, wenn du willst.«

»Gerne.«

Daniel schiebt mir einen Stuhl heran und platziert ihn ganz zu meiner Freude direkt zwischen sich und Ivy. Die anderen stoßen gerade an. Am liebsten würde ich sofort wieder mit Ivy plaudern, aber Daniel beginnt, mir in bahnbrechender Geschwindigkeit die Abläufe nach den Konzerten zu erläutern. Grobe Reinigungs- und Aufräumarbeiten am Abend, Großputz am Morgen. Er berichtet von den Händlern, mit denen er zusammenarbeitet, und den Schwierigkeiten mit Lieferungen. Jetzt weiß ich, woher Lennon ihre Redseligkeit hat.

Ich versuche, mir alles genau einzuprägen und mich einzubringen, aber es fällt mir schwer, mich auf seine Erläuterungen zu konzentrieren, denn die ganze Zeit bin ich mir darüber bewusst, dass Ivy nicht mal einen Meter von mir entfernt sitzt. Von meinem Stuhl aus kann ich sogar diesen Pfirsichduft wahrnehmen, der von ihr ausgeht.

Ich bin regelrecht erleichtert, als Lizz Daniel wegen einer Abrechnung anspricht und die beiden ins Büro verschwinden.

Ein Seufzen entfährt mir, das Ivy neben mir zum Lachen bringt.

»Daniels Enthusiasmus kann einen ganz schön überrollen, oder?«

»Verrat es ihm nicht.«

»Ich glaube, die Familie Chambers ist sich darüber bewusst, wie viel Energie sie hat.« Lachend sieht sie zu Lennon, die gerade – ähnlich wie Daniel eben bei mir – auf Effie einredet.

»Normalerweise finde ich so etwas sehr erfrischend«, erwidere ich. »Aber gerade bin ich nicht mehr so aufnahmefähig, wie ich es mir wünschen würde.«

»Frag mich mal. Gedanklich hänge ich irgendwo zwischen meinem Konzert und meinem Bett.«

»Du könntest jederzeit gehen. Oder hat Lennon dich als Geisel genommen?«

»Den Sturkopf und die sadistische Ader dazu hätte sie. Aber wir sitzen nach den Konzerten nicht so häufig zusammen, also will ich es genießen, so gut es geht.«

Dann werden sich mir nicht viele Gelegenheiten wie diese bieten. Es wäre also gut, dieses Gespräch etwas zu intensivieren. Jetzt oder nie.

»Also: Wie mache ich mich denn so an meinem ersten Tag? Meinst du, Daniel ist zufrieden?«

»Daniel braucht so dringend Hilfe, dass seine Ansprüche nicht so hoch sind, wie es vielleicht den Anschein erweckt.«

»Wow, danke, wirklich sehr charmant«, erwidere ich grinsend.

»Und wahr. Sei pünktlich und erledige die anfallende Arbeit nicht erst, wenn er sie dir aufträgt, dann wirst du ihn begeistern.« Sie mustert mich. »Und dieser Blick, den du draufhast, wird dir sicher auch Pluspunkte einbringen.«

Amüsiert halte ich inne. »Was für einen Blick denn?«

»Als hättest du alles ganz genau im Auge. Dir entgeht nichts. Das wird Daniel imponieren.«

»Und ich hatte schon gehofft, dass du mir jetzt ein Kompliment machst.«

»War das etwa keins?«

»Nicht so eins, wie ich es gerne hören wollte.«

Ivy lehnt sich etwas weiter zu mir, ihre Haare fallen mir auf den Arm und kitzeln mich. »Aber du hast eine schöne Augenfarbe«, setzt sie leise nach. »Das muss ich dir lassen.«

Da ist wieder diese Hitze, die schon in mir aufgestiegen ist, als ich Ivy noch auf der Bühne gesehen habe.

»Kann ich nur zurückgeben.« Verdammt, wieso klingt meine Stimme so brüchig? Ich will doch eigentlich lässig rüberkommen. So lässig wie sie.

Ivy grinst nur, während sie wieder etwas weiter von mir abrückt und einen Schluck von ihrem Tee nimmt, als wäre nichts gewesen.

Denk an den Auftrag. Das hier ist deine Chance, um mehr aus dem Abend zu machen.

»Wo wir schon bei Komplimenten sind: Deine Songs sind wirklich etwas Besonderes. Wie kamst du auf die Ideen dafür?«

Mir ist klar, dass sie mir nicht sofort eine tiefgründige Antwort geben wird, wenn sie das in der Öffentlichkeit stets vermeidet. Aber jedes verdächtige Mundzucken, jedes Blinzeln könnte darauf hindeuten, dass sie in Bezug auf die Texte etwas zu verbergen hat. Wie war die Spekulation von *Newsflash200* noch gleich? Dass die Texte gar nicht von ihr geschrieben wurden und ihre Blitzkarriere eigentlich monatelanger Planung unterliegt?

»Das Leben inspiriert mich«, erwidert sie schulterzuckend.

Diese Aussage genügt mir nicht.

»Das Leben erzählt ja manchmal wirklich die schönsten und die schwersten Geschichten«, versuche ich, sie noch etwas aus der Reserve zu locken. »Kann mir schon vorstellen, dass man sich da inspiriert fühlt.«

»Ganz genau. Man muss nur mit offenen Augen durch die Welt gehen, dann findet man genug Stoff, um ganze Alben zu füllen.«

»Schreibst du deine Songs dann auch wirklich alle selbst?«

»Jeden einzelnen von ihnen.«

»Das ist echt beeindruckend. Von einem Talent wie deinem können viele nur träumen. Hattest du je Gesangsunterricht?«

»Nein, noch nie.«

Sie streicht sich eine Haarsträhne hinters Ohr und offenbart ein paar Ohrstecker und Piercings in Silber, dann nimmt sie einen Schluck Tee und sagt nichts mehr dazu.

Bilde ich es mir ein, oder werden ihre Antworten knapper?

Wegen der Art der Fragen? Oder ist es die Müdigkeit, die die Oberhand gewinnt? Unter ihren Augen liegen nun leichte Schatten, die selbst ihr Make-up nicht mehr verbergen kann. Sie muss wirklich platt sein, aber sie hat gesagt, dass sie den

Abend trotzdem genießen will. Es wird also sicher nur an ihrer Erschöpfung liegen.

Diesmal bin ich derjenige, der sich ein wenig weiter zu ihr beugt. »Vielleicht kannst du mir ja irgendwann mal erzählen, wie du mit der Musik angefangen hast«, starte ich einen neuen Versuch und setze ein extracharmantes Lächeln auf.

Unsere Blicke verhaken sich. Ihre Augen sind unfassbar faszinierend, sie wirken fast wie ein Kaleidoskop, in dem man immer neue Farben und Formen entdeckt. Das Ozeanblau ist von einem braunen Kranz umrundet, und in ihrem bronzefarbenen Auge hat sie einen kleinen weißen Punkt. Ich versinke geradewegs darin. Daher dauert es einige Sekunden, bis ich die Veränderung in ihrem Blick bemerke. Es ist nur eine Nuance, ein ganz feiner Unterschied, aber ihre Augen strahlen plötzlich nicht mehr, sondern wirken ein wenig dunkler. Als hätte sich in ihr ein Schalter umgelegt.

»Keine Sorge«, sagt sie ein wenig resigniert. »Wenn du während der Pressetermine aushilfst, wirst du bald jedes einzelne Detail meiner Karriere kennen.«

Mein Charme, eben noch auf Hochtouren, knallt gegen die Mauer, die Ivy blitzschnell hochgezogen hat.

»Tut mir leid, falls ich zu neugierig war.«

»Schon okay«, entgegnet sie, aber es klingt nicht so. »All diese Fragen höre ich inzwischen so ziemlich jeden Tag. Meistens von irgendwelchen Moderatoren oder Journalisten.«

Fuck. Ihr locker-lässiges Auftreten hat mich in die Irre geführt. Jetzt begegnet mir die Zurückhaltung, die sie immer in Interviews an den Tag legt.

Wie naiv von mir, zu denken, ich könnte sie mit nur einem Gespräch knacken.

»Sorry«, sage ich noch mal, aber Ivy leert bereits ihren Tee und nickt Lennon unauffällig zu.

»Wir sollten sowieso langsam gehen. Ich bin total fertig, und es ist schon spät«, ergänzt sie mit einem Blick in die Runde.

»Wo sie recht hat«, antwortet Gil. Er streckt sich. »Morgen ist immerhin wieder ein Arbeitstag.«

Plötzlich geht alles ganz schnell: Getränke werden ausgetrunken, Stühle gerückt, Jacken angezogen. Die Gruppe löst sich auf, und ich kann nichts tun, außer ebenfalls aufzustehen und mich aufs Gehen vorzubereiten, obwohl ich das Gefühl habe, versagt zu haben.

Ivy bringt bereits ihre Tasse zurück hinter die Theke.

Daniel ist neben mir aufgetaucht und klopft mir auf die Schulter. »Danke für deine Hilfe heute. Ich maile dir gleich noch alle Termine, an denen ich dich in den nächsten Wochen brauche. Sag mir einfach Bescheid, welche du davon übernehmen kannst.«

»Ich kann sicher an allen.«

Ich *muss* an allen Terminen können.

Josh, Gil und Effie winken bereits zum Abschied in die Runde und verlassen das *Silverside*.

Noch einmal sehe ich zu Ivy. Sie steht jetzt hinter dem Tresen und spült die Tasse, direkt neben der kleinen Abstellkammer, in der sich meine Jacke befindet. Eine letzte, perfekte Gelegenheit für heute.

»Hat mich gefreut, dich kennenzulernen«, sage ich auf dem Weg, um meine Jacke zu holen.

»Ja, mich auch.« Da ist immer noch dieser etwas kühle Unterton in ihrer Stimme.

So kann ich den Abend nicht enden lassen. Nicht mit diesem bleiernen Gefühl, etwas falsch gemacht zu haben.

Also beuge ich mich ein letztes Mal zu ihr, komme ihr ein wenig näher.

»Und denk an meinen Button oder das Shirt. Oder am liebsten beides.«

Ihr Mundwinkel zuckt. Sie kann es nicht verbergen.

»Mal sehen, was ich tun kann.«

»Bis dann.«

Ich drehe mich um, zwinge mich förmlich, es für heute dabei zu belassen. Besser, ich strapaziere es nicht über.

Immerhin weiß Ivy Cohen nun, wer ich bin.

Es ist ein Anfang.

KAPITEL 6

SUSHI DATES AT NIGHT

Ivy

Jeder meiner Schritte brennt, obwohl meine Füße nicht mehr in Plateaustiefeln, sondern in Sneakers stecken. Ich bin froh, als Lennon und ich in den Aufzug steigen und in den sechsten Stock fahren, weil es bedeutet, den Abend nun geschafft zu haben. In den Händen halten wir beide jeweils eine Tüte mit Sushi, das eine Großfamilie satt machen könnte.

Lennon schließt die Tür zu unserer Wohnung auf. Das Sushi stellen wir auf den Tresen des offenen Küchenbereichs, der ans Wohnzimmer angrenzt. Das schwarze Sofa sieht für meinen müden Körper gerade absolut verlockend aus. Die ersten Wochen nach dem Kennenlernen mit Lennon habe ich auf dieser Couch übernachtet, damals war die Wand dahinter noch nicht mintgrün, sondern königsblau. Mit meinem Umzug haben wir uns gemeinsam für eine neue Farbe entschieden. Lennon hat es ein WG-Ritual genannt, inzwischen glaube ich, dass sie einfach einen Grund haben wollte, um mit Farbe zu hantieren, weil sie es liebt, zu malen. An einer Wand der Küche hängen unzählige ihrer Kreationen, festgehalten auf gespanntem Leinen.

»Ich brauche jetzt sofort eins dieser Inside-out-Cheesys«, sagt Lennon und schaut in die Tüte von *Mamakoto Sushi*, dem besten Laden an der Lower East Side. »Nichts geht über frittierten Käse, der in Sushireis eingerollt ist.«

»Da bin ich ganz bei dir. Ich muss mich nur noch schnell in andere Klamotten werfen.«

»Geht klar. Ich bereite schon mal alles vor.«

Lennon macht sich daran, die Sushiteller herauszuholen, die sie in einem Keramikkurs hergestellt und bemalt hat.

Ich hingegen gehe in mein Zimmer.

Noch immer ist das ein wenig ungewohnt, obwohl Lennon ihr Arbeitszimmer bereits vor vier Monaten für mich geräumt hat. Es fühlt sich trotzdem noch unwirklich an, nun *tatsächlich* eine Wohnung in New York zu haben.

Inzwischen könnte ich mir vermutlich sogar mehr leisten als diese sieben Quadratmeter. Trotzdem will ich es genau so, immerhin ist es das erste richtige Zuhause, das ich seit Langem habe. Lizz hat mir Kissenbezüge und eine Tagesdecke im Boho-Style genäht, und Daniel hat ein paar Pflanzen besorgt, die nun mit Makramees von der Decke hängen. Ein altes Bett von Lennon nimmt den ganzen Raum ein, sodass daneben nur noch ein kleiner Beistelltisch und eine Kleiderstange Platz gefunden haben.

Es ist meine kleine Oase, in der ich mich sicher fühlen kann.

Ich greife nach einer Box unter meinem Bett, in der ich meine Fanarmbänder sammle. Dann schäle ich mich aus meiner engen Bühnenkleidung und ziehe stattdessen ein weites Shirt und eine Jogginghose an.

»Sushi steht bereit«, höre ich Lennon rufen.

Ich schnappe mir noch ein Sweatshirt, dann verlasse ich mein Zimmer. Lennon hat bereits das Fenster neben unserem Sofa geöffnet und sitzt auf der Feuertreppe. Die Geräuschkulisse der Lower East Side dringt in unsere Wohnung. Eine wilde Mischung aus Motorgeräuschen, Hupen, Sirenen und dem Quietschen von Bustüren.

Mit dem Sweatshirt über den Schultern steige ich durch das Fenster und nehme neben Lennon auf der Feuertreppe Platz.

Das grüne *Starbucks*-Logo hängt an der gegenüberliegenden Häuserfassade. Lennons Lieblingsaussicht, weil sie es toll findet, sich dort einen Cinnamon Roll Frappuccino zu kaufen und ihn hier oben zu genießen.

Sie hat sich bereits eins ihrer Käse-Sushis in den Mund gestopft und kaut genüsslich, während ich noch den Ausblick in mir aufnehme, an dem ich mich wohl niemals sattsehen werde. Weder an den rötlichen Häuserfassaden noch an den verzierten Dachleisten. Als würde ich plötzlich in einer dieser Sitcoms leben, die ich früher immer auf unserem kleinen Flachbildschirm gesehen habe.

»Also«, meldet sich Lennon zwischen zwei Sushirollen zu Wort. »Was halten wir von dem neuen Barkeeper?«

»Keine Ahnung.«

»Mehr hast du über ihn nicht zu sagen? Hast du nicht gemerkt, wie er dich angesehen hat?«

Sofort denke ich an diese tiefen Blicke von Milo. Ich kann nicht behaupten, es hätte mich kaltgelassen, ich bin mir nur nicht sicher, ob das, was ich dabei empfunden habe, etwas Gutes war. Da waren diese Wärme und ein gewisses Feuer, aber gleichzeitig wirkte es wie ein Versuch, mich zu durchschauen.

»Er hat etwas sehr Direktes, findest du nicht?«

»Das habe ich auch, und bei mir hast du dich noch nie dran gestört.«

Ich nehme eines meiner Avocado-Makis.

»Zuerst mochte ich das bei ihm auch. Es war leicht, mit ihm ins Gespräch zu kommen, und ich mag seinen Humor.«

»Aber?«

»Aber dann hat er mir eine Frage nach der anderen gestellt. Ich kam mir vor wie bei einem Verhör.«

»Geh nicht so streng mit ihm ins Gericht. Es war sein erster Tag, und man trifft nicht jeden Tag einen Star.«

»Es ist seltsam, wenn du mich so nennst.«

Lennon grinst. »Ich weiß, dass du es nicht magst, aber es stimmt nun mal.«

»Und deswegen hat er mich so angestarrt?«

Lennons Grinsen wird anzüglicher. »Nein, das lag daran, dass er dich heiß findet. Und er ist auch heiß, meinst du nicht? Mit diesen hellblauen Augen könnte er mich gerne jederzeit angucken.«

»Du bist unmöglich, hat dir das schon mal jemand gesagt?«

»Was nicht bedeutet, dass ich nicht recht habe.« Lennon wirft sich zufrieden ein Stück Sushi in den Mund. »Aber du wirst doch mit ihm klarkommen, oder? Ich weiß, dass du manchmal schwierig sein kannst, wenn du das Gefühl hast, jemand rückt dir zu nah auf die Pelle.«

»Vielen Dank, Frau Hobbypsychologin. So kompliziert bin ich nun auch nicht.«

»Nur ein wenig. Aber das ist auch ein Grund, wieso ich dich so mag.«

»Da ich weiß, wie dringend Daniel Milos Hilfe an der Bar braucht, werde ich ihm ganz sicher nicht im Weg stehen. Letztendlich werde ich ja auch gar nicht so viel mit ihm zu tun haben.«

»Wirklich schade. Ihr wärt ein hübsches Paar.«

»Nein, danke.« Mir entfährt ein kleines Seufzen. »Ich glaube, ich bin ein wenig erschöpft von all den neuen Leuten.«

Seit ich beim Label bin, habe ich eigentlich täglich neue Kontakte und führe viel zu viele Gespräche. Mit Keyla oder Henry Bishop, meinem A&R-Manager, der mich ins Label geholt hat und allerhand logistische Entscheidungen wie die Buchung des Tonstudios koordiniert. In letzter Zeit ist öfter Trish Chepman bei Meetings dabei, die sich um die Umsetzung der geplanten Tour kümmert. Da sind Talkmaster, Pressevertreter, Hair- und Make-up-Artists, Fans … da sind andere Musiker, Influencer und Models, die mich plötzlich kennenlernen wollen, obwohl sie vor drei Monaten noch keine Ahnung hatten, dass ich existiere. Und ich bin es nicht gewohnt, so viel unter Menschen zu sein oder mich so vielen Fragen zu stellen, die sich auch noch dauernd wiederholen. Es ist ermüdender, als ich es mir vorgestellt habe.

Ich schlucke das Maki herunter, und es schmeckt sofort ein wenig bitter. Ein Geschmack, der so gar nicht zu meinem Wohlfühlort und der Ein-Uhr-nachts-Atmosphäre passen will. Ein Geschmack, den ich mir auszureden versuche, denn all das gehört nun mal zu dem Leben, das ich führen will. Es ist der Preis, den ich zahle, um mit dem, was ich liebe, Geld zu verdienen.

Und nicht alle Gespräche sind anstrengend. Diese kleinen Momente mit meinen Fans sind pures Futter für meine Träume und liefern mir die Energie, um daran festzuhalten.

»Anstatt über Milo zu reden, sollten wir lieber mal unsere Wochenplanung besprechen«, versuche ich das Thema zu wechseln. »Hast du irgendwelche Events?«

»Ich habe meinen wöchentlichen Kurs im Café *Flowerstone* und helfe an der *Pratt* aus, um dort einen Malkurs mitzugestalten. Ansonsten versuche ich, neue Restaurants und Cafés anzusprechen und dort Flyer zu verteilen.« Lennon streicht sich ihren Pony aus der Stirn. »Wie sieht es bei dir aus?«

»Übervoll. Ich wurde zu einem Interview für einen feministischen Podcast eingeladen – ich glaube, das wird ganz cool. Dann habe ich weitere Talkshowauftritte und noch ein Konzert im *Silverside*, einen Pressetermin und ein Meeting mit Keyla. Ach ja, und Ausdauertraining soll ich ja nun auch jeden Morgen durchziehen.«

»Also sehen wir uns diese Woche vermutlich gar nicht richtig«, fasst Lennon zusammen. »War schön, dich gekannt zu haben, beste Freundin.«

»Immerhin hat jede von uns dann die Wohnung öfter für sich.«

»Das habe ich ohnehin, wenn du im September auf Tour gehst. Wir müssen vorher auf jeden Fall noch etwas Zeit miteinander verbringen. Und wenn wir uns dafür die Nächte um die Ohren schlagen müssen. Klar?«

»Bin ganz bei dir.«

Keine Ahnung, wie ich die letzten zwanzig Jahre ohne Lennon ausgekommen bin. Sicher wäre mein Leben sehr viel besser gewesen, wäre sie früher hineingestolpert.

Vielleicht wäre dann vieles nie passiert.

KAPITEL 7

LIFE IS A BATTLE BETWEEN REALITY AND DREAM

Milo

Im Büro bin ich dafür bekannt, zu spät zu kommen. Meist schiebe ich es auf den Verkehr, aber oft liegt es daran, dass ich nicht rechtzeitig losfahre. Wenn ohnehin nur Recherche und Überarbeitungen winken und man seine Arbeit deswegen als sinnlos empfindet, kann man das morgendliche Aufbrechen erstaunlich lange hinauszögern.

Ich wusste die ganze Zeit, dass mein Hang zur Unpünktlichkeit meine Unzufriedenheit bei *Current Flash* widerspiegelt, und doch war es mir nie so klar wie heute, als ich eine halbe Stunde vor Schichtbeginn das *Silverside* betrete. Ich wäre sogar noch früher da gewesen, hätte ich nicht noch einen Zwischenstopp bei *Five Guys* gemacht, um einen Cheeseburger zu futtern.

Mittlerweile sind vier Tage seit meinem Probearbeitstag vergangen, die mir allesamt viel zu lange vorkamen angesichts der Tatsache, dass ich nur zehn Wochen Zeit habe, um mehr über Ivy herauszufinden. Innerlich brenne ich darauf, voranzukommen.

Die Tür fällt hinter mir ins Schloss, und Daniel blickt auf, der mit einem dicken Aktenordner an einem der Tische sitzt.

»Milo«, sagt er erstaunt. »Mit dir habe ich noch gar nicht gerechnet.«

»Es war wenig Verkehr. Vielleicht kann ich dir ja schon vorab irgendwie zur Hand gehen?«

»Ich fürchte, den Papierkram muss ich alleine erledigen. Du kannst dich noch etwas entspannen.«

»Ich habe gerne etwas zu tun.« Mein Blick fällt auf Wasserflaschen, die auf dem Tresen abgestellt wurden. »Sollen die in den Kühlschrank eingeräumt werden?«

»Das Wasser kommt in den Backstagebereich. Da gibt es eine kleine Theke hinter der Couch, auf der ich immer ein paar Getränke und etwas Obst bereitstelle.«

»Das kann ich übernehmen«, sage ich sofort und schnappe mir die Wasserflaschen.

Daniel hält mich nicht auf, sondern brütet sofort weiter über seinen Unterlagen. Es ist für mich die Gelegenheit, den Backstagebereich zu erkunden.

Ich trete hinter den Vorhang in einen dunklen Raum. Offenbar ist noch niemand hier, also lege ich den Lichtschalter um.

Deckenfluter springen mit einem Knacken an und offenbaren eine dunkle Ledercouch und einen bunten Teppich, der für Gemütlichkeit sorgt. Dahinter ist die kleine Theke aufgebaut, die Daniel eben erwähnt hat. Ich lasse sie jedoch links liegen und gehe stattdessen zu den zwei Türen vor mir. Die eine aus Metall fungiert als Notausgang und ist mit einem Code gesichert. Die andere Tür ist aus weißem Holz. Ich gehe darauf zu und sehe in den Raum dahinter. Direkt gegenüber der Tür steht eine Schminkkommode mit Hocker, über der ein großer beleuchteter Spiegel hängt. Darunter sind einige Make-up-Pinsel und allerhand Lippenstifte und Puderdosen zu finden. Auf der Kleiderstange daneben hängen ein paar schwarze Kleidungsstücke aus Spitze und Seide, die ich eindeutig Ivy zuordnen würde.

Unwillkürlich stelle ich die Wasserflaschen auf dem Boden ab und mache ein paar Schritte darauf zu. Dabei zücke ich mein Smartphone, um alles festzuhalten. Die Kamera schwenkt von den Kleidern an der Stange zu den Schuhen darunter, dann zum Schminktisch. Am Spiegel hängt ein beschriebener Post-it.

Life is a Battle between Reality and Dream.

Ich wüsste zu gerne, ob es Ivys Handschrift ist. War dieser Zettel vielleicht eine Eingebung für einen ihrer Songtexte?

Schnell mache ich ein paar Fotos von der Notiz.

Unter dem Schminktisch befinden sich zwei Schubladen, die ich öffne. Aber auch hier liegen nur Pinsel, ein Kamm, zwei Haarbürsten und ein paar Haargummis. Nichts, was mir irgendwie weiterhelfen könnte.

Ein Piepen durchdringt plötzlich die Stille, kurz darauf fällt eine schwere Tür ins Schloss. Ich bin sofort in Alarmbereitschaft, denn es kann sich dabei nur um die durch den Code gesicherte Hintertür handeln, und wer die Kombination kennt, sollte mich definitiv nicht beim Herumschnüffeln erwischen.

Schnell schließe ich die Schubladen. Um in den normalen Backstagebereich zurückzukehren, reicht die Zeit nicht, denn ich höre eindeutig Schritte, die sich nähern. Zügig stecke ich mein Smartphone weg und schnappe mir stattdessen ein paar Wasserflaschen, die ich auf der Schminkkommode verteile. Keine fünf Sekunden später taucht Ivy auf.

»Milo«, sagt sie verwundert. »Was machst du hier?«

Meine Hände sind so feucht, dass ich fürchte, die Flaschen könnten mir entgleiten.

»Daniel hat mich gebeten, euch Getränke in den Backstagebereich zu stellen.«

»Die kommen eigentlich hinten auf die kleine Theke an der Couch.«

»Sorry, dann hatte ich das missverstanden.«

»Kein Problem.«

Sie legt ihre Tasche ab und wartet offenbar darauf, dass ich das Wasser zum richtigen Platz bringe, aber ich bleibe stehen. Irgendetwas muss mir einfallen, um die Situation für mich zu nutzen. Vielleicht wird das heute meine einzige Gelegenheit bleiben, um mit ihr zu reden, und nach unserem etwas unglücklich verlaufenen letzten Gespräch muss ich dringend wissen, wo ich bei ihr stehe.

»Hast du eigentlich bestimmte Rituale, die du vor einem Auftritt abhältst?«, frage ich, weil es das Erste ist, was mir einfällt.

Nachdenklich sieht sie zu mir. Immerhin weicht sie meinem Blick nicht mehr aus, nicht so wie beim letzten Mal. Vielleicht war es ja doch nur die Müdigkeit, die für den Stimmungsumschwung gesorgt hatte.

»So was wie Meditieren oder so?«, fragt sie.

»Zum Beispiel. Ich habe mal gehört, dass Selena Gomez vor jedem Auftritt etwas Olivenöl trinkt. Für die Stimmbänder.«

Ivy verzieht das Gesicht. »Das klingt schauderhaft.«

»Und Prince hat sich vor seinen Shows Vitamin-B12-Injektionen geben lassen, um in bestmöglicher Form zu sein.«

»Woher zum Teufel weißt du das alles?«

»Wenn man jetzt mit einem Star arbeitet, muss man doch up to date bleiben«, versuche ich es mit einem Spruch. »Gut für mich, dass solche Anekdoten in Talkshows erzählt werden.«

»Hm. Da könnte ich erzählen, dass ich abends vorm Fernseher gerne ein Stück dunkler Schokolade mit einer Scheibe Roter Bete kombiniere.«

Entsetzt starre ich sie an, Ivy gluckst.

»*Das* klingt schauderhaft. Viel schlimmer als Selenas Olivenöl, wenn du mich fragst.«

»Aber es ist immer noch besser, als mein Ritual zu verraten.«

»Dann hast du wirklich eins?«

Ivy lächelt nur verschwörerisch, dann geht sie zur Kleiderstange und greift nach einem Bodysuit aus Spitze.

»Nicht mal ein kleiner Hinweis? Dann sag mir wenigstens, wie du die Zeit vor deinen Auftritten verbringst.«

»Meistens ziehe ich mich zurück und versuche, mich ganz auf mich zu fokussieren und mich in die richtige Stimmung zu bringen.«

Unwillkürlich muss ich grinsen. »War das jetzt eine höfliche Art, mir mitzuteilen, dass ich dich in Ruhe lassen soll?«

Ivys Augen funkeln amüsiert. »Das hast jetzt *du* gesagt …«

»Wie läuft das eigentlich bei diesen Talkshows?«, nehme ich das vorherige Thema wieder auf. »Darf man völlig frei reden, oder hast du Vorgaben vom Label, worüber du sprechen darfst und welche Anekdoten du erzählen könntest?«

»Du stellst echt viele Fragen, weißt du das?«

»Gehören Fragen nicht zu einer Konversation dazu?« Ich lache leise, während mein Magen rumort. »Vermutlich bin ich einfach nicht so gut in Small Talk …«

Ivy streicht sich durch die Haare und wirkt kurz weit weg.

»Du glaubst gar nicht, wie viele lästige, sich wiederholende Fragen ich in den letzten Wochen beantworten musste. Ich komme mir langsam vor wie eine dieser Aufziehpuppen, die immer und immer wieder das Gleiche von sich geben. Und ich fürchte, das lässt mich langsam ein wenig allergisch reagieren. Aber das geht nicht gegen dich, okay?«

Ganz unverhofft macht sie einen Schritt auf mich zu.

»Du wolltest beim letzten Mal wissen, wie ich zur Musik gekommen bin, oder?«

»Stimmt genau.«

»Du könntest die Antwort einfach im Internet nachlesen. Da erfährst du vermutlich sowieso schon alles über mich.«

Nicht alles, denke ich. *Zu wenig.*

»Das fändest du besser? Ich soll dich lieber hinter deinem Rücken googeln, anstatt dich offen zu fragen?«

»Nun … wenn du es so formulierst …«

Ivy legt den Bodysuit über den Hocker am Schminktisch. Dann sieht sie mich entwaffnend an. »Ich habe mit der Musik angefangen, als ich mir auf einem Garagentrödelmarkt meine erste Gitarre gekauft habe. Und das Ende der Geschichte ist dann hier im *Silverside*.«

»Nur, dass das nicht das Ende, sondern ein Anfang ist, oder?«

Ivy strahlt plötzlich, als hätten meine Worte über den Beginn ihrer Karriere sie daran erinnert, auf welchem abenteuerlichen Pfad sie sich gerade befindet.

Ich will noch etwas sagen, doch ein Piepton am Notausgang durchbricht die Stille. Jemand gibt den Code ein. Kurz darauf höre ich Gil, Effie und Josh hereinkommen.

»Ich glaube, nebenan werden Getränke gebraucht«, sage ich. Es missfällt mir, das Gespräch abzubrechen, aber wenn die Band gekommen ist, beginnen nun die Vorbereitungen fürs Konzert und dann wird Daniel mich hinter der Bar brauchen. Besser, ich enttäusche ihn nicht.

»Dann viel Spaß in deiner meditativen Ruhe vor dem Sturm. Wenn du ein bisschen Olivenöl brauchst, melde dich einfach.«

Ivy reicht mir die Wasserflaschen, die ich auf der Kommode abgestellt hatte.

»Oder etwas Vitamin B12?«, fragt sie.

»Damit kann ich, ehrlich gesagt, nicht dienen.«

»Enttäuschend.«

Ivy dreht sich zum Spiegel und verteilt ihre Schminkutensilien auf dem Tisch. Sie hat zwar schon etwas Make-up aufgelegt, aber für die Bühne wird sie sicher noch einiges auffrischen und ihre Augen noch dunkler schminken, wie auf den meisten Fotos und Videos ihrer Auftritte.

Kurz vor der Tür drehe ich mich noch mal zu ihr um.

»Findest du wirklich, dass ich zu viele Fragen stelle?«

»Ich glaube, ich gebe nur nicht so gerne Antworten«, erwidert sie und lässt mich mit dieser Aussage etwas ratlos zurück.

Ich verlasse den Raum und ziehe die Tür hinter mir zu.

Effie, Gil und Josh begrüßen mich. Sie plappern wild durcheinander und reden über den bevorstehenden Auftritt, während ich in Gedanken mein Gespräch mit Ivy durchgehe.

Lief das jetzt gut oder schlecht?

Angesichts der Tatsache, dass ich mich bereits morgen mit Jaxon treffe, lief es zumindest nicht gut genug. Lockere Gespräche und kleine Witze werden mich nicht weiterbringen, wenn ich das gesamte Bonusgeld haben will.

Irgendetwas muss mir also einfallen, um noch mehr aus Ivy herauszulocken.

***

Ich kenne viele Geschichten über Hunts Point. Die meisten davon handeln von Kriminalität, Prostitution und Drogenhandel. Meine Eltern haben mich früher immer gewarnt, in die South Bronx zu fahren, weil es zu gefährlich sei. Schon ironisch, dass ich nun wegen meines Dads hier bin.

Das verlassene Firmengelände, auf dem ich mich mit Jaxon treffen soll, ist düster und abgelegen. An der Fassade blättert der Putz ab, und den Spritzen auf dem Boden nach zu urteilen, verlaufen sich sonst nur noch Drogensüchtige hierher. Irgendwo in der Ferne heult eine Polizeisirene, aber sie ist zu weit entfernt, um mir das Gefühl von Sicherheit zu vermitteln.

Achtzehntausend Dollar stecken in dem Umschlag in meiner Jackentasche und rufen mir zu, dass das Ganze hier eine schlechte Idee ist: Sich mit zwielichtigen Leuten zu treffen, die ich nicht kenne. Sie nicht vorgewarnt zu haben, dass Dad nicht hier sein wird. Ihnen zu wenig Geld zu überreichen.

Ganz. Dumme. Entscheidungen.

Ich fühle die Anspannung in jeder Faser meines Körpers, der sich noch nicht entscheiden kann, ob er sich zur Flucht bereithalten oder vor Angst erstarren soll. Meine Knie sind weich, und ich bereue es, etwas gegessen zu haben, weil mir Magensäure aufsteigt. Und dann fahren ein silberner McLaren GT und ein dunkler BMW M8 auf den Innenhof. Die Scheinwerfer blenden mich für einige Sekunden, ehe die Wagen zum Stehen kommen. Die Türen des McLaren GT schwingen nach vorne auf, und ein einzelner Mann steigt aus. Seine dunklen Locken fallen ihm elegant in die Stirn, und er trägt Chinos und einen simplen, sportlichen Pullover mit Stehkragen. Es ist sofort klar, dass es sich dabei um Jaxon handelt, auch wenn er nicht so düster aussieht, wie ich vermutet habe.

Wenn man den protzigen Sportwagen ausblendet, verstehe ich, wieso Dad auf ihn reinfallen konnte. Er wirkt wie ein solider vierzigjähriger Familienvater, nicht wie jemand, der illegale Sportwetten betreibt und dabei verzweifelten Menschen Geld leiht, nur um diese dann auszunehmen wie eine Weihnachtsgans.

Die beiden bulligen Männer, die er im Schlepptau hat, verraten jedoch, dass er nicht auf dem Weg zu einem Elternabend ist. Es würde mich nicht wundern, wenn sie sogar bewaffnet wären.

Meine Zunge fühlt sich schwer an, der Mund zu trocken, und trotzdem entschließe ich mich dazu, als Erster das Wort zu ergreifen.

»Sind Sie Jaxon?«

»Kommt drauf an, wer du bist.«

»Ich bin Milo, Frank Harrisons Sohn.«

Er tritt näher und bleibt nun direkt vor mir stehen, während er mich mustert. Eine Spur des Erkennens huscht über sein Gesicht, sicher fallen ihm die Ähnlichkeiten zwischen Dad und mir auf.

Er fährt sich über seinen Dreitagebart. Der Ärmel seines Pullovers rutscht ein wenig nach oben und offenbart eine Rolex. »Und wo ist der gute alte Frank?«

»Er ist verhindert. Aber ich soll Ihnen das Geld von ihm geben.«

»Das freut mich zu hören.«

Meine Finger zittern, als ich unter Jaxons wachsamem Blick das Geld aus meiner Jackentasche hole und es ihm reiche.

Achtzehntausend Dollar auf den Schein genau.

Zweiunddreißigtausend Dollar zu wenig.

Jaxon wirft einen irritierten Blick darauf.

»Was soll das sein? Willst du mich verarschen?«

»Mehr haben wir gerade nicht, aber …«

Ich komme nicht dazu, den Satz zu beenden. Jaxon gibt seinen Männern ein Zeichen, darauf packen sie mich sofort. Einer steht rechts, einer links, und ich kann mich nicht rühren. Fingernägel krallen sich in meinen Pullover, aber das ist es nicht, was mich leise keuchen lässt. Es sind Jaxons Augen, die nun nicht mehr an den netten Typen von nebenan erinnern.

»Frank schuldet Jaxon fünfzigtausend«, flüstert mir einer seiner Männer ins Ohr. Ein Schauer fährt mir über meinen Rücken.

»Es ist eine erste Anzahlung«, bringe ich hervor. »Das sind achtzehntausend Dollar und das Versprechen, dass wir jeden Cent der Schulden begleichen werden. Ich helfe meinem Dad, wo ich nur kann, damit wir das Geld auftreiben. Aber wir brauchen mehr Zeit … und wir müssten Ihnen das Geld in Raten abzahlen.«

Jaxon mustert mich. Als ein Lächeln an seinen Mundwinkeln zupft, denke ich schon, dass ich ihn überzeugen konnte, doch dann trifft mich seine Faust. Sie bohrt sich in meine Rippen. Mein Körper will in sich zusammensinken, doch die stahlharten Griffe seiner Handlanger verhindern das.

»Du sagst hier nicht, wie es zu laufen hat«, erwidert der Typ, der meinen rechten Arm festhält. Jedes Wort ist eine dunkle Drohung.

»Tut mir leid.« Im Vergleich dazu klingen meine Worte dünn und schwach.

Meine Rippen pochen brutal, ich bekomme kaum Luft.

Es war die falsche Taktik, ich hätte besser darüber nachdenken sollen, wie ich meinen Vorschlag unterbreite. Immerhin wusste ich doch, wie Jaxon drauf ist. Spätestens nach Dads blauen Flecken war klar, dass er kein Typ großer Worte ist, sondern Taten sprechen lässt.

Ein altbekanntes Gefühl der Ohnmacht beschleicht mich. Es katapultiert mich drei Jahre zurück, zu dem Moment, in dem Moms Körper vom Krebs immer mehr zerfressen wurde und ich mich klein und machtlos gefühlt habe. Der Moment, in dem klar wurde, dass wir nichts mehr würden tun können und mein Innerstes in tausend Scherben zerbrochen ist. Nun fühle ich die Scherben, sie schneiden mich direkt unterhalb der lädierten Rippen und rufen mir zu, dass ich meinen Dad auch noch verlieren werde. Dass ich nicht genug getan habe, um auf ihn aufzupassen. Nicht früh genug eingeschritten bin.

Aber ich weigere mich, diese Ohnmacht zuzulassen.

Irgendetwas muss ich tun können, auch wenn mein schmerzender Körper widersprechen möchte.

»Aber wir werden in ein paar Wochen das restliche Geld zahlen können!« Die Worte sind die letzte Rettungsleine, die mir einfällt, also nutze ich sie. »Das kann ich garantieren!«

»Und wie?«, fragt Jaxon skeptisch.

Er ist ein Geschäftsmann und kein einfacher Schläger, richtig? Sein Ziel ist es, sein Geld zurückzubekommen, ich muss ihm also nur genug Hoffnung darauf machen, dass ich die Raten zahlen kann. Ich muss ihn nur überzeugen, dann haben wir mehr Zeit.

»Ich habe einen lukrativen Auftrag von meinem Chef erhalten«, spreche ich weiter. »Dafür muss ich mich nur dieser Sängerin nähern und einen Artikel über sie schreiben, und dann bekomme ich fünfundzwanzigtausend Dollar. Und die gehören dann sofort Ihnen, ich schwöre es!«

Jaxon mustert mich mit einem kleinen Funkeln in den Augen. »Frank schuldet uns aber noch zweiunddreißig«, erinnert er mich.

»Den Rest treiben wir auch noch auf. Wir verkaufen noch ein paar Sachen. Das schaffen wir. Versprochen.«

Das Funkeln in seinen Augen wird stärker.

»Vielleicht war es gut, dass du heute anstelle deines Vaters hergekommen bist ...«

Der Griff seiner Männer lockert sich ein wenig.

»Wann bekommst du das Geld von diesem Auftrag?«

»In zehn Wochen.«

»Das dauert zu lange. Ich gebe dir sieben. Aber wenn du auf Raten bestehst, will ich Zinsen.«

Das habe ich befürchtet.

»Sagen wir zehn Prozent für die Extrazeit und die Unannehmlichkeiten. Wie klingt das für dich?«

In erster Linie klingt es wie rund dreitausend Dollar mehr Schulden, die wir irgendwie werden auftreiben müssen. Es heißt, wirklich alles dafür zu geben, um meinen Auftrag erfolgreich abzuschließen und damit das Unheil von meinem Vater abzuwenden. Jetzt geht es dabei wirklich um mehr als meine Karriere. Es geht um alles.

»Klingt nach einem Geschäft«, erwidere ich.

Die beiden Männer lassen mich augenblicklich los, und Jaxon schüttelt mir die Hand, als hätte er mir nicht eben noch die Rippen geprellt. Ich spiele das Spiel mit und danke ihm für die Chance ... und frage mich, ob ich gerade denselben Pakt mit dem Teufel geschlossen habe wie mein Dad vor einigen Monaten.

KAPITEL 8

SCREAMING UNDER WATER

Milo

Vor zwei Monaten habe ich ein Gespräch mit den Ärzten meines Dads geführt. Dad hatte angegeben, dass die Hämatome an seinem Bauch von einem Treppensturz stammten, und die Ärzte wollten sichergehen, dass diese Geschichte stimmte.

Sie waren gewillt, ihm zu glauben, denn immerhin leidet Dad schon lange unter Arthrose im Knie, und manchmal versucht er dem entgegenzuwirken, indem er sein betroffenes Knie entlastet. Das führt schnell zu Gleichgewichtsschwierigkeiten, vor allem im Zusammenspiel mit Dads Dehydrierung bei der Einlieferung. Die Ärzte fanden diese Aussagen also schlüssig.

Ich hätte diese Geschichte auch zu gerne geglaubt, denn Schwindel und Gleichgewichtsstörungen wären die weniger schmerzhafte Wahrheit gewesen als die, die ich letztendlich im Nachhinein herausfinden musste.

Nun leuchtet mein eigener Oberkörper dunkelrot, genau zwischen der fünften und der sechsten Rippe. Mit einem leichten Stöhnen drücke ich eine Packung Tiefkühlerbsen darauf. Jeder Atemzug befördert Schmerz in meinen Oberkörper.

Verdammte Scheiße.

Auf keinen Fall darf Dad noch mal mit ihnen aneinandergeraten. Besser, ich setze mich sofort wieder an das Material, das ich während meiner ersten beiden Schichten im *Silverside* gesammelt habe.

Ich hole mein Smartphone hervor und betrachte die Fotos und Videos, die ich vom Backstageraum aufgenommen habe. Dann gehe ich dazu über, alle Fakten aufzuschreiben.

Ivy macht ihr Make-up für die Konzerte selbst.
Ivy mag prinzipiell lockeren Small Talk, aber beantwortet nicht gerne ernstere Fragen.
Ivy trinkt nach den Konzerten gerne Kräutertee.
Ivy hat ihre erste Gitarre von einem Garagenflohmarkt.
Ivy mag vor ihren Konzerten Ruhe.
Ivy isst dunkle Schokolade und Rote Bete.
Ivy kam durch Lennon ins Silverside.

Ich umkreise den letzten Punkt.

Lennon ist eine redselige Person, und sie scheint Ivy nahezustehen. Vielleicht wäre es leichter, über *sie* an Informationen heranzukommen. Wenn ich nur wüsste, wann Lennon das nächste Mal im Club sein wird.

Einem Impuls folgend gebe ich ihre Creative Nights in eine Suchmaschine ein. Übermorgen findet eines ihrer Events in einem Café in Manhattan statt, und laut der Webseite sind noch Tickets verfügbar. Ich könnte einfach hingehen und versuchen, mit Lennon ins Gespräch zu kommen.

Nur kosten die Tickets achtzig Dollar. Ein Betrag, der angesichts meiner finanziellen Lage wehtut. Fast so sehr wie meine pochende Rippe, die sich gerade wieder meldet und mir zuschreit, dass ich alles versuchen muss.

Kurzerhand klicke ich auf *Kaufen.* Eine Minute später kommt meine Bestätigung mit der Ticketnummer.

Bleibt nur zu hoffen, dass Lennon es nicht komisch findet, wenn ich dort auftauche. Vielleicht sollte ich mir Verstärkung mitbringen.

Ich will gerade Priya schreiben und fragen, ob sie Lust hat, mitzukommen, als auf meinem Smartphone eine Nachricht eingeht. Der Liveticker von *Newsflash200*, den ich mir vorgestern runtergeladen habe, um keine ihrer Ivy-Theorien zu verpassen.

Ivy Cohen: Sind ihre Songs ein versteckter Hilfeschrei?

Die junge Musikerin Ivy Cohen hat neue Maßstäbe gesetzt, viral zu gehen. Quasi über Nacht wurde die 21-Jährige mit ihren Auftritten in New York City berühmt. Ihr Singledebüt *Riveting Humility* ist sofort in die Top fünf der Charts eingestiegen. Doch während ganz USA herausfinden möchten, was hinter ihren teils düsteren Songtexten und ihren aufreizenden, sexy Shows steckt, äußern die ersten Fans im Internet große Sorge um die Sängerin. »I'm slowly dissolving. I merge with the darkness from which there is no escape«, heißt es in *Faint*, einem noch unveröffentlichten Lied. Während sich einige Fans mit diesen melancholischen Zeilen identifizieren können, ist es für die anderen ein eindeutiger Hilfeschrei. »Ivy Cohen wäre gewiss nicht die erste Künstlerin, die in einer dunklen Gedankenspirale feststeckt«, äußerte sich der Psychologe Matthew Bloom auf unsere Nachfrage hin. Er beschäftigt sich schon lange mit dem sogenannten »Club 27«, bestehend aus Musikern, die in ihrem 28. Lebensjahr starben. »Ich hoffe sehr, dass die Dunkelheit, von der Ivy spricht, eher ein Stilmittel und kein echtes Empfinden ist«, sagte Bloom weiter.
Die Fans von Ivy Cohen sind jedenfalls fest entschlossen, weitere Hinweise auf Hilfeschreie in ihren Liedern zu suchen. Das angekündigte Album könnte dabei Licht ins Dunkel bringen.

***

New York ist wie eine Wundertüte. Jeden Tag eröffnen Restaurants, Clubs und Bars, genauso schnell schließen Läden auch wieder. Die Stadt ist im stetigen Wandel, und an jeder Ecke gibt es etwas Neues zu entdecken.

Das Café *Flowerstone*, eine Mischung aus Café und Blumenladen, muss eine dieser neuen Errungenschaften von Manhattan sein, denn an der Eingangstür steht noch ein etwas verblasstes Schild, das auf eine Neueröffnung hinweist.

Priya, die sich spontan entschlossen hat, mich zu begleiten, und ich betreten den Laden, der im vorderen Bereich mit dem wundervollen Duft von Blumen lockt. Nur einige Schritte weiter übernimmt der Duft nach frischem Gebäck, das sich in einer hübschen Auslage befindet.

Ein kleines Plakat wirbt bereits für Lennons Creative Nights, die im angrenzenden Saal abgehalten werden. Tische, die sonst vermutlich einzeln stehen, wurden zu einer großen Sitzgruppe zusammengestellt, auf der schon allerhand Malutensilien bereitstehen.

»Echt schön hier.« Priya sieht zur Decke, von der getrocknete Blumensträuße herunterhängen.

Erste Teilnehmende stehen schon in der hintersten Ecke des Raums und unterhalten sich. Sie sehen auf, als Priya und ich eintreten, und lächeln uns zu. Lennon, die zuvor mit dem Rücken zu uns stand, dreht sich zu uns um. Ihre Haare sind zu einem hohen Zopf gebunden, und sie trägt eine Schürze voller alter Farbkleckse.

»Milo!« Sie eilt auf mich zu und umarmt mich zur Begrüßung. »Ich hatte schon in der Anmeldeliste gesehen, dass du kommst.«

»Ich dachte, ich unterstütze das junge Business.«

»Unterstützung ist immer willkommen.«

»Das ist Priya«, stelle ich vor. »Eine Freundin.«

»Schön, dass ihr hier seid. Ihr werdet sicher viel Spaß haben.«

»Ich habe noch nie etwas mit Kunst zu tun gehabt«, sagt Priya. »Ich bin also absolute Anfängerin.«

»Gar nicht schlimm. Niemand braucht Vorkenntnisse. Es geht auch mehr um den kreativen Prozess und den Spaß, weniger um das Ergebnis.« Lennon mustert Priya. »Woher kennt ihr beiden euch?«

»Aus der Schule«, serviere ich ihr die Lüge, die Priya und ich vorher abgesprochen haben.

»Und immer noch befreundet? Finde ich cool. Bei mir haben sich die Highschool-Freundschaften alle zerschlagen.«

Lennon stellt uns die anderen Teilnehmenden vor. Wir schütteln Hände und teilen unsere kreativen Erfahrungen miteinander, bei denen ich immerhin meine DIY-Möbel anführen kann. Nach rund zehn Minuten sind auch die letzten Teilnehmenden vor Ort, und wir suchen uns Plätze.

Claudia, die Inhaberin des *Flowerstone*, bringt uns frisches, butterweiches Gebäck, und wir können zwischen Tee, Kakao und Kaffee auswählen. Während wir unseren Snack genießen, führt Lennon uns in die Welt der Spachteltechnik ein und zeigt uns ein paar Bilder, die durch abstrakte Formen und bunte Farben punkten. Dann bekommt jeder von uns eine Leinwand. Acrylfarbe und kleine Spachtel liegen bereit.

»Das Erste, dessen wir uns jetzt annehmen, ist die Grundierung. Ich wähle hier eine dunkle Farbe, die ich mit einem Pinsel auf die Leinwand auftrage«, erklärt Lennon.

Alle neun Teilnehmenden folgen ihrem Beispiel. Wir nehmen schwarze Farbe und streichen die Leinwand. Fünf Minuten soll die Farbe antrocknen, während Lennon uns die weiteren Schritte erläutert. Danach geben wir bunte Farbkleckse auf die Leinwand – ich entscheide mich für Meeresblau und Indigo – und verteilen sie mit den Spachteln.

Zwanzig Minuten lang herrscht konzentriertes Schweigen, das nur von Lennons Anweisungen durchbrochen wird. Es hat etwas sehr Meditatives, so mit Farben zu spielen, ohne dass es um Perfektion geht, nur um den Prozess, wie Lennon vorhin meinte.

Nach zwei Stunden sind unsere Kunstwerke fertig. Mit Getränken und weiteren Snacks lassen wir den Abend ausklingen.

Priya und ich nutzen die Gunst der Stunde und gesellen uns zu Lennon. Leider sind wir nicht die Einzigen, die sich mit ihr unterhalten. Sie verteilt Flyer für ihre nächste Veranstaltung und holt sich Feedback ein, dann verschwinden die ersten Teilnehmenden.

»Brauchst du noch Hilfe beim Aufräumen?«, frage ich Lennon.

»Ihr seid zahlende Kundschaft. Es ist im Ticket inbegriffen, dass der Saal wieder aufgeräumt wird. Das müssen nicht die Gäste machen.«

»Unsere Hilfe gibt's gratis dazu«, erwidere ich.

»Wenn das so ist … danke.«

»Das hat wirklich großen Spaß gemacht«, versuche ich einen Einstieg zu finden, nachdem die letzten Kursteilnehmer gegangen sind. »Vielleicht solltet ihr so was auch im *Silverside* anbieten. Mit Cocktails statt Tee und Kaffee.«

»Wäre das *Silverside* nicht schon ausgebucht, wäre es vielleicht sogar eine Überlegung wert.«

»Aber nur noch für neun Wochen, oder? Was passiert eigentlich danach? Gibt es dann wieder das alte Programm mit Comedy und Open Mic Nights?«

»Ich denke schon.«

»Wie hat das mit den Konzerten von Ivy Cohen eigentlich angefangen?«, erkundigt sich nun Priya. »Wenn es so fern vom eigentlichen Konzept des Clubs ist.«

»Ivy hat bei uns gearbeitet und sich um die Open Mic Nights gekümmert. Die liefen zu dem Zeitpunkt nicht so gut, und Ivy hat für uns Friseure und andere Läden abgeklappert, um Werbung für uns zu machen. An einem Abend war trotzdem nicht viel los, und Ivy ist auf die Bühne gegangen.« Sie zuckt mit den Schultern. »Ab da war klar, dass sie mehr kann, als Flyer zu verteilen, also hat Dad sie mit Josh, Gil und Effie bekannt gemacht und ihnen angeboten, im *Silverside* zusammen zu proben und aufzutreten.«

»Und sie hatte vorher keinerlei Bühnenerfahrung?«, frage ich.

Lennon packt die letzte Farbe in ihren kleinen Koffer und lässt ihn zuschnappen. Nun müssen nur noch die Tische wieder an ihren Platz verschoben werden, damit die letzten Spuren des Abends verschwinden. Viel Zeit bleibt mir also nicht mehr.

»Nein, sie ist vorher nie irgendwo aufgetreten.«

Priya und Lennon tun sich zusammen, um einen der Tische zurechtzurücken. Ich übernehme einen anderen.

»Ich stelle es mir schwer vor, eine Freundin zu haben, die jetzt so in der Öffentlichkeit steht«, höre ich Priya sagen.

»Ich kenne niemanden, der es so sehr verdient wie Ivy. Deswegen freue ich mich für sie.«

Lennon beginnt zu erzählen, wie Ivy sie bestärkt hat, die Creative Nights anzubieten und daraus ein Geschäftsmodell zu machen. Der Monolog verselbstständigt sich, während sie über ihre Kooperationspläne und Träume spricht. Zu gerne würde ich das Gespräch wieder auf Ivy lenken, aber es wäre zu auffällig. Also lauschen wir Lennon bei ihren Ausführungen, während wir den Raum herrichten.

Zwanzig Minuten später verlassen Priya und ich mit unseren Gemälden das Café *Flowerstone*, während Lennon noch mit Claudia abrechnet. Immerhin bekommt sie dreißig Prozent der Ticketverkäufe. Da das Café um diese Zeit eigentlich schon geschlossen hätte, ist das sicher ein guter Deal für Claudia.

»Was meinst du?«, frage ich Priya. »Bietet Lennon eine gute Möglichkeit, um an Informationen über Ivy zu kommen?«

»Sie redet gerne … aber sie scheint ihrer Freundin gegenüber auch sehr loyal zu sein. Sie wird dir also sicher keine prekären Details verraten.«

»Immerhin weiß ich nun, dass einige Spekulationen aus dem Internet nicht stimmen. Ivy hatte keine Bühnenerfahrung, sie ist also früher vermutlich keine Stripperin gewesen.«

»Die Theorie war doch von vornherein Blödsinn«, erwidert Priya. »Viel interessanter finde ich, dass sie für das *Silverside* Flyer verteilt hat. Das dürfte ihr kaum Geld eingebracht haben.«

»Und?«

»Sie kommt nach New York und hat nur einen kleinen Aushilfsjob? Also entweder ist sie so vermögend, dass sie sich trotzdem das Leben hier leisten kann, oder sie hatte Hilfe von anderen Leuten.«

»Oder sie hatte neben dem Aushilfsjob im *Silverside* noch einen anderen Job.«

Genau wie Dad.

»Stimmt. Auch gut möglich. Vielleicht findest du ja bei eurem nächsten Gespräch heraus, ob sie irgendeinen Beruf erlernt hat.«

»Dafür müsste ich ihr ja Fragen stellen«, murmle ich, mehr zu mir selbst. Trotzdem setze ich es innerlich auf die To-do-Liste für nächste Woche.

KAPITEL 9

IN THE LINE OF FIRE

Ivy

Neun Interviews in sechs Tagen liegen hinter mir, und ich bin einfach nur durch. Einmal noch muss ich vor der Kamera lächeln und mich präsentieren, ehe ich ein paar Tage Ruhe bekomme.

Heute führt mich mein Weg raus aus New York.

In Jersey City treffe ich Logan Smith, den Talkshowmaster von *Night Truce*, einer der berüchtigtsten Late-Night-Shows der Gegend. Logan ist dafür bekannt, kein Blatt vor den Mund zu nehmen, und genau davor habe ich Respekt.

Eine Make-up-Artistin pudert mir gerade das Gesicht ab, während Keyla die Fragen durchgeht, die uns vorab geschickt wurden.

»Er wird dich nach deinem Album fragen«, gibt Keyla mir durch. »Du darfst heute gerne schon mal ein bisschen davon erzählen. Sprich über den Schaffensprozess und wie es war, das erste Mal im Studio zu sein. Alles, was du dazu erzählst, wird ihm den Wind aus den Segeln nehmen, um Themen anzuschneiden, die wir meiden wollen.«

»Ich dachte, dafür schicken sie die Fragen vorab? Damit es keine bösen Überraschungen gibt.«

»Bei Logan Smith muss man immer mit Überraschungen rechnen.«

»Ganz toll«, murmle ich.

»Es ist trotzdem wichtig, dass wir das hier machen«, erwidert Keyla in ruhigem Ton.

Natürlich hat sie recht.

Mir ist bewusst, dass Logan Smith einflussreich ist. Die Zusammenfassungen seiner Interviews werden im Internet millionenfach geklickt, es wird mir und meinem Album also viel zusätzliche Aufmerksamkeit einbringen. Angesichts der Tatsache, dass der Release quasi vor der Tür steht, sollte mich das motivieren.

Eine Produzentin kommt in die Kabine, um mich zu holen. Ich danke meiner Make-up-Dame und lasse mir von Keyla viel Erfolg wünschen, dann gehe ich durch den engen Flur, der zum Fernsehstudio führt.

»Ivy Cohen!«, kündigt mich Logan im Studio an. Die Zuschauenden klatschen und jubeln, ich höre jemanden kreischen.

Am Ende des Flurs wird es heller, die Kameras sind auf mich gerichtet und fangen ein, wie ich das grelle Fernsehstudio betrete. Im Vergleich zur beschaulichen, gemütlichen Atmosphäre bei *Good Morning, New York*, bei der das Studio mich an ein Schlafzimmer erinnert hat, ist dies hier ein Fernsehstudio durch und durch. Alles ist perfekt ausgeleuchtet, und Logan steht in der Mitte des Studios auf einer kleinen Bühne. Er zeigt auf die kleine Couch neben sich, auf der ich Platz nehmen soll.

Ich winke zu den Menschen im Studio. Einige von ihnen halten Plakate nach oben.

»Schön, dass du hier bist, Ivy«, begrüßt mich Logan. »Vor vier Monaten warst du noch vollkommen unbekannt, und nun steht dein erstes Album in den Startlöchern. Wie geht es dir damit?«

»Ich bin noch ein wenig überwältigt, aber auf eine sehr positive Art und Weise. Mit zehn Jahren habe ich mir das erste Mal ausgemalt, wie es wäre, Sängerin zu werden, und selbst in meinen kühnsten Träumen hätte ich nie damit gerechnet, so schnell bekannt zu werden.«

Keyla, die sich am Seiteneingang positioniert hat, nickt mir lächelnd zu. Dass ich mit zehn Jahren mit der Musik angefangen habe, wurde bislang noch nirgendwo erzählt. Ich füttere somit also jeden, der auf neue Informationen wartet, mit einem kleinen Fakt. Brotkrumen streuen, nennt Keyla es, und ich vertraue ihrer Expertise. Trotzdem befürchte ich, dass es nur eine Frage der Zeit ist, bis die Krumen irgendjemanden auf die richtige Spur bringen.

»Ist es so, wie du es dir vorgestellt hast?«

»Ehrlich gesagt ist es viel härter. Aber die Traumvorstellungen einer Zehnjährigen konnten ja auch nicht sehr realistisch sein, oder? Ich dachte, es geht den ganzen Tag nur darum, Songs zu schreiben und aufzutreten. An so etwas wie Promotouren habe ich dabei natürlich nicht gedacht. Und auch nicht an schweißtreibende Work-outs, um fit zu bleiben.«

Ein paar Leute im Publikum lachen. Ein gutes Zeichen.

»Du bist erst einundzwanzig?«, fragt Logan. »Und du hast trotzdem die Songs für dein Album komplett selbst geschrieben?«

»Jeden einzelnen davon.« Ein paar Fans jubeln. »Mir ist es wichtig, dass die Songs aus meiner tiefsten Seele kommen, denn ich denke, dass sie nur dann die Menschen da draußen berühren können.«

»Tief aus deiner Seele«, murmelt Logan. »Das klingt fast schon grausam angesichts deiner doch sehr düsteren Texte. Müssen wir uns etwa Sorgen machen?«

Mein Lächeln zittert leicht, aber ich hoffe, dass es niemand bemerkt. »Ich denke, die Leute müssten sich eher Sorgen machen, wenn ich keine Texte mehr schreibe«, versuche ich es mit ein wenig Humor. »Denn ich kenne kein besseres Ventil für die Verarbeitung von Gedanken, Gefühlen und Erlebnissen.«

»Dann sind deine Gefühle so stark, dass du Ventile brauchst?«

Der Unterton in Logans Stimme verpasst mir eine ausgewachsene Gänsehaut. Es klingt euphorisch und gleichzeitig düster, als wäre er gerade auf Gold gestoßen.

»Hast du den Artikel von *Newsflash200* gelesen? Deine Texte sollen ein Hilferuf sein, wird gemutmaßt. Wie stehst du dazu?«

Diese Frage stand nicht auf der Liste.

»Wenn ich Hilfe bräuchte, würde ich es nicht in Texten verpacken, sondern mich an Menschen wenden, denen ich vertraue.«

»Trotzdem greifst du in deinen Texten sehr schwere Themen auf. Du hast gesagt, dass du Gedanken, Gefühle und Erlebnisse verarbeitest«, nagelt Logan mich fest. »In *Supervision* singst du davon, dass du keine Kontrolle über dein Leben hast und du nicht weißt, wie lange du es noch aushältst, in Ketten zu liegen. Welche Erfahrung liegt dem zugrunde?«

Hitze schießt mir in den Kopf. Sie bringt meinen Schädel fast zum Platzen, während ich dagegen ankämpfe, gedanklich in die Entstehung dieses Lieds gezogen zu werden. Damals, vor fünf Jahren, in einer dunklen, tränenreichen Nacht in meinem Bett. Gefangen in einem Leben, das sich gar nicht mehr wie mein Leben anfühlte.

Aber diesen Brotkrumen darf ich auf keinen Fall streuen. Niemand darf von meiner Vergangenheit erfahren.

Ich schiele zu Keyla, die tief ein- und ausatmet und dabei eine beruhigende Handbewegung macht.

In meinem Kopf ploppen ihre Anweisungen auf, die sie vor jedem Interview mit mir durchgeht. *Fragen umgehen. Kryptische Antworten geben. Die Oberhand behalten.*

»Wissen Sie, was ich am meisten an der Musik liebe?« Erstaunlich, wie ruhig meine Stimme klingt, obwohl ich im Innern noch verglühe. »Sie ist auf alle möglichen Arten und Weisen interpretierbar. Für jeden, der Musiktexte hört, können die Zeilen eine ganz eigene Bedeutung und einen eigenen Bezug haben.«

Logans Lippen werden ein wenig schmaler. Er ist eindeutig nicht zufrieden mit dieser Antwort, obwohl ich mich dadurch wieder entspannen kann. Das war gut.

»Deswegen freue ich mich umso mehr auf den Albumrelease«, spreche ich weiter. »Weil es so viele verschiedene Lieder gibt, die alle unterschiedliche Geschichten erzählen können. Und ich bin sicher, dass sich viele in dem ein oder anderen Song wiederfinden werden. Genau wie ich.«

Eine Stunde später steigen Keyla und ich in den Wagen und lassen Jersey City und dieses anstrengende Interview hinter uns.

»Du hast dich wirklich gut gerettet. Schön, wie du das Gespräch wieder aufs Album gelenkt hast.«

»Aber mit etwas Verzögerung. Das kurze Stocken wird den Leuten sicher aufgefallen sein. Ich hatte einfach nicht sofort eine Antwort parat.«

»Umso besser, wenn du mich fragst. Mehr Spekulationen, größerer Hype.«

Und eine größere Chance, dass die Menschen irgendwann auf die wahre Hintergrundstory stoßen werden.

Und was dann? Feiern sie mich dann immer noch? Nach allem, was ich getan habe? Tun *musste*?

»Was steht heute noch an?«, frage ich, um mich vom Thema abzulenken.

»Etwas ganz Wunderbares.«

Ich versuche, mich an meinen Terminplan zu erinnern, aber es ist, als hätten die Bemühungen, passende Antworten auf unerwartete Fragen zu finden, Krater in mein Hirn geschlagen.

»Freizeit«, sagt Keyla, und dieses eine Wort ist gerade alles, was ich hören wollte.

Es bedeutet, den Abend mit Lennon verbringen zu können, wenn sie nicht noch spontan einen Auftrag bekommen hat. Etwas Leckeres zu essen, einen Film zu schauen, vielleicht noch ein paar Stunden mit meiner Gitarre zu verbringen, weil es mich immer ein wenig beruhigt, vor mich hin zu klimpern und den Melodien meines Herzens zu folgen.

Nur noch durch den Holland Tunnel, und dann bin ich wieder in New York. Dann können mir die Fragen von Logan Smith nichts mehr anhaben.

KAPITEL 10

JUST ONE PHOTO, PLEASE

Milo

Mein Motorrad parkt an seinem gewohnten Platz, direkt unter einem Werbeplakat, neben den Mülltonnen vom *Silverside*. Schon von hier aus kann ich erkennen, dass die Schlange, die auf den Einlass wartet, heute nicht nur aus Fans besteht. Daneben sehe ich auch Leute mit Spiegelreflexkameras, die sich in der Nähe der Tür versammelt haben.

Ich schlängle mich durch die Gruppe und schrecke dabei zwei von ihnen auf, aber sie haben nur einen halben Blick für mich übrig. Für die Paparazzi bin ich ungefähr so interessant wie die Kaugummireste auf dem Bürgersteig, den sie belagern.

Oleg, der Türsteher vom *Silverside*, nickt mir zu.

»Habe ich etwas verpasst?«, frage ich. »Wurde ein Kopfgeld auf Ivy ausgestellt, oder was?«

»Wir fürchten, das liegt an diesem Interview mit Logan Smith.«

»Habe ich gesehen. Ivy wurde ganz schön in die Mangel genommen.«

Oleg brummt unzufrieden. »Daniel hat mir klare Anweisungen gegeben, keinen von denen reinzulassen. Sie verschwenden also nur ihre Zeit.«

»Richtig so.«

Für Magazine wie *Current Flash* sind Paparazzi einer der

drei Grundpfeiler fürs Geschäft. Neben Personen des öffentlichen Lebens und reißerischen Schlagzeilen.

Gerüchteweise habe ich gehört, dass für bestimmte Fotos Summen im fünfstelligen Bereich drin sind. Voyeurismus als Goldgrube.

Oleg gewährt mir Eintritt, und ich lasse die Menschen mit ihren Kameras hinter mir. Inzwischen ist es fast schon ein vertrautes Gefühl, das *Silverside* zu betreten. Der von der Nebelmaschine stammende Geruch scheint nie ganz zu verfliegen, zu Beginn der Schicht verströmt der Fußboden noch eine zitronige Note, die von einem Putzmittel kommen dürfte, und es läuft immer die gleiche ruhige Rockmusik im Hintergrund.

Daniel steht bereits hinter der Bar und sammelt gerade ein paar Wasserflaschen ein, die sicher für den Backstagebereich gedacht sind. Diesmal höre ich schon Stimmen hinter dem Vorhang, irgendjemand ist also schon dort.

»Hey«, sage ich zu Daniel. Ich gehe an ihm vorbei und lege meine Jacke ab. »Sind die für hinten? Soll ich das übernehmen?«

»Das ist nett, aber ich habe noch etwas mit Ivy zu besprechen. Du kannst gerne Zitronen und Limetten schneiden.«

Ich versuche, mir meine Enttäuschung nicht zu sehr anmerken zu lassen.

Daniel verschwindet hinter dem silbernen Vorhang, und ich wasche mir gründlich die Hände, damit ich meinen Job beginnen kann. Meinen Alibi-Job, den ich gerade besser zu machen scheine als meinen richtigen. Aber Limetten in perfekte Scheiben zu schneiden ist auch wesentlich einfacher, als an Ivy Cohen heranzukommen. Die Paparazzi da draußen können wohl ein Lied davon singen.

Immerhin bringen mir die Schichten im *Silverside* bares Geld ein.

Während ich mich um die Zitrusfrüchte kümmere, wischen

Alice und Zandra ein letztes Mal über die Tische und füllen den Eisbehälter auf.

Es dauert fast zwanzig Minuten, ehe Daniel zurückkommt.

Er mustert zufrieden die Limetten- und Zitronenscheiben, wirkt dabei aber nicht so überschwänglich wie sonst. Tiefe Augenringe zieren heute sein Gesicht.

»Ist alles in Ordnung bei dir?«, frage ich geradeheraus.

»Es gibt nur viel zu klären. Du hast ja sicher gesehen, was draußen los ist, also mussten wir mit Ivys Management Rücksprache halten. Sie waren ziemlich zufrieden über diese Ansammlung da draußen.«

»Und du bist es nicht?«, schlussfolgere ich aus seinem Unterton.

Daniel verzieht den Mundwinkel. »Ich mache mir nur Sorgen, das ist alles. Wir haben einfach keine Erfahrung mit Künstlern dieser Größenordnung.«

Er greift nach einer Flasche Wasser, schraubt sie auf und trinkt einen Schluck. Dann wischt er sich erschöpft über die Stirn.

»Wenn ich irgendetwas tun kann ...«

»Tust du schon, indem du hier bist.« Daniel nimmt sich einen Lappen und beginnt, den Tresen abzuwischen. Da er bereits glänzt, wirkt es mehr wie eine Beschäftigungstherapie.

Ein Gedanke schießt mir durch den Kopf, so unvorhersehbar und trotzdem so klar, dass ich mich selbst wundere, weil er mir jetzt erst kommt. Lennon mag nicht jeden Abend hier sein, um mit ihr über Ivy zu reden. Aber Daniel ist greifbar, und zwar immer. Er arbeitet seit über vier Monaten eng mit ihr zusammen, er beschützt sie, macht sich Sorgen. Er *kennt* sie.

»Ivy bedeutet dir viel«, stelle ich fest.

»Sie ist wie eine zweite Tochter für mich geworden. Sie gehört inzwischen zur Familie.«

Familie. Ein starkes Wort angesichts der doch kurzen Zeit,

in der Ivy in New York wohnt. Oder kannten sie sich vielleicht schon vorher?

»Ihr wirkt auch alle sehr vertraut miteinander«, plappere ich drauflos und hoffe, dass ich nicht wieder das Falsche sage. »Sicher kennt ihr euch schon lange, oder?«

»Ivy und ich? Ein halbes Jahr ungefähr.« Daniel lacht bellend. »Hätte auch nicht gedacht, dass sie mir so schnell ans Herz wächst. Als ich sie kennengelernt habe, war sie noch wie ein verschrecktes Reh. Eine falsche Bewegung oder ein falscher Satz, und sie hat dichtgemacht.«

Interessant. *Es liegt also nicht an mir.*

Die Erkenntnis ist beruhigend … und gleichzeitig vernichtend. Es bedeutet, dass diese Mauer, die ich manchmal in Ivys Augen sehen kann, echt ist. Sie ist stabil und real, und ich werde mich wirklich anstrengen müssen, um sie vollständig zu Fall zu bringen.

»Das mit dem Reh passt wirklich gut«, überlege ich und bringe Daniel damit nur noch mehr zum Lachen.

»Sie macht es einem manchmal nicht leicht, aber es lohnt sich, ihr Zeit zu geben. Sie ist wirklich ein tolles Mädchen. Und eine gute Freundin für Lennon.«

»Kennen die beiden sich auch erst ein halbes Jahr?«, frage ich, aber Daniel hört mich nicht, weil Lizz in dem Moment durch das *Silverside* ruft, dass die Türen geöffnet werden.

Die ersten Leute strömen herein und erhalten von Lizz ihre Nummern. Sofort ändert sich die Stimmung. Die Ruhe wird zu aufgeregtem Chaos, die Kälte zu Wärme, die Luft flirrt vor freudiger Erwartung. Und ich habe alle Hände voll zu tun.

Mein Kopf ist überdreht und gleichzeitig müde, als ich das *Silverside* verlasse und auf mein Motorrad zugehe. Ich weiche den Paparazzi aus, die noch immer vor dem Club lauern und offenbar erwarten, noch etwas Spannendes vor die Linse zu bekommen.

Ich selbst hatte nicht das Glück, Ivy heute außerhalb ihres Auftritts zu sehen. Eine Gelegenheit, weiter mit Daniel über sie zu sprechen, gab es auch nicht. Stattdessen hat er mir nach dem Auftritt eine halbe Stunde lang einen Vortrag darüber gehalten, dass ein Signature Cocktail auf die Karte gehört und welche Ideen er dafür hat.

Mein Motorrad parkt genau unter einer Leuchtreklame von *In-N-Out*, die mit einem fantastisch aussehenden Burger lockt. Kurz bin ich gewillt, mir einen von meinem Trinkgeld zu gönnen, aber es wäre auch eine unnötige Ausgabe, die ich eher aus Frust, weniger aus echtem Hunger tätigen würde.

Ich nehme meinen Helm vom Lenkrad und will ihn gerade aufsetzen, um einfach nach Hause zu fahren und schlafen zu gehen. Doch die Paparazzi bringen mich aus dem Konzept.

Sie versammeln sich innerhalb von Sekunden und lassen ein Blitzlichtgewitter entstehen.

Die Metalltür zum Hinterausgang hat sich geöffnet, und Ivy ist mit ihren zwei Securitymännern, darunter Oleg, aus dem *Silverside* getreten.

Anstelle von hohen Stiefeln und engem Rock trägt Ivy nun Jeans und Turnschuhe. Die schwarze Kapuze ihres Hoodies hat sie sich etwas ins Gesicht gezogen, aber ihre zwei geflochtenen Zöpfe schauen heraus.

»Ivy!«, ruft eine der Frauen mit Kamera. »Wie geht es dir nach deinem Auftritt?«

»Es war ein toller Abend mit unglaublichen Fans«, erwidert sie überschwänglich.

Unglaublich, dass sie nach so viel Aufmerksamkeit und Gesprächen noch immer so lächeln kann. Ich selbst wäre vermutlich hundemüde und zu gar nichts mehr in der Lage.

»Heißt das, heute ist bei dir ein guter Tag?«, fragt jemand anderes und hält die Kamera drauf. »Oder müssen die Fans sich Sorgen machen?«

Die Paparazzi kommen noch näher, denn alle wollen einfangen, wie Ivy auf diese Frage reagiert.

Ihr Lächeln weicht, aber ich denke nicht, dass es an der Frage, sondern eher an der Distanzlosigkeit der Fotojäger liegt. Sie rücken ihr viel zu sehr auf die Pelle.

»Treten Sie zurück!«, bittet Oleg, seine Worte prallen einfach an dem Lichtermeer der aufblitzenden Kameras ab.

Die Paparazzi drängeln und quetschen sich nach vorne, um das beste Bild zu bekommen und Ivy eine Antwort zu entlocken. Ich höre, wie sie auf sie einreden und sie weiter mit Fragen bombardieren.

Die zwei Securitymänner formieren sich, um sie abzuschirmen, aber zwei Leute sind eindeutig zu wenig. Als würden zwei Gnus gegen eine ganze Horde Hyänen bestehen müssen, und Ivy ist die Antilope, auf die es alle abgesehen haben.

»Zurücktreten!«, ruft nun auch der andere.

Selbst auf die Distanz hin sehe ich die Überforderung in Ivys Augen, die noch zunimmt, als der Pulk trotz der Warnungen immer näher kommt. Links, rechts, hinter ihr, vor ihr: Überall sind Kameras. Überall sind Menschen, die Fotos von ihr machen und ihr Fragen zurufen.

Schon beim Zusehen bekomme ich Beklemmungen. Ich kann in diesem Augenblick nur daran denken, dass für Ivy diese Welt neu ist. Vor drei Monaten ist sie vermutlich einfach in die Subway gestiegen, um nach ihren kleinen Auftritten im *Silverside* nach Hause zu fahren. Und nun ist sie plötzlich eingepfercht wie ein Tier und sollte eigentlich beschützt werden.

»Bitte«, höre ich nun auch Ivy sagen. Ihre Stimme klingt ganz anders als sonst. Nicht rau, nicht cool, eher zittrig. »Lasst mich durch. Es war ein schöner Abend. Lasst uns nun einfach nach Hause gehen.«

»Stimmt es, dass deine Songs ein Hilferuf sind?«, übergeht

einer der Paparazzi einfach ihre Worte. »Wie geht es dir heute? Ist alles in Ordnung?«

Noch immer ist kein Durchkommen für Ivy. Obwohl sich hinter ihr eine kleine Lücke bildet – sie hat sie nur noch nicht bemerkt.

Ich hingegen nehme sie wahr: groß genug, um mit dem Motorrad hindurchzukommen. Ebenso groß wie die einmalige Chance, die sich mir plötzlich offenbart. Der Plan ist innerhalb einer Sekunde in meinem Kopf.

Jetzt oder nie.

Ich setze den Helm auf, starte das Motorrad und fahre los. Gekonnt umkreise ich die Menschenansammlung und halte hinter Ivy.

Überrascht sieht sie zu mir. Ihre zweifarbigen Augen wirken im Blitzlichtgewitter noch mal viel einnehmender als in der gedimmten Beleuchtung im *Silverside*.

Grinsend klappe ich mein Visier hoch und strecke ihr meine Hand hin.

»Sieht aus, als könntest du einen Fluchthelfer gebrauchen.«

KAPITEL 11

WOULD YOU LIKE A RIDE?

Ivy

Milo streckt mir helfend seine Hand entgegen, aber ich brauche ein paar Sekunden, um zu entscheiden, ob ich sie nehmen will. Seine hellblauen Augen sind heute nicht forsch, sondern warm. Sie rufen mir zu, dass ich ihm vertrauen soll.

Eigentlich würde ich lieber zurück ins *Silverside* zu Lizz und Daniel, um dort in Ruhe zu warten, bis die Situation sich beruhigt hat, doch der Weg bis zur Tür ist blockiert. Oleg und Alexander, die mir extra für diesen Fall der Fälle zur Seite gestellt wurden, sind im Pulk der Paparazzi kaum noch zu sehen. Kameras klicken und blenden mich. Jemand rempelt mich an, und unablässig prasseln Fragen auf mich ein.

Alle Wege sind versperrt, nur Milo hat sich ein wenig Platz verschafft. Fragt sich nur, wie lange noch.

»Okay«, sage ich und nehme Milos Hand.

Mit festem Griff hilft er mir auf sein Bike.

Es ist lange her, dass ich auf einem Motorrad gefahren bin, und damals war es nur eine einmalige Probetour die Straße runter, bei der ich mich nicht gerade sicher gefühlt habe.

»Halt dich gut fest.«

Ein Ruck geht durch meinen Körper, und ich klammere mich an Milo, als würde mein Leben davon abhängen.

Zwei der Paparazzi weichen aus und vergrößern die Lücke,

durch die Milo gekommen ist. Das Blitzlichtgewitter nimmt zu, obwohl ich es nicht für möglich gehalten hätte.

Kameras verfolgen uns unbarmherzig, während Milo sich einen Weg durch die Menge sucht.

Oleg ruft nach mir, aber ich kann nicht verstehen, ob er mir sagen will, dass ich gehen oder bleiben soll. Vielleicht will er mich auch nur warnen, denn ich sehe, wie zwei der Paparazzi auf ein eigenes Motorrad steigen und uns folgen.

Die Frau, die hinten sitzt, hat die Kamera gezückt und versucht, so viel wie möglich von unserer Flucht aufzunehmen.

»Verfluchte Aasgeier«, murmelt Milo. »Ich versuche, sie abzuhängen.«

Ich habe das Gefühl, dass meine Eingeweide an der Straßenecke zurückbleiben. Die Straßenlaternen schießen in einer waghalsigen Geschwindigkeit an uns vorbei. Mir ist durchaus bewusst, dass ich keinen Helm trage. Eine falsche Bewegung von Milo, und ich könnte auf dem harten Asphalt landen. Bei der Vorstellung wird mir regelrecht übel, aber ich werde ihn auch nicht bitten, langsamer zu fahren. Ein Blick nach hinten reicht, um noch immer das rote Motorrad zu erkennen.

Sie sind uns auf den Fersen.

Das *Yankee Stadium* rauscht an uns vorbei, wir biegen links ab. Ein Auto hupt, aber ich habe keine Ahnung, ob die Hupe uns meint. Ich weiß gar nichts mehr, außer dass die Lichter New Yorks an uns vorbeirasen und pures Adrenalin durch meinen Körper pumpt.

Milo biegt wahllos ab und wechselt dabei zwischen Haupt- und Seitenstraßen. Ich traue mich nicht, meinen Kopf zu drehen und zu überprüfen, ob das rote Motorrad uns noch verfolgt. Bei jeder Kurve klammere ich mich nur noch fester an Milo. Sicher tue ich ihm längst weh, aber er beschwert sich nicht. Er hält den Kurs und manövriert uns kreuz und quer durch die Straßen, als hätte er nie etwas anderes gemacht.

Erst nach rund zwanzig Minuten wird er langsamer.

»Ich glaube, sie sind weg«, sagt er.

Ein Yellow Cab kommt an uns vorbei, aber sonst sehe ich keine Autos. Wir fahren in irgendeiner dunklen Straße, die von einer *Shake Shack*-Lichtreklame beschienen wird. Ich kann nicht sagen, ob wir uns noch in der Bronx befinden. Meine Orientierung ist komplett verschwunden.

»Ich denke, hier sind wir sicher.«

Direkt neben einem verlassenen Imbiss bleiben wir stehen. Er wirbt noch mit Grilled-Cheese-Sandwiches, aber den Holzpaneelen vor den Fenstern nach zu urteilen, ist lange niemand hier gewesen.

»Ivy?«, murmelt Milo. »Du kannst mich jetzt loslassen.«

»Hm?«

»Dein Griff.«

Ich starre auf meine Arme, die noch immer um Milos Hüfte liegen. Er hat den Helm abgenommen und grinst mich amüsiert an. Erst jetzt wird mir klar, dass der Motor längst abgestellt ist und das Motorrad sicher steht.

»Oh.« Ich lasse ihn sofort los. »Sorry.«

Meine Beine sind steif, als ich vom Bike absteige. Vorsichtshalber sehe ich mich noch mal um, aber es ist keine Menschenseele zu sehen. Da sind nur Milo und ich und tausend Gedanken und Gefühle, die mir durch den Kopf schwirren.

»Du hast es wirklich geschafft, sie abzuhängen«, platzt es aus mir heraus. »Das war der Wahnsinn.«

»Irgendwann muss sich mein rasanter Fahrstil ja auch mal lohnen.« Er geht einen Schritt auf mich zu. »Das war schon ziemlich aufregend, muss ich sagen.«

»Aufregender, als es mir lieb war«, erwidere ich.

Milo mustert mich. Diesmal wirkt es nicht so forsch wie die letzten Male, wenn er mich angesehen hat. Es hat nichts von einem Röntgenblick, aber das Mitgefühl, das sich darin widerspiegelt, erinnert mich nur zu gut daran, dass das, was gerade passiert ist, alles andere als alltäglich ist.

»Geht es dir gut?«

Wenn ich darauf nur eine Antwort wüsste.

Der Asphalt unter meinen Füßen ist ebenso wohltuend wie die Tatsache, dass ich nun nicht mehr von Paparazzi bedrängt werde. Aber was wäre gewesen, wenn Milo nicht aufgetaucht wäre?

Neben diesem Gedanken ist plötzlich nicht mehr viel Platz in meinem Kopf. Wann immer ich mir das Leben als berühmte Sängerin vorgestellt habe, waren da nur ich und die Bühne, ich und die Musik, die Fans. Ich dachte nur an Leidenschaft und Genuss, an das Ich-selbst-Sein. Nicht an grelles Blitzlichtgewitter, aufdringliche Kameraleute und überforderte Security. Nicht an das Gefühl, in die Ecke gedrängt zu werden und kaum Luft zum Atmen zu haben.

Auch jetzt spüre ich wieder den Ring um meine Brust, als wäre ich noch in der Menge ohne einen Weg hinaus. Ohne Kontrolle.

»Ivy? Alles okay?«

Milos Gesicht verschwimmt vor meinen Augen. Die Gasse, in der wir stehen, zerläuft wie ein Gemälde im Wasser. Es gelangt keine Luft mehr in meine Lunge. Ich beginne zu röcheln.

»Scheiße, was ist denn los?«

»Ich glaube, ich ersticke«, bringe ich hervor.

In dem Moment, in dem ich die Worte ausspreche, realisiere ich sie erst. Fühlt sich so sterben an? Ich bin mir fast sicher.

»Hast du eine Erkrankung? Ein Herzleiden … oder so was?«

Ich schüttle den Kopf, er scheint Tonnen zu wiegen.

»Vielleicht eine Panikattacke?«

Wieder schüttle ich den Kopf, auch wenn ich mir diesmal nicht sicher bin. Es steckt irgendetwas in meinem Hals fest.

Irgendetwas hindert mich am Atmen. Das kann ich mir nicht einbilden.

»Fuck. Das ist bestimmt eine«, höre ich Milo murmeln. »Ivy, ich will, dass du dich hinsetzt, okay? Wir setzen uns.«

Milos warme Stimme dringt durch das Gefühl der Ohnmacht und bringt mich dazu, an der Mauer in meinem Rücken herunterzurutschen und mich auf den kalten Asphalt zu setzen.

»Die Paparazzi sind weg und sie finden dich nicht.«

Milos Worte wollen mich erreichen, aber es ist, als würde er mit einem Streichholz in einem zugigen, dunklen Kellerverlies stehen.

Ich greife nach Milos Hand und drücke sie. Sie ist meine Verbindung, mein Anker. Seine Finger sind noch genauso warm wie vor einer halben Stunde, trotz des Fahrtwindes.

»Atme mit mir zusammen«, schlägt Milo sanft vor. »Ganz tief ein- und wieder ausatmen.«

Ich versuche, seinen Anweisungen zu folgen, auch wenn es sich anfangs anfühlt, wie durch einen Strohhalm zu atmen. Es macht das Erstickungsgefühl nur realer. Aber Milo atmet weiter, ruhig und bedacht. Seine Hand drückt meine und zeigt mir damit, dass ich nicht alleine bin, und es hilft, mich auf ihn zu konzentrieren statt auf den Knoten in meiner Kehle. Es hilft zu realisieren, dass es genau so ist, wie er gesagt hat: Ich bin in Sicherheit.

Ich werde nicht sterben.

»Es klappt«, flüstere ich.

Die Gasse, in der wir hocken, nimmt wieder Form an. Genau wie Milo, der mich vorsichtig mustert, als wäre ich eine zerbrechliche Vase. Eine falsche Bewegung – und ich zerspringe in tausend Stücke.

Gerade ist der Gedanke gar nicht so abwegig, denn mit einem Mal bin ich mir der Situation mehr als bewusst. Der neue

Barkeeper hält meine Hand. Er hat alles gesehen … alles mitbekommen.

Erschrocken ziehe ich die Hand weg.

Wo ich vorher Todesangst gespürt habe, ist jetzt die bittere Erkenntnis, dass ich gerade die Nerven verloren habe. Hier, in New York. Auf offener Straße. In Anwesenheit eines eigentlich Fremden.

Ich spüre Milos Blick auf mir, aber das kann er ja auch am besten: mich durchleuchten. Jetzt braucht es kein Röntgengerät, um zu sehen, was in mir vorgeht.

»Geht's wieder?«

»Ja.« Ich räuspere mich. »Danke für deine Hilfe. Aber es ist wirklich wieder alles in Ordnung.«

»Bist du sicher? Hattest du schon öfter Panikattacken?«

»Das war keine …« Ich atme laut aus, dann sehe ich ihn an. Sehe ihm in die Augen, damit er versteht, wie gefasst ich wieder bin. »Es war einfach nur ein langer, aufreibender Abend. Das ist alles.«

Ich wünschte, er würde aufhören, mich so zu betrachten. Diese blauen Augen sind wie ein reißender Fluss. Irgendwie beruhigend, irgendwie schön. Irgendwie gefährlich, wenn man zu sehr in seinen Sog gerät.

»Ich denke, ich sollte nach Hause gehen«, höre ich mich sagen.

Ich bin mir nicht mal sicher, ob meine Beine mich schon tragen können. Mein ganzer Körper zittert noch. Fast wie nach einer langen Grippe, wenn das Fieber einen geschwächt hat und jeder kleine Schritt zur Bewährungsprobe wird.

Aber ich fühle mich zu verletzlich, um zu bleiben.

Ich fühle mich zu unsicher, um einfach gute Miene zum bösen Spiel zu machen. Sonst bin ich gut darin, aber ich spüre noch immer den Klammergriff der Erinnerungen, die sich jederzeit wieder um meine Brust legen und mich einengen könnten. Noch so einen Moment schaffe ich nicht. Nicht jetzt, nicht hier. Nicht in Milos Beisein.

Mit wackeligen Beinen stehe ich auf und gehe ein paar Schritte. Sind wir noch in der Bronx? Aus welcher Richtung sind wir gekommen?

»Ich verstehe dich.« Seine Stimme ist erstaunlich sanft.

»Ja? Wurdest du auch schon von irgendwelchen Leuten mit Kameras verfolgt?«, frage ich etwas zu zynisch.

Lieber bin ich ein wenig harsch, als ihm noch mehr Schwäche zu zeigen. Er hat für meinen Geschmack schon genug gesehen und gehört.

»Klar, das passiert mir doch am laufenden Band«, gibt er trocken zurück. »Die auf dem roten Motorrad waren eindeutig hinter *mir* her. Tut mir leid, ich hoffe, das kränkt jetzt nicht dein Ego.«

Er bringt mich damit tatsächlich zum Schmunzeln. Nur ein klein wenig.

»Wusste ich doch gleich, dass man sich vor dir in Acht nehmen sollte«, spiele ich weiter mit, denn jeder Scherz, jeder Spruch lässt ihn hoffentlich den Vorfall vergessen.

Alles betäubt das Gefühl der Scham, das über meine Haut krabbeln will.

»Aber eigentlich wollte ich etwas anderes sagen«, zerschmettert er meine stille Hoffnung. »Ich verstehe, dass du das, was gerade passiert ist, am liebsten kleinreden würdest. Glaub mir. Ich selbst habe meine Panikattacken auch ein ganzes Jahr verschwiegen und verleugnet. Vor anderen und vor mir selbst.«

Er hat es geschafft, dass ich ihn wieder ansehe. Diesmal anders, selbst ein wenig forsch. Ich suche in seinem Gesicht nach einer Lüge, nach irgendetwas, das mir verrät, dass er es nur sagt, damit ich mich besser fühle. Vielleicht erwarte ich auch doch noch einen sarkastischen Unterton, der mir hilft, diese

Ernsthaftigkeit, die sich plötzlich aufbaut, zu entwaffnen. Denn es fühlt sich viel zu schwer an, viel zu echt. Viel zu nah an dem Chaos, das mein Innerstes befallen hat und sich danach sehnt, mit jemandem zu reden.

Es überrascht mich selbst, dass ich es will. Gerade will ich wirklich verstanden werden.

»Du hast Panikattacken?«

»Inzwischen nicht mehr. Aber ich hatte sie rund zwei Jahre lang.«

Der Wunsch, wegzulaufen, verpufft.

Trotzdem bin ich unsicher, wie ich darauf reagieren soll. Das Ganze ist so surreal, es trifft mich vollkommen unvorbereitet. Unwillkürlich gehe ich einen Schritt auf ihn zu.

Ich will ihn fragen, wie er sie losgeworden ist. Ich möchte fragen, woran er erkannt hat, dass es Panikattacken sind. Ich will fragen, woran er es bei mir gesehen haben will.

Aber keine dieser Fragen kommt mir über die Lippen, weil es bedeuten würde, sich des Themas anzunehmen. Es würde bedeuten, aktiv darauf zuzugehen, anstatt davor zurückzuschrecken. Und nach allem, was eben war, fühle ich mich schon so ausgelaugt.

»Du zitterst.«

Milo zögert keine Sekunde. Er öffnet seine Lederjacke, zieht sie aus und legt sie mir über die Schultern. Sie ist wundervoll warm und wohltuend.

»Mir ist nicht richtig kalt«, sage ich, obwohl ich die Jacke bereits ein wenig enger an meinen Körper ziehe. »Ich glaube, das ist nur der Kreislauf. Es war alles ein bisschen viel.«

»Willst du dich wieder setzen?«

»Ich glaube … ich würde lieber ein bisschen rumlaufen.«

»Da weiß ich etwas. Einen viel besseren Ort, um den Kreislauf in Schwung zu bringen, als diese etwas miefige Gasse.« Er mustert mich vorsichtig. »Also, wenn du Gesellschaft willst?«

Ein Teil von mir sehnt sich eindeutig nach Ruhe. Aber nach allem, was eben passiert ist, möchte ich auch nicht alleine durch die Straßen laufen. Ich traue weder anderen Menschen noch meinem eigenen Körper.

»Gesellschaft klingt gut«, murmle ich. »Aber die Jacke gehört solange mir.«

»Ich habe absolut nichts dagegen«, erwidert er mit einem kleinen Grinsen. »Sie steht dir ohnehin besser als mir.«

KAPITEL 12

THINGS WE DON'T SAY

Milo

Der Inwood Hill Park am nördlichen Ende von Manhattan ist der perfekte Ort für einen nächtlichen Spaziergang. Die Parkanlage wird nur von einigen Straßenlaternen beschienen und versinkt so immer wieder in der Dunkelheit ... und wir gleich mit. Die wenigen Menschen, die nun noch hier unterwegs sind, beachten uns gar nicht, also kann Ivy sich entspannen.

Sie trägt noch meine Jacke, während wir schweigend den Weg entlangspazieren. Für den Augenblick tut die Stille, die man sonst in New York so selten genießen kann, gut. Auch jetzt hört man noch Sirenen und Autolärm, aber er ist weiter weg als sonst. Weit genug, um sich vorstellen zu können, es gäbe nur uns zwei in diesem großen Park in dieser riesigen Stadt.

»Es ist schön hier«, sagt Ivy plötzlich.

»Finde ich auch. Der Park ist ein lebendiges Stück vom alten New York. Siehst du die Bäume dahinten? Dahinter verbergen sich richtige alte Höhlen und Bergrücken. Die Natur kommt nachts leider nicht so gut rüber.«

»Dann bist du öfter hier?«

»Nicht so oft, wie ich es gerne wäre. Meine Wohnung ist in Brooklyn, deswegen bin ich meistens im Prospect Park, wenn ich etwas Natur brauche. Aber hier komme ich viel besser zur Ruhe.«

Ivy nickt sachte, während sie sich umsieht. »Es war eine gute Idee, noch herzukommen.«

»Dann ist dein Kreislauf wieder okay? Du wirst mir nicht gleich umkippen und mich dazu bringen, meine miserablen Erste-Hilfe-Kenntnisse auszupacken?«

»Alles stabil, ein Kollaps ist nicht vorgesehen.«

»Da bin ich froh.«

Ihre Haut ist nicht mehr ganz so bleich, aber ihre Augen erzählen mir, dass sie noch immer erschöpft ist.

»Ich weiß noch, dass ich nach meinen Panikattacken oft ziemlich Kopfschmerzen hatte.«

Das hier hat das Potenzial, dass ich wieder genau das Falsche sage, denn Ivy kommt mir vor wie das Reh, das Daniel mir beschrieben hat. Ein falscher Satz, und sie flüchtet in die Nacht. Aber diese Panikattacke ist der Elefant, der neben ihr steht und nicht ignoriert werden kann.

»Ich weiß echt nicht, ob ich darüber reden will.«

Sie bleibt stehen und schaut auf den Hudson River, der hier am Tag geradezu malerisch von Bäumen umrahmt wird. Jetzt, mitten in der Nacht, ist er nichts als ein dunkler Fleck. Fast wie ein Symbolbild für die Panikattacken, die sich auch wie ein schwarzes Loch angefühlt haben.

»Wir sind ganz allein«, sage ich zu Ivy. »Und manchmal hilft es, darüber zu reden. Oder auch nur zuzuhören?«

»Du würdest eh nicht lockerlassen, oder? Hat dir schon mal jemand gesagt, dass du unglaublich hartnäckig bist?«

»Das war als Kind immer mein Lieblingskompliment.«

Ivy schielt missmutig zu mir. »Ich bin mir gar nicht so sicher, ob das ein Kompliment ist.«

»Dafür bin ich mir ziemlich sicher, dass du mir ausweichst.«

Ich stupse meine Hüfte gegen ihre. »Dabei sehe ich doch, dass es dich noch beschäftigt. Du denkst ohnehin daran.«

»Vielleicht.« Sie beißt sich auf die Lippe. »Ich stehe nur nicht so auf Seelen-Striptease.«

»Was? Also ich bin immer wahnsinnig scharf auf so was. Vor allem in dunklen Parks spiele ich gerne den Seelen-Exhibitionisten.«

»Haha. Ein Komiker bist du auch noch.«

»Wäre das *Silverside* nicht schon für dich reserviert, würde ich sicher bei einer von Daniels Comedy Nights auftreten und den Saal zum Kochen bringen«, treibe ich das Spiel weiter, weil Ivy während unserer Sprüche immerhin keine Chance hat, dichtzumachen. Und ich habe tatsächlich gerade das Bedürfnis, ihr zu helfen.

Ich wünschte, damals hätte *mir* jemand von seinen eigenen Erfahrungen erzählt. Vielleicht hätte es die Dinge leichter gemacht. Möglicherweise hätte ich mich dann nicht so lange vor der Wahrheit versteckt.

Die Ironie wird mir gerade erst bewusst, denn seit Wochen frage ich mich, wieso Dad nicht früher etwas von seinen Problemen erzählt hat, obwohl ich doch ganz genau weiß, wie es ist, sich seine Dämonen nicht einzugestehen.

»Bei meiner ersten Panikattacke war ich fünfzehn«, beginne ich. Es laut auszusprechen und mich wirklich damit zu befassen hat etwas viel Verletzlicheres, als ich zuvor dachte. Es hat wirklich etwas von einem Seelen-Striptease, denn ich fühle mich gerade so, als würde ich Hüllen fallen lassen, um einer eigentlich Fremden zu zeigen, was sich darunter verbirgt. Es sind eindeutig Risse. Kleine Makel und Narben, die ich schon lange niemandem mehr gezeigt habe und die ich selbst viel zu oft ignoriere.

»Es war ungefähr einen Monat, nachdem bei meiner Mom Brustkrebs diagnostiziert wurde«, spreche ich trotzdem weiter. »Das hatte mir komplett den Boden unter den Füßen weggezogen. Sicherheit, Hoffnung, Gesundheit. Alles war plötzlich fort, und ich fühlte mich hilflos.«

Ich spüre Ivys Betroffenheit, aber sie sieht mich nicht an, sondern blickt weiter auf den dunklen Fleck vor uns, der eigentlich ein Fluss ist.

»Ist sie ... wieder gesund geworden?«

»Nein.« Nur ein Krächzen aus meinem Mund. »Sie ist vor drei Jahren gestorben.«

Ivy setzt zum Sprechen an, verwirft es wieder. Dann sieht sie zu mir und legt mir ihre Hand auf meine. Einfach so, nur ein paar Sekunden, als Geste des Mitgefühls.

»Das tut mir leid, Milo.«

Auch nach drei Jahren weiß ich nie, wie ich auf Beileidsbekundungen reagieren soll. Dann erscheint immer ein großes, schwarzes Nichts in meinem Kopf, das nicht viele Erwiderungen ausspuckt.

Also nicke ich nur.

»Meine erste Panikattacke hat mich total erschreckt, aber sie kam so kurz nach Moms Diagnose, dass es auch leicht war, sie von mir wegzuschieben und als einmalige stressbedingte Reaktion abzutun. Nur, wenn man sie einmal verdrängt, verdrängt man sie immer wieder, und ich glaube, dass es das bei mir nur noch schlimmer gemacht hat.«

Ivy weicht nun wieder meinem Blick aus und sieht in die Dunkelheit, aber ich weiß genau, dass sie mir zuhört.

»Am Anfang hatte ich das Gefühl, die Panikattacken würden kommen, weil mir die Kontrolle über mein Leben entzogen wurde«, sage ich dunkel. »Aber eigentlich waren die es Panikattacken selbst, die mein Leben von da an kontrolliert haben.«

Ivy schluckt hörbar.

»Hast du nie darüber nachgedacht, es jemandem zu erzählen? Deiner Mom zum Beispiel?«

»Sehr oft. Aber ihr ging es so schlecht, und ich wollte ihr keinen zusätzlichen Kummer bereiten. Vielleicht habe ich auch gehofft, sie würde es merken. Mom war für mich so etwas wie eine Superheldin, sie hatte immer gute Instinkte. Aber die Chemo hat ihr zugesetzt … vielleicht hatte sie keine Kraft, um mich darauf anzusprechen.«

Schlagartig ist alles wieder da: jedes Gefühl der Ohnmacht, jede Welle der Verzweiflung. Trauer ist seltsam, sie erwischt einen manchmal aus heiterem Himmel, mit voller Wucht. Wenn jemand im Supermarkt das gleiche Parfüm trägt wie Mom. Wenn im Radio dieses eine Lied gespielt wird, zu dem sie immer gesungen hat. Wenn man gerade einen richtig guten Tag hatte und das mit einem Mal umschlägt, weil man erkennt, dass man diesen guten Tag nicht teilen kann. Oder Momente wie jetzt, wenn man den Verlust noch einmal durchlebt und ihn spürt, als wäre er frisch. Als wäre es nicht drei Jahre her, seit ich Mom das letzte Mal gesehen und gesprochen habe.

»Das alles tut mir sehr leid«, sagt Ivy, und es klingt aufrichtig. Ich höre jedoch auch das kleine *Aber* heraus.

»Du fragst dich jetzt sicher, was das alles mit dir zu tun hat?«, rate ich.

Ihr Mundwinkel zuckt. »Bin ich doch so durchschaubar?«

»Bist du nicht«, erwidere ich dunkel. »Glaub mir.«

Wenn es so wäre, würde sich nicht gerade ganz New York mit ihr beschäftigen.

»Wie oft ging es dir schon so wie eben?«, frage ich. Es könnte meine Chance sein, um einen Blick hinter ihre Fassade zu werfen. Hinter freche Sprüche und Zynismus. Nur noch ein etwas längerer Blick …

Ihre Finger spielen mit dem Saum meiner Jacke, die noch immer um ihre Schultern liegt.

»So etwas habe ich vorher noch nie erlebt. Ich dachte vorher nie, dass ich ersticken könnte. Nicht in dieser Intensität. Aber das Gefühl war trotzdem nicht neu. Es gab ähnliche Momente schon früher.«

»Und weiß jemand davon?«

»Nein. Und ich will auch nicht, dass jemand davon weiß.«

Dann ahnen Lennon und Daniel also auch nichts. Und ich bin nun der Einzige?

Kurz will ich ihre Hand nehmen. Will sie in meine Arme schließen und ihr sagen, wie sehr ich diese Einsamkeit, die so ein Geheimnis mit sich bringt, verstehen kann. Ich würde ihr gerne sagen, dass ich da bin, wenn sie reden will. Vielleicht will ich sie auch einfach nur halten und ihr etwas Kraft geben. Meine Hand zuckt bereits, in dem starken Drang, diesem Gefühl nachzugeben.

Aber irgendetwas sagt mir, dass Ivy nicht bereit für so eine Geste ist, und ich weiß auch nicht, ob ich es bin. Vermutlich ist es besser, sich nicht von Gefühlen, sondern von dem Auftrag leiten zu lassen, egal wie verbunden ich mich gerade mit ihr fühle.

»Was könnte es bei dir ausgelöst haben?«

»Ich weiß es nicht«, erwidert sie ein wenig monoton.

Ich glaube ihr nicht.

»Oft sind es erhöhter Stress und extreme Belastungen«, überlege ich. »Dein abrupter Erfolg wird sicher beides mit sich bringen. Aber manchmal stehen auch Schicksalsschläge dahinter, wie bei mir. Oder traumatische Erfahrungen, Phobien …«

Ivy verschränkt die Arme vor der Brust. Ihre Lippen werden schmaler. »Es war ein langer Abend«, wechselt sie das Thema. »Ich sollte langsam nach Hause gehen.«

Sie will nicht darüber sprechen. Selbst, nachdem ich so offen zu ihr war, schafft sie es nicht, darauf einzugehen. Ich bin ein wenig enttäuscht.

»Tut mir leid. Ich wollte dich nicht bedrängen.«

»Schon okay …«

»Sollen wir noch eine Runde drehen? Ich lege dafür auch gerne ein Schweigegelübde ab.«

Ivy schmunzelt. »Klingt tatsächlich gut. Aber ich glaube, ich sollte wirklich nach Hause.«

»Ich kann dich fahren«, schlage ich vor.

Innerlich mache ich mich auf eine Abfuhr bereit, doch zu meiner Überraschung vergräbt sie nur ihre Hände in den Taschen meiner Jacke und nickt vorsichtig.

»Das wäre toll, danke, Milo.«

Während der Fahrt zur Lower East Side rauscht das Nachtleben von Manhattan an uns vorbei, und ich verfalle in Grübeleien.

Für einen ganz kleinen Moment dachte ich wirklich, Ivy würde mir sagen, was sie quält. Ich dachte wirklich, sie würde mir ihr Geheimnis anvertrauen, das offenbar *keine* reine PR-Strategie ist, sondern wirklich existiert.

Es ist immerhin ein kleiner Trost, nun die Gewissheit darüber zu haben, dass es die Verletzlichkeit, die man in ihren Songtexten erahnt, wirklich gibt. Es ist keine Rolle, keine reine Inszenierung. Aber was dann? Was steckt dahinter?

»An der nächsten Straße rechts und dann das zweite Haus«, weist sie mir den Weg.

Ich biege ab und parke vor einem sechsstöckigen Gebäude mit Feuerleiter. Ivy steigt ab und reicht mir den Helm, den ich ihr diesmal geliehen habe. Kurz berühren sich unsere Finger. Nur wenige Sekunden lang, in denen ich die Kühle ihrer Haut spüre und sie mich ansieht.

Ihre Augen scheinen voller Schmerz zu sein. Er springt mich an, noch mehr als im Park. Noch mehr als in der Gasse. Als hätte die fast vierzigminütige Fahrt sämtliche Schleusen zu ihrer Seele geöffnet. »Danke für deine Rettungsmission vor den Paparazzi«, sagt sie leise. »Und fürs Nach-Hause-bringen. Das war wirklich sehr nett von dir.«

Diese neue Zuneigung in ihrer Stimme bringt mich überraschenderweise zum Schlucken.

»Jederzeit wieder«, erwidere ich mit trockenem Mund.

Ivy geht einen kleinen Schritt nach hinten. Zu weit weg für meinen Geschmack, weil es mir nun schwerer ist, ihre Augen zu sehen. Möglicherweise hat sie ja genau das beabsichtigt.

»Kann ich dich noch um einen Gefallen bitten?«

»Jeden.«

»Verrate bitte niemandem, was heute passiert ist, okay? Ich will nicht, dass jemand davon erfährt.«

Mein Herz wird schwerer. So schwer, dass ich das Gefühl habe, es würde mir in den Magen sacken.

»Versprochen«, sage ich.

Sie zögert kurz, dann geht sie plötzlich wieder einen Schritt auf mich zu und … umarmt mich. Fünf Sekunden bin ich ihr unglaublich nah und bin doch zu überrumpelt, um den Moment vollends zu genießen, weil ich mit dieser Geste überhaupt nicht gerechnet habe.

»Komm gut nach Brooklyn«, sagt sie, als sie sich von mir löst.

Sie dreht sich um und geht zum Haus.

»Meine Jacke«, erinnere ich sie noch.

Lachend schaut sie an sich herab.

»Ein versuchter Diebstahl, nach allem, was ich heute für dich getan habe?«, frage ich schockiert.

»Sie ist auch wirklich gemütlich.«

Ivy zieht die Jacke aus, kommt auf mich zu und reicht sie mir. Sie hat nun eine ganz sanfte Duftnote.

»Du riechst nach Pfirsich«, sage ich, ehe sie wieder gehen kann.

»Pfirsichshampoo. Und jetzt sag nicht, ich würde nie auf deine Fragen eingehen.«

Sie nickt mir zu, dann dreht sie sich wirklich um, um zum Haus zu gehen.

»Gute Nacht, *Peach*«, sage ich noch zur ihr, aber eine Reaktion bekomme ich nicht mehr. Sie verschwindet in dem mehrstöckigen Gebäude.

Ich warte noch ein paar Minuten, dann steige ich vom Motorrad ab und gehe zu den Klingelschildern. Es gibt zwölf Parteien, aber ich sehe kein Schild mit dem Namen *Cohen*. Dafür entdecke ich einen anderen Namen.

Chambers, L.

Irritiert sehe ich zu den Fenstern des Wohnhauses. In einigen brennt noch Licht, und irgendwo im zweiten Stock flackert ein Fernseher.

Wohnt Ivy etwa bei Lennon?

Priyas Kommentar über Ivys Aushilfsjob kommt mir wieder in den Sinn. Sie wäre nicht die erste New Yorkerin, die sich eine Wohnung mit jemandem teilt. Vielleicht haben sich die beiden dadurch kennengelernt, als Ivy neu nach New York kam. Aber wieso ist ihr Name nicht auf dem Klingelschild? Zum Schutz ihrer Privatsphäre?

Noch einmal schaue ich zu den Fenstern, bis mir einfällt, dass sie mich besser nicht dabei ertappen sollte, wie ich ums Haus schleiche. Dann wäre jeder Fortschritt, den ich heute Abend gemacht habe, sofort wieder zunichte.

Eilig steige ich aufs Motorrad und fahre davon. Während der Fahrt nach Brooklyn echot meine Lüge in meinem Kopf.

Ich verrate es niemandem. Versprochen.

Wie sehr ich mir wünschte, es wäre die Wahrheit.

KAPITEL 13

THE MAN ON THE MOTORCYCLE

Milo

Früher habe ich es immer bewundert, wie sehr sich meine Mom in ihre Arbeit vertiefen konnte. Teetassen, Hintergrundgeräusche, Hunger und Durst wurden nebensächlich, wenn sie an Reportagen saß und im Flow war. Manchmal, wenn ich an meinem Roman schreibe, fühle ich denselben Rausch der Wörter und spüre auch diese Magie, die damit einhergeht. Auch für meine Probeartikel, um mich auf Jobs zu bewerben, habe ich mich in die Textentwürfe hineinfallen lassen. Aber nie war es so wie heute.

Seit zwei Stunden schreibe ich mir die Finger wund, während der Vormittag im Büro an mir vorbeizieht. Sogar auf die Mittagspause mit Howard und Priya habe ich verzichtet. Alles, was Ivy mir erzählt hat – verbal wie nonverbal –, fließt in mein Dokument. Jede Frage, die ich mir seitdem stelle, halte ich fest.

In meinem Kopf sehe ich Ivy, mit ihrem tiefen, schmerzvollen Blick. Ich spüre ihre nachdenkliche Stimmung und ihre Verletzlichkeit. Sehe ihr Geheimnis – es ist genau dort. In ihren Augen, in ihrer Seele. Jetzt gilt es nur, irgendwie daran zu kommen.

Plötzlich tippt mir jemand auf die Schulter und reißt mich aus meinem Schreibfluss. Verwirrt drehe ich mich um und sehe Steven, der mit angespanntem Kiefer und Tablet vor mir steht. Er sieht aus, als hätte ich lauthals verkündet, dass die New York Jets besser seien als die New York Giants.

»Erklär mir das!« Er reicht mir sein Tablet, auf dem ein Artikel von *Newslash200* hinterlegt ist.

Ich brauche den Text nicht mal zu lesen, um zu wissen, worum es geht. Das Foto, das daneben abgebildet ist, spricht Bände. Mein Gesicht ist unter dem Motorradhelm verborgen, doch Ivy ist darauf sehr gut zu erkennen. Sie sitzt hinter mir auf dem Motorrad und schmiegt sich an meinen Rücken.

Obwohl es reiner Selbsterhaltungstrieb war, mich auf diese Weise festzuhalten, überkommt mich kurz eine Gänsehaut. Fast ist es mir, als könnte ich ihre Arme noch um meine Taille spüren und das Pfirsichshampoo riechen.

»Was gibt's da zu grinsen?«, fragt Steven missmutig.

Sofort bemühe ich mich um einen neutralen Gesichtsausdruck. Mir war gar nicht klar, dass sich meine Mundwinkel verselbstständigt hatten.

»Lies das«, fordert er mich auf.

Wer ist der Mann an Ivy Cohens Seite?

Neuigkeiten bei der Sängerin Ivy Cohen (21). Ist das ihr geheimer Freund? Die junge Sängerin hat am Montag einen ihrer begehrten Auftritte im *Silverside* gegeben. Gerüchten nach soll schon bald eine Tour folgen, doch ihre Marketingmanagerin Keyla Jones hält sich bedeckt, und das nicht nur, was ihre musikalischen Pläne betrifft. Auch privat scheint Ivy sich nur ungern in die Karten gucken zu lassen. Über ihr Privatleben ist nur wenig bekannt. Oder?

Der Unbekannte auf seiner dunkelblauen Suzuki SV 650, der die Sängerin am Montag nach ihrem Auftritt abgeholt hat, könnte eins der Geheimnisse sein, die Ivy nur zu gerne wahrt. Noch ist die Identität des Mannes unklar, aber den Bildern nach zu urteilen kennen die beiden sich schon länger. Sind sie Freunde oder gar ein Liebespaar?

Wir werden es euch berichten, sobald wir darüber Klarheit haben, und bleiben natürlich für euch dran.

Abonniert unseren Liveticker für mehr Informationen zu Ivy Cohen und verpasst keine News mehr. Zuerst hier, bei NEWSFLASH200.

Kaum bin ich fertig mit Lesen, schnappt sich Steven das Tablet und wischt weiter. Der nächste Artikel und der nächste. Alle stellen dieselbe Frage, alle handeln vom selben Abend, aber mit anderen Fotos, die meine Rettungsaktion aus unterschiedlichen Perspektiven zeigen.

»Was soll das? Der Plan war es, *uns* Schlagzeilen zu bringen, nicht unseren größten Konkurrenten.«

»Das war keine Absicht. Ich habe nur die Situation ausgenutzt, um meinen Auftrag zu erfüllen.«

»Du hättest danach sofort anrufen müssen, dann hätten wir das als Erstes drucken können!«

Er hat recht. Ich habe nicht mal darüber nachgedacht, Steven über die Paparazzijagd oder meine Fortschritte zu informieren. Meine Gedanken haben festgesteckt. Irgendwo zwischen Ivys verdammt hübschen Augen, meinen ungeklärten Fragen und den Erinnerungen an Mom.

»Aber ich bin gestern richtig gut vorangekommen«, versuche ich ihn zu besänftigen. »Die Fotos sind doch nur ein Beweis, dass ich dabei bin, meinen Auftrag auszuführen.«

Steven fährt sich über die Halbglatze.

»So eine kleine Spritztour mit ihr allein ist nicht schlecht, das muss ich zugeben.«

Sein Kiefer entspannt sich ein wenig, aber ich will noch

mehr. Ich will ihm zeigen, dass ich diesen Auftrag wirklich ernst nehme und alles dafür gebe.

»Ich habe da schon einen ersten Aufhänger«, sage ich und zeige auf das Dokument, an dem ich die letzten Stunden gearbeitet habe.

»Die Wahrheit hinter Ivy Cohens Hilfeschrei‹«, liest Steven vor. Seine Augen blitzen auf, während er weiterliest. »Sie hat Panikattacken? Weißt du das genau?«

»Selbst gesehen.«

Das Versprechen, das ich Ivy gegeben habe und von dem ich im selben Moment wusste, dass ich es nicht halten würde, nistet sich als fetter Klumpen in meinem Magen ein. Stevens diabolisches Grinsen befeuert dieses Gefühl.

»Kennst du Details? Hat sie dir erzählt, worum es in ihren Texten geht? Weißt du, was sie vor der Musikkarriere gemacht hat?«

»Noch nicht. Aber ich bleibe dran. Ich habe ja noch Zeit.«

Steven klopft mir auf die Schulter. Eine ungewohnt vertraute Geste von ihm. »Ich sehe schon: Ich habe den Richtigen für den Job ausgewählt. Dann mach mal weiter.« Er geht ein paar Schritte, dann dreht er sich noch mal zu mir um. »Und beim nächsten Mal ...«

»Rufe ich dich sofort an, wenn es etwas zu berichten gibt«, beende ich seinen Satz. »Versprochen.«

»Gut.«

Auf dem Rückweg in sein Büro summt er, was noch ungewohnter ist als ein Schulterklopfen.

So ist Steven also, wenn er mal keine schlechte Laune hat. Irgendwie noch Furcht einflößender als seine kleinen Wutanfälle. Jetzt habe ich das Gefühl, Erwartungen geweckt zu haben, die ich nun erfüllen muss.

»Steven hat gelächelt«, kommt es von Howards Schreibtisch. »So richtig, mit Zähnen und Grübchen.«

»*Das* ist es, worüber du reden willst?«, erwidert Priya kopf-
schüttelnd.

Sie greift sich ihre Kaffeetasse und kommt zu mir an den
Tisch. Schwungvoll setzt sie sich auf die Platte und starrt mich
enthusiastisch an.

»Du hast sie echt auf deinem Motorrad mitgenommen? Ivy
fucking Cohen?«

»Jap.«

»Und einen ersten Headliner hat er auch schon«, bringt
Howard stolz hervor.

»Der jetzt nur noch mit Leben gefüllt werden muss.«

Priya sieht nachdenklich auf meine Notizen. Es fühlt sich
seltsam intim an, ihr den Artikelentwurf schon zu zeigen. Als
würde ich Priya die Tore zum Inwood Hill Park öffnen. Zu
meinem Gespräch mit Ivy, bei dem auch meine Mom anwesend war. Bei dem ich irgendwie echt war … zwischen den Lügen und Geheimnissen.

»Wie geht es jetzt weiter?«, fragt Priya. »Wie lautet der
Plan?«

»Ich gehe zu meiner nächsten Schicht, und dann schauen
wir weiter«, erwidere ich schulterzuckend.

»Das reicht nicht. Jetzt entscheidet sich doch, ob du mit ihr
auf der Stelle trittst oder an den Abend anknüpfen kannst.«

»Hast du etwa einen besseren Vorschlag?«

»Geh aktiv einen Schritt auf sie zu«, schlägt Priya vor. »Hat
sie dir gesagt, was ihr Lieblingsgetränk ist? Dann könntest du
ihr das mixen und in den Backstagebereich bringen.«

»Nein, über so was haben wir nicht geredet.«

»Lieblingsblumen?«

»Er will sie doch nicht auf ein Date einladen«, sagt Howard.
»Oder?«

»Er will sie um den Finger wickeln«, gibt Priya zurück.

Allein beim Gedanken an ein Date mit Ivy schießt kribbelnde Hitze in meine Wangen. Gedanklich gehe ich das Gespräch mit Ivy durch. Es hat sich förmlich in meinen Kopf eingebrannt. Nicht nur, weil ich wusste, dass jedes Detail wichtig sein könnte. Es war auch das erste Mal seit langer Zeit, dass ich mit jemandem, den ich im Grunde nicht kenne, über Mom geredet habe. Es hat gutgetan, mal wieder darüber zu sprechen. Schmerzhaft, aber irgendwie auch heilsam. Ich würde diesen Abend zu gerne wiederholen.

Aber der Auftrag muss an erster Stelle stehen, nicht die Sehnsucht nach tiefen Gesprächen und romantischen Spaziergängen. Irgendwie muss ich an diesen Abend anknüpfen, genau wie Priya vorschlägt.

»Ich habe eine Idee«, sage ich, mehr zu mir selbst.

KAPITEL 14

THE ART OF REPRESSION

Ivy

Es ist seltsam, wieder zurück zum *Silverside* zu kommen. Diesmal warten keine Paparazzi vor der Tür, kein Blitzlicht blendet mich, und doch ist mein ganzer Körper angespannt, als ich aus dem Taxi steige und den Hintereingang ansteuere. Zwei Stunden lang habe ich mit Keyla telefoniert und mit ihr über den Vorfall gesprochen, über den sie weit weniger beunruhigt schien als ich. Für sie war es nur ein Zeichen von einer aufgehenden Strategie und einem wachsenden Hype. Für mich ist es die Erkenntnis, dass eine gewisse Privatsphäre Geschichte ist.

Aber Keyla hat gesagt, dass solche Situationen zum Business gehören, also versuche ich, den ganzen Abend zu vergessen. Mit allem, was dazugehört.

Im *Silverside* empfängt mich herrliche Stille. Gil, Josh und Effie sind noch nicht da, also habe ich den Backstagebereich für mich. Ich trete durch den Vorhang in den leeren Vorraum und finde Daniel in seinem kleinen Arbeitszimmer, in dem er eigentlich nur hockt, wenn er seine Buchhaltung macht.

Ich klopfe an den Türrahmen, erst dann bemerkt er mich.

»Ivy. Du bist früh dran.«

»Zu Hause ist mir heute irgendwie die Decke auf den Kopf gefallen.«

Meistens mag ich es, die Wohnung auch mal für mich zu

haben und dann an Songs zu arbeiten und mir Textzeilen laut vorzusingen, ohne Angst, Lennon könnte bereits etwas davon mitbekommen. Aber an Tagen wie heute ist es dann *zu* ruhig. Dann hilft nur ein Tapetenwechsel für neue kreative Energie.

Ich winke mit meinem Notizheft. »Ich dachte, ich arbeite noch ein bisschen. Es stört dich doch nicht?«

»Wann hast du mich schon mal gestört?«, fragt er zurück, »vielleicht freue ich mich sogar über ein wenig Ablenkung.«

»Deine geliebte Buchhaltung?«

»Eine Erfindung des Satans, ganz eindeutig.«

»Du schaffst das schon. Halte durch.«

Daniel zieht eine Grimasse, die mich zum Lachen bringt, ehe er sich wieder an die Arbeit macht.

Ich gehe zurück in den Backstagebereich und mache es mir auf der Ledercouch gemütlich. Schnell finde ich die Zeilen, die ich gestern Abend in mein Notizheft geschrieben habe und an denen ich nun weiterarbeiten möchte.

I want to forget. I want to live.

Am I stronger than the darkness?

Meine Hand zittert, als ich mir meinen Kugelschreiber nehme und die Zeilen ergänze.

Am I the darkness?

Doch die Worte fühlen sich zu niederschmetternd an.

If you don't let the light in, the shadows will never recede, schreibe ich darunter, doch den Satz davor streiche ich nicht.

In dieser Phase meiner Textarbeit geht es darum, alle Gedanken zuzulassen. Am Ende muss nichts davon wirklich einen Song ergeben.

Es ist ein kreativer Prozess, der mir manchmal Angst macht. Sich so roh mit meinen eigenen Gedanken zu beschäftigen war leichter, als die Texte noch nicht im Internet analysiert wurden.

Lennon hat mir verboten, mir die Interpretationen durchzulesen, und ich denke, dass sie recht damit hat. Es würde mich nur blockieren, obwohl die Musik mich eigentlich beflügelt.

Ich ergänze weitere Zeilen, folge dabei unkontrolliert meinen Gedankenimpulsen. Sie landen immer wieder bei der Paparazzijagd, bei Dunkelheit und Angst.

»Ivy?«

Ich zucke zusammen, als Milo den Backstagebereich betritt. Er trägt noch seine Lederjacke und einen Rucksack, also ist er wohl gerade erst gekommen.

»Entschuldige, ich wollte dich nicht erschrecken. Oder dich bei etwas stören.«

Er sieht zu meinem Notizheft, das ich reflexartig zuschlage.

Milos Augenbraue zuckt minimal, aber er sagt nichts. Stattdessen kommt er ein paar Schritte auf mich zu.

»Darf ich mich kurz setzen?«

»Klar.«

Ich nehme meine Füße vom Polster, damit er neben mir Platz finden kann.

»Ich schätze, ich weiß schon, worüber du reden willst.«

Er runzelt die Stirn. »Ach ja?«

»Das mit den Fotos tut mir total leid. Irgendwie war mir ja schon klar, dass sie welche davon veröffentlichen würden, nachdem sie so viel Aufwand betrieben haben, um diese Bilder zu bekommen. Aber ich wollte dich nicht in mein Drama mit reinziehen. Sie brauchen dich nur hinter der Bar und dann mit dem Motorrad zu sehen, und schon zählen sie eins und eins zusammen und wissen, wer du bist.«

»Ach, das macht mir nichts. Ich schätze, das ist so was wie Berufsrisiko, wenn man der Barkeeper im angesagtesten Club der Stadt ist.«

Seine Antwort überrascht mich auf so vielen Ebenen. Niemals hätte ich gedacht, dass er es so locker sehen würde, mit mir abgelichtet zu werden, aber vielleicht ist er sich auch noch nicht der Tragweite bewusst. Wenn die Leute wirklich herausfinden, dass er derjenige ist, der mich auf dem Motorrad mitgenommen hat, wird er danach keine ruhige Minute mehr haben.

»Dann wolltest du nicht deswegen mit mir reden?«, frage ich.

»Nein. Die Presse kann schreiben, was sie will. Ich bin nur froh, dass du sicher nach Hause gekommen bist.«

Kurz sehen wir uns an, und es ist, als würden wir wieder vor meinem Haus stehen, an seinem Motorrad. Als ich so viel Dankbarkeit und Wärme für ihn gespürt habe und gleichzeitig nicht wusste, ob ich diese Emotionen zulassen will. Es macht mich verletzlich. Jetzt, während er so dicht neben mir sitzt, ist es genauso.

»Danke noch mal dafür.« Meine Stimme klingt seltsam ergriffen.

»Kein Problem. Beim nächsten Mal versuche ich, mit quietschenden Reifen wegzufahren, wie im Film.«

»Na, ich hoffe doch sehr, dass es kein nächstes Mal geben wird«, sage ich ein wenig zu finster. »Ich werde auf jeden Fall mit Oleg und Alexander sprechen müssen. Wir dürfen einfach nicht noch mal so überrumpelt werden.«

»Jetzt wisst ihr ja, worauf ihr achten müsst.«

Nachdenklich nicke ich und bin sofort wieder bei diesem beklemmenden Gefühl zwischen den Kameras.

»Wenn es nicht um die Fotos von uns ging«, versuche ich das Thema zu wechseln, »wieso bist du dann hier?«

»Ich habe viel über unseren Spaziergang nachgedacht. Und ich hatte das Gefühl, dir irgendwie helfen zu wollen.«

Milo greift in seinen Rucksack und holt ein kleines Gläschen hervor. Es sieht aus, als wäre einmal Pesto darin gewesen, doch statt Paste sehe ich nun bunte Zettel.

»Das ist für dich.«

Er reicht mir das Glas. Ein neues Etikett ziert nun den Deckel.

No Stress. Relax.

Verwirrt sehe ich zu ihm. »Was ist das?«

»Ich habe dir ja gesagt, dass Panikattacken auch durch Stress ausgelöst werden können, und mir hat es damals sehr geholfen, mich bewusst abzulenken und zu entspannen.«

Sofort sehe ich mich um, aus Angst, eines der Bandmitglieder könnte inzwischen reingekommen sein und unser Gespräch belauschen. Aber da sind nur Milo und ich und unser Geheimnis, das im Raum schwebt und sich wieder voller Sorge auf meine Brust drückt.

»In dem Glas findest du ein paar Anregungen, die dir hoffentlich helfen. Kleine Aufgaben, die du ohne viel Aufwand erledigen kannst, wann immer du das Gefühl hast, ein wenig überrollt zu werden.«

»Danke. Das ist sehr aufmerksam von dir.«

Milo lächelt, aber in mir breitet sich Kälte aus, während ich auf das Glas in meiner Hand sehe. Innerlich hatte ich gehofft, wir würden einfach so tun, als hätte es diesen kleinen Moment der Schwäche nie gegeben.

»Mag sein, dass das eine Panikattacke war«, gebe ich zu, weil ich das Gefühl habe, Milo irgendetwas sagen zu müssen. »Aber ich habe das gegoogelt, und rund zwanzig Prozent der Menschen erleben mindestens einmal in ihrem Leben eine. Daraus muss sich nicht gleich ein ernsthaftes Problem entwickeln … ich sagte ja schon, dass es einfach sehr viel für mich war an dem Abend.«

Milo setzt zu einer Antwort an, hält dann inne. Diesmal mustert er mich nicht forsch, sondern mitfühlend. Vielleicht kennt er die Ausreden und Ausflüchte, die ich ihm gerade präsentiere, aus eigener Erfahrung. Im Grunde wissen wir beide, dass ich die Sache herunterspiele, aber es ist nun mal das Einzige, was ich mir erlauben kann.

»Mein Leben ist gerade ein richtiges Chaos«, erkläre ich mich. »Da ist plötzlich diese Musikkarriere, da sind hohe Erwartungen und Termine, Paparazzi und Fans, und ich versuche, mich in all dem irgendwo zurechtzufinden. Natürlich übermannen mich da meine Gefühle. Aber ich will auch kein Fass aufmachen, nur weil ich einen Abend die Nerven verloren habe.«

»Verstehe.« Milo sieht ein wenig enttäuscht aus, aber er lächelt es tapfer weg.

Er steht von der Couch auf und schnappt sich wieder seinen Rucksack. Dann hält er inne und beugt sich ein wenig zu mir vor.

»Aber wenn es dich doch noch mal überkommt, musst du ja nicht gleich ein Fass aufmachen. Ein Pestoglas reicht vielleicht schon.«

Er zwinkert, und ich bin zu verdattert, um mir eine gute Erwiderung einfallen zu lassen.

»Viel Erfolg nachher bei deinem Auftritt.«

Milo verschwindet, und ich betrachte das Glas, in das er sicher viel Mühe und Herzblut gesteckt hat. Es ist wirklich süß von ihm, aber ich weiß, dass ich es vermutlich nicht nutzen werde. Ich kann es nicht. Es würde bedeuten, die Sache größer zu machen, als sie ist. Dabei will ich einfach nur mein Leben leben.

KAPITEL 15

PLAN B, ANYONE?

Milo

Das Schönste an dem Büro von *Current Flash* ist die Mittagspause am East River, wenn die Sonne auf der anderen Uferseite auf die Skyline von Manhattan scheint und das sonst etwas eintönige Grau der Wolkenkratzer in ein Farbenspiel aus Gelb und Orange taucht.

Priya, Howard und ich haben uns jeweils einen Kaffee und einen Bagel geholt und uns an den Pier gesetzt. Die Boote vom Lagerhaus neben uns liegen ganz still da und genießen genau wie wir das frühlingshafte Wetter. Eddie, der Hausmeister des Lagers, mag es nicht so gerne, wenn wir unsere Mittagspause hier verbringen, aber inzwischen sagt er nichts mehr, solange wir ihm einen Bagel mitbringen. Mittags ist hier ohnehin nicht so viel los, während vormittags und nachmittags immerzu Waren abgeholt und geliefert werden.

Ich halte mein Gesicht in die Sonne und beiße von meinem Avocado-Cream-Cheese-Bagel ab. Am liebsten würde ich einfach abschalten und während der Mittagspause über nichts sprechen, nicht nachdenken. Momente wie dieser, friedlich und still, sind viel zu selten geworden. Aber Priya mustert mich bereits und wartet darauf, dass ich das Gespräch beginne. Es ist der perfekte Ort, um mit ihnen zusammen über meinen Auftrag zu sprechen, der irgendwie stagniert.

Eine Woche ist vergangen, seit ich Ivy das Entspannungsglas

geschenkt habe, und seitdem ist nichts passiert. Kein Anzeichen, dass sie es geöffnet hat. Nicht mal richtig unterhalten haben wir uns, weil sie immer erst kurz vor den Auftritten kam und direkt danach wieder gegangen ist.

Langsam habe ich das Gefühl, dass sie mir aus dem Weg geht.

»Na, spuck's schon aus«, sagt Priya. »Ich sehe doch, dass du eh schon an Ivy und deine Mission denkst.«

Wie könnte ich auch nicht? Sie dominiert all meine Gedanken.

»Die Idee, auf Ivy zuzugehen und ihr etwas zu schenken, ging voll nach hinten los. Ich habe es damit schlimmer gemacht«, erwidere ich frustriert. »Die Schlagzeile mit der Panikattacke macht etwas her, aber letztendlich habe ich keine Beweise. Da ist nur mein Bauchgefühl, das mir sagt, dass viel mehr dahintersteckt, als sie es zugeben will. Mein Artikel wäre so nicht mehr als die Spekulationen, die *Newsflash200* über sie bringt.«

Mir ist klar, dass das weder meinen eigenen Ansprüchen noch Stevens Erwartungen entsprechen wird.

»Was du brauchst, ist noch mal so eine Situation wie mit den Paparazzi«, überlegt Howard. »Wo du sie retten und mit ihr ins Gespräch kommen kannst. Oder noch besser: wo sie noch mal eine Panikattacke bekommt, und diesmal könntest du davon Videos oder Fotos machen. Dann hättest du Beweise.«

Der Bagel rumort bei dieser Vorstellung in meinem Magen. Diese Panikattacken sind nichts, was ich heraufbeschwören möchte. Nicht mal, um Dad damit zu helfen. Ich könnte mich danach selbst nicht mehr im Spiegel anschauen.

»Natürlich ist ihre psychische Verfassung ein Aufhänger«, erwidert nun Priya. »Aber sie scheint deswegen verunsichert zu sein. Die Gespräche und Gelegenheiten allein darauf zu beschränken, könnte auch bedeuten, dass sie noch weniger von sich preisgibt. Ich denke, das ist eine vertane Chance.«

»Was schlägst du stattdessen vor?«

Lieber greife ich nach diesem Strohhalm, als weiter darüber nachzudenken, meine Moral vollkommen über Bord zu werfen.

»Geh wieder aktiv auf sie zu und lass sie in dem Glauben, dass du den Vorfall vergessen hast. Sprich diesen Abend und dein Geschenk nicht an, bemüh dich um Normalität. Dann wird sie aufhören, dich zu meiden, und sich dir wieder öffnen. Irgendwann ist sie dann wieder so weit, dir mehr von sich zu zeigen.«

»Fragt sich nur, ob das *irgendwann* in den nächsten sieben Wochen ist«, brumme ich. Viereinhalb, wenn ich Jaxons Frist beachte. »Viel Zeit habe ich nicht.«

»Mhm. Und wenn das nicht funktioniert, kannst du es noch mal über diese Lennon versuchen«, überlegt Howard.

»Von den Panikattacken weiß sie zumindest nichts«, gebe ich zu bedenken und nehme einen Schluck von meinem Kaffee.

Dann sehe ich zu dem Wasserspiel unter meinen Füßen.

Die Sonne glitzert darin, während ich nachdenklich werde. Trauriger. Ich wünschte, meine Mom würde neben mir sitzen und mit mir über diesen Auftrag sprechen. Sie hätte gewusst, was zu tun ist.

KAPITEL 16

MEMORIES IN A PESTO JAR

Ivy

Früher gab es in meinem Kleiderschrank nur zwei Kategorien: Kleidung von Walmart oder Ausbeute vom Flohmarkt. Es hat mich Jahre gekostet, um aus diesen beiden Optionen einen eigenen Stil zu kreieren und das zu finden, was am besten zu mir passt. Schwarze Tops, am liebsten mit Spitze, Röcke und Shorts aus Jeans oder Leder. Flanellhemden und Bandshirts, die meine Liebe zur Musik widerspiegeln. Wenig Schmuck, dafür gerne auffälliges Make-up.

Von meinem ersten Geld aus dem *Silverside* habe ich mir ein Outfit für die Bühne gekauft: ein schwarzes Minikleid mit Spitzenbesatz, das ich mit hohen Kniestrümpfen und meinen Secondhand-Dr. Martens kombiniert habe. Wie privilegiert ich mich gefühlt habe, mir dieses Kleid einfach so kaufen zu können.

Es ist erst vier Monate her, und doch liegen Welten zwischen dieser Erinnerung und dem Jetzt. Damals hätte ich mir nie träumen lassen, einmal im Atelier des Designers Lorenzo Vazquez zu stehen und seine Kleider anprobieren zu dürfen. Keyla hat diesen Termin arrangiert. Der Ticketverkauf für die Tour soll mit einem Onlinekonzert angekurbelt werden, und dafür brauche ich ein Outfit, das Lorenzo mir stellen will.

»Die sind alle wunderschön«, sage ich zu ihm.

Es ist unmöglich, sich zu entscheiden, wenn jedes dieser Kleider genau das repräsentiert, was ich auf der Bühne mag.

Die Stoffe sind leicht, und die Spitze ist hochwertig verarbeitet. Ich habe in meinem ganzen Leben nicht so teure Kleidung getragen. Nicht mal ansatzweise.

»Darf ich etwas vorschlagen?«, fragt Lorenzo.

»Natürlich. Gerne.«

Grübelnd stellt er sich vor die Kleiderstange, auf der mindestens zwanzig Kleider hängen. Dann zieht er eins heraus und präsentiert es mir. Der Stoff ist karminrot, während die Spitze am Saum eher mahagonifarben schimmert.

»Es ist etwas farbenfroher als das, was du sonst auf der Bühne trägst.« Da meine Farbpalette zu neunzig Prozent aus Schwarz besteht, ist das nicht schwer. »Aber es vereint Eleganz und Weiblichkeit.«

»Dann sollte ich es wohl anprobieren.«

Ich nehme Lorenzo das Kleid ab und gehe damit in die Umkleidekabine, wo ich es mir überstreife. Der Stoff schmiegt sich an meine Haut. Die Spitze am Dekolleté betont meine Brüste, und die Farben, so ungewohnt sie auch sind, verleihen mir eine vornehme Blässe.

Verzückt drehe ich mich.

»Lorenzo!«, rufe ich, als ich aus der Kabine trete. »Wir haben einen Gewinner!«

Lennon wartet schon auf ein Foto von den Kleidern, also hole ich mein iPhone aus meiner Tasche, um ein paar Spiegelselfies zu schießen. Doch so weit komme ich gar nicht.

Auf meinem Display erscheint ein verpasster Anruf.

Ein Anruf aus Montana. Inklusive Mailboxnachricht.

Die Euphorie, die ich eben noch verspürt habe, verwandelt sich in Übelkeit. Sie kriecht meine Speiseröhre hinauf und lässt mich frösteln. Könnte der Anruf aus Belgrade kommen? Wer würde mich nach zwölf Monaten Funkstille anrufen? Wer kann mich überhaupt kontaktieren? Ich dachte, ich hätte alle Nummern blockiert.

»Du siehst fabelhaft aus.« Lorenzo ist auf mich zugekommen und lässt mich eine Pirouette drehen, damit er das Kleid von allen Seiten betrachten kann. Ich folge seinen Anweisungen und versuche zu lächeln, aber ich bin dabei gar nicht richtig anwesend, höre seine gemurmelten spanischen Wörter kaum. In meinem Kopf ist nur noch dieser Anruf, den ich nicht abschütteln kann.

»Die Träger würde ich dir bis zum Konzert etwas kürzen«, sagt Lorenzo mit prüfendem Blick. »Nur einen Fingerbreit, damit es hier oben noch ein wenig besser sitzt.« Er macht sich eine Notiz. »Ja, aber ansonsten ist es wirklich perfekt. Oder?«

»Hm?«

»Ivy? Geht's dir nicht gut? Du bist ein bisschen blass um die Nasenspitze.«

»Ich brauche vielleicht etwas zu trinken.«

»Natürlich. Ich kümmere mich sofort darum.«

Lorenzo eilt davon, und ich gehe zurück in die Umkleidekabine.

Keine Ahnung, ob ich diese Mailboxnachricht wirklich abhören sollte. Aber ich kann auch nicht so tun, als würde mich die Unwissenheit nicht zermürben. Also drücke ich auf Abspielen.

»Ivy? Ivy, hier ist Mom.«

Tränen beißen in meinen Augen. In diesem einen Jahr, in dem wir keinen Kontakt hatten, habe ich fast vergessen, wie ihre Stimme klingt. Rauchig und müde, wie immer nach einem langen Arbeitstag im Friseursalon.

»Ich habe eine neue Nummer und wollte nur mal hören, wie es dir geht.«

Mein kindliches Herz ruft nach ihr. Ruft danach, sie sofort zurückzurufen und mit ihr zu sprechen, auch wenn ich mir geschworen habe, nie wieder ein Wort mit ihr zu wechseln.

Aber vielleicht ist jetzt alles anders. Vielleicht hat sie eine neue Nummer, weil sie etwas verändert hat?

Hoffnung keimt in mir auf.

»Wir haben dich im Internet gesehen. Du bist jetzt Sängerin in New York, ist das wahr?«

Wir. Ein so kleines Wort, das die Kraft hat, sämtlicher Hoffnung die Luft abzuschnüren.

»Frag sie nach dem Geld.«

Trocken schluchze ich auf, als ich Garrett im Hintergrund höre.

»Uns geht es finanziell gerade nicht so gut«, spricht Mom weiter. »Aber deswegen rufe ich nicht an. Wir dachten, wir könnten die alten Streitigkeiten vergessen. Es ist viel zu lange her …«

»Wir sollten noch mal über alles reden«, sagt nun Garrett.

»Melde dich einfach, okay?«, fragt Mom. »Wir vermissen dich.«

Jedes Wort schürt meine Kehle zu. Ich ringe nach Luft, als die Mailboxnachricht endet und die Bilder in meinem Kopf die Kontrolle übernehmen. Garretts grüne Augen. Ein blutiges Messer in meinen Händen, das klirrend auf den Boden fällt. Moms gellender Schrei, der den Trailer erfüllt. Angst und Panik. Kontrolle gegen Ohnmacht.

»Ich habe dir Wasser gebracht.« Lorenzos Stimme reißt mich aus meiner Trance.

Ich setze ein etwas zittriges Lächeln auf, als ich den Vorhang zur Seite schiebe und Lorenzo gegenübertrete. Er reicht mir ein Wasser, das ich sofort leere. Kalt und angenehm legt es sich auf das Gefühl der Übelkeit und wäscht mich davon rein. Nur die Stimmen, die sich plötzlich wieder in meinem Kopf pflanzen wollen, verschwinden damit nicht.

»*Frag sie nach dem Geld.*«

Nach einem Jahr sind das die Worte, die sie an mich richten wollen? Nach all den Qualen bekomme ich *das* von ihnen? Eine halbherzige Mailboxnachricht und die Bitte um Geld?

Die neue Nummer meiner Mom ist längst wieder blockiert, und trotzdem finde ich keine Ruhe. Kurz dachte ich, ein fettiges Stück Salamipizza würde mich vergessen lassen, dass dieser Anruf jemals stattgefunden hat, stattdessen wälze ich mich im Bett hin und her.

Inzwischen ist es ein Uhr nachts, und ich fühle mich total ausgelaugt und erschöpft … und bin trotzdem hellwach.

Es ist egal, wie wohl ich mich in New York fühle und wie erfolgreich sich mein Leben hier entwickelt, mein altes Leben scheint immer wieder einen Fuß in der Tür zu haben. Da ist ein Spalt, egal wie oft und wie fest ich die Tür auch zuschlage. Der Gedanke schmerzt. Als würde ich meine gesamte Kraft aufbringen, um einen Zug zu kontrollieren, der immer wieder vom Gleis ausbricht.

Mein Blick fällt auf meinen Beistelltisch, auf dem Milos Pestoglas steht. Innerlich weiß ich, dass diese Zettel wohl nicht bewirken können, die Kontrolle zu behalten oder mich weniger machtlos zu fühlen. Ganz sicher werden sie mich auch nicht dazu bringen, diesen Anruf aus meinem Gedächtnis zu löschen. Aber vielleicht hilft es mir wenigstens, diese Nacht zu überstehen und endlich einzuschlafen.

Ist zumindest einen Versuch wert, oder?

Müde blinzle ich gegen das Licht meiner Lampe an. Dann nehme ich das Gefäß und schraube den Deckel ab. Ich will ihn gerade zur Seite legen, als mir eine Notiz auf der Unterseite auffällt. Milo hat etwas mit einem schwarzen Filzstift hineingeschrieben.

Für den Fall, dass du reden möchtest.

Darunter eine Handynummer.

Einen kurzen Moment denke ich darüber nach, ihm einfach zu schreiben, dass ich heute einen schweren Abend hatte und deswegen nicht schlafen kann, aber sofort komme ich mir lächerlich vor.

Im Grunde kenne ich Milo doch gar nicht, und selbst wenn er derjenige ist, der vielleicht ahnt, wie es mir gerade geht, möchte ich ihm nichts erzählen. Nicht, wenn ich doch eigentlich Abstand von allem in Montana will.

Fast bereue ich es, das Glas überhaupt geöffnet zu haben, weil es mich nur noch mehr zum Grübeln bringt, anstatt mich zu beruhigen. Aber ich habe ja auch noch keinen dieser bunten Zettel gezogen, die Milo offenbar in mühevoller Kleinarbeit selbst geschrieben und zusammengerollt hat. Dieses Entspannungsglas für mich gebastelt zu haben, muss wirklich Zeit gekostet haben.

Ich fische einen orangefarbenen Zettel heraus und öffne ihn.

Koch dir einen Tee, zünde Kerzen an und lies mindestens zwanzig Minuten in einem Buch deiner Wahl.

Unwillkürlich runzle ich die Stirn. Ich habe kein Buch und ich kann mich auch nicht daran erinnern, Lennon jemals eins lesen gesehen zu haben.

Ich stehe trotzdem auf und begebe mich ins Wohnzimmer, zu einem kleinen Regal. Ein Buch finde ich nicht. Dafür nehme ich mir eine der Zeitschriften, die Lennon gerne in der Badewanne liest, und mache mir einen Früchtetee, um damit wieder in mein Zimmer zu gehen. Meine zwei Kerzenständer sorgen für gemütliches Licht.

Das Lifestyle-Magazin auf meinem Schoß wirbt mit einer *Anleitung zu grünerem Leben*. Lennon ist nach dem Artikel quasi in eine Sinneskrise verfallen, weil die Farben und Materialien, die sie für ihre Kurse braucht, ihren ökologischen Fußabdruck vergrößern. Immerhin hat sie sich am Ende damit beschäftigt, wie sie ihre Materialien möglichst recyceln und öfter verwenden kann, also war der Artikel trotzdem ein voller Erfolg.

Ich entscheide mich trotzdem lieber für ein anderes Thema und befasse mich damit, wie man mit der Kraft von Pflanzen gesund und fit durchs Leben kommt.

Ein Timer zählt zwanzig Minuten herunter, dabei trinke ich meinen Tee und sehe ab und zu in das Schattenspiel der Kerzen. Ansonsten lese ich und schaffe sogar noch zwei weitere Artikel.

Als es schließlich piepst, bin ich tatsächlich ein wenig entspannter. Die Zeit ist jedenfalls an mir vorbeigerast, ohne dass ich an diesen Anruf gedacht habe. Stattdessen finde ich es sogar schön, mich mit etwas auseinandergesetzt zu haben, was mich sonst thematisch nicht unbedingt ansprechen würde. Mir war gar nicht klar, wie viele Heilpflanzen es gibt.

Wer hätte gedacht, dass Milos Glas wirklich funktioniert?

Aus einem Impuls heraus nehme ich den Deckel und tippe Milos Nummer ab. Eigentlich ist es schon viel zu spät, um ihm zu schreiben, und ein kleiner Teil von mir ist sich noch gar nicht sicher, ob ich das überhaupt will. Es würde bedeuten, ihn noch mehr in mein Leben zu lassen. Nicht nur ins *Silverside,* sondern in diese Wohnung, in meine Seele. Dann wäre er der Kerl, der von meinen Panikattacken weiß und von dem ich mir helfen lasse. Und das ist eigentlich nicht so meine Art. Eigentlich würde ich ihn lieber wegstoßen, damit er nicht zu viel über mich erfährt.

Trotzdem mache ich ein Foto von meinem Magazin und schicke es ihm.

> **Ich**
> Die erste Aufgabe ist gemeistert. Ein Buch hatte ich nicht da, aber die zwanzig Minuten Lesezeit waren sehr lehrreich. Wusstest du, dass Zitronenmelisse eine entspannende, beruhigende und angstlösende Wirkung hat und daher bei Stress zum Einsatz kommt?

Ich will das iPhone bereits wieder weglegen, als zu meiner Überraschung sofort eine Antwort kommt.

Milo
Du hast wirklich keine Bücher? Mich als Literaturfreak macht das irgendwie traurig.

Ich
Du gehst nicht auf mein neu erlangtes Wissen über Zitronenmelisse ein? Autsch, das macht mich wiederum traurig.

Milo
Was soll ich sagen? Pflanzen haben mich noch nie so recht von sich überzeugt. Selbst mein Kaktus ist kürzlich eingegangen.

Milo
Aber es freut mich, dass du dich dazu entschieden hast, eine erste Aufgabe zu machen ... na ja, so halb zumindest. Keine Bücher? Wirklich?

Ich
Lesen war ehrlich gesagt nie so meins. Gerade fehlt mir auch echt die Zeit dafür. Aber kannst du was empfehlen? Was ist denn dein Lieblingsbuch?

Milo
Die Kurzgeschichtensammlung von Edgar Allan Poe.

Ich
Ivy Cohen hat den Chat verlassen.

Milo
Haha, sehr witzig. Ich weiß, das ist nicht für jeden was. Aber mir gefällt es.

Ich
Die Zeitschrift hat es auch getan. Und es hat wirklich geholfen, also danke für den Input.

Milo
Jederzeit wieder

Mein Daumen verharrt über der Tastatur.

Es wäre jetzt vermutlich klug, die Chance zu ergreifen und zu schlafen. Immerhin habe ich in ein paar Stunden wieder einen Tag voller Termine vor mir. Angefangen bei meinem Training bis hin zu einem Interview mit dem *Rolling Stone Magazine.* Mein Album soll einen ganzen Artikel bekommen – inklusive Fotostrecke, die wir bald shooten.

Ich
Wieso bist du eigentlich noch wach?

Milo
Die Zeit nach Mitternacht mag ich am liebsten. Dann ist man eins mit seinen Gedanken.

Genau das mag ich daran eigentlich nicht, tippe ich, aber ich schicke die Nachricht nicht ab. Stattdessen schreibe ich:

Ich
Was machst du dann so mitten in der Nacht?

Milo

Ich stecke in epischen Schlachten.
Und in fremden Welten, die durch
magische Portale geöffnet werden.

Ich verschlucke mich fast an meinem restlichen Tee.

Ich

Ich brauche mehr Einzelheiten.

Milo

Zu den magischen Portalen?

Ich grinse unwillkürlich.

Milo

Würdest du mich auslachen, wenn ich
dir sage, dass ich an einem Fantasyroman
sitze, weil ich irgendwann gerne Autor wäre?

Seine Antwort überrascht mich. Ich hätte nicht gedacht, dass
er so kreativ ist, wobei ein Blick auf das Glas reicht, um mir das
Gegenteil zu beweisen. Durch die Lederjacke, das Motorrad
und diese einnehmende, forsche Art hatte ich ihn eher als
Draufgänger wahrgenommen, nicht als einfühlsamen Autor.

Ich

Ich wollte immer Sängerin werden, und ganz viele
Menschen haben mir einreden wollen, dass das kein
sehr realistischer Traum ist. Und jetzt sieh mich an ...

Milo

Tut gut, das zu hören.

Ivy
Aber es könnte ein Problem geben.

Milo
Welches?

Ich
Wenn du einen Roman veröffentlichst,
muss ich ja wirklich anfangen zu lesen.

Milo
Ich werde mich nicht dafür entschuldigen. Aber bis
der fertig ist, dauert es sicher noch ziemlich lange.
Ich finde selten die Zeit, um daran zu arbeiten.

Ich
Oh. Ich wollte dich nicht stören.

Milo
Hast du nicht. Ich habe mich gefreut,
dass du dich gemeldet hast.

Ich
Es hätte vielleicht passendere Uhrzeiten gegeben.

Milo
Wie gesagt, ich mag die mitternächtliche Stille.
Und ich teile sie gerne mit dir. Wieso hast du das
Glas heute gebraucht? Willst du darüber sprechen?

Will ich?

Mein Herz verkrampft sich ein wenig, aber gleichzeitig wird
mir auch warm. Weil Milo wirklich so wirkt, als würde er mir

helfen wollen. Er versteht, wie es ist, von seinen Erinnerungen übermannt zu werden, auch wenn es in seinem Fall eher schöne und nostalgische Erinnerungen sind. Bei mir ist es eher der Stoff, aus dem Albträume gemacht werden. Verzweiflung und Angst und Wut und Scham.

Und ich weiß nicht, ob ich jemanden in dieses Gefühlsknäuel ziehen will. Schon gar nicht, ohne Details zu nennen, und das werde ich niemals können. Niemals, niemals. Nicht in meinem neuen Leben als Sängerin, nicht hier in New York, wo meine Vergangenheit keine Rolle mehr spielen sollte. Das Risiko ist zu groß, dass ich einen Stein ins Rollen bringe und er dann einen ganzen Erdrutsch auslöst. Einen, der alles andere, was ich mir gerade aufbaue, unter sich begräbt.

Milo
Das ist eine wirklich lange Pause …

Ich
Wenn ich darüber reden würde, bräuchte ich danach sicher eine Wagenladung Zitronenmelisse, und ich habe keine.

Milo
Habe ich dich wieder mit meiner Frage verschreckt? Ich lerne wohl nicht aus meinen Fehlern.

Ich
Ich kann eben nicht aus meiner Haut, aber das ist nicht deine Schuld. Manchmal wünschte ich mir, ein paar Erlebnisse und Erinnerungen in so ein Pestoglas zu stecken und den Deckel zu versiegeln. Um nie wieder daran denken zu müssen.

Milo

Verstehe ich. Und ich wünschte manchmal, ein paar Erinnerungen an meine Mom in ein Pestoglas zu stecken, um sie für immer zu konservieren. Und immer, wenn ich das Glas öffne, durchlebe ich die schönen Momente mit ihr noch einmal neu.

Seine Worte zaubern mir ein kleines Lächeln aufs Gesicht, gleichzeitig bin ich sehr nachdenklich. Diese Aussage ist ein bisschen traurig-schön.

Ich

Vielleicht sollte es solche magischen Portale auch außerhalb deiner Romane geben. Dann könnte es dich in deine Erinnerungen beamen.

Milo

Das Risiko, sich darin zu verlieren, ist groß …

Ich

Das Gleiche gilt für schmerzvolle Gedanken. Ich denke, ich nutze es, dass ich mich jetzt entspannt fühle, und schlafe. Du musst ja schließlich auch noch an deinem Manuskript schreiben, oder?

Milo

Es wäre auch vollkommen okay für mich gewesen, für heute darauf zu verzichten.

Ich

Gute Nacht, Milo.

Milo
Schlaf gut, Peach.

Ich
Peach?

Milo
Darüber reden wir ein anderes Mal.

Ich
War schön, mit dir zu schreiben.

Erstaunlicherweise entspricht das der Wahrheit. Auch wenn ich mich erst gesträubt habe, Milos Geschenk zu nutzen, fühle ich mich jetzt viel besser. Ein wenig mehr im Hier und Jetzt, ein wenig … lebendiger. Mit einem kleinen Lächeln auf den Lippen schlafe ich schließlich ein.

KAPITEL 17

THE WAY I LOOK AT YOU

Milo

Früher habe ich ab und zu daran gedacht, ein Leben fernab der Großstadt zu führen. Ich hatte wohl die Vorstellung, dass etwas mehr Ruhe sich positiv auf meine Kreativität auswirken könnte. Dabei habe ich jedoch nicht bedacht, dass die Großstadt selbst die besten Geschichten erzählt. In einer pulsierenden Lebendigkeit, laut und bunt, mit Schicksalen und Schlagzeilen auf der Überholspur. Ein Sommerloch kennen die New Yorker Zeitungen nicht, es gibt immer etwas zu erzählen und zu entdecken.

Auch heute, während ich in einem Café an der Brooklyn Heights Promenade sitze, spüre ich wieder diese Inspiration.

Eigentlich bin ich hergekommen, um in einem Fantasyroman zu lesen und einen Iced Coffee zu genießen. Der perfekte Sonntagmorgen. Doch das Buch samt Annotierstift liegen noch immer unberührt auf dem Tisch, weil sich direkt am Tisch nebenan ein Beziehungsdrama abgespielt hat. Danach war ich dann zu sehr damit beschäftigt, den Schiffen auf dem East River zuzusehen und meinen Gedanken nachzuhängen. Zunächst, um Ideen für mein Manuskript zu sammeln, doch ich bin unweigerlich bei Freitagabend hängen geblieben. An dem Chat mit Ivy, der so wunderbar leicht war. Fast kam es mir vor, als könnten wir Freunde werden.

Wenn nicht so viel zwischen uns stehen würde …

Die traurige Wahrheit ist, dass ich nicht viele Freunde habe. Während der Uni hatte ich ein ganzes Smartphone voller Kontakte und war auf einer Party nach der anderen. Aber im Grunde kannten mich diese Menschen gar nicht wirklich, weil ich ihnen nie erzählt habe, was in mir vorging. Sie haben nie bemerkt, dass ich mit dem Feiern eigentlich etwas betäubt habe und gar nicht richtig anwesend war. Selbst meiner bislang einzigen festen Freundin, Leyla, war es nie wirklich gelungen, hinter die Fassade zu schauen.

Und dann kam der Bruch. Wir alle hatten unsere Abschlüsse, es gab nur wenige Jobs bei New Yorker Zeitungen, und plötzlich wurde man zur Konkurrenz. Kontakte zerbröselten wie staubige Kekse und hinterließen eher einen bitteren als einen süßen Nachgeschmack.

Nun, zwischen all den Problemen und Sorgen, Geheimnissen und Belastungen, weiß ich gar nicht mehr, wie man Freundschaften aufbaut. Es ist schwer, sich anderen zu nähern, wenn die eigene Welt zu implodieren droht.

Ich nehme einen Schluck Kaffee und beginne endlich, in meinem Buch zu lesen, aber automatisch schweife ich wieder zu dem Chat. Egal wie viel Spaß es gemacht hat: Er war Teil des Auftrags. Eine Zweckfreundschaft, mehr nicht.

Am Mittwoch, bei einem Fotoshooting im *Silverside*, werde ich Ivy wiedersehen, dann kann ich herausfinden, ob der Chat irgendetwas zwischen uns verändert hat und ich meinem Auftragsziel ein Stückchen näher gekommen bin.

Es schadet doch nicht, ihr vorher schon ein wenig auf den Zahn zu fühlen, oder?

Kurzerhand schnappe ich mir mein Smartphone, mache ein Foto von meinem Iced Coffee und meinem Buch und schicke es ihr.

> **Ich**
> Ein Sonntagmorgen mit Buch und Kaffee kann ich sehr empfehlen. Auch für Nicht-Leseratten.

Ich rechne nicht mit einer schnellen Antwort, doch zu meiner Überraschung kommt von Ivy sofort ein Foto zurück. Es zeigt eine grüne Yogamatte, auf der ein Springseil liegt.

> **Ivy**
> Ein Sonntagmorgen mit einer Stunde Seilspringen und Pilates ist hingegen nicht so zu empfehlen. Außer für Sportbegeisterte.

Unvermittelt muss ich grinsen.

> **Ich**
> Machst du so ein Work-out öfter?

> **Ivy**
> Jeden Tag. Gehört zu meinen Konzertvorbereitungen. Früher habe ich total unterschätzt, wie anstrengend es ist, zweimal die Woche aufzutreten. Man muss wirklich topfit sein, um das lange durchzuhalten.

> **Ich**
> Und das alles auch noch in hohen Schuhen.

> **Ivy**
> Richtig. Das Training ist also ein Muss ... wobei ich es einmal die Woche gegen einen entspannten Tag eintausche. Vorzugsweise auf der Couch, mit etwas zu essen auf dem Schoß.

Ich
Was ist dein Lieblingsessen?

Ivy
Alles aus der chinesischen Küche. Und deins?

Ich
Pizza. Am liebsten vom Vortag.

Ivy
Auch nicht schlecht.

Ich
Konntest du am Freitag noch gut einschlafen?

Ivy
Tatsächlich schon. Ich habe gleich gestern noch einen Zettel aus dem Glas gezogen.

Ich
Was stand drauf?

Ivy
Zwanzig Minuten Selfcare, also habe ich eine Gesichtsmaske gemacht. Das hat mich dann auf die Idee gebracht, einen Spa-Tag für Lennon und mich zu buchen. Mit Massage und allem.

Ivy
Wie war deine Nacht noch? Konntest du schreiben?

Ich
Zwei Stunden lang. Ich habe jetzt magische Portale eingebaut, mit denen man sowohl in die Vergangenheit als auch in die Zukunft reisen kann.

Ivy
Freut mich, dass ich dich auch inspirieren konnte 😊

Ich
So sehr, dass ich mich heute unbedingt noch mal bei dir melden wollte. Ich hoffe, das war okay?

Ivy
Klar.

Ich
Und war das nicht zu aufdringlich?

Ivy
Überraschenderweise nicht.

Ich
Dann sehen wir uns am Mittwoch im *Silverside* 😊

***

Drei Tage nach meinem letzten Kontakt mit Ivy treffe ich wieder im *Silverside* ein. Heute erwarten mich dort keine Fans vor dem Eingang, der diesmal auch nicht von Oleg bewacht wird. Stattdessen klopfe ich ein paarmal gegen die Tür, bis Daniel mir öffnet und mich hereinlässt.

Im Club ist bereits emsiges Treiben ausgebrochen. Tische

wurden zur Seite geschoben, dafür werden gerade Fotoschirm-lampen und Softboxen aufgestellt.

Eine Frau gibt Anweisungen durch, nach denen weiteres Equipment hereingebracht und aufgestellt wird.

»Gut, dass du da bist.« Daniel führt mich hinter die Bar, wo ich meine Sachen ablegen kann. »Du weißt, was heute zu tun ist?«

»Wasser, Tee und Kaffee bereitstellen und für Fragen ansprechbar sein. Am Ende des Shootings verteile ich Champagner«, gehe ich die Anweisungen durch.

»Genau. Wenn was ist, komm gern auf mich zu. Ich bin im Büro.«

»Schon gut. Ich schaffe das.«

»Daran habe ich keinen Zweifel.«

Daniel nickt mir anerkennend zu, dann schnappt er sich eine Tasse Kaffee und verschwindet. Er hat mich bereits vorgewarnt, dass die Schichten bei Presseterminen, oder in diesem Fall bei einem Fotoshooting, eher langweilig sind. Das Cocktailmixen wird mir fehlen, trotzdem bin ich supergespannt darauf, bei einem Shooting dabei zu sein.

Und herauszufinden, ob sich wirklich etwas zwischen Ivy und mir verändert hat.

In dem Moment höre ich sie. Ivy hat so einen federnden, leichten Schritt, wenn sie noch keine High Heels trägt.

Ihre Haare sind an den oberen Seiten mit zwei Spangen aus dem Gesicht geklemmt, und sie hat sich noch nicht für das Shooting umgezogen. Trotzdem könnte man sie bereits jetzt ablichten, denn ihr Stil ist alles andere als alltäglich. Sie trägt einen oversized Kapuzenpulli, der bei ihr wie ein Kleid fällt. Dazu hat sie Kniestrümpfe an.

Olive Foster, die Frau vom *Rolling Stone Magazine*, geht sofort auf sie zu und scheint ihr einige Informationen zu geben. Ivy nickt und nickt und nickt. Und dann fällt ihr Blick auf mich.

Gespannt halte ich den Atem an und versuche, ihre Reaktionen genau einzufangen. Ivys Mundwinkel hebt sich zu einem flüchtigen Lächeln, auch wenn sie noch ins Gespräch mit Olive vertieft ist.

Allein diese Andeutung eines Lächelns verursacht ein Kribbeln auf meiner Haut. Und dann winkt sie mir mit ihrem kleinen Finger zu.

Es hat sich *definitiv* etwas verändert.

Olive klopft Ivy auf die Schulter und lässt sie allein, um mit dem Fotografen zu sprechen. Ivy hingegen steuert geradewegs auf mich zu.

»Hey, Milo.«

»Hey. Wichtiger Tag heute, was?«

»Allerdings. Ich bin ziemlich nervös.«

»Ich bin sicher, dass es richtig gut wird. Ich habe das Cover von deiner Single gesehen. Du bist super fotogen.«

»Danke. Eigentlich mach ich Fotoshootings auch ganz gerne. Aber aufgeregt bin ich trotzdem.« Sie zuckt mit den Schultern. Olive ruft sie und tippt auf eine imaginäre Armbanduhr.

»Ich muss gleich in die Maske. Ich wollte dir aber vorher noch kurz das hier geben.«

Ivy greift in ihre Hoodietasche und zieht einen Umschlag heraus, der einmal in der Mitte gefaltet wurde.

»Was ist das?«

Ich löse den Klebestreifen und schaue in das Kuvert. Das Erste, was ich entdecke, ist eine Pinnnadel.

»Nicht wirklich, oder?«

Mit einem Grinsen ziehe ich einen Button aus dem Umschlag. *Cohearts*, steht in schwarzer Schrift auf dunkelrotem Hintergrund.

»Woher hast du den? Hast du jetzt offiziell Fan Merch?«

»Merch ist gerade tatsächlich in Arbeit, aber der hier ist eine Limited Edition. Limitiert auf genau einen Button.«

»Du … du hast den extra für mich gemacht?«

Wieso nur wird mir so warm bei dem Gedanken?

»Als Dankeschön für dein Entspannungsglas. Außerdem habe ich dir noch einen geschuldet, oder?«

Ivys Blick streichelt mich, und das ist so ungewohnt, dass es mich schlucken lässt. Als hätte unser Chat diese kleine Brücke, die unsere Flucht vor den Paparazzi gebaut hat, mit Pfeilern verstärkt, und plötzlich steht Ivy mitten auf dieser Brücke und hat keine Angst mehr vor dem, was auf der anderen Seite wartet.

»Ich werde ihn in Ehren halten«, verspreche ich und höre selbst, dass meine Stimme ein wenig belegt klingt. »Und ihn immer tragen, wenn ich hier bin.«

Sofort pinne ich ihn an mein schwarzes Hemd. Dann werfe ich mich in Pose, damit Ivy den Button an mir begutachten kann.

»Steht dir wirklich gut.«

»Finde ich auch.«

Hinter dem Vorhang wird nach Ivy gerufen.

»Ich schätze, das Fotoshooting wartet auf dich …«

»Wohl eher Tonnen von Make-up und Haarspray.«

»Willst du vorher noch was trinken?«

Ivy sieht wirklich so aus, als würde sie Ja sagen wollen, aber sie schüttelt den Kopf. »Keine Zeit.«

»Wasser steht hinten bereit. Wenn du sonst etwas brauchst, dann ruf einfach, und ich bringe es dir.«

»Vom Barkeeper zum persönlichen Assistenten?«

»So macht man das als Coheart Nummer eins.« Ich tippe auf den Button.

Sie sieht mich noch mal an, nur drei Sekunden, die ich nicht ganz ergründen kann. Es ist neu, wie ihre Augen ein wenig funkeln, wenn sie mich ansieht. Es ist neu, dass sie ein wenig dabei lächelt und dieses Lächeln ihr ganzes Gesicht zum Strahlen bringt. Und es ist verflucht neu, dass diese kleine Veränderung etwas mit meinem Körper anstellt. Meine Haut fühlt sich an, als wäre sie in Limonade getunkt worden. Irgendwie kribbelt und sprudelt alles.

Ich kann nur hoffen, dass es die freudige Erkenntnis ist, dass dieses Glas, das ich ihr gebastelt habe, mich wirklich einen Schritt weitergebracht hat.

KAPITEL 18

DO YOU WANT CAKE?

Ivy

N icht *jedes* Blitzen einer Kamera lässt mich zurückschrecken. Heute blicke ich geradewegs in die Linse und lächle, während der Fotograf mir Anweisungen gibt. Ich knie auf der Bühne vom *Silverside*, die sie zu einem Fotostudio umgebaut haben. Das *Rolling Stone Magazine* wollte für den Bericht über mein Album ein Foto in meiner »natürlichen Umgebung«, was ein bisschen so klingt, als wäre ich ein tropischer Vogel, der nur an besonderen Orten zu finden ist. Aber immerhin bewege ich mich damit wirklich auf sicherem Terrain. Hier fühle ich mich absolut wohl.

Das Einzige, was heute dieses Gefühl ins Wanken bringt, ist der Mann hinter der Bar.

Ich spüre, wie Milo mich beobachtet, und es sollte mir egal sein, weil gerade ohnehin *alle* Blicke auf mich gerichtet sind. Die von Keyla, die von Olive Foster, die des Fotografen James Quinn, die vom Stylisten George Hutchinson, von meiner Hair- und Make-up-Artistin Brooke Stokes … aber nur die hellblauen Augen hinter der Bar machen mich nervös. Das passiert, wenn man sich minimal öffnet: Man verliert plötzlich die Kontrolle. Dann geistern plötzlich die Wärme seiner Stimme und seine Bemühungen in meinem Kopf herum und bringen mich dazu, andauernd mit ihm reden zu wollen. Dabei war ich mir vor ein paar Tagen noch nicht mal sicher, ob ich ihn wirklich mag.

»Outfitwechsel!«, ruft George. »Ich würde dich auch gerne noch mal in dem schwarzen Bodysuit von *Mugler* sehen.«

Ich folge ihm in den Backstagebereich, wo einige Kleider auf einer Kleiderstange präsentiert werden. George reicht mir den Bodysuit mit langen Ärmeln und Cutouts, den ich mir in meinem Fitting Room anziehe.

Wir haben zuvor schon alle Kleider getestet, daher weiß ich, dass er sitzt wie eine zweite Haut. Die Cutouts sind genau an der richtigen Stelle und betonen meine Hüften. Dazu trage ich kniehohe Stiefel, die meine Beine noch verlängern.

Brooke kommt herein und frischt mein Make-up und meine Haare auf, dabei trage ich schon Tonnen von Puder.

Danach trete ich wieder ans Set, wo der Hintergrund ein wenig verändert wurde. Das Lichtkonzept ist nun etwas dunkler, und die Nebelmaschine wurde in Gang gesetzt.

»Wir wollen dich mit dem Mikrofonständer ablichten.« James hat bereits die Kamera in der Hand. »Du kannst singen oder tanzen. Verhalte dich einfach möglichst natürlich, als wäre es ein Konzert.«

Da es mir als das Einfachste erscheint, beginne ich, einen meiner Songs zu singen. Dabei sehe ich direkt in die Kamera, während ich mich bewege.

James knipst begeistert und spornt mich weiter an. Gerade bin ich wirklich froh, nicht in einem kalten, unpersönlichen Fotostudio zu sein, denn auf dieser Bühne bin ich zu Hause. Zumindest noch.

Ein seltsamer Gedanke, bereits im September auf Tour zu gehen und woanders aufzutreten, wo ich außerhalb von Auftritten in Talkshows doch immer nur hier in der Bronx gesungen habe.

»Das ist im Kasten«, verkündet James irgendwann.

Ich höre auf zu performen. Die Anwesenden applaudieren für den erfolgreichen Shoot, nicht ahnend, dass mich ein wenig Wehmut gepackt hat. Ich werde das alles hier vermissen. Die familiäre Atmosphäre, Daniel, Lizz, Lennon … Milo.

Wie schnell er sich im *Silverside* eingelebt hat. Fast, als hätte er schon immer hinter der Bar gestanden.

Er geht gerade mit einem Tablett mit Champagnerflöten herum. Bei jedem, der sich ein Glas nimmt, lächelt er charmant.

Die Ärmel seines schwarzen Hemds sind ein wenig nach oben gekrempelt, während er das Tablett sicher durchs *Silverside* manövriert und alle mit Getränken versorgt.

Und dann kommt er zu mir. So nah, dass ich die Wärme seines Körpers spüren kann.

»Du musst dir wirklich keine Sorgen um die Fotos machen«, flüstert er mir zu, während er mir ein Glas reicht. »Du sahst wunderschön aus. Stark und elegant und sinnlich.«

Wie konnte ich seine direkte Art am Anfang nicht mögen?

»Danke«, sage ich, weil ich zu mehr nicht imstande bin.

Milo muss ohnehin weiter und die letzten Champagnergläser verteilen. Fast bin ich dankbar für diese kleine Verschnaufpause.

Wir versammeln uns alle in der Nähe der Bar und stoßen auf das erfolgreiche Fotoshooting an. Olive hält eine kleine Rede darüber, wie aufregend alles ist, und ich kann ihr nur beipflichten.

Die Fotos und das Interview, das ich bereits geführt habe, werden einen Tag nach meinem Albumrelease veröffentlicht. Es war wohl das schönste Interview, das ich bisher hatte. Nicht reißerisch, nicht provokant. Es ging einfach um meine musikalische Inspiration, und ich musste nicht viel über meine Antworten nachdenken, diesmal gab es kaum Anweisungen von Keyla. Ich durfte einfach darüber sprechen, was mir das Songwriting bedeutet und wie viel Kraft es mir gibt, Gefühle in Worte zu fassen.

Eine halbe Stunde vergeht, während ich immer wieder in

Gespräche verwickelt werde. Über meine Karriere, das Magazin, die Fotos. Es ist eine entspannte Atmosphäre, aber ich bin auch froh, als Olive irgendwann dazu auffordert, mit dem Abbau zu beginnen. Es ist mein Stichwort, mich aus dem Bodysuit zu schälen und wieder meine eigenen Klamotten anzuziehen.

Es dauert ein wenig, bis das *Silverside* nicht mehr wie ein Fotostudio aussieht und sich alle verabschieden.

Fast alle.

Milo steht nach wie vor hinter der Bar und spült Gläser.

Während ich ihn noch vor einer Woche gemieden habe und einfach nach Hause gegangen wäre, kann ich das nun nicht mehr. Nicht nach dieser Leichtigkeit, die er mir verleiht.

Vielleicht war das Pestoglas so etwas wie die Büchse der Pandora. Einmal geöffnet und ein Gefühl zugelassen, breitet es sich nun aus und lässt sich nicht mehr bezwingen.

Meine Füße bewegen sich wie von selbst auf ihn zu.

»Sorry, dass das so lange gedauert hat. Es muss doch ziemlich langweilig sein, so seinen Mittwochnachmittag zu verbringen, oder?«

»Ich fand es ehrlich gesagt ganz spannend. Normalos wie ich sehen so was ja nicht tagtäglich.«

»Ich wette, du warst in Gedanken trotzdem öfter mal bei magischen Portalen.«

»Stimmt nicht ganz.« Milo lehnt sich weiter vor zu mir. »Es war eine groß angelegte Schlacht zwischen zwei verfeindeten Wesen.«

Wenn er lacht, dann leuchten seine Augen. Noch mehr als sonst ohnehin schon.

»Dann geht es für dich gleich zurück an deinen Schreibtisch, um die Schlacht fortzuführen?«

»Vermutlich schon. Aber halte mich jetzt nicht für einen Langweiler.«

»Ruhige Abende sind mir zurzeit auch die liebsten«, erwidere ich schulterzuckend. »Die Tage sind gerade schon aufregend genug. Deswegen gibt's für mich gleich nur noch irgendeine Salatbowl von *Target* und vielleicht ein Stück Kuchen.«

»Kuchen klingt extrem verlockend.«

Milo sagt es ganz flüchtig, aber mein Magen kribbelt bei seinen Worten. Drei Sekunden lang mustere ich ihn. Seine Bartstoppeln, seine lässig-lockere Haltung und seine Haare, die irgendwie niemals glatt am Hinterkopf liegen und eindeutig einen eigenen Willen zu haben scheinen. Es wäre so viel vernünftiger, jetzt zu verschwinden und ihm noch einen schönen Abend zu wünschen. Ich bin gut darin geworden, anderen auszuweichen und Ausflüchte zu suchen. Dem verdammten Kribbeln nachzugehen und das auszusprechen, was ich gerade denke, ist so viel schwerer.

Milo zieht die Augenbrauen zusammen. »Alles okay? Du siehst gerade ganz merkwürdig aus.«

»Das hört man nach einem wichtigen Fotoshooting doch wirklich gerne.«

»Du weißt, wie ich das meine.«

Da ist er wieder: dieser forsche Blick. Als könnte er mich durchleuchten. Gerade würde er sicher meine innere Zerrissenheit erkennen. Sollte ich mich ihm weiter nähern oder gehen? Wieso will ich beides? Ergibt das überhaupt Sinn?

»Was würdest du sagen, wenn ich dich auf eine Salatbowl und ein Stück Kuchen einlade?«

»Wirklich?«

»Nur, wenn du willst. Ich hätte auch eine Idee, wo wir ungestört wären.«

Ich widerstehe dem Drang, mit meinen Haarspitzen zu spielen, während ich jede von Milos Reaktionen einfange. Jede Nuance seines Mundzuckens, seines Blinzelns, seines Lächelns.

Er hat wirklich verdammt perfekte Zähne.

»Das klingt gut.«

»Besser als ein Schreibabend?«

»Wenn es Kuchen gibt? Klar doch.« Er grinst. »Aber den Abend mit dir zu verbringen, finde ich noch besser.«

Mein Herzschlag beschleunigt sich so sehr, dass ich fürchte, keine Luft mehr zu bekommen. Es sollte mich vermutlich an sich anbahnende Panikattacken erinnern, aber während die sich anfühlen wie der nahende Tod, hat dieser schnelle Herzschlag eher etwas Lebendiges. Etwas sehr Reales. So real wie die Erkenntnis, dass ich vorhabe, Milo mit zu mir nach Hause zu nehmen, denn ich will nicht wieder in den Klatschmedien mit ihm landen. Es gibt Momente, die gehören nur mir, nicht ganz New York.

KAPITEL 19

CRUMBLING RESOLVE

Milo

Die Lower East Side versinkt in den letzten Sonnenstrahlen des Tages. Die Häuserdächer um uns herum enden in einem rosa-orangenen Himmel, der nur von wenigen Wolken durchbrochen wird und alles in dieses besondere Licht taucht, das es nur zu einer bestimmten Zeit des Tages und nur für ein paar Minuten zu bewundern gibt.

Ivy umklammert die Tüte von *Target*, während ich erneut vor dem Wohnhaus parke, an dem ich sie schon einmal abgesetzt habe. Über einen Aufzug gelangen wir nach ganz oben in den sechsten Stock. An der rechten Haustür steht Lennons Nachname, nicht Ivys. Trotzdem schließt sie die Tür auf und lässt uns herein.

Drinnen empfängt mich ein offener Wohn- und Küchenbereich, der mit mintgrüner Wandfarbe und einem großen, schwarzen Sofa für Gemütlichkeit sorgt. Die Gemälde, die überall an den Wänden hängen, sind sicher von Lennon. Ich bilde mir zumindest ein, in einem der Bilder ihre Spachteltechnik zu erkennen.

»Hier wohne ich«, verkündet Ivy etwas unbeholfen.

Sie schließt hinter uns die Tür und nimmt mir die Tüte ab, um den Kuchen in den Kühlschrank zu packen. Es sah alles so gut aus, dass wir uns unmöglich nur für eine Kuchensorte entscheiden konnten. Deswegen ist es der Double Layer Variety

Cake geworden, sodass wir jeweils ein Stück Caramel, Carrot, Chocolate und Red Velvet haben.

Neugierig sehe ich mich um.

»Nicht schlecht. Mein ganzes Apartment würde in dieses Wohnzimmer passen.«

»Ohne Lennon hätte ich sicher auch nie so eine große Wohnung. Die gehört ihrer Großmutter, die inzwischen im Altersheim lebt. Ich bin nur die Mitbewohnerin, die ehrlich gesagt viel zu wenig Miete zahlt.«

»Wo ist dein Zimmer?«

»Ähm ... da vorne.« Etwas zögerlich geht sie zu einer der drei Türen, die um die Ecke der Küchenzeile liegen, und öffnet sie.

Ich weiß nicht genau, was für ein Zimmer ich erwartet habe, aber der Boho-Style, der mir entgegenspringt, überrascht mich. Gleichzeitig passt es irgendwie zu Ivy. Immerhin steht es für Kunst, Freiheit und Freude, und alle drei Eigenschaften sehe ich, wenn Ivy auf der Bühne steht.

»Viel wohnlicher, als ich es je einrichten könnte«, sage ich.

»Ich mag es auch sehr.«

Ich spüre, dass es mehr dazu zu sagen gibt, dass sie mehr dazu sagen *will*. Aber ich will nicht nachbohren, also sehe ich mich nur weiter um.

Doch zu meiner Überraschung spricht sie trotzdem weiter.

»Ich hatte nicht viel, als ich nach New York gekommen bin.« Ihre Stimme ist ein wenig zaghafter als zuvor. »Ehrlich gesagt hatte ich auch keine Wohnung. Die ersten Wochen habe ich bei Lennon auf der Couch geschlafen, bis sie mir dieses Zimmer angeboten hat.« Träumerisch sieht sie sich um. »Und jetzt habe ich wieder einen Ort nur für mich. Einen, an dem ich mich wirklich sicher fühlen kann.«

Dahin ist meine Theorie, dass Ivy und Lennon sich über eine Anzeige für eine Wohngemeinschaft kennengelernt haben könnten.

Plötzlich brennen mir so viele Fragen unter den Nägeln. Fragen darüber, wo sie vor New York war und woher sie Lennon kennt. Fragen darüber, wieso sie sich vorher nicht sicher gefühlt hat. Gedanken zu der Traurigkeit in ihrer Stimme, die ich noch nicht greifen kann. Ihre Zurückhaltung, ihre Schwere, ihre Ängste. Alles, was in diesem starken Kontrast zu ihrer anderen, selbstbewussten, wilden und witzigen Seite steht. Als würden zwei Herzen in ihrer Brust schlagen, aber das eine Herz ist unter einer Schutzmauer, die nie richtig durchbrochen werden kann.

»Es ehrt mich, dass du mich zu deinem sicheren Ort mitgenommen hast«, sage ich sanft.

»Ja.« Ivy schluckt hörbar, als würde sie sich der Tatsache auch grade bewusst werden. Fast, als wären da noch letzte Zweifel in ihr, ob das eine gute Idee war. »Aber den besten Platz in dieser Wohnung habe ich dir noch gar nicht gezeigt. Komm mit.«

Sie führt mich zurück in den Wohnbereich, dann steigen wir durch das Fenster neben dem Sofa.

»Das ist mein Lieblingsort«, verkündet Ivy.

»Die Feuerleiter?«

»Mein ganz eigenes Paradies zum Entspannen. Hier können wir essen.«

Sie klettert wieder ins Wohnzimmer und holt Decken und Kissen, die sie routiniert auf dem Gitter ausbreitet. Dann holt sie die Tüte von *Target*, in der unsere Bowls sind.

Gemeinsam setzen wir uns auf den Berg aus Decken, und plötzlich ist mir bewusst, wie eng es auf dieser kleinen Plattform ist. Unsere Schultern berühren sich.

Nachdem sie bereits zweimal mit mir auf dem Motorrad gefahren ist und sie dabei dicht hinter mir saß, sollte diese Nähe mich nicht aus dem Konzept bringen. Ich sollte mir ihrer Anwesenheit nicht so deutlich bewusst sein, und wenn, dann sollte ich dabei nur an meinen Vorteil denken. Aber für einen Augenblick macht es mich nur noch nervöser, Ivy direkt neben mir zu spüren. Ihr Pfirsichshampoo wahrzunehmen. Auf ihre Lippen zu sehen.

Fuck.

»Cilantro Avocado oder Santa Fe-Style?«

Selten war ich so froh, in meinen Gedanken unterbrochen zu werden.

»Such du dir einfach eine Bowl aus. Mir ist beides recht.«

Ivy reicht mir Santa Fe-Style. Sie selbst öffnet ihre Avocado-Bowl.

»Wie lange wohnst du schon mit Lennon zusammen?«

»Seit vier Monaten in meinem Zimmer, seit sechs Monaten hier in der Wohnung.«

»Aber du bist schon etwas länger in New York, oder? Wo hast du vorher geschlafen?«

»Meistens in richtig schäbigen Hotels oder Hostels, in denen es nicht viel sicherer war als auf der Straße. Von der mangelnden Hygiene ganz zu schweigen.« Sie seufzt. »Aber das ist Vergangenheit, und ich versuche, nicht zu oft darüber nachzudenken. Es war keine sehr schöne Zeit, aber es war der einzige Weg, um nach New York kommen zu können, also habe ich das alles in Kauf genommen.«

»Was war dir so wichtig an New York?«

Ivy schmunzelt. »Du machst es schon wieder.«

»Zu viele Fragen?«

»Ich mag den Kontrast«, antwortet sie dennoch. »Es ist laut und pulsierend, aber man kann hier trotzdem zur Ruhe kommen. Die Stadt ist so unfassbar leuchtend und glitzernd und gleichzeitig dunkel und abgründig.«

Sofort muss ich lächeln. »Weißt du, dass alles davon auch auf dich zutrifft?«

Ivy hält inne. »Auf mich?«

»Ich habe noch nie jemanden erlebt, der so voller Kontraste ist. Es ist schwer, dich zu durchschauen.«

»Genau das will ich. Undurchschaubar sein und trotzdem gesehen werden …« Sie lacht leise. »Ziemlich widersprüchlich, oder?«

»Vielleicht«, sage ich nachdenklich. »Aber ich denke, die meisten Menschen verbergen doch irgendetwas – manche vor anderen, viele auch vor sich selbst.«

»Was verbirgst du gerne vor anderen?«

Die Frage trifft mich unvorbereitet. Die Antwort, die mir daraufhin in den Kopf kommt, trifft mich noch mehr. Wie ein Hammerschlag aus voller Kraft.

»Wer stellt jetzt direkte Fragen?«

»Wenn du darfst, darf ich auch.«

Ich schlucke schwer und mache mich darauf gefasst, dass es schmerzhaft werden wird, die Antwort auszusprechen, aber ich weiß, dass ich es muss. Ich muss es nicht nur für den Auftrag tun, der eine gewisse Offenheit voraussetzt. Ich *will* es auch. Ich möchte so einen Moment wie im Inwood Hill Park und ihr zeigen, wer ich bin.

»Meine Unsicherheit«, flüstere ich. Trotzdem fühlt es sich verdammt laut an.

Ivys Blick ruht auf mir. Es ist ein bisschen wie, nackt vor ihr zu sitzen und mich nicht bedecken zu können.

»Du bist unsicher? In Bezug auf was?«

»Mein Leben?« Ich seufze leise. Es braucht weit mehr Ausführungen als das. »Ich hadere oft mit meinen Entscheidungen. Mit der Vergangenheit.«

»Ja.« Nun ist es Ivy, die flüstert. »Damit hadere ich auch.«

»Nach dem Tod meiner Mom habe ich alles versucht, um die Trauer abzuschütteln. Dabei habe ich einige Menschen unbewusst von mir gestoßen. Meinen Dad zum Beispiel. Ich habe seine Nähe nicht ertragen.«

Dieser letzte Satz brennt sich förmlich in mich und hinterlässt ein Loch der Schuld.

»Seine Trauer zu spüren, war zu viel. Also bin ich auf Abstand gegangen.«

Und habe weggesehen. Habe nicht bemerkt, was in ihm vorgeht, wie sehr er leidet und sich in Wetten verliert.

Er hat vielleicht das Geld verzockt, aber ich habe ihm den Rücken gekehrt. Ganz bewusst.

»Du hast es aus Selbstschutz getan.«

Ivys Hand zuckt, und kurz denke ich, dass sie mich berühren will. Kurz wünsche ich mir, dass sie es tut. Aber sie greift stattdessen nach ihrer Cola.

»Manchmal muss man sich umdrehen und sich auf sich konzentrieren, um sich nicht zu verlieren«, murmelt sie.

»War es so, bevor du nach New York kamst? Du hast etwas hinter dir gelassen, um dich nicht zu verlieren?«

»Nein.« Ihre Stimme klingt brüchig. »Um mich wiederzufinden.«

Mehr nicht. Nur fünf Wörter, ohne weitere Erklärung.

Ihre Oberlippe zittert, als würde sie mit den Tränen kämpfen. Das ist sie wieder: die Ivy unter ihrem Schutzpanzer. Die Melancholie, die sonst ihre Texte flutet, breitet sich nun zwischen uns aus und färbt die Nacht ein wenig dunkler. Ich spüre den Sog ihres Kummers, und es wäre so wichtig, wenn sie mir einen Blick dahinter gewähren würde. Aber wenn ich ehrlich mit mir selbst bin, will ich ihr gerade einfach nur ein wenig der Last nehmen.

»Weißt du, was seltsam ist?«, fragt Ivy in diesem Moment. »Du bist der Einzige hier in New York, der wirklich eine Ahnung davon hat, wie dunkel es in mir aussieht. Dabei kennen wir uns doch kaum …«

»Liegt wohl daran, dass du diese Seite vor mir nicht verstecken musst«, gebe ich zurück.

»Ja. Ich schätze, dass es mir gefehlt hat, mit jemandem darüber zu reden. Oder überhaupt mal diese Gedanken zuzulassen.«

Ich lasse mich dazu hinreißen, ihr kurz über die Wange zu streicheln. Nur kurz, nur ein flüchtiger Moment, der ihr aber sofort ein wenig Röte darauf zaubert.

»In dir ist nicht nur Dunkelheit, Peach«, sage ich sanft. »Du bist doch die Königin der Kontraste.«

Ihr Lächeln wirkt ein wenig traurig.

»In den letzten Monaten habe ich immer versucht, diese Dunkelheit zu ignorieren und einfach das Rampenlicht zu genießen. Aber wenn man im Blitzlichtgewitter steht, kommt einem die Dunkelheit danach nur noch düsterer vor.«

Wieso habe ich das Gefühl, endlich neben der echten Ivy zu sitzen und trotzdem nicht alles von ihr greifen zu können?

Ivy seufzt schwer. »Vermutlich wäre das der Moment für einen Zettel aus dem Entspannungsglas, was? Bevor ich dich noch mit runterziehe.«

»Wir haben noch Kuchen«, erinnere ich sie.

»Ein Film wäre gerade auch nicht schlecht …«

»Kuchen und Film, das klingt doch nach einem guten Plan. Es sei denn, wir würden Lennon stören, wenn sie später nach Hause kommt?«

Ivy schüttelt den Kopf. »Sie kommt erst am Freitag wieder. Sie ist bei einer Kunstausstellung in New Haven und besucht irgendeine Freundin.«

»Dann liegt es an dir. Wir können hier sitzen und noch ein bisschen reden, oder wir entspannen uns mit Kuchen und einem Film. Wonach ist dir?«

Ivy schielt zu mir, sieht mich nachdenklich an. Dann formen sich ihre Lippen zu einem kleinen Lächeln.

»Lass uns reingehen.«

KAPITEL 20

DANCE IT OFF

Ivy

ch bin schon immer der Meinung gewesen, dass es nur zwei
vernünftige Arten gibt, Kuchen zu essen: entweder morgens
im Bett oder um Mitternacht direkt in der Küche. Zu meiner
Freude scheint Milo das genauso zu sehen, denn er steht mit
mir an der Küchentheke und isst den Kuchen mit den Händen
direkt aus der Packung. Unwillkürlich muss ich grinsen. Lennon hält mir tatsächlich immer einen Vortrag darüber, dass es
besser wäre, eine Gabel zu nehmen.

»Du stehst also auf Carrot Cake?«, frage ich, da Milo diesen
gewählt hat, während ich vom Schokoladenkuchen abgebissen
habe.

»Der ist so schön saftig. Aber ich muss zugeben, dass ich
nicht alle Sorten kenne. Was ist Red Velvet eigentlich genau?«

Verdutzt halte ich inne. »Ich habe wirklich keine Ahnung.«

»Dann sollten wir es wohl herausfinden.«

Milo legt den Carrot Cake zurück in die Schachtel und bedient sich am Red-Velvet-Kuchen. Während er kaut, verzieht
er keine Miene. Auch nicht, als er herunterschluckt.

»Und?«, hake ich nach.

»Irritierend. Durch diese roten Böden erwartet man irgendeinen exotischen Geschmack. In Wahrheit ist es einfach nur
Schokolade, Vanille und Frischkäse-Frosting.«

»Gib mal her.«

Ich beuge mich zu ihm und beiße in den Kuchen. Es ist einfach ein Impuls, ich denke mir nichts dabei … bis ich spüre, dass Milo die Luft anhält.

Auch ich merke, wie nah wir uns dadurch gekommen sind.

Unsere Hände liegen aufeinander, und meine Haare streifen ihn. Irgendwie hat es etwas Intimes, den Kuchen aus seiner Hand zu essen. Es befördert sofort ein Pulsieren in meine Körpermitte und bringt mich dazu, schnell einen Schritt zurückzutreten.

»Sorry«, murmle ich und weiß nicht mal, ob ich mich wirklich bei Milo oder bei mir selbst entschuldige, weil ich mich damit doch nur noch mehr verwirre.

»Was sagst du zum Kuchen?« Ich bin Milo dankbar, dass wir einfach mit dem Thema weitermachen. Auch wenn das nicht für meinen Körper gilt, der noch immer an dem Gefühl von Milos Nähe festhängt.

Ich lasse mir den Kuchen auf der Zunge zergehen. Dabei wische ich mir einen Krümel aus dem Mundwinkel.

»Hast recht«, fälle ich mein Urteil. »Schmeckt nicht so spannend, wie es das Aussehen und der Name versprechen. Ich denke, ich bleibe bei Schoko.«

»Brownies wären gerade auch nicht schlecht.«

»Oder Blueberry Cheesecake«, schwärme ich. »Den wollte ich als Kind immer kaufen, aber der war meistens zu teuer. Aber an meinen Geburtstagen gab es immer einen.«

Der Satz löst kurz Schmerz in meiner Brust aus. Nur wenige Sekunden, nur ein kleines Ziehen.

Milo sieht nachdenklich zu mir. »Eine von diesen Erinnerungen, die einen glücklich und traurig zugleich machen?«

Ich nicke bloß, denn mein Herz fühlt sich plötzlich schwer an.

Milo reicht mir das angebissene Stück Schokokuchen. »Der schenkt dir Trost. Genau wie das Wissen darum, dass du dir jetzt jeden Tag Kuchen kaufen könntest, wenn du willst.« Sein Mundwinkel zuckt. »Wobei das vielleicht deinen Sport-Auflagen entgegensteht. Wie war das noch? Jeden Morgen Ausdauertraining?«

»Versuchst du mich gerade abzulenken?«

»Funktioniert es?«

»Ein bisschen.« Ich lächle mild. »Wenn ich jetzt alleine wäre, würde ich vielleicht doch wieder einen deiner Zettel ziehen.«

Er zuckt mit den Schultern. »Tu dir keinen Zwang an. Wir können gerne zusammen eine der Aufgaben machen.«

Kurz bin ich tatsächlich gewillt, das zu tun, doch dann kommt mir eine andere Idee.

»Weißt du, ich habe auch meine ganz eigene Technik, um nach einem langen Tag runterzukommen.«

»Etwas Besseres als Salatbowls und Kuchen mit Aussicht auf Manhattan?«

»Viel besser, wenn du mich fragst.«

Ich gehe zur Kücheninsel, auf der mein iPhone liegt. Zwei Klicks reichen, um meine Lieblingsplaylist zu öffnen. Drei Sekunden später tönen die Gitarrenklänge von *Against the Current* aus den Bluetoothboxen an der Wand.

Lächelnd tanze ich auf Milo zu, der sich gerade noch ein Stück Carrot Cake in den Mund schieben wollte.

»Tanzen?«, fragt er. »Wieso überrascht mich das jetzt nicht?«

»Weil es perfekt ist. Ich habe mal gelesen, dass man beim Tanzen gar nicht anders kann, als das Gedankenkarussell zu stoppen. Weil das Gehirn sich auf die schnellen Bewegungsabläufe und den Rhythmus konzentrieren muss und daher automatisch alle anderen Dinge abschaltet.«

»Meinst du so?«

Milo legt den Kuchen zur Seite und bringt sich in Position. Plötzlich dreht er eine schwungvolle Pirouette. Er macht zwei

Umdrehungen, dann verliert er das Gleichgewicht und stößt gegen die Kücheninsel.

Unser Lachen übertönt die Musik.

»Kein Wunder, dass mein Gehirn keine Zeit für Grübeleien hat, wenn es schon mit dem Gleichgewicht überfordert ist.«

Milo tanzt trotzdem weiter, diesmal ein wenig ernsthafter. Er hat ein gutes Rhythmusgefühl.

»Das sieht doch nicht schlecht aus«, kommentiere ich. »Spürst du schon einen Effekt?«

»Vielleicht. Könnte aber auch der Zucker sein, der vom Carrot Cake direkt in meinen Körper geflossen ist.«

»Ich jedenfalls fühle mich nur beim Tanzen absolut frei.«

Ich schließe meine Augen, um die Stimme von Chrissy Costanza bewusster wahrzunehmen. Es hat etwas von einem Rausch, ihre Energie in meine Bewegungen zu legen. Da ist nichts mehr außer diesem Lied und meinem Körper.

»Kann ich verstehen.«

Und Milo.

Er bringt mich dazu, die Augen wieder zu öffnen und zu ihm zu sehen. Er steht nur wenige Millimeter vor mir und tanzt noch immer, auf seinen Lippen liegt ein Schmunzeln.

»Was meinst du?«

»Dass du dich frei fühlst, wenn du tanzt. Schon als ich dich das erste Mal auf der Bühne gesehen habe, war mir klar, dass du beim Tanzen ganz du bist. Dann ruhst du wirklich in dir.«

»Das hast du gemerkt?«

»Ich glaube, ganz New York bemerkt es.«

Unsicher streiche ich mir eine Haarsträhne hinters Ohr. »Das ist ein seltsamer Gedanke.«

»Wenn du tanzt, ist es, als würde man dir direkt in deine Seele blicken können. Aber nicht diese dunkle Seite, von der du sprichst. Dann zeigst du ganz viel von deinem Licht. Ein bisschen wie bei einer Fee.«

»Womit wir wieder bei deinem Fantasyroman wären.«

Neben all den Witzen, die ich gerade reißen will, um die Situation zu überspielen, flutet pure Wärme durch meine Adern. Es ist sehr lange her, dass ich mich so verstanden und gesehen gefühlt habe, denn seine Worte sind absolut wahr.

»Wenn ich tanze, finde ich mich immer wieder«, gebe ich zu. »Egal was um mich herum geschieht oder mit welchen Gedanken ich zu kämpfen habe. Das Tanzen befreit mich von allem.«

»Das ist wunderschön, Peach.« Milos Stimme klingt ein wenig belegt. »*Du* bist wunderschön.«

Hat er das gerade wirklich gesagt?

Da ist wieder dieser Blick, der mir eine Gänsehaut verschafft. Nur besteht dieser Schauer nicht mehr aus Unwohlsein, ich will diesen forschen Augen nicht mehr ausweichen. Gerade will ich darin versinken, und der Gedanke macht mir Angst. Er ist zu neu.

Milo schluckt hörbar. »Zieh dich jetzt nicht wieder zurück, nur weil ich das gesagt habe.«

Er klingt unfassbar unsicher in diesem Moment, und ich weiß, dass meine Widersprüchlichkeit der Grund dafür ist. Mein innerer Zwiespalt, den er mehr als einmal zu spüren bekommen hat, obwohl er mir die ganze Zeit nur helfen wollte.

»Jetzt kommt meine Lieblingsstelle in dem Lied«, sage ich leise und gehe einen Schritt auf ihn zu.

Meine Hand zuckt zögerlich, aber ich zwinge mich selbst dazu, die letzten Hürden in meinem Kopf zu überwinden, denn ich will nicht wieder vor ihm zurückschrecken. Heute Nacht nicht.

Ich lege meine Hand auf seine Brust.

Kurz rechne ich damit, dass Milo wegrücken könnte, aber er bleibt an Ort und Stelle. Er sieht mich einfach nur an.

Seine Wangen sind gerötet, als würde ihn diese Nähe gerade

auch ein wenig überfordern. Bei mir ist es so. Weil ich schon verdammt lange nicht mehr so eine Sehnsucht danach hatte, jemandem nahezukommen. Mit Körper *und* Geist. Vollumfassend.

Zusammen tanzen wir und finden einen Rhythmus, als wäre es das Natürlichste der Welt. Es ist erstaunlich einfach, sich darauf einzulassen, wenn erst mal der erste Schritt getan ist.

»Ich schätze, das Glas hätte ich mir sparen können«, witzelt Milo mit schwacher Stimme. »Ein einzelner Zettel, der dich daran erinnert, die Musik aufzudrehen, hätte wohl gereicht.«

»Vielleicht. Aber ich versuche gerade, ein paar neue Sachen in mein Leben zu lassen … neue Angewohnheiten, neue Pläne.« Ich hole kurz Luft. »Neue Menschen.«

Milos Adamsapfel hüpft. »Wie mich?«

Zur Antwort rücke ich nur noch ein wenig näher zu ihm.

Ich überwinde die allerletzten Millimeter, das letzte bisschen Distanz, die ich sonst immer wahre. Gerade will ich weder Angst noch Zweifeln Raum geben, sondern mich einfach in dieses Band fallen lassen. In diese zarte Vertrautheit zwischen uns, die ich nicht allzu oft spüre.

Ich denke nicht mehr nach, ich handle nur noch, also küsse ich ihn. Ich ziehe ihn fast schon energisch an mich und lege meine Lippen auf seine. Meine Hände spielen mit seinen Haaren im Nacken, meine Lippen öffnen sich, und aus seinem Mund dringt ein überraschtes leises Stöhnen. Als hätte er es nicht kommen sehen, obwohl es in diesem Moment *so viel* Sinn ergibt, ihn zu küssen. Obwohl es sich absolut richtig anfühlt, diesem Gefühl nachzugeben und mich in ihm zu verlieren.

KAPITEL 21

YOU HAVE A MISSION, MILO

Milo

Erneut habe ich das Gefühl, eine weitere Facette von Ivy kennenzulernen. Eine, die mich vollkommen unvorbereitet trifft. Mich vollkommen überwältigt.

Ivys Kuss schmeckt nach Schokoladenkuchen und zu Hause sein, aber er fühlt sich an wie die raue, stürmische See.

Ich verliere mich in dieser Naturgewalt, die mich mitreißt und davonträgt.

Wir taumeln ein Stück zurück und stoßen gegen die Kücheninsel, aber wir unterbrechen unseren Kuss nicht. Meine Hand liegt an ihrer Wange, während ihre meinen Körper erkundet und mich innerlich fast durchdrehen lässt. Da fließt ein Verlangen durch meine Venen, das mit jedem Streicheln ihrer Fingerkuppen angefacht wird. Als sie mich näher zu sich zieht, nur noch ein paar Millimeter. Als ihre Fingerspitzen unter mein Hemd gleiten und meine Haut berühren.

Fuck.

Gleichzeitig öffnen wir unsere Augen und sehen uns an. Ihre Wangen sind lustvoll gerötet und ihre Lippen leicht geöffnet. Unter einem Augenaufschlag beginnt sie, mein Hemd aufzuknöpfen. Knopf für Knopf für Knopf. Und ich kann nicht atmen, vergehe in ihrem hungrigen Blick.

Sie inspiziert mich wie ein Kunstwerk.

Ich will sie sofort wieder an mich ziehen und sie küssen. Aber da huscht ein irritierter Schatten über ihr Gesicht.

»Woher hast du diese blauen Flecken?«

Ihre Stimme ist nichts als ein Hauch, aber er hat eine Wirkung auf mich wie ein Eimer kaltes Wasser. Fast hätte ich mein Andenken an Jaxon vergessen, so sehr habe ich mich an den latenten Schmerz unterhalb meiner Rippen gewöhnt. Die Flecken sind nicht mehr dunkellila, sondern nur noch rot-gelbgrün. Ein Regenbogen der Probleme.

»Das ist nichts. Nur ein kleines Missgeschick mit dem Motorrad.«

»Bist du sicher? Sieht echt übel aus.«

»Ist schon am Verheilen«, verspreche ich und lege meinen Finger an ihr Kinn. Sanft hebe ich es an, damit sie nicht mehr auf die Blutergüsse, sondern in meine Augen sieht. Ich hoffe, sie erkennt die Lüge darin nicht. »Würde es noch wehtun, hätte ich etwas gesagt.«

»Okay.« Ein sanftes Lächeln. »Aber ich werde es mir gut überlegen, noch mal auf dein Motorrad zu steigen.«

Sie kommt wieder näher, ihre Lippen sind direkt vor meinen. Ihr Duft hüllt mich ein und verdrängt alles andere. Mein Herz macht einen kleinen Hüpfer, während ich meinen Finger sanft über ihre Unterlippe gleiten lasse.

»Denk jetzt ja nicht, ich wäre ein schlechter Fahrer. Es war nicht meine Schuld.«

»Glaub mir, ich weiß, wie gut du fahren kannst. Du bist mein Fluchthelfer, schon vergessen?«

»Stets zu Diensten.«

Diesmal bin ich es, der Ivy küsst. Ich will nicht länger über den blauen Fleck sprechen, will keine Witze reißen. Ich will sie küssen.

Immer und immer wieder.

Ivy stößt ein kleines, sehnsuchtsvolles Seufzen aus. Doch

während mein ganzer Körper sich vor Verlangen zusammenzieht und der Sog dieses Kusses mich wieder mitreißen will, spüre ich nun auch etwas anderes. Das Feuer zwischen uns, eben noch so einnehmend und lodernd, versengt mir nun die Haut – genau dort, wo sich Jaxons Andenken befindet.

Was zum Teufel mache ich hier?

Mein Körper verzehrt sich nach diesem Kuss, aber er ist falsch. Ich kann nicht die Frau küssen, die ich ausspionieren soll. Ich sollte das hier nicht wollen, nicht genießen. Es sollte gar nicht erst passieren.

Es kostet mich unendlich viel Überwindung, den Kuss zu unterbrechen. Und es ist beinahe schmerzhaft, mich einen kleinen Schritt von ihr zu entfernen und die Verwirrung in ihrem Gesicht zu sehen.

»So wunderschön das hier auch ist«, bringe ich mühsam hervor. »Vielleicht sollten wir es nicht überstürzen?«

Ivy blinzelt, und ich denke, dass ich mir damit jede Chance versaue, den Abend noch gemütlich ausklingen zu lassen. Sie nun abzuweisen, nachdem sie sich endlich ein wenig öffnet, wird sicher wieder Distanz zwischen uns schaffen. Vielleicht war das hier die einzige Möglichkeit, ihr wirklich nahezukommen. Nah genug, um meinen Auftrag zu erfüllen. Nah genug, um Dads Schulden ein für alle Mal zu zurückzuzahlen.

Plötzlich lacht Ivy leise. »Ich weiß auch nicht, was da gerade in mich gefahren ist.«

Es ist die Reaktion, die ich am wenigsten erwartet habe und die mich gleich wieder nach ihrem Kuss sehnen lässt.

»Gerade ist mein Leben sowieso auf der Überholspur, da sollten wir uns vermutlich wirklich etwas Zeit lassen.«

»Ich laufe dir nicht weg.«

Ich richte mein Hemd, während Ivy die Musik stoppt.

Die Stille, die uns augenblicklich umgibt, ist fast noch schwerer auszuhalten als die Leidenschaft zuvor. Ivys Widersprüchlichkeit muss auf meine zu lauten Gedanken abgefärbt haben, denn plötzlich stehen Begierde neben Schuld, Wahrheit neben Lügen, Vertrauen neben Verrat.

»Dann der restliche Kuchen und ein Film?«, fragt Ivy.

Gemeinsam gehen wir zum Sofa und lassen uns darauf nieder. Wir wählen *Guardians of the Galaxy 3* aus und dimmen das Licht. Wir essen Kuchen, aber ich kann nichts davon richtig genießen. Das Verlangen pocht noch in meinem Körper, und mein Kopf ist lauter als der Film.

Er wird noch lauter, als Ivy irgendwann tiefer in die Kissen sinkt und zu mir rückt. Kurz zuvor war ihre Nähe wie eine wärmende Decke, nun ist sie wie Benzin, das jeden meiner verwirrenden Gedanken befeuert. Es wird zum Großbrand, als sie ihren Kopf auf meiner Brust ablegt.

Ich spüre jeden ihrer Atemzüge. In jeder einzelnen Sekunde, jeder Minute, die vergeht und die ich mir wünsche, für immer hier mit ihr zu sitzen. Kuchen zu essen. Zu tanzen.

Bei der Hälfte des Films bin ich sicher, dass Ivy eingeschlafen ist. Ihre Atmung wird ruhiger, und ihr Kopf ist schwer. Es ist warm und behaglich und fühlt sich so natürlich an. So vertraut. Aber es sollte sich nicht so verdammt gut anfühlen, sie in meinen Armen zu wissen. Es sollte mich nicht alles an Willenskraft kosten, mich emotional von ihr fernzuhalten.

Wieso fühlt es sich dann so richtig und gleichzeitig falsch an?

Auf der einen Seite steht die Rettung meines Dads, auf der anderen diese Frau, dir mir unverhofft unter die Haut geht. Egal wie ich es drehe und wende, irgendwie habe ich das Gefühl, dass *ich* am Ende der Verlierer sein werde.

KAPITEL 22

SHOE SOLES FOR BREAKFAST

Ivy

Ich habe lange nicht mehr neben jemandem geschlafen. An dem Abend, an dem Lennon mich zu sich in die Wohnung geholt und mir die Couch zum Übernachten angeboten hat, dachte ich, sofort einschlafen zu können, denn nach den Nächten auf ekligen, durchgelegenen Hotelmatratzen sah das Sofa absolut verlockend aus. Doch am Ende hat es fast eine Woche gedauert, bis ich mich wirklich bei Lennon entspannen konnte. Die Gefahren, nach denen ich mich umschaute, lauerten nicht auf der Straße, nicht in zwielichtigen Hotels. Sie waren in mir. Ein Gefühl der Sicherheit gab es selbst in flauschigen Decken und Bergen aus Kissen nicht, denn sobald ich die Augen schloss, hatte ich das beängstigende Gefühl, nie nach New York gekommen zu sein. Dann glaubte ich, immer noch zu Hause festzustecken, mir meine Flucht und meinen Neuanfang nur erträumt, aber nie erkämpft zu haben. Auch jetzt, ein halbes Jahr danach, schlafe ich oft unruhig und erwache aus Albträumen.

Als ich an diesem Morgen aufwache, ruht Milos Arm auf meiner Taille. Wir liegen noch auf dem Sofa, auf dem ich so viele Nächte verbracht habe. Licht fällt bereits durch die Fenster und lässt mich blinzeln.

Wir sind während des Films eingeschlafen?

Ich mache mich bereit für Bilder, die gleich meinen Kopf

fluten wie ein Meer aus dunkler Tinte. So, wie es die letzten Male war, wenn ich neben jemandem geschlafen und dabei ein Stück Kontrolle verloren habe.

Aber seltsamerweise kommen die Bilder nicht.

Irritiert hebe ich den Kopf und sehe zu Milo. Seine Lippen sind leicht geöffnet, während seine Augen noch geschlossen sind. Er sieht so friedlich aus, wie ich mich fühle. Da ist keine Angst, da sind keine Geister aus der Vergangenheit. Es fühlt sich an, als würde man nach einem langen, kalten Winter ein wenig warme, verheißungsvolle Frühlingsluft schnuppern können.

»Guten Morgen.« Milo streckt sich, dann öffnet er müde die Augen. »Bin ich ... bin ich etwa auch eingeschlafen?«

»Sieht ganz so aus. Ich hoffe, du musstest heute früh nirgendwohin? Ich habe nämlich keine Ahnung, wie spät es ist.«

»*Du* bist doch hier die mit den Geschäftsterminen und dem durchgeplanten Tagesablauf.«

»Stimmt. Deswegen muss ich jetzt auch mein iPhone suchen.«

Ich schnappe mir eine der Decken, wickle sie um mich wie einen Mantel und durchforste dann die Wohnung nach meinem Smartphone.

Milo hat sich aufgesetzt und richtet sich die verstrubbelten Haare. »Irgendwo in der Küche, glaube ich.«

»Ja, ich hab's.«

Es ist bereits acht Uhr. Wir haben also wirklich durchgeschlafen.

»Das Gute ist, dass ich erst in drei Stunden bei einem Meeting sein muss. Eigentlich steht vorher noch mein Cardiotraining an.« Ich schiele zu ihm. »Es sei denn, ich kann dich noch für ein Frühstück begeistern?«

»Bei Frühstück bin ich immer begeistert.«

»Wie wäre es mit Pancakes?«

»Ein selbst gemachtes Frühstück von Ivy Cohen?«, fragt Milo überschwänglich.

Innerlich zucke ich zusammen, als er diesen Nachnamen ausspricht. Er ist alles, was meine neue Welt ausmacht, und doch fühlt es sich nach letzter Nacht komisch an, ihn aus Milos Mund zu hören. Nach diesem Kuss, dieser Nähe.

Peters, will ich sagen. Ivy Peters. Nicht Cohen.

Nicht nur eine Sängerin aus New York, sondern eine Frau aus Montana, die versucht, ihr Leben zu leben.

Doch ich bleibe stumm, weil es besser so ist. Für alle.

Milo ist aufgestanden und zu mir gekommen.

»Wer sagt, dass *ich* das Frühstück mache?«, ziehe ich ihn auf, dann reiche ich ihm den Pfannenwender. »Wie wäre es mit selbst gemachtem Frühstück von Milo Harrison?«

»Auf deine Verantwortung. Mein Dad sagt immer, dass meine Pancakes schmecken wie Schuhsohlen.«

Ich öffne eine Schublade und hole eine Flasche Fertigteig heraus. »Der gelingt jedem.«

»Ich hoffe, du hast recht.«

»Unter uns gesagt: ich bin auch echt eine Niete in der Küche. Sogar Rührei lasse ich anbrennen.«

»Ein Hoch auf Lieferservices?«

»Oder auf Mitbewohnerinnen, die kochen können. Lennon ist viel häuslicher als ich.«

Ich nehme eine Pfanne, spraye Öl hinein und stelle sie auf den Herd. Milo formt die ersten Pancakes, die sofort zu brutzeln beginnen.

»Neben all deinen Terminen würde es mich auch wundern, wenn du noch die Zeit und Energie aufbringen könntest, um zu kochen«, gibt er zu bedenken.

»Und ich habe es nie richtig gelernt. Zu Hause gab es meistens Fast Food.«

Ich begebe mich zum Schrank und suche den Sirup, hauptsächlich, um Milo den Rücken zudrehen zu können, denn er würde nur merken, dass ich gerade gedanklich nach Montana gezogen werde. Manchmal ist es seltsam, wie schnell mich die Sehnsucht nach meiner alten Heimat packt. Dann denke ich an die hektargroßen Felder, an das Zirpen von Grillen und das Rascheln von Bäumen. Bis sich andere Erinnerungen wie ein Schatten darüberlegen und jeglichen Zauber auflösen.

»Lennon hat ihre Kochkünste von Lizz«, erzähle ich. »Sie macht hervorragende Enchiladas.«

»Du verstehst dich gut mit Daniel und Lizz, oder?«

»Ich denke, sie kommen so etwas wie Familie gerade am nächsten.«

Milo sieht zu mir, ich hingegen schaue auf meine Hände, denn ich spüre, dass diese eine Frage in der Luft hängt. Die Frage nach meiner eigentlichen Familie. Die Frage, wieso ich sie hinter mir gelassen habe und nach New York gekommen bin, wo erst mal nichts auf mich gewartet hat.

»Sie scheinen auch wirklich tolle Menschen zu sein.«

Milo hebt die ersten Pancakes aus der Pfanne, gibt sie auf Küchenpapier, dann formt er die nächsten. Pure Fließbandarbeit.

»Ist dir eigentlich bewusst, dass ich noch gar nicht so viel über dich weiß?«, frage ich.

»Dafür weißt du Dinge über mich, die ich kaum jemandem anvertraue. Aber du darfst mich gerne alles fragen.«

»Was machst du, wenn du nicht gerade hinter der Bar stehst oder an deinem Roman schreibst?«

»Ich rette Sängerinnen aus brisanten Situationen?«

»Sehr witzig.«

»Ich bin gerne auf Flohmärkten und in Secondhandläden unterwegs«, sagt er zu meiner Überraschung. »Da kaufe ich dann alte Möbelstücke und werte sie auf.«

»Mit neuer Farbe?«

»Ich schleife sie ab und streiche sie um. Aber manchmal mache ich auch ganz was Neues draus. Ich habe zum Beispiel mal ein altes Standregal und ein Stück einer Couch fusioniert und daraus eine Sitzbank gemacht. Sie steht aber noch im Haus von meinem Dad, weil ich in meinem kleinen Apartment keinen Platz dafür habe.«

»Wow. Man muss ziemlich kreativ sein, um sich so was zu überlegen. Hast du immer direkt einen Plan im Kopf, wenn du ein Möbelstück siehst? Oder machst du das spontan und guckst, was dabei rauskommt?«

»Neunzig Prozent mit Plan, zehn Prozent sind spontane Eingebungen.«

Milo holt die letzten Pancakes aus der Pfanne und schaltet den Herd ab. Ich nutze die Gelegenheit und gehe auf ihn zu.

»Komm mal mit.«

Ich nehme einfach seine Hand in meine, um ihn in mein Zimmer zu führen. Milo wirkt ein wenig irritiert, aber auf seinen Lippen liegt ein amüsiertes Grinsen.

»Was hast du vor? Ich dachte, wir probieren die Schuhsohlen.«

»Erst will ich deine fachkundige Meinung hören. Welche meiner Möbel könnten ein Upcycling gebrauchen?«

»Hm. Ich finde alles schon sehr stimmig. Aber ich würde vielleicht den Beistelltisch verändern.«

Milo geht darauf zu, seine Finger gleiten fast zärtlich über die Oberfläche.

»Das ist Pressholz, also nicht sonderlich hochwertig. Ich würde deswegen eine andere Tischplatte draufsetzen, damit du mehr Ablagefläche hast. Dafür könnte man zum Beispiel ein altes Tablett nutzen.«

»Auf so was wäre ich gar nicht gekommen.«

»Beim nächsten Flohmarkt kann ich mich ja mal nach einem passenden Tablett umsehen«, schlägt Milo vor, und in meiner Brust wird es ganz warm.

»Wirklich? Das wäre schön.«

»Klar.« Er nickt, dann fällt sein Blick auf das Pestoglas. »Hey, hast du etwa Zettel rausgenommen und mir danach nicht geschrieben? Ich bin enttäuscht.«

»Es war mitten in der Nacht, und ich wollte dich nicht schon wieder um deinen Schlaf bringen.«

»Hättest du tun können. Was für Zettel waren es denn?«

»Ich habe ein Kreuzworträtsel gemacht. Das war so ein frustrierendes Erlebnis, dass ich danach direkt wieder einen Zettel gezogen habe, und dann gab es ein Schaumbad. Das war schon eher meins.«

»Du hast doch nicht etwa das Rätsel aus der *New York Times* versucht, oder? Ich kenne niemanden, der das schon geschafft hat.«

»So hohe Ansprüche hatte ich nicht.«

Ich gehe zum Beistelltisch und ziehe eine herausgerissene Seite eines Magazins unter meinem Notizheft hervor.

»Das ist aus irgendeiner alten Zeitschrift, die im Wohnzimmer rumlag.«

»Fast die Hälfte ist ausgefüllt. Das ist doch eine solide Grundlage.«

»Aber das da ist falsch.« Ich trete näher an ihn heran. Unsere Schultern streifen sich, als ich auf die entsprechende Spalte zeige. *Nordischer Gott mit vier Buchstaben.* Ich dachte, es wäre Thor. Aber das O passt doch nicht. Es müsste ein L an die Stelle.«

»Vielleicht *Vili*«, überlegt Milo. »Oder *Wali*.«

»Du kannst also aus alten Möbeln neue Möbel machen, du schreibst Romane, mixt hervorragende Drinks und bist auch noch ein Ass in Kreuzworträtseln? Ich hasse dich gerade ein bisschen.«

»Sagt die Frau mit den meterlangen Beinen, die eigene Texte schreibt und performt, dabei unglaublich gut singt und tanzt und sich ihre Karriere innerhalb von kürzester Zeit aufgebaut hat«, gibt er zurück. »Aber ich kann auch nicht alles. Das wüsstest du, wenn wir wie geplant frühstücken würden.«

»Na gut. Dann zeig mir mal, was du gezaubert hast.«

Zusammen gehen wir wieder in die Küche, wo wir die Pancakes aufteilen. Milo beobachtet mich, wie ich den ersten Bissen nehme und ausgiebig kaue.

»Und?«

»Noch keine echte Schuhsohle. Aber definitiv etwas trocken.« Milos Lachen ist wie ein vibrierender Bass. Es fährt mir in den Körper und flutet ihn mit Leichtigkeit. Wie eine Bestätigung dafür, ihn ein wenig mehr in mein Leben und mein Herz zu lassen.

»Nichts, was man nicht in Sirup ertränken könnte«, entgegne ich und nehme mir die Flasche.

Ein paar Minuten später schwimmen unsere Pancakes in Ahornsirup und Butter, und ich bin froh, dass Keyla und Trish nicht sehen können, was ich hier frühstücke, anstatt zu trainieren. Sie wären sicher nicht sehr erfreut über meine Disziplinlosigkeit.

»Bist du schon aufgeregt wegen deines Albumrelease? Der ist doch schon am Samstag, oder?«

»Erinnere mich nicht daran. Das Label schickt mir quasi täglich Updates zu den Vorbestellzahlen, und auch wenn die wirklich vielversprechend aussehen, macht mich das total nervös. Ich bin nicht scharf darauf, Erwartungen nicht erfüllen zu können.«

»Ich denke, du hast sie schon längst übertroffen. So einen Start wie du legt echt nicht jeder hin. Also vergiss zwischen all den Zahlen nicht, den Release zu genießen und dich zu feiern.«

»Das Feiern meines Erfolgs blieb in den letzten Wochen wirklich auf der Strecke. Aber für den Albumrelease haben wir tatsächlich eine kleine Party geplant. Es war Lennons Idee. Nur Lennon, Effie und ein Freund von mir – Tweezy? Du kennst ihn vielleicht?«

»Ist das nicht dieser Rapper?«

»Genau. Henry hat uns vorgestellt. Wir wollen zu viert zum Times Square, um mein Plakat zu bewundern. Und danach geht es noch in einen Club. Keyla hat dafür gesorgt, dass wir dort auf der Gästeliste stehen. Eigentlich sollte sie auch mitkommen, aber sie hat am nächsten Tag wichtige Meetings.« Ich nehme einen Bissen von meinem Pancake und sehe vorsichtig zu Milo. »Du könntest statt ihr mitkommen. Also, wenn du willst.« Trotz Tonnen von Sirup wird mein Mund trocken. »Hättest du Lust, mit uns zu feiern?«

Ich zähle die Sekunden, die Milo braucht, um zu reagieren. Es ist nur eine Einladung, keine große Sache. Das rede ich mir zumindest ein. Aber insgeheim weiß ich, dass es mehr ist als das. Ihn auf diese Party einzuladen bedeutet, dass dieser Abend keine einmalige Sache bleiben wird. Weder die Gespräche mit ihm … noch dieser Kuss.

Sofort spüre ich ein lustvolles Ziehen in meiner Körpermitte. Die Sehnsucht verflucht mich dafür, dass wir diesen Moment nicht sofort wiederholen, obwohl es genau richtig war, auf die Bremse zu treten.

»Du willst mich wirklich dabeihaben?«

Milos Blick ist warm und weich und tief und es bringt mich dazu, diese Tischplatte zu verfluchen, die zwischen uns liegt.

»Das fände ich wirklich schön.«

Milos Augen blitzen auf. »Ich fände es auch schön. Dein Plakat auf dem Times Square will ich schließlich nicht verpassen.«

KAPITEL 23

SERPENTS TO MY DOWNFALL

Milo

ch hätte dich niemals allein zu Jaxon gehen lassen dürfen.«
Dads besorgte Stimme dringt durch den Lautsprecher
meines Smartphones, während ich mir mein Hemd zuknöpfe.

»Nur, weil er dir ausrichten lässt, dass der Countdown läuft,
heißt das doch nicht, dass du dir Sorgen um mich machen
musst«, versuche ich ihn zu beruhigen. »Er will mich vermutlich einfach nur daran erinnern, was auf dem Spiel steht, aber
das habe ich ohnehin nicht vergessen.«

»Aber der Countdown hat sich gegen *dich* gerichtet, nicht
gegen mich«, erwidert Dad aufgebracht. »Als wärst *du* jetzt
sein Ansprechpartner.«

»Er weiß eben, dass ich gerade dabei bin, Geld aufzutreiben.
Nur noch ein paar Tage, dann habe ich alles, was ich brauche.
Mach dir also keine Sorgen, okay? Schreib Jaxon einfach, dass
wir dran sind, und dann wird er dich bis zu unserem nächsten
Treffen in Ruhe lassen.«

Dad seufzt schwer.

»Na schön. Aber wohl ist mir bei der ganzen Sache nicht.«

Mir auch nicht, will ich sagen.

Mein Blick fällt auf die Uhr. »Wir telefonieren morgen noch
mal, okay? Ich bin gleich verabredet und habe nicht mehr viel
Zeit.«

»Machen wir. Ich muss jetzt auch langsam zur Schicht. Hab einen schönen Abend.«

»Du auch. Pass auf dich auf.«

Dad und ich legen auf, dann streife ich mir fahrig über das Hemd, das ich mir extra für die Releaseparty angezogen habe. Ivys Management hat einen Fahrer besorgt, der uns alle zum Times Square bringt und der mich bereits in ein paar Minuten abholt. Die schwarze Hose und das dunkelgraue Hemd, bei dem ich die obersten Knöpfe offen trage, sind sicher die richtige Wahl. Meine Haare sind ein wenig mit Gel gebändigt, und mein Dreitagebart verleiht mir zumindest äußerlich die Lässigkeit, die ich gut gebrauchen kann, weil ich die Anspannung bis in meine Zehen spüre.

In den dreiundzwanzig Jahren meines Lebens habe ich schon einige Frauen geküsst. Es gab ein paar heftige Monate nach dem Tod meiner Mom, in denen ich auf Partys zu viel getrunken und dann mit verschiedenen Frauen herumgemacht habe, um irgendwie meinen Schmerz zu vergessen. Für diesen einen kleinen Moment des Glücks und der Unbeschwertheit.

Gerade würde ich auch zu gerne vergessen. Ich würde gerne vergessen, wie gut sich Ivys Lippen auf meinen anfühlen und wie es ist, von ihr berührt zu werden. Ich würde gerne das Kribbeln in meinem Magen vergessen, wenn ich ihr nah bin.

Ich. Muss. Diesen. Kuss. Vergessen.

Keine Ahnung, ob ich bereit bin, sie wiederzusehen. Erst recht nicht in irgendeinem Nachtclub, wenn Alkohol im Spiel ist. Aber vielleicht wird es die perfekte Gelegenheit, um Ivy und ihren Freunden noch mal auf den Zahn zu fühlen – wenn Hemmschwellen sinken und die Stimmung ausgelassen ist, dann fallen vielleicht auch Masken und enthüllen Geheimnisse, die ich so dringend wissen muss.

Ein letztes Mal überfliege ich meinen bisherigen Artikelentwurf, einfach, um mich auf das Wesentliche zu fokussieren. Heute will ich keine Ablenkungen, keine Verwirrung, keine Schuldgefühle, denn nichts davon kann ich mir leisten. Nicht, wenn die Zeit unaufhörlich weiterläuft und ich am Ende Ergebnisse präsentieren muss.

Draußen hupt es, im gleichen Moment klingelt mein Smartphone. Mein Zeichen, herunterzukommen.

Ivy ist ausgestiegen, um mich an der Haustür zu begrüßen. Sie trägt ein enges, schwarzes Kleid mit Pailletten, und ihre Haare sind zu einem hohen Zopf drapiert, der ihr schmales Gesicht und ihre besonderen Augen betont.

Sie umarmt mich zur Begrüßung, und ich rieche das Pfirsichshampoo, das mich sofort wieder an den Abend bei ihr erinnert. Gedanken, die ich wegdränge.

Stattdessen konzentriere ich mich auf die anderen, die in dem abgedunkelten SUV sitzen und mich bereits lautstark begrüßen. Lennon reicht mir sofort einen Becher Champagner und dreht wieder die Musik auf, die aus irgendeiner Bluetoothbox zu kommen scheint, während der Wagen wieder losfährt. Offenbar bin ich der Letzte, der eingesammelt wurde, denn auch Effie und Tweezy sind schon da.

Ein wenig eingeschüchtert sitze ich neben dem Rapper, den ich bislang nur aus dem Internet kannte. Seine letzte Single war für einige Wochen in den Charts, und gerüchteweise soll ein neuer Song mit Cardi B geplant sein. Vielleicht kann ich dazu schon mehr in Erfahrung bringen und die Infos Steven zukommen lassen.

Effie spielt Ivys Single *Riveting Humility* ab und bringt Ivy dazu, ein paar Zeilen zu singen. Ihre raue Stimme dringt durch meinen Körper, der Songtext, den ich inzwischen ebenfalls in- und auswendig kenne, nimmt mich wieder einmal gefangen.

Pain becomes real when it turns into gloom. There is empti-

ness, emptiness, emptiness and your compliments that stick to me like tar.

Ihr Text löst sofort den Wunsch in mir aus, sie anzusehen und mit ihr zu reden, aber ich ertränke ihn mit Champagner, der sich wohltuend auf meine Anspannung legt.

Vierzig Minuten später steigen wir aus dem Wagen und betreten den Times Square.

Ich mochte diesen Ansturm an Touristen, die grelle Beleuchtung und das hektische Treiben noch nie sonderlich. Inzwischen ist es rund sechs Jahre her, dass ich das letzte Mal bewusst hier war, und es fühlt sich extrem komisch an, nun wieder auf einem der belebten Plätze zu stehen. Erst recht in der surrealen Situation, in der ich mich befinde, immerhin feiert man nicht jeden Tag mit den Stars der Musikbranche.

Ein paar Fans erkennen Tweezy und Ivy und bitten um Fotos, aber danach versinken wir in dem Trubel um uns herum. In der Fülle an Reizen und Eindrücken sind wir leicht zu übersehen.

Wir positionieren uns genau vor einem großen Wolkenkratzer, der gerade noch von einer Cola-Werbung dominiert wird, auf dem aber schon in ein paar Minuten zum ersten Mal Ivys Albumcover erscheinen soll.

Lennon verteilt wieder Champagner, während Tweezy einen Countdown startet. Ivys Fingernägel trommeln gegen den Pappbecher.

»Zehn«, ruft Tweezy.

»Neun«, steigen wir anderen mit ein.

»O Gott«, murmelt Ivy.

Automatisch sehe ich zu ihr. Ihre Augen strahlen erwartungsvoll, während sie auf die Werbeanzeige starrt. Während sie darauf wartet, dass sich dieser Teil ihres Traums, der sich bestimmt immer viel zu groß angefühlt hat, erfüllt. Es hat eine gewisse Magie, sie so zu sehen. Mit diesem glücklichen, euphorischen Gesichtsausdruck und diesem nervösen Zucken ihres Mundwinkels.

»Fünf«, zählen die anderen weiter.

Mit aller Kraft wende ich mich der Leinwand zu, während die anderen weiter runterzählen. Drei, zwei. Ich zähle laut mit, damit mein Geist etwas anderes zu tun bekommt, als Ivy anstarren zu wollen.

»Eins!«

Es funktioniert nicht. Schon alleine deswegen nicht, weil die Leinwand vor uns das Bild wechselt und Ivy mich plötzlich ansieht – in Übergröße.

Eine Gänsehaut überkommt mich, als ich das Albumcover sehe. Ihre Haare liegen lang und voluminös über ihren Schultern, und ihr Körper ist in einer sinnlichen S-Kurve. Sie sieht so absolut perfekt aus. So stark und wunderschön.

»Wow«, murmelt Ivy.

»Es ist unglaublich«, jubelt Effie und fällt ihr um den Hals.

Die anderen umarmen sie ebenfalls, stoßen mit ihr an. In Ivys Augen schimmern Tränen, während ihr Blick immer wieder zu der Werbeanzeige wandert, als müsste sie sich davon überzeugen, dass sie wirklich real ist.

Und dann bin ich an der Reihe.

Ich ziehe Ivy in meine Arme und beglückwünsche sie. Kurz schließe ich die Augen und stelle mir vor, wie es wäre, wenn nichts zwischen uns stehen würde. Wenn ich sie einfach küssen könnte. Hier, auf dem Times Square, mit ihrer Zukunft vor der Nase. Ich wünschte wirklich, ich könnte sie einfach festhalten. Einfach Milo und Ivy sein.

»Es ist großartig.« Ihr Atem streift mein Ohr. »Aber auch unfassbar beängstigend.«

»Ich kenne niemanden, der es so sehr verdient wie du.«

Jedes Wort ist die Wahrheit und trifft mich bis ins Mark, weil sie noch so viel mehr verdient als das.

Ivy löst sich von mir und macht ein paar Selfies mit ihrem Plakat. Das pure Glück auf ihrem Gesicht zu sehen, überfordert mich.

Mit einem Zug leere ich meinen Becher. Es schmeckt schauderhaft, denn ich mochte prickelnde Getränke noch nie. Trotzdem lasse ich mir von Effie noch mal nachschenken.

»Bereit für Teil zwei des Abends?«, fragt Lennon irgendwann in die Runde. »Glaubt mir, das wird eine Nacht, die ihr nicht so schnell vergessen werdet!«

Mit dem SUV fahren wir zum *Serpent*. Selbst ich, der vor meiner Anstellung bei *Current Flash* nicht viel mit Stars und Sternchen zu tun hatte, habe schon von diesem Nachtclub gehört. Er befindet sich in einem unscheinbaren Backsteinhaus mit drei Stockwerken. Nur der schwarze Teppich, der zum Eingang samt Türstehern führt, verrät, dass es sich nicht um ein normales Wohnhaus handelt.

Im Gegensatz zum *Silverside* macht das *Serpent* nicht mit Leuchtreklame auf sich aufmerksam, aber angesichts seines Rufs ist das auch nicht nötig. Viele New Yorker Legenden beziehen sich auf das, was in diesem Club vor sich geht, aber nur die wenigsten können sich tatsächlich ein Bild davon machen, welche Mythen stimmen und welche der blanken Fantasie entspringen. Ich kenne niemanden, der schon mal auf der Gästeliste stand. Bisher jedenfalls.

Einige Paparazzi tummeln sich ein paar Meter neben dem Teppich und zücken bereits die Kameras, um zu sehen, wer gleich aus dem Wagen aussteigt. Die Kameras blitzen, als wir, angeführt von Tweezy und Ivy, auf die Eingangstür zusteuern. Gerade bin ich froh, dass ich meine Lederjacke nicht trage und daher niemand ahnt, dass ich der Typ von den Motorradbildern bin. Es wird trotzdem besser sein, Steven vorzuwarnen, dass ich mit diesem Abend im *Serpent* für neue Schlagzeilen sorgen könnte. Wenn ich es jedoch richtig anstelle, dann kann ich uns auch welche besorgen. Immerhin werde ich gleich Zeuge davon, was sich in diesem Members-Only-Club abspielt.

Der Securitymann geht skeptisch die Gästeliste durch, dann werden wir hereingelassen. Ein schmaler Gang führt uns tiefer ins Gebäude. Die Musik wird mit jedem Schritt lauter, ich spüre den Bass in meinem Magen.

Und dann betreten wir offiziell das *Serpent*.

Das Erste, was mir auffällt, ist die dunkelrote Inneneinrichtung, die gleichermaßen verrucht wie auch exklusiv wirkt – vor allem in Kombination mit den dunklen Ledersitzen und der Bar, die die Ausstattung im *Silverside* um Längen übertrifft. Fenster gibt es keine. Dafür zieren Polestangen die Tanzfläche. Die Tische sind in Gruppen um die Bar angeordnet, am anderen Ende des Raumes befinden sich auch ein paar Séparées, die man kaum einsehen kann. Gleich neben der Bar steht ein Motorrad vor einer großen Bilderwand.

Automatisch nähere ich mich ihm. Am liebsten würde ich es berühren, weil ich sicher bin, dass ich einer Maschine wie dieser niemals wieder so nah sein werde wie jetzt. Aber schwarze Seile sind um das Motorrad gespannt und schützen es vor neugierigen Leuten wie mir.

Ivy ist neben mich getreten. »Was ist das für eine?«

»Eine Harley Davidson Softail Slim El Matador.«

»Wieso klingen die Worte aus deinem Mund wie ein halber Orgasmus?«

»Weil sich der Anblick fast so anfühlt«, erwidere ich lachend. »Die kostet in dieser Ausführung sicher 150 000 Dollar.«

»Wow. Und die stellen sie einfach so aus?«

»Siehst du die Bilder dahinter?« Ich zeige auf die Bildergalerie, die die ganze Wand schmückt. Auf einigen davon ist ein

Mann mit langen Haaren zu sehen, der auf dem Motorrad sitzt. Auf anderen trägt er ein Bandana und hält eine Gitarre.

»Corey Meester«, murmelt Ivy ein wenig ehrfürchtig. »Er war der Sänger und Gitarrist von *Serpent's Grave*.«

»Eine Rocklegende. Bis heute haben viele Leute nicht verstanden, wieso die Band sich aufgelöst hat.«

»Das *Serpent* ist eine Hommage an seine Zeit als Rockstar, oder? Hat er es nicht deswegen gegründet? Bevor er gestorben ist.«

»Ja, bevor er durch einen Brand ums Leben gekommen ist.« Es war meine erste Woche bei *Current Flash*, und die Klatschzeitungen waren voll mit dem Tod des ehemaligen Rockstars. Voll mit Spekulationen über die Ursachen des Feuers auf seinem Anwesen. Fragen, wieso sein Sohn Blake, ebenfalls Musiker, es mehr oder weniger unversehrt aus dem Haus schaffen konnte, während Corey Meester verbrannte.

Es gab nie eine Pressemitteilung – nur eine kurze Stellungnahme des Managements, dass Corey gestorben sei und der Nachtclub, den er nach seiner Karriere gegründet hatte, ab sofort von seinem Sohn geführt würde. Ein Sohn, der seine eigenen Konzerte danach alle absagte und seitdem nicht mehr aufgetreten ist. Er lag einige Zeit nach dem Brand im Krankenhaus und wurde in der Woche entlassen, als ich zu *Current Flash* kam, und dadurch wurde das ganze Thema wieder aufgerollt – aber nie vollständig aufgeklärt.

Automatisch sehe ich zu dem einzigen Bild von Blake. Es muss vor dem Brand aufgenommen worden sein, denn die Brandnarben an Arm und Stirn, die die Paparazzi nach seiner Krankenhausentlassung abfotografiert haben, sind noch nicht zu sehen. Dafür sitzt er in einem der Séparées, als wäre es sein Thron und das *Serpent* sein Königreich.

Blake hatte immer etwas Arrogantes an sich … und trotzdem stand ihm die Welt offen. Ein Plattenvertrag, ein Nummer-eins-Album, Sex, Drugs and Rock 'n' Roll. Er war ständig in der Presse.

Zumindest vor dem Unfall.

Soweit ich weiß, gibt es seitdem kaum mehr Fotos von ihm. Kaum öffentliche Auftritte.

»Leute!« Lennon steht plötzlich hinter uns und reißt mich aus meinen Gedanken. »Habt ihr gesehen, wer alles hier ist?«

Ivy und ich drehen uns um. Effie und Tweezy haben sich bereits in eins der Séparées gesetzt.

»Da drüben ist Jeremy Stone, der Schauspieler von dieser neuen Netflix-Serie. Gott, ist der heiß.« Lennon fächert sich Luft zu. »Und daneben ist seine Modelfreundin. Zandra Irgendwas.«

Zandra Moyer, denke ich sofort. Model für Victoria Secrets.

Die Monate bei *Current Flash* haben mich definitiv geprägt, wenn ich so etwas weiß.

»Die anderen organisieren schon etwas zu trinken«, fährt Lennon fort. Gerade in dem Moment wird ein riesiger Kübel mit Champagner gebracht.

Wir reißen uns von dem Motorrad los und setzen uns zu den anderen an den Tisch. Die Sessel sind aus hochwertigem, weichem Leder. Allein die Innenausstattung muss ein Vermögen gekostet haben, aber die Meesters mochten es schon immer extravagant. Immerhin gehören der Familie einige Luxushotels, und das abgebrannte Haus in den Hamptons soll über fünfzehn Millionen Dollar wert gewesen sein.

An der Polestange tanzt gerade eine Influencerin, ein Freund von ihr sitzt davor und macht ein paar Videos. Mehr bekommen die Leute da draußen nicht – nur ganz kleine Einblicke in die legendären Partys im *Serpent*. Nur Häppchen, die die Follower neugierig auf dieses geheime, privilegierte Leben machen. Luxus und Exklusivität ziehen immer.

Aus dem Augenwinkel beobachte ich mindestens drei Promis, die gerade eng umschlungen tanzen und flirten. Eine Story darüber würde mir vielleicht noch mehr Geld einbringen, vorausgesetzt, ich könnte sie irgendwie belegen. Unauffällig drehe ich mich weg und täusche vor, mein Hemd zu richten. Dabei schieße ich ein paar Fotos, aber das Licht ist viel zu dunkel, um wirklich etwas darauf zu erkennen.

Mir bleibt also doch nur mein eigentlicher Auftrag.

Lennon sitzt zu meiner Rechten und nippt zufrieden an ihrem Champagner, während Ivy und Tweezy sich angeregt unterhalten und Effie an der Bar mit dem Barkeeper flirtet. Es ist meine Gelegenheit, in Ruhe mit Lennon ins Gespräch zu kommen, solange ich noch klar denken kann. In meinem Kopf macht sich bereits ein feiner Nebel breit.

»Ich hätte nie gedacht, dass ich mal im *Serpent* landen würde«, sage ich zu Lennon.

»Es ist krass, oder? Eine ganz eigene Welt, und wir dürfen mal durchs Schlüsselloch gucken.«

»Findest du es manchmal seltsam, dass Ivy jetzt zu dieser Welt gehört? Als sie deine Mitbewohnerin geworden ist, war sie immerhin noch nicht berühmt.«

»Hm. Ein bisschen komisch ist es noch. Allein der Gedanke, dass sie im September auf Tour geht und dann weg sein wird. Aber sie verdient den Erfolg. Sie verdient ein bisschen Glück.«

Die Art, wie Lennon den letzten Satz ausspricht, lässt mich aufhorchen. Sie weiß nichts von Ivys Panikattacken, aber die Schwere in ihren Worten suggeriert, dass mehr hinter dieser Aussage steckt. Als wüsste sie genau, dass Ivy viel durchmachen musste.

Na ja, immerhin hat sie wochenlang in irgendwelchen schäbigen Hotels geschlafen, bevor sie Lennon kennengelernt hat. Sie kam nach New York mit so wenig und wurde mit offenen Armen von der Familie ihrer neuen Freundin empfangen. Da ist es wohl offensichtlich, dass sie kein leichtes Leben hatte. Die

Frage ist, was der Auslöser dafür war und ob Lennon Details dazu kennt.

Sie schiebt sich gerade ihre Haarsträhne hinters Ohr, die sich aus ihrem eleganten, eng anliegenden Dutt gelöst hat.

Für die Menge, die sie getrunken hat, wirkt Lennon noch erstaunlich nüchtern. Zu nüchtern für einen offensiveren Versuch, mehr aus ihr herauszubekommen?

»Sie hat mir erzählt, wie du sie bei dir aufgenommen hast, damit sie nicht mehr in diesen grässlichen Hotels schlafen musste.«

»Darüber habt ihr gesprochen? Sie redet eigentlich nicht viel darüber …«

»Vermutlich konnte sie gut mit mir über Familienprobleme sprechen«, versuche ich die Wahrheit ein wenig zu verdrehen, »weil ich selbst auch ziemlich viel Scheiße durchgemacht habe und etwas Abstand von meinem Dad brauchte. Anders als bei Ivy ist nichts vorgefallen«, spiele ich eine Karte aus. Lennon verzieht keine Miene und bestätigt damit meine Vermutung. Irgendetwas muss zwischen Ivy und ihrer Familie vorgefallen sein.

Kurz sehe ich zu Ivy, um sicherzugehen, dass sie uns nicht hört, aber sie unterhält sich weiterhin mit Tweezy. Der Bass dröhnt inzwischen durch den Club und animiert die Leute immer mehr, auf die Tanzfläche zu strömen. Keine Chance, über die Musik hinweg von ihr belauscht zu werden.

»Es beruhigt mich, dass Ivy eine Freundin wie dich hat«, rede ich weiter. »Jemanden, mit dem sie über alles sprechen kann, was vor New York passiert ist.«

»Ich versuche, für Ivy da zu sein, so gut es geht«, sagt Lennon. »Auch wenn es für mich manchmal schwer zu verstehen ist, wenn Familien brechen. Bei uns ist alles immer so harmonisch, Zusammenhalt ist uns wichtig.«

Sofort denke ich an meine Mom, die mir immer viel Liebe

und Aufmerksamkeit geschenkt hat. Ich hätte mir niemals vorstellen können, ihr den Rücken zu kehren.

Was ist also zwischen Ivy und ihrer Familie passiert? Was hat sie nach New York getrieben? Und war das der Auslöser für ihre Panikattacken?

Wieder sehe ich zu Ivy. Tweezy und sie lachen, und das bringt mich aus dem Konzept. Seine Hand liegt ihrer ziemlich nah. Zu nah für meinen Geschmack.

»Keine Sorge.« Lennon stupst mich sachte an. »Da läuft nichts zwischen den beiden.«

»Wie kommst du darauf, dass mich das beschäftigen würde?«

»Ach bitte.« Sie verdreht lachend die Augen. »Ich sehe doch, dass du sie magst. Und sie mag dich auch.«

Sie mag dich.

Nach unserem Kuss sollten mich diese Worte nicht überraschen. Und nach meinem Pakt mit mir selbst, mich auf den Auftrag zu konzentrieren, sollten sie sich nicht in meinem Kopf wiederholen. Aber sie sind auf Dauerschleife, drehen Runde für Runde und machen seltsame Dinge mit meinem Magen.

Ich habe das Gefühl, dass der Champagner mir nun endgültig zu Kopf steigt und nur noch Ivy darin Platz findet.

Lennon erhebt sich. »Ich fürchte, ich muss mal kurz zur Toilette.«

Sie verzieht entschuldigend den Mund, und dann geht sie … und macht es damit nur noch schlimmer. Jetzt kann ich nicht mehr an das Gespräch von eben anknüpfen und habe noch nicht genügend Antworten bekommen. Stattdessen habe ich nun keinen Puffer mehr zwischen mir und meinen Gedanken und der Sehnsucht, Ivy anzustarren.

Der Nebel in meinem Kopf raunt ihren Namen, obwohl er das nicht sollte. Ich darf das alles nicht fühlen. Ich darf das alles nicht zulassen.

In diesem Moment begibt sich Tweezy zu einer Frau an einem anderen Tisch, die er zu kennen scheint, weil sie sich mit zwei Küsschen auf die Wange begrüßen.

Ivy sieht zu mir und lächelt. Nur noch wir zwei sind übrig, und ich weiß nicht, ob ich dafür dankbar sein oder das Schicksal verfluchen soll.

Gerade überlege ich, mir auch eine Ausrede einfallen zu lassen, um an die Bar zu gehen, obwohl mein Glas noch halb voll ist. Doch Ivy ist schneller. Sie steht auf und kommt auf mich zu.

»Willst du tanzen?«, fragt sie mich.

Ich will es.

Ich sollte es nicht wollen.

»Gerne«, kommt es trotzdem aus meinem Mund.

Ivy zieht mich auf die Tanzfläche. Ihr Blick scheint mich zu durchbohren. Ich sehe eindeutig den Alkohol darin, aber die Sehnsucht, die sich dahinter verbirgt, entgeht mir trotzdem nicht. Als würde Ivy unseren Kuss genauso im Kopf durchspielen, wie ich es tue. Als würde ihr Herz sich gerade auch verkrampfen bei dem Gedanken, diesen Moment vielleicht nicht wiederholen zu können.

Allein bei der Vorstellung zerreißt es mich innerlich. Es zerreißt mich, während sie ihre Arme um mich schlingt und mit mir tanzt.

Obwohl wir nicht alleine sind, obwohl alle uns sehen können, fühlt es sich viel intimer an als bei unserem letzten Tanz bei ihr in der Wohnung.

Ich verbrenne regelrecht durch ihre Nähe.

»Danke, dass du heute mitgekommen bist«, flüstert Ivy mir ins Ohr. Ihre Finger streifen meine Wange und hinterlassen einen Schauer.

Gott. Wieso sieht sie mich so an?

»Ich hätte mir niemals verziehen, das zu verpassen, Peach.«

»Ich hätte auch nie gewollt, dass du das verpasst.« Ihre Stimmlage ist verheißungsvoll. »Dafür wirst du mir gerade zu wichtig, Milo.«

Wieder sind da ihre Finger an meiner Wange. Sie fahren über meine Bartstoppeln, während ihr Blick zu meinen Lippen wandert.

»Wer hätte das gedacht«, bringe ich hervor.

»Ich am allerwenigsten. Vermutlich habe ich schon bei unserem ersten Treffen gespürt, dass du mir gefährlich werden könntest.«

»Gefährlich? Wie das?«

Ivys Hand wandert nun über meinen Rücken. »Weil ich das Gefühl hatte, dass du gut darin sein würdest, mich aus der Reserve zu locken, und ich war mir nicht sicher, ob ich bereit für so etwas bin.«

»Aber ... jetzt bist du es?«

»Es ist ohnehin zu spät«, erwidert sie. »Ich glaube, ich bin schon dabei, mich in dich zu verlieben.«

Ein Erdbeben erschüttert mein Herz. Noch ein weiteres Wort, und es wird in zwei Hälften gerissen und kann nie wieder geflickt werden. Es wäre unwiderruflich zerstört. Die eine Hälfte trägt den Namen meines Dads, die andere labt sich an Ivys Worten und ... möchte sie erwidern? Möchte ihr sagen, dass ich auch etwas zu empfinden beginne?

Doch wenn es so wäre, dann würde auch meine Seele Schaden nehmen. Diesen Kampf können Ivy und ich nicht gewinnen. Aber der Champagnernebel in meinem Kopf will diese Tatsache verdrängen. Ein letztes Mal.

Nur noch dieses eine Mal.

Ich ziehe Ivy an mich. Es ist animalisch und besitzergreifend, als könnte ich damit alle Zweifel stummschalten. Nun sind es *meine* Finger, die über *ihre* Wange streicheln, während sich unsere Lippen aufeinanderlegen und ich falle, falle, falle.

Es ist der wunderschönste Kuss, den ich jemals erlebt habe. Er schmeckt nach Champagner und dem Verlangen nach mehr. Er schmeckt nach Schmerz, auf eine bittere, aber süße Art.

Ich wünschte in diesem Moment, dass ich diesen Auftrag nie angenommen und Ivy nie kennengelernt hätte. Gleichzeitig wollte ich noch nie etwas so sehr wie diesen Kuss.

Ich wollte noch nie jemanden so sehr wie Ivy Cohen.

Sie wird mein Untergang sein.

KAPITEL 24

DOUBT IN YOUR EYES

Ivy

Eigentlich tanze ich nicht gerne eng umschlungen mit jemand anderem, weil ich dann das Gefühl habe, die Musik nicht richtig spüren zu können. Doch mit Milo zu tanzen hat etwas von einer Hypnose, bei der die Sicht geklärt wird und Gefühle, die ich sonst verdränge, durch meinen Körper strömen. Fast wie ein Rausch.

»Wenn du so mit mir tanzt, würde ich mir wirklich wünschen, wir wären alleine«, sage ich zu ihm.

Ein Schatten huscht über Milos Gesicht.

»Ist alles in Ordnung?«, frage ich.

Er nickt lediglich.

Wir tanzen weiter, verfallen in Schweigen. Meine Gedanken hängen noch bei diesem Blick fest, aber ich versuche, nicht zu viel hineinzuinterpretieren und einfach weiter den Moment zu genießen.

Doch dann macht Milo plötzlich einen Schritt zurück und löst seine Hand aus meiner.

»Es tut mir leid … aber ich denke, ich muss nach Hause.«

Mein Herz, eben noch voller warmer Zuneigung, sackt ein wenig in die Tiefe.

»Was? Wieso?«

»Ich habe totale Kopfschmerzen, fühlt sich an, als würde mein Schädel gleich explodieren.«

»Oh. Wieso hast du denn nichts gesagt? Wir hätten nicht tanzen müssen.«

Nun sieht er noch gequälter aus. »Ich wollte es so unbedingt.«

Er beugt sich zu mir und haucht mir einen Kuss auf die Wange. Angesichts der letzten Minuten und dem Feuer, das eben noch zwischen uns gebrannt hat, kommt es mir viel zu wenig vor.

»Es tut mir wirklich leid, dass ich dein Album nicht so ausgiebig mit dir feiern kann, wie ich gerne würde. Aber du machst dir noch eine schöne Nacht, okay?«

»Wie kommst du denn nach Hause?«

»Ich rufe mir ein Uber.« Noch ein gehauchter Kuss, diesmal auf die Lippen. »Wir schreiben.«

»Ja … wir schreiben.«

Milo nimmt sich nicht mal Zeit, sich bei den anderen zu verabschieden. Er formt ein lautloses »Sorry« und geht in Richtung Ausgang. Das Ganze ist so abrupt, dass ich ein wenig überfordert bin.

»Gute Besserung«, rufe ich ihm noch hinterher, aber ich bin mir nicht mal sicher, ob er mich noch hört.

Er verlässt fast schon fluchtartig das *Serpent,* und ich bleibe ratlos auf der Tanzfläche zurück.

Hatte er wirklich die ganze Zeit Kopfschmerzen und hat es nun nicht mehr ausgehalten? Oder war es unseretwegen? Wegen dem, was ich gesagt habe?

Ich sehe mich um und entdecke Tweezy und Effie am anderen Ende der Tanzfläche, aber sie sind so vom Rhythmus der Musik eingenommen, dass sie mich gar nicht bemerken. Sie sind es auch nicht, die ich gerade brauche. Gerade brauche ich meine beste Freundin, die mir vielleicht ein wenig die Zweifel nehmen kann, die katapultartig in meinen Kopf einschlagen.

Die Frage ist nur, wo Lennon eigentlich steckt.

In dem schummrigen Licht ist es schwer, Menschen zu erkennen. Kurzerhand beschließe ich, in der Damentoilette mit meiner Suche zu beginnen. Ich folge einem schmalen Gang, die Musik wird mit jedem Schritt leiser.

Die Toilettenräume laden durch einen Wartebereich mit roter Ledercouch fast zum Verweilen ein. Auf einer Ablage neben den edlen Steinwaschbecken stehen allerhand Parfümflakons von *Versace*, an denen man sich bedienen kann. Es wäre definitiv ein Ort, an dem Lennon die Zeit vergessen könnte, aber die Kabinen sind alle leer.

Rechts von den Toiletten geht ein zweiter Gang ab, dem ich folge, bis ich schon befürchte, mich verlaufen zu haben. Er endet mit einer Absperrung durch ein schwarzes Seil, hinter dem ein Mann mit Vollbart steht.

Er mustert mich abschätzig. »Name?«

»Ivy Cohen«, antworte ich irritiert.

Er zückt ein Tablet und überfliegt eine Liste mit Namen. »Tut mir leid, aber der Zutritt ist nur für geladene Gäste.«

»Es gibt eine VIP-Lounge in einem Club für VIPs? Das ist irgendwie schräg.«

»Sind nicht meine Regeln«, erwidert er brummend.

»Ich suche eigentlich meine Freundin. Aber ich schätze nicht, dass ich sie hier finden werde. Gibt es vielleicht noch andere Bereiche?«

»Nein, aber vielleicht checkst du mal die Séparées. Da wird gerne geknutscht, und manchmal erkennt man die Leute dann nicht sofort.«

»Danke für den Tipp.«

Ich will mich gerade umdrehen, als der Mann zur Seite tritt, um jemandem Platz zu machen, der den VIP-Bereich verlässt. Das Erste, was ich sehe, sind dunkle Haare und olivfarbene Haut. Dann Lennons dunkelbraune Rehaugen, die mich erschrocken ansehen.

»Ivy«, sagt sie etwas zu schrill. »Was machst du hier?«

»Was *ich* hier mache? Wie zum Teufel kommst du …«

Lennon würgt mich mitten im Satz ab, indem sie sich bei mir unterhakt. »Wir sollten zu den anderen«, sagt sie so laut, dass meine letzten Worte verschluckt werden.

Sie zerrt mich geradezu den Gang zurück, fast, als würde sie verfolgt werden. Erst bei den Toiletten lässt sie mich los.

»Was soll denn das?«, frage ich sofort. »Und wie kamst du in diesen VIP-Bereich?«

»Da war diese Frau, die dachte, ich wäre jemand anderes. Lange Geschichte.«

»Wie war es da drin? Hast du etwas sehen können?«

»Es war nicht so interessant, wie man denken würde«, antwortet sie, doch ihre Stimme klingt seltsam dabei. »Aber mir gefällt es hier irgendwie nicht. Komische Vibes. Können wir nach Hause fahren?«

»Du? *Du* willst das *Serpent* verlassen?« Das klingt so gar nicht nach Lennon. Vor allem in Anbetracht der Tatsache, dass sie wochenlang auf mich eingeredet hat, hierherkommen zu wollen. »Hast du Ärger gekriegt, weil du in dem VIP-Bereich warst?«

»So was in der Art.« Sie fährt sich durchs Haar. »Also, können wir bitte einfach fahren?«

»Na schön.« Ich verdrehe die Augen. »Aber lieg mir nie wieder in den Ohren, dass du unbedingt ins *Serpent* willst.«

»Keine Sorge«, erwidert sie sofort. »Fürs Erste reicht es mir.«

Ich habe keine Ahnung, was diese kryptische Andeutung bedeuten soll. So früh eine Party zu verlassen ist sonst nicht Lennons Art, aber nach dem, was mit Milo passiert ist, kommt es mir auch ganz gelegen. Jetzt, wo ich mich nicht mehr mit der Suche nach Lennon befassen muss, hat mein Kopf wieder jede Möglichkeit, Milos Abgang zu analysieren.

»Aber du bist diejenige, die Effie und Tweezy dazu überredet, schon zu gehen«, erkläre ich Lennon. »Im Gegensatz zu uns scheinen sie in bester Feierlaune zu sein.«

»Oha.« Lennon stoppt, und ich renne fast in sie hinein. »Ich glaube, da könntest du recht haben.«

Lennon zeigt auf die Tanzfläche, auf der Tweezy gerade einen heißen Tanz an der Polestange hinlegt, während die Leute um ihn herum ihn anfeuern.

»So feiern also die Stars von New York«, sagt Lennon lachend. »Eigentlich nicht schlecht.«

»Wir könnten doch noch etwas bleiben und mitmachen«, schlage ich vor.

Kurz sieht Lennon wirklich so aus, als würde sie gerne zustimmen und sich auch an die Polestange begeben. Doch dann schüttelt sie entschlossen den Kopf.

»Ich bin nicht so in Stimmung.«

Eine halbe Stunde später sitzen wir wieder im SUV nach Hause.

KAPITEL 25

STRANGER IN THE MIRROR

Milo

Aus dem Spiegel schaut mir ein Fremder entgegen. Es fühlt sich zumindest so an, als würde ich die Person mit den dunkeln Haaren und den geröteten, müden Augen nicht kennen. Vermutlich ist es purer Selbstschutz, denn wenn der Mann im Spiegel mir fremd ist, dann sind es auch nicht *meine* Gefühle, die mich wach halten. Dann wäre es nicht *ich* gewesen, der Ivy schon wieder geküsst hat, nur um ihr dann aus reiner Not einen Korb zu geben und abzuhauen.

Ich atme zischend aus und klatsche mir kaltes Wasser ins Gesicht. Dann setze ich mich an meinen Apothekertisch und öffne den Entwurf meines Artikels, den ich mit den heutigen Informationen unterfüttere.

Die Wahrheit hinter Ivy Cohens Hilfeschrei

Spätestens seit dem Interview mit Logan Smith (Talkmaster bei *Night Truce*) spekuliert ganz New York über die mentale Verfassung der jungen Sängerin Ivy Cohen, die durch ihre Auftritte im *Silverside* berühmt wurde. Experten und Fans sind sich sicher, dass die schweren Themen, die sie in ihren Songtexten andeutet, einem Hilfeschrei gleichkommen.

Wenn wir uns die Texte von Ivy Cohen einmal genauer ansehen, ist die Besorgnis angebracht. In ihrem Song *If you ever ask* von ihrem neuen Album heißt es: »Screams under water that no one hears. A fall into the depths that no one sees. If you ever ask me why I couldn't stop, because loneliness surrounds me even in the crowd.« Doch wie schlimm es um Ivys Psyche steht, ahnen nicht mal ihre engsten Vertrauten.

Panikattacken, Obdachlosigkeit, Einsamkeit.

Die drei dunklen Geheimnisse, die sich durch Ivys Leben ziehen und die sie verfolgen.

Doch wie fing alles an?

Mit dem Zerfall von Ivys Familie, zu der sie keinen Kontakt mehr hat. Cohen spricht nicht darüber, was in ihrem Elternhaus geschah, aber es muss so erschütternd gewesen sein, dass ihr Umzug nach New York als Flucht zu verstehen ist. Nur mit einem Seesack und einer Gitarre kam sie nach Manhattan, ohne Bleibe, ohne Job, ohne Plan. Cohen schlief die ersten Monate in billigen Hotels, so sehr wollte sie diesen Neufang in der Metropole, fernab ihrer Familie. Erst die Anstellung im *Silverside* gab der jungen Musikerin eine Perspektive: nicht nur in Form eines bezahlten Aushilfsjobs, sondern auch mit einer Ersatzfamilie, bei der sie Unterschlupf finden konnte. In dem Besitzer vom *Silverside*, Daniel Chambers, fand sie jemanden, der an sie glaubte, und in seiner Tochter, Lennon Chambers, ihre wohl beste Freundin. Man könnte denken, dass dies das große Happy End wäre. Endlich ein Zuhause und eine Musikkarriere, von der andere nur träumen könnten.

Doch vor was Ivy Cohen auch geflohen sein mag, verfolgt sie. Nicht nur, indem sie es in ihren Songtexten aufarbeitet, sondern in Form von wiederkehrenden Panikattacken.

Man hat den Eindruck, als würde Ivy den Hilferuf, den ihre Seele absetzt, selbst ignorieren. Vielleicht, weil sie denkt, dass es leichter so wäre?

Doch was passiert, wenn Hilfeschreie lauter und lauter werden und doch niemand sie hört?

Jeder Satz in diesem Artikel lässt Übelkeit in mir anschwellen.

Es folgen allgemeine Informationen über Panikattacken und deren Ursachen, dann ein paar Spekulationen über die Auslöser, die es bei Ivy geben könnte. Nächste Woche führe ich ein Telefonat mit einer Psychologin, die diese Thesen untermauern soll. Genau wie einige Screenshots von unseren Nachrichten. »Manchmal wünschte ich mir eben, ein paar Erlebnisse und Erinnerungen in so ein Pestoglas zu stecken und den Deckel zu versiegeln. Um nie wieder daran denken zu müssen«, hat mir Ivy geschrieben, und es beweist eindeutig, dass sie irgendetwas Schlimmes erlebt haben muss. Es würde zumindest reichen, um meinen Artikel glaubhafter zu machen.

Dann könnte ich ihn Steven präsentieren. Er würde mir sicher das Geld geben, und dann wäre es vorbei.

Alles wäre vorbei.

Ein erleichternder Gedanke.

Ich könnte meinen Job im *Silverside* kündigen und würde Ivy vermutlich nie wiedersehen. Ihr steht die ganze Welt offen, und sie wird mich abstempeln als das Arschloch, das sie verraten hat. Vielleicht schreibt sie einen Song über mich und verarbeitet ihre Gefühle darin.

Und ich?

Ich werde mir wohl immer die Frage stellen müssen, was aus uns geworden wäre, wenn nicht Dads Ticket in die Freiheit auf dem Spiel gestanden hätte. Doch wenn ich das wirklich durchziehen will, dann kann ich mir diesen Zwiespalt nicht erlauben.

Es heißt alles oder nichts. Es heißt, mich darauf zu besinnen, was ich tun *muss*. Es heißt, Ivy zu vergessen und mich um Dad zu kümmern. Aber ich kann Ivy nicht noch mal in die Augen sehen, wohl wissend, dass dieser Artikel auf dem Weg zu Stevens Schreibtisch ist. Also nehme ich mein Handy und schreibe eine Nachricht an Daniel.

Ivy schreibe ich fast dieselbe Nachricht.

Es ist besser so.

KAPITEL 26

HUEVOS RANCHEROS WITH DOUBTS

Ivy

In der Familie Chambers ist es Tradition, einmal im Monat zum Huevos-Rancheros-Frühstück zusammenzukommen. Lennon kannte mich gerade einmal zwei Wochen, als sie mich das erste Mal zu diesem Familienfrühstück eingeladen und mich allen vorgestellt hat. Damals hätte ich wohl nie gedacht, einmal ein fester Bestandteil dieser Tradition zu werden. Oder mich an die für mich exotischen Frühstückskomponenten aus Tomaten, Chilis, Bohnen, Mais-Tortillas, Avocado und Sauerrahm zu gewöhnen.

In der Wohnung von Daniel und Lizz hängen unzählige Zimmerpflanzen von der Decke. Ganz ähnlich wie bei mir im Zimmer, nur dass diese hier schon viel mehr neue Triebe entwickelt haben. Sicher liegt es daran, dass die Pflanzen hier von allen Seiten Licht bekommen, weil Daniel und Lizz eine dieser hohen Fensterfronten haben, bei denen man das Gefühl bekommt, ganz Manhattan überblicken zu können, wenn man nur nah genug davorsteht. Von dem Esstisch aus sehen wir auf die senffarbene Tapete, an der auch einige von Lennons Bildern hängen, die, zusammen mit den bunt gestreiften Zierkissen auf dem Sofa, für Farbkleckse sorgen.

»Das habe ich vermisst«, sage ich zwischen zwei Bissen. »Was für ein perfekter Start in den Tag.«

»Das wird dir sicher fehlen, oder?«, fragt Lennon. »Wenn du im Tourbus und wechselnden Hotels aufwachst.«

»Ich werde nicht nur euer Frühstück vermissen.« Ich schiele zu Lennon. »Auch wenn ich noch immer etwas sauer auf dich bin.«

»Was denn? Immer noch?«

Lizz schmunzelt. »Was hast du angestellt, Lennon?«

»Es war doch Lennons Idee, ins *Serpent* zu gehen, und es war nicht so leicht, uns auf die Gästeliste zu bringen. Und dann verschwindet deine Tochter für eine ganze Stunde und will danach fluchtartig nach Hause.«

»Ich hatte mich halt verlaufen. Das *Serpent* ist größer, als es scheint.«

»Und wieso wolltest du dann abhauen?«

»Es ist vier Tage her, wir sollten diesen Abend einfach vergessen.«

Vier Tage. Die Erkenntnis plumpst wie ein Stein in meinen Magen. Lennon war immerhin nicht die Einzige, die das *Serpent* frühzeitig verlassen wollte. Nur dass sie im Gegensatz zu Milo darauf gewartet hat, dass wir anderen mitkommen.

Er hat mir in der Nacht noch eine Nachricht geschrieben, dass es ihm leidtut, dass er früher gehen musste und dass er krank geworden ist. Seitdem habe ich nichts von ihm gehört. Bei meinem letzten Konzert gestern war er auch nicht, stattdessen standen Alice, Zandra und Daniel alleine hinter der Bar. Ihm hat er die gleiche Nachricht geschrieben, noch in derselben Nacht.

Zweimal habe ich mich erkundigt, wie es ihm geht, und er hat die Nachricht gelesen, aber nicht geantwortet.

Lennon beugt sich vor zu mir. »Du hast wieder diesen Gesichtsausdruck«, flüstert sie.

Daniel und Lizz reden gerade über einen Ausflug, den sie morgen planen, sie beachten uns also gar nicht.

»Tja«, erwidere ich müde. »Ich schätze, es ging Milo etwas zu schnell. Er hat mir doch gesagt, dass er es langsam angehen will.«

»*Er* hat dich aber geküsst, oder nicht?«, argumentiert Lennon nicht zum ersten Mal. »Es ging ihm sicher nicht zu schnell.«

Ich hatte gehofft, Lennon von dem Kuss zu erzählen, würde mir helfen, mich besser zu fühlen, aber ich kann nicht aufhören, an Milos Blick im *Serpent* zu denken. Es lag so viel Zuneigung darin. Sein Kuss war so sinnlich, voller Gefühl. Das kann ich mir doch nicht eingebildet haben, oder? Wäre da nicht sein seltsamer Abgang gewesen … und die Tatsache, dass er sich nun nicht mehr meldet.

»Vielleicht ist er gerade so gebeutelt, dass er nicht schreiben kann. Vielleicht fühlt er sich zu schwach.«

»Mag sein«, murmle ich, aber es klingt eindeutig wie eines dieser Märchen, die Frauen sich erzählen, wenn sie nicht akzeptieren wollen, dass ein Mann einfach nicht auf sie steht. *Er ruft schon noch an. Er lässt dich nur zappeln.*

»Schreib ihm noch mal und frag ihn, ob es ihm wieder besser geht«, schlägt Lennon vor. »Oder noch besser: Geh mit einem Carrot Cake bei ihm vorbei und trag dabei nichts als einen Mantel.«

»Romantische Filme sollten keine Handlungsgrundlage im echten Leben darstellen.«

»Sagt wer?«, fragt Lizz, die offenbar mitgehört hat.

Lennon und sie beginnen, sich über irgendeinen Film auszutauschen, den ich nicht kenne, und ich bin froh, mich nicht am Gespräch beteiligen zu müssen, denn in mir herrscht Chaos.

Ich war in dieser Nacht im *Serpent* ja selbst überrumpelt von mir. Es ging alles so schnell, ich war voller Emotionen – wegen des Albums, wegen dieser schummrigen Stimmung und wegen Milos Nähe. Vielleicht war das einfach ein kleiner Kontrollverlust. Nicht mehr und nicht weniger.

Es wäre so viel einfacher.

Aber ich weiß, dass es gelogen wäre. Alles, was ich zu ihm gesagt habe, ist wahr. Alles, was ich zu ihm gesagt habe, kam aus meiner tiefsten Seele.

Ich habe mich dazu entschieden, ihn in mein Leben zu lassen, und habe mich dabei in ihn verliebt. Ich habe beschlossen, mich ein wenig zu öffnen, und dabei Gefühle entwickelt, vor denen ich noch ein wenig Angst habe. Aber sie sind da, sie sind echt, und sie werden auch nicht einfach wieder verschwinden.

KAPITEL 27

IN THE MIDDLE OF
A VICIOUS CIRCLE

Milo

In der Nähe von Dads Haus befindet sich ein kleines Café, von dem aus viele Leute Homeoffice machen – mit Laptops neben gigantisch großen Kaffeetassen und einem emsigen Treiben, das manchmal sehr motivierend sein kann.

In den letzten Tagen fiel es mir schwer, mich zu Hause zu konzentrieren. Zu oft habe ich an Ivy gedacht. Ihre zwei Nachrichten auf meinem Handy sind noch unbeantwortet, weil ich keine Worte finde. Weil es besser ist, wenn es keine gibt.

Ich bin ohnehin auf dem besten Weg, meinen Artikel fertigzustellen. Heute Morgen hatte ich das Telefonat mit der Psychologin, und die letzten Stunden, hier in dem Café, war ich damit beschäftigt, ihr Fachwissen in meinen Text einfließen zu lassen. Sie hat mir nicht nur geschildert, was Panikattacken auslösen kann, sondern mir auch dabei geholfen, Ivys Texte in Bezug auf ihre Familiensituation zu deuten.

Momentan existieren zwei Versionen meines Artikels: einer aufgebaut anhand der Informationen, die ich bekommen habe, und unterfüttert mit offenen Fragen und Theorien. Und ein Entwurf, den ich noch mit den Nachrichten zwischen Ivy und mir versehen habe, die einige dieser Theorien untermauern. Es ist die bessere Version, nur bin ich mir noch nicht sicher, ob ich es wirklich schaffe, sie abzugeben.

Es ist das eine, meine Gefühle wegzuschieben und diesen Text zu verfassen, aber mein schlechtes Gewissen werde ich nicht so schnell los. Es quält mich, lässt mich nicht schlafen. Bringt mich dazu, diesen verdammten Artikel löschen zu wollen.

Eigentlich will ich einfach nur, dass es aufhört.

Mit einem großen Schluck trinke ich meinen Kaffee aus und packe meinen Laptop ein. Spätestens nächste Woche werde ich mich entscheiden müssen. Ich habe Steven versprochen, dass er dann Ergebnisse sieht, und einen Aufschub wird es nicht geben. Nicht, wenn ich bis zum Treffen mit Jaxon das Bonusgeld bekommen will.

Mit schwerem Gemüt verlasse ich das Café.

In den letzten Tagen hat es immer wieder geregnet, doch jetzt zeigt sich Brooklyn in strahlendem Sonnenschein. Es wäre das perfekte Wetter für einen kleinen Spaziergang, aber das führt mich gedanklich sofort wieder in den Inwood Hill Park und damit zu Ivy. Sie scheint plötzlich überall in meinen Gedanken zu sein.

Daher entscheide ich mich, Dad zu besuchen. Ich bin ganz bei ihm in der Nähe, er hat heute frei, und ich habe ihn viel zu lange nicht gesehen. Es ist besser, ich erinnere mich daran, wofür ich das alles hier mache.

Aus Dads Wohnung dringt fröhliche Jazzmusik. So laut, dass er mich nicht hört, als ich die Tür aufschließe und ins Wohnzimmer trete. Ich lege meine Jacke und meine Tasche ab und folge der Musik.

Dad sitzt an seinem Schreibtisch, sein Rücken ist mir zugekehrt. Sein leises Summen erinnert an den Dad, den ich aus meiner Kindheit kenne. Wie oft habe ich ihn so im Wohnzimmer vorgefunden, wenn er sich nach einem langen Arbeitstag entspannen wollte. Für andere Väter wären dazu sicher der

Fernseher und die Couch nötig gewesen, für *meinen* Dad waren es Kartenspiele und Jazz.

Meine Mom hat immer darüber gelacht, weil es ihr unerklärlich war, wie jemand bei einer so unruhigen Musikrichtung Entspannung finden kann. Dad hat ihr dann nur immer einen Vortrag darüber gehalten, dass Jazz überhaupt nicht unruhig ist, wenn man nur richtig hinhört, weil jedes Musikinstrument und jeder Klang zusammen eins ergeben.

Automatisch stiehlt sich ein Lächeln auf meine Lippen.

»Dad?«, frage ich und trete direkt hinter ihn. »Nicht erschrecken, ich bin's.«

Trotz meiner Worte zuckt Dad zusammen. Er dreht sich nicht zu mir um, sondern klickt auf seine Maus beim Versuch, ein Browserfenster zu schließen. Ich sehe es trotzdem, ehe das Fenster verschwindet.

Mein Lächeln gefriert, und meine wunderschönen Erinnerungen an früher versinken in dem Sumpf, aus dem unser Leben inzwischen nur noch zu bestehen scheint.

»Dad?« Ich hasse es, wie meine Stimme zittert. »Was tust du da?«, frage ich, obwohl ich die Antwort schwarz auf weiß gesehen habe.

Dad starrt auf seine löchrigen Hausschuhe. »Ich weiß, wie das jetzt aussieht.«

»Es sieht so aus, als wärst du auf einer Seite für Sportwetten gewesen …«

»Einer legalen Seite.« Seine Worte sind kaum zu vernehmen.

Lauter zu sprechen würde ihn wohl selbst hören lassen, wie schwach dieses Argument klingt.

Soll ich etwa stolz auf ihn sein, weil er diesmal den legalen Weg wählt? Er verschleudert trotzdem Geld, das er nicht hat.

»Wie viel?«, frage ich trocken.

Gerade bin ich so unendlich müde von diesem Kampf gegen

Windmühlen. Müde davon, offensichtlich alleine zu kämpfen, obwohl ich dachte, wir wären zu zweit im Ring.

»Wie viel hast du verwettet, seit ich alles gebe, um dir zu helfen?« Jedes dieser Worte schmeckt bitter.

In Dads Augen schimmern Tränen, und der Anblick schmerzt, denn ich konnte ihn noch nie gut weinen sehen. Normalerweise würde ich alles dafür tun, um ihn wieder zum Lächeln zu bringen, aber in diesem Moment kann ich es nicht. Weil das Glück, das er mir vorspielt, nichts als Schmierentheater ist. Weil er nicht mal den Anstand hat, offen und ehrlich mit mir zu sein.

Beim letzten Mal konnte ich noch verstehen, dass er sich mir nicht anvertraut hat. Aber diesmal war ich da! Diesmal hätte er jede Möglichkeit gehabt, um Hilfe zu bitten und mir zu sagen, dass es wieder losgeht.

»Ein-eintausend Dollar«, stottert Dad. »Ich dachte, es wäre eine sichere Sache. Ich wollte doch nur genug Geld gewinnen, um Jaxon zu bezahlen. Ich wollte dich entlasten.«

»Bullshit!«, spucke ich aus. »Du wolltest mich nicht entlasten, sonst hättest du dich nicht noch weiter in die Scheiße geritten. Sonst hättest du gesehen und begriffen, wie viel ich gerade für dich opfere.«

»Das weiß ich doch.«

»Du weißt es nicht«, erwidere ich mit belegter Stimme.

Ich denke an Ivy, an Steven, an Küsse und Lügen, an geprellte Rippen, und ich will ihm sagen, wie wütend ich bin. Schluss mit den Samthandschuhen. Schluss mit dem schlechten Gewissen und der Demut, weil ich dachte, diese Schulden wären auch auf meinen Mist gewachsen.

»Ich belüge Menschen, die mir etwas bedeuten – für dich! Ich verrate gute, aufrichtige Menschen, die etwas Besseres verdient hätten – für dich! Ich verkaufe mein Hab und Gut und arbeite hinter einer Bar – für dich! Ich fange mir Schläge ein.

Für dich, Dad! Ich mache das alles für dich! Damit es dir besser geht und du diesen ganzen Scheiß hinter dir lassen kannst! Verstehst du denn nicht, dass Jaxon uns bluten lassen wird, wenn er sein Geld nicht bekommt? Uns beide!«

Dad schluckt hörbar. »Ich weiß«, wispert er. »Ich weiß, ich weiß, ich weiß.«

»Wieso bist du dann so egoistisch? Wieso machst du weiter und weiter, obwohl wir längst am Boden sind? Bin ich dir so egal?«

»Du bist mir das Wichtigste auf der Welt. Du bist das Einzige, was ich noch habe. Du und … und die Wetten.«

Er bedeckt seine Augen.

»Nein«, sage ich forsch. »Sieh mich an. Sieh mich an und rede, verdammt! Sag jetzt endlich, was los ist.«

Dad nimmt die Hände herunter. Noch nie habe ich seine Augen so leer gesehen. »Ich kann nicht damit aufhören«, bringt er hervor. »Nach meinem Zusammenbruch im Krankenhaus, nachdem du wusstest, was los ist, habe ich drei Monate nicht gewettet. Ich habe wirklich versucht, es für immer sein zu lassen. Aber wenn ich nicht wette …« Er schluchzt auf. »Ich vermisse deine Mom so sehr. Ohne sie weiß ich gar nicht, wer ich eigentlich bin. Ich weiß nicht, was ich fühlen soll. Wenn ich wette, ist da dieser Nervenkitzel, eine kleine Portion Adrenalin. Und ich will es immer wieder fühlen, weil es schön ist, überhaupt *irgendwas* zu fühlen.«

Selten habe ich die Stimme meines Vaters so schwach gehört. Er wirkt entsetzlich klein in diesem Moment.

»Ich kann es nicht sein lassen. Ich bin nicht stark genug.«

Meine Wut verebbt ein wenig, und ich fühle mich nur noch hilflos, denn *ich* weiß nicht, ob ich stark genug für uns beide bin.

Ich gehe einen Schritt auf Dad zu und nehme seine Hand. Er soll wissen, dass ich wütend und verzweifelt bin, aber dass es nicht bedeutet, dass ich ihn fallen lasse. Nur kann ich die Last nicht mehr allein auf meinen Schultern tragen. Mehr halte ich nicht aus.

»Wenn du es ernst meinst und wirklich aufhören willst, dann musst du dir professionelle Hilfe suchen.«

»Eine Therapie?« Dad blinzelt erschöpft. »Ich weiß nicht, ob ich an so was glaube.«

»Dann solltest du es herausfinden. Denn ich kann dir nicht dabei zusehen, wie du dich zerstörst. Ich will dich nicht verlieren, Dad, aber ich weiß gerade auch nicht mehr, wie ich dich noch beschützen soll.«

Meine Stimme ertrinkt in Tränen.

Dad fällt mir in die Arme. Er weint und zittert, und ich weine mit ihm, weil jedes meiner Worte wahr ist. Weil ich nicht weiß, was ich noch tun soll, wo ich doch schon alles für ihn riskiere. Meine Kräfte sind langsam aufgebraucht, und ich weiß nicht, ob ich das länger durchhalte, wenn kein Ende in Sicht ist. Ich dachte, mit den Schulden von Jaxon wäre alles erst mal vorbei.

»Wir können so nicht weitermachen«, flüstere ich kraftlos. »Mom hätte doch niemals gewollt, dass wir so ein Leben führen.«

Meine Worte bringen Dad nur noch mehr zum Weinen, obwohl es ihn bereits jetzt unendlich viel Kraft kosten muss, seinen Gefühlen freien Lauf zu lassen. Ich kann nur hoffen, dass es reinigend ist. Ein Weckruf.

»Ich versuche das mit der Therapie«, sagt er schließlich. »Hilfst du mir dabei?«

»Natürlich, Dad.«

Eine Weile sitzen wir noch da und weinen zusammen. Es war längst nötig, alles auszusprechen und nichts mehr zurückzuhalten. Vielleicht funktioniert Heilung nur so: mit der ehrlichen, bitteren Wahrheit. Vor anderen und vor sich selbst.

Irgendwann gehen wir zusammen in die Küche, machen uns Tee und suchen nach Therapeuten, die wir kontaktieren können. Ein erster, wichtiger Schritt.

KAPITEL 28

BLOOD-RED AVALANCHES

Ivy

Ein weiterer Tag ohne eine Nachricht von Milo ist vergangen, und es nervt mich, dass mein Daumen dauernd über meinem Handy verharrt. Vor ein paar Tagen hätte ich noch gar nicht lange darüber nachgedacht, sondern ihm einfach eine Nachricht geschickt. Ohne komplizierte Gedanken, ohne zu viel Ballast.

Der Kuss hat alles zerstört.

Deswegen habe ich mir geschworen, nicht mehr stundenlang zu grübeln, wieso er mir nicht schreibt und was ich nun tun soll. Ich sollte mich jetzt auf das Meeting freuen, auf das ich schon seit Wochen warte. Mein Treffen für die Tourplanung. Heute gibt es endlich konkretere Informationen. Ich kann nur hoffen, dass es die perfekte Ablenkung werden wird.

Trish und Keyla empfangen mich in Keylas Büro. Die Ledercouch fühlt sich langsam an wie ein zweites Wohnzimmer, so oft wie ich in den letzten Wochen hier war. Auf dem Tisch vor uns stehen Kaffee und Donuts, und Trish, die die geplante Tour federführend koordiniert, hat sich vor eine Leinwand gestellt, auf der sie mir gleich die Einzelheiten präsentieren möchte.

»Endlich ist der große Tag gekommen«, beginnt sie energisch. »Bist du bereit?«

»Unbedingt. Ich brauche dringend Details.«

»Eineinhalb Monate, zwölf Staaten, zwölf Konzerte. Wir haben nur Hallen angefragt, in die mindestens 10 000 Menschen passen, und alle zwölf Hallen haben zugesagt.«

Mir wird allein bei dem Gedanken schwindelig, aber es ist eine gute Art von Schwindel. Eine, bei der die Welt ins Wanken gerät und Schlösser aus Luft plötzlich zu echten Bauten werden. Und doch fällt es mir schwer, mir so viele Menschen vorzustellen.

»Der Vorverkauf startet mit dem geplanten Abschlusskonzert im *Silverside*«, erklärt Keyla. »Noch nie haben sich so viele für die Verlosung der Tickets angemeldet. Immerhin wissen die Leute, dass es vorerst die letzte Chance sein wird, dich im *Silverside* in einem kleineren, intimeren Rahmen zu sehen.«

»Den Gedanken finde ich noch richtig seltsam.«

»Wirst du nicht mehr, wenn du erst in diesen Hallen gespielt hast – und wenn die Leute Geld ausgeben, um dich singen zu hören. Das wird ein ganz neues Erlebnis.«

»Allein der Sound, wenn 10 000 Menschen deine Lieder mitsingen«, wirft Keyla in den Raum und verschafft mir damit tatsächlich eine Gänsehaut. Es ist selbst bei zweihundert Menschen schon surreal und wunderschön, die Energie der Leute zu spüren.

»Wir übertragen dein Abschlusskonzert live im Internet, und im Anschluss startet der Ticketverkauf. Vorher kündigen wir die Tour bereits an, dafür wurden Grafiken erstellt, die dann auf allen Social-Media-Plattformen und in den Ticketshops angezeigt werden.«

Keyla klickt auf ihr Tablet, und auf der Leinwand erscheint das Foto von meinem Albumcover. Anstelle des Albumtitels verkündet eine hellrote Schrift nun die *Riveting-Tour*. Darunter sind alle zwölf Tourdaten angegeben.

Queens, NY – Forest Hill Stadium

Ich spiele wirklich im *Forest Hill Stadium*? Wo schon Leute wie Lana Del Rey und Louis Tomlinson aufgetreten sind?

Eugene, ON – Matthew Knight Arena

Baltimore, MD – CFG *Bank Arena*

Billings, MT – First Interstate Arena

Nein! Billings, Montana?

Ich schließe kurz die Augen und sehe wieder hin, weil ich hoffe, es mir eingebildet zu haben. Ich will, dass diese Buchstaben verschwinden, aber sie stehen auf dieser Leinwand, und gleichzeitig haben sie sich in mein Hirn eingebrannt.

»Ich dachte, ich würde kein Konzert in Montana geben.« Meine Stimme ist nichts als ein Krächzen. »Darauf hatten wir uns doch geeinigt, oder?«

Trish runzelt die Stirn. »Du hattest bei unserem ersten Meeting angemerkt, dass du ungerne in Montana spielen würdest, und wir haben gesagt, dass wir deine Wünsche ernst nehmen, aber dass es bei deiner ersten großen Tour immer Abstriche geben wird. Vor allem an diesem frühen Punkt deiner Karriere.«

Keyla nickt. »Die First Interstate Arena ist eine der größten Hallen in Montana. 12 000 Leute werden dir dort zusehen. Darauf solltest du auf keinen Fall verzichten.«

»Ich weiß nicht, ob ich das schaffe …«

Keyla schürzt ihre Lippen. »Lass es mich anders formulieren: Du *kannst* nicht darauf verzichten, Ivy. Die Sache ist viel zu groß.«

Aber die Entfernung zwischen Belgrade und Billings ist gering. Gerade einmal zwei Stunden trennen die beiden Städte voneinander. Zwei Stunden sind nichts. Zwei Stunden sind viel, viel zu wenig.

»Können wir das Konzert nicht noch verlegen? Es gibt doch noch Staaten, die nicht eingeplant sind.«

Trish verschränkt die Arme vor der Brust und sieht mich an, als hätte ich ihr gerade vorgeschlagen, stattdessen ein kostenloses Konzert in einer Mall zu geben.

»Wir haben uns etwas bei dem Tourplan gedacht, und man kann nicht einfach irgendwas verlegen. Die Absprachen mit den Hallen, den Hotels und den Helfern sind alle bereits getroffen. Die Grafiken wurden erstellt, die Tickets sind gedruckt.« Sie seufzt. »Und du hast vertraglich zugesichert, dass diese Tour stattfinden wird. So, wie wir es besprochen hatten.«

Habe ich wirklich unterschrieben, dass ich keinerlei Mitspracherecht bei meinen Auftritten habe?

Bittere Galle kämpft sich meine Speiseröhre hinauf. Die Wand, auf der die Tourdaten stehen, kommt näher und näher. Es fühlt sich so an, als würden sie mir schon die Luft abschneiden. Ich höre das Keuchen meines eigenen Atems, während Keyla davon spricht, wie wichtig dieser Tourauftakt für meine weitere Karriere ist. Hier entscheidet sich, ob ich nur ein kurzes Internetphänomen bin oder ob die Leute in den Staaten echte Fans sind. Ich will ihr zuhören, will aufmerksam sein, aber ich kann es nicht. Sie klingt dabei genervt, weil ich das Musiksternchen bin, das Probleme macht und ihre Pläne durchkreuzen will. Weil sie nicht wissen, was ich weiß. Weil sie keine Ahnung haben, was mich in Montana erwartet.

Ich habe mir geschworen, niemals dorthin zurückzukehren. Nicht nach Billings, nicht nach Helena, nicht nach Belgrade. Nicht an den Ort, an dem dieses Gefühl der Ohnmacht begonnen hat, das nun wieder Besitz von mir ergreift. Wie ein alter

Freund umarmt es mich, obwohl ich es wegstoßen und verlassen wollte.

Ich dachte, ich hätte Ivy Peters hinter mir gelassen, und nun soll ich zurück in die Vergangenheit, die mich noch in meinen Träumen heimsucht?

»Hör dir erst mal an, was wir noch alles geplant haben«, versucht Trish mich zu besänftigen, aber es kommt nicht richtig bei mir an. In meinem rechten Ohr piepst es.

»Hinter unseren Vorbereitungen steckt die geballte Power unseres Teams. Du wirst begeistert sein!«

»Ich … ich kann das nicht«, bringe ich stoßweise hervor, und ich weiß nicht mal, ob ich diese Unterhaltung, das Konzert oder meine Erinnerungen meine.

Blut durchzieht meine Gedanken, bedeckt meine Hände und das Messer darin. Es schreit mir förmlich zu, dass ich niemals zurückkehren kann. Es raubt mir die Luft, und mit jeder Sekunde, die ich hier sitze, werde ich nur mehr und mehr von den Erinnerungen zerquetscht.

»Tut mir leid«, murmle ich.

Ich springe auf und taumle zur Tür.

»Ivy? Wo willst du hin?«

Sagt das Trish oder Keyla? Ist das alles überhaupt real oder ein schrecklicher Albtraum? Die Türklinke fühlt sich echt an … angenehm kühl, während es in diesem Büro viel zu heiß ist.

Ich antworte ihnen nicht, sondern stürme regelrecht aus dem Gebäude. Renne die Treppe hinunter und trete nach draußen an die Luft, aber sie ist nicht klärend. Sie befreit meine Gedanken nicht von all den Ängsten und Bildern, die mich überrollen wie eine Lawine – unaufhaltsam. Über zweitausend Meilen liegen zwischen meinem neuen und meinem alten Leben. Allein der Gedanke daran, zurück nach Montana zu müssen, reißt die Steine meines Schutzwalls nieder.

Orientierungslos laufe ich durch die Straßen von New York, biege links ab, dann rechts, stolpere und werde von Autos angehupt, aber nichts davon kommt wirklich bei mir an.

New York war für mich immer bunt, jetzt sehe ich nur noch Rot, Rot, Rot, wie das Blut an meinen Händen. Rot wie der Riss in meinem Herzen, den Garrett und Mom mir zugefügt haben.

Ich kann nicht zurück.

»Ivy? Ist das Ivy Cohen?«

Ein Kreischen dringt zu mir durch und lässt mich blinzeln.

Ein Mädchen, vielleicht elf oder zwölf Jahre alt, starrt mich an. Sie ist so alt wie ich damals, als alles anfing.

Die Straße verschwimmt wieder vor meinen Augen, aber diesmal sind es keine Bilder, die ich sehe. Ich sehe tanzende, schwarze Punkte. Schweiß tritt aus all meinen Poren, aber gleichzeitig ist mir kalt. Zitternd klammere ich mich an das Erste, was ich finden kann, aber die Frau, deren Arm ich greifen wollte, zieht ihn empört weg und bringt mich damit ins Straucheln.

»Ivy, können wir ein Foto machen?«, fragt jemand, diesmal ein Junge.

Angestrengt versuche ich, die schwarzen Punkte wegzublinzeln. Smartphones sind auf mich gerichtet. Ich werde vielleicht in diesem Moment gefilmt.

Ich muss hier weg, ganz dringend. Dieser Augenblick der Schwäche darf auf keinen Fall festgehalten werden. Es ist der einzige klare Gedanke, den ich fassen kann. Der einzige Gedanke, der mir dabei hilft, ein wenig Kontrolle über meinen Körper zurückzuerlangen.

Auf zittrigen Beinen laufe ich los. Der Junge, der nach einem Foto gefragt hat, ruft mir irgendetwas hinterher, genau wie ein paar andere Leute, aber ich laufe weiter. Ich spüre die Kameras im Rücken, die noch immer draufhalten.

Jeder Schritt tut weh. Aber wenn ich jetzt stehen bleibe, werde ich vielleicht nicht wieder die Kraft haben, noch mal loszulaufen. Also muss ich weiter, irgendwohin, wo ich mich verstecken kann und wo sie mich nicht so schnell finden können. Keine Fans, keine Paparazzi.

Nur, nach Hause werde ich es in diesem Zustand niemals schaffen.

Ich finde eine kleine Seitengasse, in der Mülltonnen stehen. Es ist das Erstbeste, was mir einfällt, also krieche ich hinter eine dieser grauen Tonnen, in der Kartonreste verstaut sind. Die Backsteinmauer in meinem Rücken ist angenehm kühl.

Keyla hat dreimal versucht, mich anzurufen, aber ich kann jetzt nicht mit ihr sprechen. Sie würde meinen Zustand gerade nur verschlimmern, weil ihre Stimme jetzt für immer die sein wird, die mich zurück nach Montana katapultiert hat. Im Augenblick schaffe ich es nicht, mich dem zu stellen. Ich bin zu sehr mit Atmen beschäftigt.

Auch wenn ich nun dasitze und mich sicherer fühle, kann mich die Lawine noch immer unter sich begraben.

Ich wähle Daniels Nummer und zähle die Sekunden.

Drei, vier, fünf. Keine Antwort.

Seine Mailbox springt an, aber ich spreche ihm nichts drauf. Lennon gibt heute einen ihrer Kurse, sie kann ich also auch nicht erreichen, weil sie ihr Handy dann immer auf lautlos hat.

Blaue Augen kämpfen sich durch die rote Lawine. Milos warme Stimme, die mich schon einmal aus so einer Lage befreit hat. Der Mann, dem ich nichts erklären muss, weil er weiß, was zu tun ist.

Zum wiederholten Mal an diesem Tag spiele ich mit dem Gedanken, ihm zu schreiben. Diesmal ist es die pure Not, die mich dazu bringt, sämtliche Zweifel und Vorbehalte fortzuwischen und zu tippen.

KAPITEL 29

NOW I KNOW

Milo

*I*ch brauche Hilfe.

Drei kleine Worte mit einem Standort irgendwo in Manhattan. Mehr Infos habe ich nicht, als ich mit meinem Motorrad durch die Nebenstraßen hetze, um dem Verkehr zu entkommen. Trotzdem muss ich immer wieder Autos überholen und mich an Yellow Cabs und Bussen vorbeischlängeln. Meine Hände zittern, so sehr umklammere ich den Lenker, während ich Gas gebe.

Sämtliche Entschlüsse, Distanz zu wahren, sind vergessen. Da ist nur noch pure Angst, die zusammen mit Adrenalin durch meinen Körper jagt. Keine Ahnung, was mich erwartet, wenn ich bei Ivys Standort ankomme. Meine Anrufversuche blieben unbeantwortet.

»Links abbiegen«, sagt mir mein Navi durch meine Kopfhörer. Ich folge den Anweisungen und weiche dabei einem anderen Motorradfahrer aus, der sich lautstark bei mir beschwert.

»Sie haben Ihr Ziel erreicht.«

Ich stoppe den Motor und sehe mich um. Vor mir befindet sich eine Bar, die aussieht, als wäre gestern Abend noch viel Betrieb gewesen. Eine leere Bierflasche steht noch auf der Fensterbank, und Zigarettenstummel liegen vor der Tür. Nun ist jedoch alles geschlossen, und durch die Fenster mit dem Buntglas fällt kein Licht.

Wieso sollte Ivy um zwölf Uhr mittags hier sein?

Ein Blick aufs Handy verrät mir, dass genau von hier ihre Standortübermittlung kam. Ihr gesetzter Marker befindet sich aber noch einige Meter weiter dahinter.

»Ivy? Hier ist Milo!«

»Bei den Mülltonnen.«

Ihre Stimme klingt so schwach, dass ich mir in diesem Moment kaum vorstellen kann, wie aus ihrer Lunge sonst eine so kraftvolle Singstimme herauskommt. Die Sängerin, die mit ihren Songs bald ganze Hallen füllen wird, ist in diesem Moment nicht existent. Stattdessen finde ich eine andere Version von Ivy vor. Leichenblass kauert sie hinter einer Mülltonne, die Knie angezogen und fest umschlungen.

Ihre Augenlider sind geschwollen, ihre Mascara ist verschmiert. Ihre Atmung klingt hektisch.

»Was ist los? Hast du eine Panikattacke?«

Sofort hocke mich vor sie und bringe sie dazu, mich anzusehen. Wasser schimmert in der ozeanfarbenen Iris, und es könnte schön aussehen, läge darin nicht so viel Erschöpfung.

»Scheiße. Wie lange sitzt du schon hier?«

Ihr Hilferuf erreichte mich vor rund fünfzehn Minuten. Zum Glück war ich ohnehin in Manhattan, sonst hätte ich es niemals so schnell zu ihr geschafft.

»Ich weiß es nicht«, bringt Ivy hervor. »Aber ich glaube, es wird etwas besser.«

»Die meisten Panikattacken flachen nach rund zehn bis zwanzig Minuten ab. Dein Körper will sich damit vor dieser großen Belastung schützen«, versuche ich auf sie einzureden, obwohl ich nicht ganz sicher bin, wie viel sie mitbekommt. Ich selbst war immer in einem Tunnel, wenn ich einen Schub hatte.

»Du wirst diese letzten Minuten auch noch überstehen.« Unvermittelt nehme ich ihre Hand und drücke sie. »Atme ganz ruhig. Konzentriere dich auf mich.«

Ich nehme einen tiefen Atemzug. Ivy tut es mir gleich.

»So ist es gut.«

Gemeinsam atmen wir. Ihr Blick ist auf meine Brust gerichtet, die sich vor ihr hebt und senkt. Farbe tritt in ihr Gesicht, als ihr Körper sich zu erholen beginnt. Die Erschöpfung wird jedoch noch bleiben.

»Wird es besser?«

Ivy nickt sachte. Dann schaut sie mir in die Augen. Ihre Lippen sind ganz leicht geöffnet, als sie meine Hand drückt, wie ich es eben noch bei ihr getan habe. Es ist diese kleine Geste der Dankbarkeit, aber sie bedeutet mir unendlich viel.

»Was ist denn nur passiert?«

Sie schluckt hörbar. »Ich kann nicht hier darüber reden. Sie finden mich.«

»Wer findet dich? Waren da wieder Paparazzi?«

»Fans. Sie sollen mich nicht in so einem Zustand sehen.«

»Dann bringen wir dich hier weg.«

Ivys Augen werden größer. »Was, wenn uns jemand folgt und dann herausfindet, wo ich wohne?«

»Wir fahren zu mir«, sage ich entschlossen. »Da bist du sicher und kannst dich ausruhen.«

Ich stehe auf und ziehe sie an der Hand hoch. Ivy steht noch ein wenig wackelig, aber ihre Wangen werden rosiger. Ein gutes Zeichen.

»Geht es?«

»Ja. Ich bekomme das hin.«

Ich gebe ihr meinen Helm, und sie steigt auf. Wie schon die letzten Male klammert sie sich an mich, als ich losfahre. Wieder nehme ich erst Nebenstraßen, um nicht erkannt zu werden, auch wenn Ivy durch den Helm geschützt sein sollte. Erst auf der Brooklyn Bridge reihen wir uns wieder in den dichteren Verkehr ein.

Ich widerstehe dem Drang, mich zu Ivy umzudrehen, denn

ihre Körperwärme zeigt mir, dass ihr Kreislauf stabil ist. Ihre Atmung geht normal, ihr Griff ist stark.

Sie hat gesagt, dass sie es hinbekommt, und hat nicht gelogen.

Schließlich halten wir vor meiner Wohnung. Eilig gehe ich ein paar Schritte zügiger in mein Apartment und begutachte alles. Ich hätte aufräumen können. Auf meinem Apothekertisch liegen überall Notizzettel verstreut, die ich gestern Nacht geschrieben habe, als ich wegen eines guten Einfalls zu meinem Buchprojekt nicht schlafen konnte.

Zum Glück ist alles, was mit meinem Artikel zu tun hat, digitalisiert.

»Du kannst dich auf die Couch setzen«, sage ich, während ich die Buch-Notizen zusammenklaube.

Ivy lässt sich nieder und sieht etwas verloren aus, wie sie in den Kissen versinkt.

»Willst du einen Tee? Oder einen Kakao?«

»Ein Kakao klingt gut.«

Ich fülle zwei Tassen mit Mandelmilch und Kakaopulver und stelle sie in die Mikrowelle. Ivy ist erschreckend ruhig in der Zeit, und ich wage es noch nicht, etwas zu sagen. Nicht ohne die tröstende Wirkung von heißer Schokolade.

Aus einem meiner Schränke krame ich noch kleine Marshmallows, die ich in ihre Tasse hineingebe.

»Hier. Vielleicht hilft der.«

»Danke. Nicht nur für den Kakao. Auch dafür, dass du gekommen bist.«

»Das ist doch selbstverständlich. Dafür musst du mir nicht danken.«

Erschöpft sieht sie mich an. »Du hast dich ziemlich rargemacht in den letzten Tagen. Lag das daran, dass du krank warst ... oder habe ich dich verschreckt?«

»Nein, es ging mir nur die letzten Tage echt dreckig, und

dann brauchte mein Dad noch Hilfe. Es sollte nicht falsch bei dir rüberkommen.«

»Okay.«

»Was ist eben passiert? Willst du darüber reden?«

»Ich hatte ein Meeting wegen der Tour. Die Termine stehen fest, und wir hatten eine Besprechung zu den Marketingmaßnahmen.«

»Das ist doch etwas Gutes?«

Ich nippe an meinem Kakao, hauptsächlich, um Ivy auch dazu zu bringen, etwas zu trinken, aber sie wirkt wieder weit weg mit ihren Gedanken. Der Kakao steht verlassen auf dem Couchtisch.

»Ist es«, wispert sie. »Aber ich soll ein Konzert in Montana geben. Obwohl ich das eigentlich abgelehnt hatte.«

Ich runzle die Stirn. »Wieso?«

Eine Träne löst sich und läuft ihr über die Wange.

Ich erkenne die Zerrissenheit. Sehe den Wunsch, mir das *Wieso* zu erzählen, und gleichzeitig das Bedürfnis, nicht zu antworten.

»Du musst es mir nicht erzählen, wenn du nicht willst«, erwidere ich, um es ihr leichter zu machen. »Wir können auch einfach hier sitzen und in Ruhe unseren Kakao genießen. Oder wir reden über das Wetter oder die neuste Niederlage der Yankees. Oh, oder ich kann Musik anmachen, wenn du alles raustanzen willst.«

Ivy lacht schluchzend. »Du bist süß.«

»Ich versuche es.« Mein Mundwinkel zuckt. »Ich habe schließlich nicht jeden Tag Ivy Cohen zu Gast.«

»Peters. Ich heiße Ivy Peters.« Ihre Worte sind nichts als ein Flüstern, und doch gehen sie tief, weil ich den Schmerz darin hören kann.

»Ivy … Peters?«, frage ich irritiert.

»Das ist mein richtiger Name. Mein Vor-New-York-Name.«

Für einen Moment fehlen mir die Worte. Bei all meinen Rechercheversuchen und bei allen Spekulationen im Internet ist nie jemand auf die Idee gekommen, dass sie einen Künstlernamen haben könnte. Wieso hat das nie jemand in Erwägung gezogen?

Und *ich* kenne nun die Wahrheit.

Dieser Nachname könnte meinen Artikel so viel besser machen, wenn ich ihre wahre Identität aufdecke und vielleicht sogar noch Informationen zu ihrer Familie finde. Ich hätte das Bonusgeld sicher. Es könnte schon morgen auf meinem Konto landen.

Sofort überfällt mich Selbstekel.

Was tue ich hier? Wann bin ich zu so einer Person geworden? Wie kann ich gerade überhaupt an etwas Banales wie Geld denken, wenn Ivy völlig aufgelöst vor mir sitzt?

»Ivy Peters also«, flüstere ich.

»Aus einem Trailerpark in Montana.«

»Willst du deswegen nicht in Montana auftreten? Weil du von dort kommst?«

Ivy spielt mit ihrem Ärmelsaum, ehe sie nickt. »Sie zwingen mich, dort ein Konzert zu geben, obwohl ich mir geschworen habe, nie wieder dorthin zurückzugehen. Nie, nie wieder.«

»Aber können sie dich denn überhaupt dazu zwingen?«

»Ich habe einen Vertrag unterschrieben … ich habe ihn einfach nicht so genau gelesen oder nicht verstanden. Ich weiß auch nicht. Wenn ein Label wie Sony dich unter Vertrag nimmt und mit dir eine große Tour plant, dann zögert man nicht lange. Und jetzt komme ich aus der Nummer nicht mehr raus, ohne Vertragsbruch zu begehen und vielleicht alles zu riskieren, was ich mir gerade aufgebaut habe.« Gequält sieht sie zu mir. »Diese Musikkarriere ist mein Traum, Milo. Ich darf sie mir nicht verspielen, nachdem das Leben mir endlich ein wenig Glück geschenkt hat.«

Nun laufen ungehindert Tränen über ihre Wangen. Sie sieht mich an mit ihren großen Augen, und doch denke ich, dass sie mich gar nicht richtig wahrnimmt. Versunken in ihre Gedanken und ihr Leid, das aus ihr herausbricht.

Sie schluchzt auf, ihre Hand wandert zu ihrem Hals, während sie nach Luft ringt.

Sämtliche Gedanken an meinen Artikel lösen sich in Luft auf, auch wenn ich mir sicher bin, dass das hier die Wurzel ihrer Texte ist. *Das* ist der Schmerz, über den ganz New York spekuliert und über den sich alle ein Urteil erlauben. Er springt mich an und zerfetzt meine Artikelüberschriften in klitzekleine Teile, bis nur noch Hilflosigkeit übrig bleibt, weil ich nichts tun kann, um ihr den Schmerz zu nehmen. Ich kann nur versuchen, für sie da zu sein. Selbst dann, wenn ich noch nicht alle Zusammenhänge verstehe.

»Es wird alles gut«, sage ich ruhig.

Aber Ivy schüttelt nur den Kopf. Ihr Schluchzen wird heftiger. »Nichts wird gut, wenn ich wieder dorthin muss.«

Ich drücke ihre Hand, um ihr zu zeigen, dass ich da bin und zuhöre, sie aber auch nicht weitersprechen muss, wenn sie nicht will.

»Ich kann meine Mom nicht treffen … oder Garrett. Ich will nicht mal in ihrer Nähe sein. Es ist zu viel. Das schaffe ich nicht.«

»Wer ist Garrett?«

Ivys Augen sind gerötet und die Lippen geschwollen. Trotzdem sieht sie noch wunderschön aus. Wie ein gefallener Engel.

»Mein Stiefvater.«

»Was ist mit deinem leiblichen Vater?«

»Das war irgendein One-Night-Stand meiner Mutter. Sie war noch auf der Highschool und hat sich gerne auf Collegepartys geschlichen. Sie war gerade erst sechzehn, als sie mich bekommen hat. Alleinerziehend und das Gesprächsthema der

Stadt. Wir haben zu zweit in dem Trailer gelebt, bis sie Garrett kennengelernt hat.«

Die Art, wie sie seinen Namen ausspricht, verursacht mir eine ausgewachsene Gänsehaut.

»Was hat er dir angetan?« Die Frage ist gar nicht, *ob*, sondern, *was*. Ihre Mimik spricht Bände.

»Ich … ich war zehn, als er bei uns eingezogen ist. Er hat mich zur Seite genommen und mir gesagt, dass er jetzt für immer für meine Mom und mich da sein wird, und ich war so dankbar. Insgeheim hatte ich mir immer einen Dad gewünscht, und er war die perfekte Besetzung dafür. Wir haben im Garten Baseball und Verstecken gespielt. Wenn er Mom Blumen oder Schokolade gekauft hat, hatte er immer auch etwas für mich. Er hat mich immer miteinbezogen und dafür gesorgt, dass wir ganz viele Vater-Tochter-Momente hatten. Ich fühlte mich sicher und geliebt.« Sie schluckt hörbar. »Es hat mir gefallen, wie viel Zuwendung ich von ihm bekommen habe.«

»Welches Kind wünscht sich das nicht?«, frage ich leise, weil ich den Funken Schuld in ihrer Stimme hören kann. Als wäre der Wunsch nach Anerkennung und Liebe etwas Falsches gewesen, obwohl es in der Natur der Sache liegt.

»Ich habe diese Momente mit ihm so sehr genossen, weil ich nicht viele Menschen in meinem Leben hatte. Nicht viele Freunde. Manchmal war ich richtig froh, wenn Mom arbeiten gehen musste und wir dann den Trailer für uns hatten. Es gab dann so kleine Rituale. Zum Beispiel Popcorn mit Sprühkäse und Disneyfilme. Oder wir haben stundenlang zusammen im Bett gekuschelt. Ich habe mir nichts dabei gedacht.«

Eine einsame Träne rollt ihr über die Wange, und sie schreit mich förmlich an. Sie pflanzt Bilder in meinen Kopf. Bilder von einem kleinen Mädchen, das geliebt werden wollte, und einem erwachsenen Mann, der das ausgenutzt hat. Sie muss es gar nicht aussprechen, denn ich sehe es in ihren Augen. Höre es in dem sich verändernden Tonfall ihrer Stimme. Das ist es: das Geheimnis, nach dem alle lechzen.

»Erst als ich älter wurde, habe ich gemerkt, dass die Dinge, die Garrett gemacht hat, nicht so normal waren, wie ich früher dachte. Ich habe es erst gemerkt, als er sich verändert hat und ich angefangen habe, mich in Garretts Nähe nicht mehr wohlzufühlen. Er war nach wie vor nett und großzügig, er hat mir gesagt, dass er mich lieb hat. Aber er hat es mit diesem Blick gesagt. Er meinte dann immer, dass ich nun zur Frau werde und ich die Männer um den Finger wickeln könnte, wenn ich wollte.«

Galle kriecht mir die Kehle hinauf, allein bei der Vorstellung von diesem lüsternen Mann, der sich an seiner Stieftochter aufgeilt.

»Irgendwann habe ich angefangen, Garrett aus dem Weg zu gehen. Stundenlang habe ich in den Feldern von Belgrade gesessen, dort Songs geschrieben und alle meine Gedanken in die Texte gepackt. Aber Garrett hat immer wieder Möglichkeiten gefunden, um mit mir allein zu sein. Er hat mich zum Beispiel von der Schule abgeholt, damit ich nicht den Bus nehmen musste, oder hat eine Schicht getauscht, damit er unverhofft zu Hause war. Ihn von mir fernzuhalten, war schlicht unmöglich.«

Ivys Augen werden kurz glasig. Ich nehme einen Schluck Kakao, wieder, um sie dazu zu animieren, auch etwas zu trinken, aber sie wirkt sehr weit weg. Montana-weit-weg.

»Dann kam ein neuer Klassenkamerad an unsere Schule. Travis war der erste Junge, für den ich mich wirklich interessiert habe. Er war Keyboarder und wollte eine Band gründen, und ich sollte die Gitarristin und Sängerin sein. Wir haben uns nach der Schule getroffen und in der Garage von Travis' Mom geprobt. Meiner Mom und Garrett habe ich erzählt, dass ich einen kleinen Nebenjob angenommen hätte, und so waren

Travis und die Band sechs Monate mein kleines Geheimnis. Travis war der erste Junge, den ich geküsst habe, der erste, mit dem ich Sex hatte, und es war zum ersten Mal so, als hätte ich ein ganz normales Leben. Mit Freunden und einem Freund und Hobbys. Weit weg von meiner Familie und dem Trailerpark. Aber Garrett hat irgendwann herausgefunden, dass ich mich mit Travis treffe, und wollte es mir verbieten.«

»War er eifersüchtig?«

»Sehr. Er hat mich gegen die Wand gepresst und mir gesagt, dass ich die Band und Travis verlassen werde, weil er sonst jedem erzählen würde, dass ich versucht hätte, meinen Stiefvater mit meinen knappen Outfits zu verführen. Ein Teil von mir wusste, dass Garrett sich damit nur selber in die Scheiße reiten würde, aber ich hatte trotzdem Angst. Immerhin hatte ich mich nie richtig gegen Garrett gewehrt, ich hatte nie *Nein* gesagt. Und ich hatte so oft mitbekommen, wie Mom auf offener Straße für ihre Schwangerschaft verurteilt wurde. *Schlampe. Hure. Macht für jeden die Beine breit.* Jeder hätte doch sofort geglaubt, dass ich bin wie sie. Also habe ich getan, was Garrett gesagt hat, und habe Travis und die Band verlassen.«

»Wie alt warst du da?«, frage ich.

»Siebzehn. Es war das erste Mal, dass ich darüber nachgedacht habe, aus Belgrade abzuhauen. Einfach raus aus der Stadt, raus aus Montana – weg von allem und neu anfangen. Aber ich hatte kein Geld, und Garrett fing an, mich zu kontrollieren. Nachdem ich einmal auf seine Drohungen eingegangen war, hatte er mich in der Hand.«

Die Wut, die mich in diesem Moment überkommt, fühlt sich schmerzvoll und ungesund an.

»Was hat dieses Schwein getan?«

»Er hat versucht, mir nah zu sein. Auf einem ganz neuen Level. Hat mich einfach im Vorbeigehen begrabscht oder mir in unbemerkten Situationen widerliche Dinge ins Ohr geflüstert. Er hat mir gesagt, dass ich seine große Liebe bin.«

»Gott. Und deine Mom wusste von alldem nichts?«

»Ein paarmal hatte ich vor, ihr alles zu sagen, aber ich konnte es nicht. Das Verhältnis von Mom und mir war angespannt, vermutlich lag es sogar an mir. Weil ich mich so schuldig gefühlt habe, bei allem, was hinter ihrem Rücken ablief. Ich hatte Angst vor ihrer Reaktion.«

»Aber du hast es irgendwann rausgeschafft, richtig? Du bist immerhin jetzt in New York.«

»Nach meinem Schulabschluss wollte ich eigentlich Musik studieren, aber ich hatte nicht das nötige Geld dafür. Ich habe dann angefangen, in einem Callcenter zu jobben. Es war ein richtiger Drecksladen, und ich habe die Arbeit gehasst, aber so konnte ich Geld sparen. Kurz vor meinem zwanzigsten Geburtstag habe ich nachts meine Sachen gepackt. Nur meine Gitarre und einen Seesack. Mehr brauchte ich nicht. Ich habe Mom einen Brief geschrieben und wollte abhauen. Aber Garrett hat mich erwischt.« Sie lacht bitter. »Da war dieser Ausdruck von blanker Panik in seinem Gesicht, als ihm klar wurde, dass ich vorhatte, ihn zu verlassen. Er hat mich gegen einen Küchenschrank gedrückt und mich gewürgt und mir gesagt, dass er es nicht ertragen würde, ohne mich zu leben. Es klang wie eine weitere Drohung. Wie ein Versprechen. Also habe ich das Erste getan, was mir einfiel.«

Ivys Unterlippe zittert, ihre Hände spielen mit einem meiner Kissen. Dann schluckt sie hörbar.

»Ich habe nach einem Messer auf der Küchenzeile gegriffen und es ihm ohne zu zögern in den Arm gerammt. Einfach so, als wäre sein Fleisch ein Stück Butter.«

Sie wird bleich, ihre geröteten Augen treten ein wenig mehr hervor.

»Er ist getaumelt und hat mich losgelassen, aber ich konnte mich trotzdem nicht rühren. Da war so viel Blut. Ich war wie gefangen von dem Anblick, während ich realisiert habe, was ich getan hatte. Obwohl ich aus Notwehr gehandelt habe, war ich so voller Angst und Ekel vor mir selbst. Und dann kam Mom aus dem Schlafzimmer gerannt. Sie ist von dem Krach wach geworden, hat den blutenden Garrett gesehen und hat geweint und mich angeschrien, wie ich das tun konnte. Das war mein Weckruf. Also habe ich ihr alles an den Kopf geworfen, was in den zehn Jahren passiert ist und was sie nicht gesehen hat oder nicht sehen wollte. Ich hatte wirklich die Hoffnung, dass sie mich verstehen und mir verzeihen würde – dass sie zusammen mit mir abhaut und Garrett anzeigt.«

»Aber so kam es nicht?«

Ivy schüttelt den Kopf.

»Garrett hat ihr mit schmerzverzerrtem Gesicht zugeflüstert, dass er immer nur eine Familie haben wollte, und meine Mom hat geweint und betont, dass sie ihn liebt und nicht ohne ihn leben kann. Es war, als hätte sie das Messer genommen und es mir ins Herz gerammt. Ich habe sie angeschrien, ihr gesagt, dass ich nicht bleiben kann und sie die Wahl hat: er oder ich. Und sie hat ihn gewählt. Den Mann, der mir meine Jugend geklaut hat. Den Mann, der mich missbraucht hat. Sie hat ihn gewählt, weil sie es einfach nicht wahrhaben wollte. Vielleicht nicht konnte. Sie hat nur seine guten Seiten gesehen und die Schatten, die mit seinem Blut auf den Boden flossen, einfach ignoriert. Als wären die Würgemale an meinem Hals ohne sein Zutun entstanden. Sie ist ins Schlafzimmer gelaufen, um ihr Handy zu holen und 911 zu wählen. Garrett hat mir zugeraunt, dass es noch nicht zu spät sei, um wieder eine Familie zu werden. Da bin ich erst richtig in Panik geraten.«

Sie schluckt hörbar, während mein Mund ganz trocken ist. Die Süße des Kakaos auf meiner Zunge schmeckt absolut unpassend.

»Ich habe nur gedacht, dass ich für immer wegmuss und dass er mir nicht folgen darf. Also habe ich seinen Baseballschläger genommen und die Windschutzscheibe von seinem Auto zertrümmert. Schlag für Schlag habe ich alles zerschmettert. Und dann bin ich abgehauen. Bin gelaufen, so schnell ich konnte, raus aus dem Trailerpark, und in den nächsten Bus gestiegen, ohne auf die Schilder zu achten. Ich wollte einfach nur möglichst viel Distanz zwischen meine Mom, Garrett und mich bringen.«

Unvermittelt nehme ich wieder ihre Hände.

»Es war hart. Noch nie habe ich mich so einsam gefühlt wie in diesem Moment, und dabei war ich die Einsamkeit gewöhnt. Garrett hatte immerhin dafür gesorgt, dass ich am liebsten für mich war. Dass mir alles genommen wurde, was mir irgendwie ein kleines Gefühl von Glück vermittelt hat. Und da wusste ich, dass ich es mir zurückholen würde. Schließlich bin ich an den Ort gefahren, an den ich immer reisen wollte: nach New York. Ich habe mir hier ein neues Leben aufgebaut, habe es geschafft, mit meiner Musik Geld zu verdienen. Ich schaffe es, aus der schlimmsten Zeit meines Lebens etwas Schönes zu machen. Wenn ich auf der Bühne stehe und die Lieder singe, die ich damals geschrieben habe, dann fühle ich, wie ich daran wachse. Und es fühlt sich so verdammt gut an, wieder mehr Zugang zu mir selbst zu bekommen. Zu leben.« Plötzlich sind da wieder Tränen. »Aber wenn ich für die Tour zurück nach Montana muss … wenn ich dort auftrete … dann ist es, als wäre mein neugewonnenes Glück reine Einbildung gewesen, und ich habe Angst. Ich habe Angst, dass dann alles wieder über mich hereinbricht.«

Tränen laufen über Ivys Wangen, es tut mir weh, sie so zu sehen.

»Es würde mich unendlich viel Kraft kosten, dieses Konzert zu spielen. Aber wenn ich aus Angst meinen Vertrag breche und damit meine Musikkarriere gefährde, hat Garrett mir wieder etwas genommen.« Sie blinzelt traurig. »Dann gewinnt er am Ende doch.«

KAPITEL 30

TIME FOR DECISIONS

Milo

Fünf Jahre lang habe ich meiner Mutter bei ihrem Verfall zugesehen und mich auf ihren Tod vorbereitet – und war trotzdem nicht gefasst auf den Moment, in dem ich sie endgültig verloren habe. Die Leute haben mir danach gesagt, wie stark ich sei und dass ich der Trauer strotzen könnte. Jetzt sitze ich jedoch längst in der Grube, die mein Dad und ich geschaufelt haben, und die Erde, die wir dabei mitgerissen haben, könnte nun Unschuldige begraben. Ivy wäre ein Kollateralschaden meiner eigenen Dramen, obwohl sie so viel durchgemacht hat. Obwohl sie so sehr dafür gekämpft hat, sich von ihrer unglücklichen Jugend zu befreien.

Es ist nicht fair.

Irgendwann kommt Ivy zur Ruhe. Die Panikattacke und die Reise in die Vergangenheit haben sie komplett ausgelaugt, und nun ruht ihr Kopf auf einem Kissen. Meine Hände vergraben sich in ihren perfekten, langen Pfirsichduft-Haaren. Der Geruch hat mich von Anfang an berührt, doch nun flüstert er mir zu, dass ich diese Frau beschützen muss. Vor ihrem Schmerz, vor ihren Dämonen.

Vor mir und diesem Auftrag.

Nach allem, was sie erlebt hat, verdient Ivy es, dass ihre Grenzen beachtet und ihre Ängste ernst genommen werden. Sie hat ein Recht auf ihre Geheimnisse. Ein Recht auf Privatsphäre.

Den tiefen Atemzügen nach zu urteilen, ist sie eingeschlafen. Eine Haarsträhne liegt ihr im Gesicht, und ich streiche sie vorsichtig zur Seite. Auf ihren Wangen schimmern noch die Spuren ihrer Tränen, auch wenn ihre Gesichtszüge sich nun entspannt haben.

»Ich verspreche dir, dass wir eine Lösung finden«, flüstere ich und meine damit so viel mehr als das Konzert in Montana.

Es ist später Nachmittag, ich kann gleich jetzt eine Entscheidung treffen und das Richtige tun. Kurzerhand stehe ich auf, nehme einen meiner Notizblöcke vom Schreibtisch und hinterlasse Ivy eine Nachricht, dass ich uns etwas zu essen hole und gleich wieder da bin. Dann verlasse ich die Wohnung, steige auf mein Motorrad und fahre los.

In der Redaktion von *Current Flash* ist kaum noch Betrieb, und ich bin froh, niemanden im Großraumbüro anzutreffen, weil mir nicht der Sinn nach Small Talk steht. Ich will nur einfach das tun, was ich tun muss und vor dem ich trotzdem Angst habe. Mein Dad und Jaxon erscheinen vor meinem inneren Auge und wollen mich aufhalten, trotzdem gehe ich weiter. Trotzdem bin ich fest entschlossen, denn das Bild von Ivy ist genauso stark. Schon seit Tagen, vielleicht sogar von Beginn an, weiß ich, dass ich das hier nicht durchziehen kann. Jetzt habe ich absolute Gewissheit, dass es falsch ist, Ivys Familientragödie für eine Story auszuschlachten.

Schluss mit Missbrauch. Schluss mit Leuten, die es nicht ernst mit ihr meinen und sie hintergehen. Es muss aufhören.

Steven sitzt mit einer Schachtel Donuts an seinem Schreibtisch und schaut auf seinen Bildschirm.

»Milo«, entfährt es ihm. »Mit dir habe ich heute nicht mehr gerechnet.«

»Ich wollte mit dir reden.«

Seine Augen blitzen erwartungsvoll auf. »Präsentierst du mir jetzt unseren kleinen Artikel?«

»Nein.«

Jeder Schritt, den ich zu seinem Schreibtisch gehe, gleicht einer Wanderung über eine schwankende Brücke, die über einen Abgrund führt. Ich habe das Gefühl, gleich in Ohnmacht zu fallen und in die Tiefe zu stürzen.

»Es wird keinen Artikel geben.«

Lieber sage ich es geradeheraus, anstatt mich vor dem Unvermeidlichen zu drücken.

Das Funkeln in Stevens Augen erlischt. Verwirrt sieht er mich an. »Keine Reportage? Was willst du damit sagen?«

»Ich mache das nicht mehr. Schluss mit diesem Auftrag.«

»Aber wir hatten eine Abmachung. Der Entwurf für den Artikel steht doch bereits.«

Am liebsten würde ich seinem forschen Blick ausweichen, aber ich tue es nicht. Er wird meine Entscheidung eher akzeptieren, wenn ich selbstbewusst und klar auftrete.

»Dieser Artikel wird nicht veröffentlicht.«

Steven schnaubt verächtlich. »Dir ist klar, dass ich dir mit diesem Auftrag großes Vertrauen entgegengebracht habe. Nicht jeder bekommt in seinem ersten Jahr so eine Chance, und ganz gewiss bekommt nicht jeder die Zusicherung einer so hohen Summe. Willst du das wirklich aufs Spiel setzen?«

Mein Magen rumort.

»Du hast mir doch bei unserem Vorstellungsgespräch gesagt, wie sehr du Journalist werden willst. Was ist nun damit? War das alles nur Gerede?«

»Das war ernst gemeint. Aber das ist nicht die Art von Journalismus, die ich mir vorgestellt habe.«

Plötzlich lacht Steven. »Ich hätte dich nicht für so naiv gehalten, Milo. Denkst du, die Zeitungen da draußen warten auf dich? Es gibt unzählige eifrige Nachwuchsjournalisten, die die ganz große Karriere anstreben. Die erreicht man aber nur, wenn man sich vorher den Arsch aufreißt.«

»Ich kann und werde Ivy aber nicht weiter ausspionieren«, erwidere ich trotzig.

Steven sieht mich nachdenklich an. »Du bist verliebt in sie. Darum geht es hier, oder?«

Ich erwidere nichts darauf, auch wenn ich im Innern spüre, dass es die Wahrheit ist. Ich bin verliebt in Ivy. *Verliebt*, verdammt. Das war ich bei unserem gemeinsamen Tanz, bei unserem Kuss. Das war ich, als ich ihr Seufzen an meinem Ohr gehört habe und mich ihr ganz hingeben wollte. Vielleicht war ich es schon nach unserer Flucht auf dem Motorrad, als ich den Teil von Ivy gesehen habe, den sonst nie jemand zu Gesicht bekommt und der mich an mich selbst erinnert hat.

Aber diese Entscheidung beruht auf viel mehr als auf Schmetterlingen im Bauch. Ich verspüre ein tiefes inneres Bedürfnis, für Ivy da zu sein.

»Du vermasselst diese Chance wegen irgendeiner beliebigen Sängerin, die bald auf Tour geht und dann eh nicht mehr weiß, wie du heißt?«

Die Aussage schmerzt mehr, als ich es zugeben möchte. Der Gedanke, was passiert, wenn Ivys Berühmtheit weiter zunimmt, und die Frage, ob unsere Verbindung dem standhalten kann, sind nicht neu. Aber wenn die Krankheit meiner Mom mich eins gelehrt hat, dann, nichts zu zerdenken, sondern einfach zu leben. Mit allen Höhen und Tiefen.

»Ich mache das nicht, weil ich Gefühle für Ivy habe, sondern weil es das Richtige ist«, gebe ich zurück. »Ich bleibe bei meiner Entscheidung und cancele den Auftrag.«

Steven steht auf, sein ganzer Körper bebt bedrohlich.

»Dann kannst du deine Sachen packen und gehen. Denn ich brauche nur Leute, auf die ich mich verlassen kann.«

Auch wenn ich innerlich auf so eine Reaktion vorbereitet

war, treffen mich seine Worte dennoch mit voller Härte. Keine Ahnung, was ich ohne diesen Job machen soll. Oder was das für Dad und mich bedeutet. Aber das alles schiebe ich erst mal zur Seite.

»Damit werde ich leben müssen.«

»Dann ist das hiermit deine Kündigung.« Steven deutet zur Tür. »In zehn Minuten bist du verschwunden, klar?«

Ich stapfe zur Tür, die noch immer offen steht. Dahinter ist mein Arbeitsplatz, den ich zwar von Anfang an gehasst habe, den ich aber nun doch mit Wehmut verlasse. Immerhin war das hier ein erster Schritt, um meine Träume zu verwirklichen. Es war keine richtige Sprungschanze, aber möglicherweise hätte es das werden können.

Vielleicht werde ich nun nirgends mehr als Journalist eingestellt. Immerhin haben mir die Monate nach meinem Studium genau das gezeigt, was Steven mir gerade prophezeit hat: Keine Redaktion der Welt wartet auf mich.

Ich gehe zu meinem Schreibtisch und packe die wenigen privaten Utensilien zusammen, die ich im Büro gelagert habe. Ein Notizblock, ein Foto meiner Eltern, eine alberne Wackelkopffigur, die mir zu meinem Einstand hier geschenkt wurde. Die Pflanze, die ich hergebracht habe, weil sie bei mir im Apartment fast eingegangen ist, stelle ich Priya auf den Schreibtisch.

Steven steht in seiner Bürotür und sieht mir dabei zu. »Du wirst dich in ein paar Monaten an meine Worte erinnern und diesen Tag bereuen«, donnert er mir entgegen. »Sie wird dich fallen lassen, wenn sie es zum jetzigen Zeitpunkt überhaupt ernst mit dir meint. Und es wird trotzdem eine Story geben – so oder so. Ich finde schon jemanden, der die Aufgabe übernimmt. Die Leute hier werden Schlange stehen für so eine Chance.«

»Viel Erfolg dabei«, erwidere ich knapp.

Dann drehe ich mich um und gehe Richtung Aufzug. Erleichterung fließt durch meine Adern und kämpft gegen die Wehmut und die Angst an. Ich bin frei. Frei von Lügen, frei von dem quälenden, schlechten Gewissen der letzten Wochen.

Es ist ein gutes Gefühl.

KAPITEL 31

WHAT THE ORACLE SAYS

Ivy

Mein Körper fühlt sich einen Moment lang so an, als wäre ich von einem Lkw überrollt worden. Mein Kopf hämmert, und jeder Muskel ist schwer, obwohl ich mich auf Milos weicher Couch befinde. Die Sonne steht tief am Himmel und taucht sein Apartment in ein gemütliches goldenes Licht.

Vorsichtig richte ich mich auf. Auf dem Couchtisch vor mir steht ein Glas Wasser, direkt daneben liegt ein Zettel von Milo, der offenbar gerade Essen besorgt. Ich bin froh darum, denn mein erschöpfter Körper braucht dringend etwas. Bis auf einen Apfel und eine Banane heute Morgen habe ich tatsächlich noch nichts gegessen.

Auch wenn es mich Überwindung kostet aufzustehen, schlurfe ich ins Badezimmer, um mir kaltes Wasser ins Gesicht zu spritzen und mein verschmiertes Augen-Make-up zu entfernen. Am liebsten würde ich sämtliche Spuren dieses Tages wegwischen. Jede Erinnerung, jeden Gedanken, jede Entscheidung, die noch im Raum steht. Ich werde mich zwangsläufig mit meinem Vertrag und der Tour auseinandersetzen müssen, aber heute habe ich einfach keine Kraft mehr dafür.

»Ivy?« Die Wohnungstür fällt ins Schloss.

»Ich bin im Bad.«

Ein letzter, prüfender Blick in den Spiegel zeigt mir, dass ich jetzt ein wenig vorzeigbarer aussehe. Also kehre ich zurück in den Wohnbereich, wo Milo gerade eine Tüte von *Dim Sum Palace* abstellt.

»Ich hatte schon befürchtet, du wärst gegangen, aber ich bin echt froh, dass es nicht so ist.«

Noch nie habe ich ihn so befreit lächeln gesehen. Seine Wangen sind ein wenig gerötet und verleihen ihm zusätzlich Lebendigkeit.

»Geht es dir ein bisschen besser?«, fragt er.

»Ja, ich bin nur etwas gerädert.«

»Kein Wunder, nach dem ganzen Stress. Ich habe gedacht, du hast bestimmt Hunger, deswegen habe ich uns etwas vom Chinesen geholt. Falls du etwas herunterbekommst?«

»Was gibt es denn?«

»Von allem ein bisschen, weil ich nicht wusste, was du am liebsten magst.« Milo fischt die einzelnen Packungen aus der Tüte. »Wir haben Fried Wonton, Sesame Cold Noodles, Dim Sum, General Tao's Chicken, Fried Rice … und natürlich die.« Er hält zwei Glückskekse hoch. »Zum Nachtisch.«

»Das klingt alles ziemlich fantastisch.«

»Dann von allem ein bisschen, kommt sofort.«

Milo holt zwei Teller aus seinem Schrank und verteilt von jedem Gericht etwas darauf. Danach essen wir ganz unkonventionell auf dem Teppichboden, mit dem Couchtisch als Ablagefläche und den Sofapolstern als Rückenlehne. Es ist genau die Art von Gemütlichkeit, die ich nach diesem grässlichen Vormittag brauche. Fast schon habe ich befürchtet, Milo könnte mich nach allem, was er gehört hat, nun wie ein rohes Ei behandeln, daher ist es umso schöner, wie herrlich normal sich das Essen anfühlt. Wir machen uns sogar einen Spaß daraus, jedes Gericht in drei Kategorien einzuteilen: Aussehen, Konsistenz und Geschmack. Am Ende einigen wir uns darauf, dass das General Tao's Chicken unser Favorit ist.

Milo wedelt mit den Glückskeksen. »Die dürfen wir bei unserem Ranking aber nicht vergessen.«

»Du zuerst«, sage ich.

Milo bricht seinen Keks auseinander und holt das kleine Papierchen heraus.

»Der Baum wünscht Ruhe, aber der Wind hört nicht auf«, liest er vor. »Was soll *das* denn heißen?«

Ich lache leise. »Keine Ahnung. Dass ich dich mit meiner Anwesenheit nerve?«

»Woher sollte der Glückskeks das denn wissen?«

»Die sind allwissend. Wie ein Orakel.«

»Nun, dann muss der Keks irgendeine Funktionsstörung haben.« Da ist wieder dieses umwerfende Lächeln. »Weil ich dich gerne hier habe, Peach.«

Ich kann nicht anders, als zurückzulächeln. »Das ist schön zu hören.«

»Und es tut mir leid, wenn ich dir in den letzten Tagen das Gefühl vermittelt habe, dass unser Abend im *Serpent* mir nichts bedeutet hätte«, spricht er weiter, und ich bin froh, dass ich sitze, denn ich habe das Gefühl, dass meine Knie weich werden.

»Dann hat dir unser Kuss etwas bedeutet?« Nach allem, was in den letzten Tagen und Stunden passiert ist, muss ich es genau wissen.

Milo rückt ein wenig näher, legt seine Hand auf meine Wange, und sein Daumen streichelt ganz leicht darüber. »Jeder Moment mit dir hat mir etwas bedeutet. Mehr, als ich es am Anfang zugeben wollte.«

Mein Herz hat das Kommando übernommen und pocht erwartungsvoll in meiner Brust, während ich Milos Worte höre. Während ich daran denke, ihn zu küssen.

»Dann ist das hier nicht nur ein kleiner Flirt?«

Milos Blick verursacht mir eine Gänsehaut, so intensiv sieht er mich an. Er wirkt fast schon ehrfürchtig vor seinen eigenen Gefühlen.

»Für mich nicht«, sagt er mit belegter Stimme. »Ich will an deiner Seite sein. Egal, was kommt.« Er nimmt meine Hand. »Egal, ob auf dem Konzert in Montana oder wie es mit deiner Karriere weitergeht – ich bin für dich da. Wenn du es willst.«

»Ich will es.«

Der Kuss, den ich ihm gebe, ist nur gehaucht. Nur ein Versprechen an uns beide, dass wir füreinander da sind. Aber er ist in diesem Moment alles für mich, weil er bedeutet, mich meiner Vergangenheit nicht allein stellen zu müssen.

Milo lächelt, als er sich von mir löst. Dann deutet er auf meinen Glückskeks. »Jetzt du.«

Ich öffne ihn und ziehe das Papier hervor.

»Das ist jetzt nicht wahr, oder?« Ich zeige Milo den Zettel.

»Wende dein Gesicht der Sonne zu, dann fallen die Schatten hinter dich«, liest er vor.

»Selbst der Keks weiß von der Dunkelheit, die mich verfolgt.«

»Es ist ja auch ein Orakel«, erinnert er mich. »Aber es will dir nicht sagen, dass dich Dunkelheit verfolgt, sondern dass das Licht direkt vor dir liegt. Das ist ein Unterschied.«

»Hm. Aber meint er damit die Tour? Soll ich mich der Angst vor Montana stellen?«

»Keine Ahnung, ich kann ja nicht für den Keks sprechen. *Ich* bin ja nicht allwissend.«

»Jetzt ziehst du mich auf.«

»Ein bisschen vielleicht.«

Ich lasse mich gegen das Sofa fallen und sehe zu dem Fenster, hinter dem die Sonne nun endgültig verschwindet. »Hast du dich schon mal gefragt, ob man Glück lernen kann?«

Milo lehnt sich ebenfalls zurück. »Dafür müsste man sich erst mal fragen, was Glück ist, oder? Und ich denke, dass das jeder anders definiert.«

»Gibt es da wirklich unterschiedliche Definitionen?«

»Ich denke schon. Für den einen sind es schicksalhafte Fügungen. Der gefundene Geldschein, eine unverhofft schöne Begegnung. Und ich glaube nicht, dass man lernen kann, so etwas herbeizuführen.«

»Früher dachte ich das«, gebe ich zu. »In Montana habe ich gedacht, dass das Glück irgendwann kommt und sich alles zum Guten wenden würde. Aber irgendwie scheint es unseren Trailer nicht gefunden zu haben.«

»Aber du hast dich dann aktiv dazu entschieden, dein Glück selbst in die Hand zu nehmen, und bist nach New York gekommen. Vielleicht geht es also nicht darum, Glück zu lernen, sondern zu suchen.«

Aus der Perspektive habe ich es noch nie betrachtet.

»Was ist denn die zweite Definition?«, frage ich.

»Glück im Sinne von glücklich sein. Das wiederum kann man lernen, denke ich.«

»Und wie?«

»Indem man sich selbst treu bleibt, egal, wie sehr äußere Einflüsse einen auch aus der Bahn werfen.« Milo schaut nachdenklich auf seinen Zettel. »Vielleicht meint mein Glückskeks ja das damit …«

»Ist nur manchmal schwer, sich selbst treu zu bleiben, findest du nicht?«

»Schwerer, als man vielleicht denkt.« Es klingt fast schon gequält aus seinem Mund. So sehr, dass ich gewillt bin zu fragen, was ihm gerade durch den Kopf geht, während er seinen Zettel ein- und wieder aufrollt. Aber nach allem, was in den letzten Stunden war, verdienen wir beide vielleicht ein wenig Leichtigkeit.

»Wann bist du am glücklichsten?«, frage ich daher. »Beim Schreiben deines Romans?«

»Irgendwie schon. In meinen Manuskripten ist es leichter

als in der echten Welt. Die Probleme, die dort herrschen, sind nicht meine. Und es gibt ein Happy End, wenn *ich* es will.«

»Auf der Bühne zu stehen, ist *mein* Happy End«, flüstere ich fast, weil diese Aussage sich absolut wahr und gleichzeitig ein wenig befremdlich anfühlt.

Automatisch sehe ich wieder zu meinem Glückskekszettel.

»Kein schlechtes Orakel«, murmle ich. »Denn die Sonne könnte vielleicht das Scheinwerferlicht sein. Und das, was ich dann fühle, die, die ich dann sein kann, befreit sich von dem Schatten, den Garrett verkörpert. Dann gehöre ich wieder ganz mir.«

»Und das kann er dir nicht wieder wegnehmen«, erwidert Milo.

Ich hoffe, dass er recht hat. Ich wünsche es mir.

Mein Kopf sinkt gegen seine Schulter. Eine Weile sitzen wir so da, vertieft in unsere Gedanken und unsere kleine Auszeit, während die Dunkelheit zunimmt und wir unsere Glückskekse essen.

Irgendwann überredet mich Milo dazu, *Citizen Kane* zu gucken, obwohl ich noch nie einen Schwarz-Weiß-Film gesehen habe. Es ist seltsam, zu wissen, dass dieser Streifen bereits vor über achtzig Jahren gedreht wurde, als die Welt noch eine ganz andere war. Aber es passt auch zu diesem Abend, denn er entführt mich in eine wunderbare neue Welt, die mich meine eigene für zwei Stunden vergessen lässt.

Das Einzige, was ich außerhalb dieses Films wahrnehme, ist Milo, dessen Hand ganz nah an meinem Oberschenkel liegt.

Milo, der mit mir eine Decke und Dim Sums teilt. Der mir Schutz bietet und mir verspricht, an meiner Seite zu sein. Und neben allen Gedanken und Sorgen, neben allen Unsicherheiten in Bezug auf Entscheidungen und Zukunftsängste ist es diese Tatsache, die mir Zuversicht schenkt.

In dieser Nacht kann ich mein Gesicht nicht in die Sonne halten, aber ich bin in der Dunkelheit trotzdem nicht alleine.

KAPITEL 32

BY YOUR SIDE

Ivy

Eigentlich verlangt es der gesunde Menschenverstand, einen Vertrag vor dem Unterzeichnen gründlich zu lesen. In einem Internetforum, das ich über eine schnelle Googlesuche finde, wird sogar empfohlen, Verträge aus der Musikbranche anwaltlich prüfen zu lassen, um Knebelverträge zu umgehen. Ich bin mir zumindest nach erneuter Prüfung ziemlich sicher, dass mein Vertrag zur Tour faire Konditionen enthält. Leider scheint er aber auch absolut wasserdicht. Da sind keine juristischen Schlupflöcher, um Trish und Keyla doch noch dazu zu bringen, das Konzert in Montana zu canceln.

Die Vereinbarung ist klar: Ich sichere zu, jede der geplanten Stationen der Tour zu durchlaufen. Keine Ausnahmen. Es sei denn, ich kann doch noch mal mit ihnen sprechen und versuchen, sie umzustimmen. Vielleicht, wenn ich das Gespräch ruhiger angehen lasse und nicht davonstürme. Wenn ich mich erklären würde ... aber dann müsste ich ihnen auch erzählen, was in Montana passiert ist, und bei dem Gedanken läuft es mir eiskalt den Rücken hinunter.

Milo einzuweihen war das eine, mit ihm zu sprechen fällt mir leicht. Aber Milo hat auch keine Entscheidungsmacht über meine Zukunft.

Seufzend lege ich mein iPhone weg, auf dem mein Vertrag abgespeichert ist. Das Rauschen der Dusche dringt zu mir, genau wie Milos leiser, etwas schiefer Gesang. Sein Duft erfüllt das Apartment, er steckt in den Kissen und Decken. Diese ganz eigene Note, die ich schon wahrgenommen habe, als ich hinter ihm auf dem Motorrad gesessen habe, und die Geborgenheit vermittelt.

Ich stehe auf, streife durch den Raum und bleibe vor seinem Regal hängen. Bücher über Bücher stapeln sich darin und auf dem Fußboden davor. Sie sind vergilbt und haben Leserillen und Eselsohren. Für die meisten Buchliebhaber wäre es wohl ein Graus, ihre Schätze so zu sehen, aber ich mag den Anblick. Dadurch wirken die Bücher lebendig, nicht wie eine seelenlose Sammlung, sondern als Teil seines Seins. Als ich ein Buch von Edgar Allan Poe aufschlage, sehe ich Notizen in einer engen Handschrift, die wahrscheinlich Milo an den Rand geschrieben hat.

»Bekomme ich dich also doch noch zum Lesen?«

Ich schrecke auf.

Milo steht nur mit einer Jogginghose bekleidet und mit nassen Haaren im Flur und grinst mich an. Ich habe nicht mal mitbekommen, wie er die Dusche abgedreht hat.

Wasser perlt von seinem Oberkörper und zieht meinen Blick auf sich: auf die feinen Härchen um seinen Bauchnabel, sein Muttermal direkt neben dem Hüftknochen. Die blauen Flecken auf seinen Rippen sind nicht mehr zu sehen.

»Ich warte lieber auf das Meisterwerk von Milo Harrison.«

»Das dauert noch etwas. Ich komme gerade nicht so viel zum Schreiben wie sonst.«

»Wegen mir?«

Er schmunzelt. »Auch.«

»Du kannst dich gerne hinsetzen und schreiben, und ich beschäftige mich in der Zeit.«

Milo kommt ein wenig näher. »Ich kann nicht schreiben, wenn du da bist, Peach. Schreiben ist irgendwie … intim.«

Dieses Wort aus seinem Mund. Mit dieser Wärme in der Stimme.

»Ich finde es jetzt schon intim«, bringe ich hervor. »Wir in dieser Wohnung, ganz allein. Du hast nicht mal ein T-Shirt an. Und wie du mich ansiehst …«

Ich weiß nicht, wie mir geschieht, als Milo sich dicht vor mich stellt. So nah, dass ich jede seiner Wimpern zählen könnte.

»Wie schaue ich denn?«

Ich schlucke. »Als würdest du mich wieder küssen wollen.«

Elektrisierendes Kribbeln fährt durch meinen Körper.

»Vielleicht habe ich wirklich daran gedacht«, gibt er zu.

»Wieso klingt das so, als würde gleich ein *Aber* kommen?«

»Weil ich mir nicht sicher bin, ob es der richtige Zeitpunkt ist. Nach allem, was dich beschäftigt.«

»Es wäre kein Leben, wenn meine Vergangenheit mich daran hindern würde, zu meinen Gefühlen zu stehen.«

Diesmal bin ich es, die sich noch ein wenig auf ihn zubewegt. Ich schlinge meine Arme um seinen Nacken und sehe ihn an.

»Und ich möchte nicht das ganze Wochenende darüber grübeln, was ich in Bezug auf die Tour mache.«

Milos Adamsapfel hüpft.

»Die Frage ist also eher, ob du mich küssen *willst*.«

»Das wollte ich schon bei unserem ersten Aufeinandertreffen, als du mir noch die kalte Schulter gezeigt hast. Was ich dir übrigens immer noch übel nehme«, murmelt er.

Seine Nase streift meine.

»Tut mir echt leid«, erwidere ich mit einem kleinen Grinsen. »Ich mache es wieder gut.«

Ich besiegle dieses Versprechen mit einem Kuss, bei dem ich Milo enger zu mir ziehe. Unsere Zungen necken einander und setzen ein lustvolles Ziehen in mir frei.

In den letzten Wochen gab es so viel Spannung zwischen uns – so viel Lust – und eine Handbremse, die plötzlich nicht mehr zu existieren scheint. Ich spüre kein Zögern. Da sind nur Milo und dieses Pulsieren zwischen uns, das stärker und stärker wird, mit jeder Sekunde, in der wir uns nah sind.

Meine Finger vergraben sich in seinen Haaren, und ich ziehe ihn mit mir, bis wir gegen das Bücherregal stoßen.

Seine Hände gleiten unter mein Shirt, und seine Fingerkuppen fahren über meine nackte Haut. Über meinen Bauch, mein Dekolleté, über meine Brustwarzen, die sich nun deutlich unter meinem BH abzeichnen.

Als er mir mein Oberteil über den Kopf zieht, werden meine Knie weich, während das Pochen in meiner Mitte stärker wird. Und ich will mehr davon. Ich will sehen, wie seine Wangen sich vor Erregung röten, möchte hören, wie er stöhnt, und will der Grund dafür sein. Ich will alles. Das volle Programm.

Aber für einen kurzen Moment, während ich diese Worte denke, bin ich mir des Bücherregals in meinem Rücken sehr bewusst. Milo drängt mich dagegen, und mein Herz macht zwei schnelle Schläge hintereinander. Ich zögere kurz.

Milo merkt es, unterbricht den Kuss und sieht mich vorsichtig an. »Ist alles in Ordnung? Bin ich … zu schnell?«

»Nein«, sage ich sofort, weil es die Wahrheit ist. Es geht nicht um unser Tempo, es geht allein um mich. »Ich will das hier unbedingt. Du glaubst gar nicht, wie gerne ich gerade mit dir schlafen würde.«

Seine Augen blitzen auf. »Aber?«

»Ich habe Schwierigkeiten, die Kontrolle abzugeben.«

Ich schiele zu dem Regal. Hitze schießt in meine Wangen, und ich habe den Drang, seinem Blick auszuweichen. Keinesfalls will ich ihn gerade verunsichern, aber ich kann meine Erlebnisse auch nicht verleugnen. Sie sind da, sie sind präsent, und außer den Erfahrungen mit Garrett, Travis und einem

One-Night-Stand hier in New York – der gar nicht richtig zählt, weil ich ihn in letzter Sekunde abgebrochen habe – bin ich ein recht unbeschriebenes Blatt.

»Wenn ich das Gefühl habe, einer Situation nicht entfliehen zu können, dann blockiere ich irgendwie. Und dann geht es meistens nicht.«

»Das kann ich nachvollziehen.«

Milo rückt sofort ein Stück von mir ab, und obwohl es genau die Geste ist, die ich von ihm erwartet habe und die ich brauche, bin ich enttäuscht. Ich hasse es, diesen Moment zu zerstören und seine Nähe nicht auf diese Weise annehmen zu können.

Er geht noch einen kleinen Schritt zurück, aber Milos Lippen formen sich dabei zu einem ziemlich einnehmenden, etwas verwirrenden Lächeln.

»Ich habe kein Problem damit, dir die Kontrolle zu überlassen«, haucht er beinahe. »Was möchtest du?«

Was möchtest du?

Eine einfache Frage, die so viel bewirkt. Sie lässt meine Begierde auf Milo nur noch wachsen.

»Setz dich aufs Bett«, bitte ich.

Ohne den Blick von mir abzuwenden, geht er rückwärts zu seinem Bett und lässt sich darauf nieder.

Spannung liegt plötzlich wieder in der Luft. Diese verheißungsvolle Frage, was als Nächstes passiert. Ich weiß es auch nicht genau, ich folge einfach meinem Instinkt und setze mich rittlings auf ihn. Sofort spüre ich seine Erektion, die sich gegen seine Hose drückt und gegen meine Mitte reibt.

Ich küsse Milo, um das Feuer, das eben zwischen uns brannte, neu anzufachen, aber es braucht nur diese Nähe zwischen uns, um sofort da anzuknüpfen, wo wir aufgehört haben. Nur dass ich mich diesmal zu einhundert Prozent darauf einlassen kann, jetzt, wo ich weiß, dass ich jederzeit gehen könnte. Als hätten wir mit dieser einen Veränderung meine Vergangenheit vor die Tür geschickt und Platz für die Gegenwart gemacht. Platz zum Loslassen und Genießen.

Ich ziehe meinen BH aus. Zentimeter für Zentimeter rutscht das Stück Stoff von meiner Haut, und Milo scheint jede Bewegung zu verfolgen. Ich beginne, mich unter diesem Blick zu bewegen, reibe mich an seiner Erektion, die unter mir pulsiert, ich will diesen Moment unbedingt auskosten. Dafür ist es viel zu lange her … selten habe ich mich so frei gefühlt.

»Das ist verdammt heiß«, bringt er hervor.

Seine Hände legen sich um meine Taille und verstärken den Druck meiner Bewegungen. So sehr, dass ich mich kurz vergesse. Mein eigenes Stöhnen erfüllt den Raum. Hitze schießt in meinen Körper, meine Wangen.

»Ich … ich will mit dir schlafen«, flüstere ich ihm zu.

»Ich bin ganz dein.«

Wir sehen uns tief in die Augen, spüren die Verbindung zwischen uns. Und dann rutsche ich ein wenig von seinem Schoß, um an seine Hose zu kommen. Milos Erektion drückt sich prall durch den Stoff, der Abdruck ist unverkennbar. Mit den Fingerkuppen gleite ich darüber, bis Milo die Luft einzieht. Ich spiele ein wenig mit meinen Berührungen, ziehe Kreise und genieße die Wirkung, ehe ich ihm die Hose herunterziehe. Seine Boxershorts folgen.

»Hast du ein Kondom?«, frage ich.

»Da drüben im Nachttisch.«

Ich stehe auf und ziehe ebenfalls meine Hose und meinen Slip aus. Milo schluckt erregt, als er den Anblick auskostet.

Nackt, wie ich bin, durchsuche ich die Schublade, komme mit einer Packung zurück, befreie das Kondom und streife es Milo über. Dann setze ich mich wieder auf seinen Schoß.

Milos Hände legen sich erneut auf meine Taille, aber er wartet auf mich. Ich spüre die Hitze seiner Mitte bereits. Vielleicht bin *ich* es aber auch, die in Flammen steht. Mir ist jedenfalls sehr heiß bei dem Gedanken, was ich tun will. Jetzt, hier. Nicht nur mit ihm schlafen, sondern mich fallen lassen, so gut es geht. Ich weiß, dass ich es am besten kann, wenn ich ganz bei mir bin. Wenn ich es auf eine mir vertraute Art mache.

Noch während ich ihn ansehe, beginne ich, meine Brüste zu berühren. Milo sieht mir zu, wie meine Brust perfekt in meine Handfläche passt und wie ich sie leicht knete. Wie ich mit den Brustwarzen spiele. Und dann lasse ich meine Finger tiefer wandern. Über meinen Bauch, zu meinem Venushügel, hin zu meinem Kitzler.

Der pulsierende Drang nach Erlösung zerrt an mir. Mit jeder Berührung, jedem Kuss ist das Verlangen in mir gewachsen, und nun will ich ihm endlich nachgeben. Also beginne ich, mich unter Milos Blicken zu streicheln. Lasse meine Finger in mich hineingleiten und verteile ein wenig meiner Nässe. Meine Klitoris pulsiert, und ich reibe sanft daran. Sofort schießt weitere lustvolle Hitze durch mich hindurch. Ich keuche, werfe meinen Kopf in den Nacken und beginne wieder, mich zu bewegen. Ganz sanft lasse ich mein Becken kreisen und spüre damit nicht nur meine Hände, sondern auch Milos Erektion, die erwartungsvoll zuckt.

Milo stößt ein kleines Fluchen aus. Es lässt mich unwillkürlich ein wenig schmunzeln.

Meine Lider flattern, als ich ihn ansehe. Er sieht so unfassbar schön aus in diesem Moment. Die Wangen gerötet vor Erregung, die Lippen ein wenig feucht, die Haare verwuschelt. Sein Blick voller Begierde.

Noch während wir uns ansehen, lasse ich mich auf ihn sinken. Milos Hände graben sich in meine Taille, während ich ihn vollständig in mir aufnehme. Das Pulsieren breitet sich in meinem gesamten Körper aus, Welle für Welle für Welle. Mit jeder

Bewegung, jeder Sekunde. Aber ich brauche noch mehr. Noch mehr von ihm. Noch mehr von uns.

»Milo«, hauche ich. »Du brauchst dich nicht mehr zurückzuhalten.«

»Bist du sicher?«

Es fehlt nicht mehr viel, um zum Höhepunkt zu gelangen. Es fehlt nur noch dieser eine Funke.

»Ich … will dich«, sage ich.

Milos richtet sich ein wenig auf und verändert den Winkel, plötzlich spüre ich ihn noch viel intensiver in mir. Ich halte mit meinen Bewegungen inne und überlasse ihm das Tempo.

Sein Griff um meine Taille wird ein wenig stärker, aber ohne dabei grob zu sein. Er benutzt genau den richtigen Druck, während er in mich stößt. Schneller, tiefer. Nun füllt er mich vollkommen aus, ist vollkommen eins mit mir.

In meinem Kopf existiert nur noch ein Rauschen, das mit jedem seiner Stöße zunimmt. Alles um mich herum verschwimmt.

Fast alles. Nur Milo bleibt.

Sein leichtes Zittern, sein fester Griff, als er stöhnend zum Höhepunkt kommt und mich mitreißt. Denn allein dieser Klang, dieses Gefühl lässt meine letzte kleine Barriere fallen.

Danach habe ich nur einen Gedanken: So soll es sein. So soll sich Sex anfühlen. *So* ist es, wahre Lust zu spüren.

Es war mir nie klarer als in diesem Augenblick, in dem Milo unter seinem Orgasmus zusammensinkt und er versucht, seine Atmung unter Kontrolle zu bekommen.

Er gibt mir einen Kuss, als wäre ihm die Kostbarkeit dieses Moments ebenso bewusst wie mir.

KAPITEL 33

WHAT NO ONE KNOWS ABOUT YOU

Milo

Ivy liegt noch in meinen Armen, als die Welt vor meinem Fenster längst im Dämmerschlaf versinkt. New York gilt als die Stadt, die niemals schläft, aber hier in Brooklyn gibt es tatsächlich kurze Zeitfenster, in denen man das Gefühl haben kann, ganz allein in dieser großen Stadt zu sein. Gerade ist so ein Moment, in dem meine Welt ganz klein ist. Da sind nur Ivy und ich und diese Nähe zwischen uns, die sich nun noch gefestigter anfühlt.

Meine Fingerkuppeln tänzeln über ihre weiche Haut. Ihre Haare kitzeln mich ein wenig am Arm, aber ich genieße das Gefühl. Keinesfalls soll sie von mir abrücken, ich will es genau so haben, wie es ist.

»Erzähl mir etwas von dir«, sagt sie irgendwann. Ihre Stimme klingt bereits ein wenig schläfrig. »Irgendetwas, was du noch niemandem erzählt hast.«

»Hm. Ich weiß nicht.« Meine ersten Gedanken wandern zu Dad und seinen Problemen, die ich noch nie geteilt habe. Aber ich will nicht über ihn sprechen, das passt jetzt einfach nicht hierher. Außerdem zielte Ivys Frage ja auf mich ab. Auf mich allein.

Sie hat mir alles von sich gezeigt und sich geöffnet, und ich will dasselbe tun. Ivy verdient mehr von dem echten Milo. Mehr von meiner Seele, wo sie doch schon mein Herz hat.

»Ich habe dir ja erzählt, dass ich ein Buch schreibe. Aber die Wahrheit ist, dass ich bereits ein Manuskript fertiggestellt habe.«

Sie hebt ihren Kopf und sieht zu mir auf. »Wirklich? Worum geht es?«

»Um meine Mom. Es ist ihre Geschichte.«

Mein Mund wird trocken und hindert mich kurz am Weitersprechen, obwohl ich diesen Gedanken wirklich gerne ausführen will. Ich möchte, dass Ivy erfährt, was für eine tolle Frau Mom war.

»Hast du von *Hellingstone* gehört? Das Unternehmen ist vor ein paar Jahren pleitegegangen, aber vor rund dreißig Jahren war es sehr erfolgreich in der Turnschuhproduktion. Es war ziemlich angesehen, bis es vor zwanzig Jahren einen Riesenskandal gab. Der Chef war ein sexistischer Widerling, der den Mitarbeiterinnen zum Beispiel befohlen hat, dass sie enge Blusen und Miniröcke zu tragen haben. Niemand wollte den Frauen dort zuhören, bis Mom kam. Sie hat unzählige Betroffene interviewt und ihnen durch ihre Artikelserie eine Stimme gegeben. Und das alles hat sie gemacht, während sie ein Kleinkind zu Hause hatte.«

Sie hat immer davon erzählt, dass sie mich mit zu Interviews und mit ins Büro genommen hat, und hat mir später gesagt, dass mein Name eigentlich auch unter diesen Artikeln stehen müsste, weil ich ihr kleiner Partner war.

Mom hat sich immer für andere starkgemacht. Sicher hätte sie Ivys Geheimnisse ebenso geschützt, wie ich es tun werde.

»Du vermisst sie sehr, oder?«, fragt Ivy.

»Jeden Tag … und in letzter Zeit besonders. Es ist bald drei Jahre her, dass sie gestorben ist, und der Gedanke ist ganz seltsam.«

»Seltsam? Auf welche Art?«

»Die Trauer ist manchmal so greifbar, als hätte ich erst gestern von ihrem Tod erfahren. Dad hatte bei mir angerufen und keine Worte gefunden, aber das war Aussage genug. Wir waren darauf vorbereitet, und doch kam es überraschend, denn egal ob man weiß, dass dieser Moment kommen wird, geschieht es doch zu schnell. Ich stand gerade kurz vor einer Prüfung. Die Türen wurden geöffnet, wir wurden reingebeten, und ich hab mich einfach umgedreht und bin gegangen. Es hat nach Regen gerochen.« Ich schlucke schwer. »Doch während dieser eine Moment noch so greifbar ist, fühlt sich die Zeit danach irgendwie an, als hätte jemand an einer Zeitmaschine gedreht. Die Wochen sind an mir vorbeigerauscht. Ich saß in meinem Wohnheim, und das Leben ist an mir vorbeigezogen, obwohl ich nur einmal geblinzelt habe. Und jetzt sind es plötzlich drei Jahre ohne sie, und während die Erinnerungen an den Moment ihres Todes so präsent sind, habe ich Angst, dass ich andere Sachen vergesse. Ihren Geruch oder den Klang ihrer Stimme.«

»Hast du ein Foto von ihr?«

»Willst du es wirklich sehen?«

»Ja. Wenn du es mir zeigen möchtest.«

Es widerstrebt mir ein wenig, aufzustehen und mich damit aus Ivys Umarmung zu lösen, aber der Gedanke, ihr meine Mom zu zeigen, gefällt mir.

Ich gehe zu meinem Bücherregal und hole das Foto und den signierten Baseball herunter. Das Bild reiche ich Ivy.

»Ihr seht euch ähnlich. Da sind dieselben Grübchen und derselbe Schwung in den Augenbrauen.« Sie mustert unsere Outfits und den Schaumstofffinger. »Ihr wart also im Stadion?«

»Mom, Dad und ich haben fast jedes Spiel der Yankees geguckt. Diesen Ball hier«, ich nehme ihn in die Hände. »Den hat Mom für mich gefangen, und dann haben wir stundenlang vor dem Stadion darauf gewartet, dass einer der Yankees rauskommt. Derek Jeter wollte schon an uns vorbeigehen, aber meine Mom war echt gut darin, Leute dazu zu bringen, ihr zuzuhören.«

Ich drehe den Ball in meiner Hand. Die Unterschrift ist auch noch rund fünfzehn Jahre später gut lesbar.

»Dieser Ball ist das Kostbarste, was ich habe. Es hängen so viele Erinnerungen daran.«

»Aber diese Erinnerungen sind nicht in dem Ball.«

»Es fühlt sich aber so an«, murmle ich.

»Ich weiß. Ich habe ziemlich viele meiner Sachen in Montana gelassen und dachte, ich würde damit ein Stück von mir verlieren. Aber letztendlich sind es nur Gegenstände. Das, was sie einem bedeuten und was man mit ihnen verbindet, trägt man in sich. Dieses Erlebnis im *Yankee Stadium* ist ein Teil von dir. Mit oder ohne Ball.«

»Ja … das mag schon sein.«

Ich lasse den Ball noch mal in meiner Hand kreisen, ehe ich ihn zusammen mit dem Foto auf meinem Nachttisch ablege. Vor ein paar Wochen erst habe ich im Internet recherchiert, was mir der Verkauf einbringen würde. Damals habe ich mir eingeredet, dass ich ihn niemals hergeben würde. Nun frage ich mich, ob Ivy recht hat. Ob ich mich von Erinnerungsstücken trennen könnte, ohne dadurch die damit verknüpften Erlebnisse zu vergessen.

»Was ist *deine* kostbarste Erinnerung?«, frage ich, um mich für den Moment abzulenken.

»Ich glaube, das war der Tag, an dem ich meine Gitarre gekauft habe. Ich hatte nur zehn Dollar und war auf diesem Garagenflohmarkt, und als ich den Besitzer gefragt habe, was sie kostet, und ich ihm meine zehn Dollar gezeigt habe, hat er erst gelacht. Aber ich hatte den ganzen Flohmarkt nach einem Musikinstrument abgesucht und wusste, dass das meine einzige Chance war.«

»Was hast du gemacht?«

»Ich habe vor allen Leuten angefangen zu singen. Und dann habe ich ihm erzählt, dass ich Musikerin werden will und meine Zukunft in seinen Händen liegt. Am Ende habe ich die Gitarre tatsächlich für zehn Dollar bekommen. Na gut, und ich musste noch den Rasen für ihn mähen.« Ivy lacht leise. »An diesem Tag habe ich mich richtig stark gefühlt. Als hätte ich meinen Traum von der Musik schon fast erfüllt.«

»Hat dann ja nur noch zehn Jahre gedauert«, erwidere ich und gebe ihr einen Kuss auf die Haare.

»Und ich werde das nicht aufgeben«, sagt Ivy leise. »Am Montag versuche ich, mit Keyla und Trish zu reden und sie doch noch dazu zu bewegen, das Konzert in Montana zu verlegen. Aber wenn sie es nicht machen, dann ziehe ich es durch. Egal, wie viel Kraft und Überwindung es mich auch kosten mag. Egal, wie schwer es wird.«

»Du schaffst das.«

Ich sehe wieder zu dem Baseball auf meinem Nachttisch.

Wenn Ivy sich ihren Ängsten stellen kann, dann sollte ich es auch können. Dann sollte ich sämtliche Vorbehalte und Zweifel herunterschlucken und tun, was getan werden muss. Genau wie sie habe ich kaum eine andere Wahl.

**

Am Montagmorgen verlässt Ivy für meinen Geschmack viel zu früh meine Wohnung, um mit ihrem Management über die Tour zu sprechen und Wiedergutmachung zu betreiben. Ihr unüberlegter Abgang hat nicht gerade für Pluspunkte gesorgt, und ich kann nur hoffen, dass ihr das nicht zum Verhängnis wird.

Für mich gilt derselbe Wunsch. Die letzten zwei Tage konnte ich meine Gedanken an Dad und Jaxon oft verdrängen und die Momente mit Ivy genießen, aber jetzt holt mich alles wieder ein. Es springt mir sogar förmlich ins Auge, als ich mich an den Laptop setze und meinen Artikelentwurf sehe. »I_C_«, die verschlüsselte Datei auf meinem PC, die mich an alles erinnert, was passiert ist. Wie ein Tsunami überrollen mich die Ereignisse und die Konsequenzen meiner Entscheidungen.

Dad und mir bleibt weniger als eine Woche, bis wir uns wieder mit Jaxon treffen. Selbst wenn ich es bis dahin schaffen würde, neue Arbeit zu finden, würde ich niemals so schnell mein erstes Gehalt bekommen, das sowieso nur ein Tropfen auf dem heißen Stein wäre.

Dad konnte durch seinen Zweitjob ein wenig Geld sparen, aber er hat auch wieder tausend Dollar verspielt. Ohne das Bonusgeld haben wir also nicht mal zwanzig Prozent des nötigen Betrags, Zinsen nicht miteingerechnet. Es ist aussichtslos, bis zum gesetzten Datum noch die gesamte Summe zu beschaffen.

Wenn wir Jaxon gegenübertreten, brauchen wir so viel Geld wie möglich, um überhaupt noch mal mit ihm verhandeln zu können. Mein Herz scheint Tonnen zu wiegen, als ich auf den Ball zugehe, der nun wieder auf meinem Bücherregal liegt.

Meine Erinnerungen sind nicht in diesem Ball gefangen. Ivy hatte recht. Ich werde mich trotzdem immer an Moms Abenteuerlust und ihre Spontaneität erinnern. Richtig? Der Moment, in dem ich das Autogramm bekommen hatte und Mom mich vor Freude umarmt hat, bleibt.

Es gibt Internetseiten, da bekommt man für einen handsignierten Ball von Derek Jeter bis zu 800 Dollar. Es wäre wieder ein Schritt nach vorne, eine Verhandlungsgrundlage.

Ein wirklich schmerzvoller Schritt.

Mit zitternden Fingern hole ich erst den Ball und dann eine Holzschatulle vom Bücherregal. Auch darin versteckt sich eine Erinnerung. Moms Herzkette aus Silber, die sie damals zu ihrem Highschoolabschluss geschenkt bekommen hat. So oft habe ich sie über diese Kette schimpfen hören, weil sich ihre Locken immerzu in dem Verschluss verheddert haben, und doch hat sie sie zu jedem besonderen Anlass getragen. An Geburtstagen, an Weihnachten, an Hochzeitstagen. Sie hatte immer die Vorstellung, sie irgendwann an ihre Tochter oder Enkelin weiterzugeben.

Dafür wollte ich sie aufbewahren. Für diesen Moment.

Tränen schießen mir in die Augen, als ich darüber nachdenke, diesem Wunsch nicht nachkommen zu können und die Kette zu verkaufen. Diesmal sind es nicht nur Erinnerungen, an denen ich hänge, sondern dass ich das Gefühl habe, sie zu enttäuschen.

Keine Ahnung, ob ich Kinder will. Aber sollte ich mich jemals dafür entscheiden, möchte ich die Kette weitergeben können. Wenigstens das habe ich in der Hand, auch dann, wenn alles andere gerade so ungewiss erscheint.

Kurz drücke ich die Kette an mich, dann stecke ich sie zurück in das kleine Holzkästchen. Wenn Dads goldene Uhr nur einhundertfünfzig Dollar eingebracht hat, wird der Wert der Silberkette ohnehin nicht ins Gewicht fallen.

Den Ball stelle ich jedoch nicht zurück. Ich gehe damit zur Fensterbank und mache Fotos, auf denen Dereks Unterschrift gut erkennbar ist. Dann öffne ich die Seite eines Sammlerforums, auf dem Yankee-Souvenirs angeboten werden. Ich wäre nur einen Klick davon entfernt, den Ball einzustellen. Ich könnte erst mal etwas höher pokern und versuchen, tausend Dollar dafür zu bekommen. Vielleicht habe ich ja Glück.

Wieso nur wühlen sich bei dem Gedanken trotzdem Maden durch meine Eingeweide?

»Mom?«, flüstere ich ins stille Apartment. »Ich mache das hier für Dad. Das weißt du, oder?«

Es wäre so schön, wenn sie mir antworten könnte. Ihre Stimme hatte immer etwas Beruhigendes.

»Ich werde trotzdem immer unsere Ausflüge zu den Yankees in guter Erinnerung behalten. Jeden einzelnen davon.«

Eine Träne rinnt mir über die Wange, aber ich lasse mich von der Trauer nicht aufhalten. Ich weiß, dass Mom es versteht. Sie würde es auch für uns machen. Für Dad und mich.

Also drücke ich auf Senden und sehe zu, wie mein Beitrag hochgeladen wird.

Danach wechsle ich zu einem Verkaufsportal für Motorräder und checke, was meine Suzuki SV 650 mir einbringen würde.

KAPITEL 34

IT'S SINK OR SWIM

Ivy

E s ist seltsam, wie sehr drei Tage einen verändern können. Als ich diesmal das Sony-Gebäude betrete, das ich beim letzten Mal fluchtartig verlassen habe, fühle ich mich befreiter. Milo in mein Geheimnis eingeweiht zu haben, war die richtige Entscheidung. Als hätte ich mich von letzten Stacheln befreit, die Garrett in mich hineingeschlagen hat.

Ich kann nur hoffen, dass es bedeutet, das Konzert in Montana irgendwie durchzustehen, sollte ich Keyla und Trish nicht zum Umdenken bewegen können.

Die beiden sitzen bereits in Keylas Büro und warten auf mich. Auf dem Tisch steht eine dritte Tasse Cappuccino, sie können also nicht allzu verstimmt sein.

»Hallo, Trish, hey, Keyla.« Ich lächle vorsichtig, als ich mich auf den Ledersessel setze.

Keyla trägt heute einen sehr förmlichen Hosenanzug, wie ich ihn selten an ihr sehe. Meistens trägt sie Blazer über lockeren, eher sportlichen Shirts und Jeans.

Forsch mustert sie mich. »Wie geht es dir heute?«

Ein für sie ungewöhnlicher Gesprächseinstieg, der meine Hände sofort feucht werden lässt.

»Unser letztes Gespräch hat mich verunsichert«, gebe ich zu. »Es war nicht richtig von mir, einfach so abzuhauen, aber ich stand ziemlich neben mir.«

»Das ist uns nicht entgangen«, erwidert Keyla kühl.

»Es gibt einige private Gründe, wieso es für mich schwierig ist, in Montana ein Konzert zu geben. Ich dachte, das hätte ich deutlich gemacht … aber mir war nicht klar, dass ich dafür schon Konzerte zugesichert hatte.«

Ich werde besser mit ihnen verhandeln können, wenn meine Sätze nicht nach Vorwürfen klingen.

»Ihr braucht natürlich eine Künstlerin, auf die ihr euch verlassen könnt, und ich möchte nicht schwierig sein. Aber gibt es nicht doch irgendeine Möglichkeit, dieses eine Konzert zu verlegen? Irgendeine?«

Trishs Seufzen klingt so genervt, dass es eigentlich schon Antwort genug ist. »Ist dir klar, in welcher Luxussituation du bist? Ich bin seit über zehn Jahren im Musikbusiness, ich habe Leute kommen und gehen sehen, und nur die wenigsten bekommen direkt am Anfang ihrer Karriere so eine Chance wie du. Du darfst da spielen, wo sonst Stars wie Olivia Rodrigo oder Dove Cameron auftreten. Weißt du, was das für ein Privileg ist? Glaubst du, das ist selbstverständlich?«

»Was? Nein, natürlich nicht. Ich weiß, was für eine Ehre das ist.«

»Private Probleme in allen Ehren, aber du hast einen Exklusivvertrag unterzeichnet. Du hast uns damit garantiert, dass du bereit bist für diese Karriere. Du hast uns gesagt, dass du für die Musik brennst. *Diese* Frau haben wir unter Vertrag genommen und Motivation und Professionalität von dir erwartet. Und ich muss zugeben, dass ich gerade ein wenig enttäuscht von deinem Verhalten bin.«

»Jetzt oder nie, Ivy«, springt nun Keyla ein. »Entweder wir ziehen alle an einem Strang und nutzen den Hype um dich so gut es geht aus, um dich dauerhaft in der Musikbranche zu etablieren, oder wir lassen es gleich. Dann warst du nichts als eine Eintagsfliege. Deine Entscheidung.«

Kurz bin ich gewillt, ihnen alles zu erzählen. Von Montana und Garrett, das ganze schwere Paket. Aber ich beiße mir auf die Zunge und zähle innerlich bis zehn, bevor ich etwas tue, womit ich meine Karriere definitiv in die Tonne trete.

»Ihr habt recht«, entgegne ich, obwohl mein Magen sich zusammenkrampft. »Als ich zugesichert habe, dass ich diese Karriere möchte, habe ich die Wahrheit gesagt, und ich will mich ganz gewiss nicht selbst ausbremsen. Ich will den Hype ausnutzen, und ich will auf diese Tour. Und ich werde alles tun, um den Fans eine gute Show zu bieten.«

Ich schlucke meine Bedenken einfach hinunter. Es schmeckt sehr bitter. Es schmeckt noch immer nach Angst.

Angst, die ich überwinden muss. Irgendwie, für meinen Traum.

»Dann können wir das Thema Montana als abgehakt ansehen und zurück an die eigentliche Planung gehen?«, fragt Trish.

»Können wir.«

Ich schütte Cappuccino in meinen rumorenden Magen, um ihn zum Schweigen zu bringen.

So läuft das Showbusiness eben, oder?

Friss oder stirb.

Während Keyla mit mir über einen intensiveren Ausdauertrainingsplan und die anstehenden Bandproben spricht, kann ich jedoch nicht aufhören, an diesen blöden Spruch zu denken. *Friss oder stirb, friss oder stirb, friss oder stirb.* Weil sich der Gedanke, nach Montana zu müssen, wirklich so anfühlt, als wäre ich dem Tode nah. Als würde ich geradewegs ins Verderben fahren, dem ich gerade erst mühsam entkommen bin.

Alles für das Showbusiness. Alles für meinen Traum.

KAPITEL 35

FROM OLD TO NEW

Milo

Die Stelle, an der mein signierter Baseball im Bücherregal lag, sieht ungewohnt leer aus, und ich weiß nicht, ob ich den Anblick ertrage. Fieberhaft rücke ich alles ein wenig nach rechts – das Schmuckkästchen, Moms Foto und ein paar Bücher, die ich mit dem Cover nach vorne gedreht habe. Alles, um diese Lücke irgendwie zu schließen, damit ich nicht jeden Tag daran erinnert werde, dass ich den Baseball nicht mehr besitze. Neunhundert Dollar hat er eingebracht, und ich weiß, dass es wichtig war, diesen Schritt zu gehen, auch wenn dieses Geld uns nicht retten wird, wenn wir uns in sechs Tagen mit Jaxon treffen.

Ich löse meinen Blick vom Regal und schreibe Dad, dass ich ihm viel Erfolg bei seinem ersten Therapietermin wünsche. Bleibt zu hoffen, dass es ihm wirklich helfen wird, sich jemandem anzuvertrauen und über diese Leere in seinem Inneren zu sprechen, die er angedeutet hat.

Noch immer bekomme ich einen Kloß im Hals, wenn ich daran denke. Glücklicherweise habe ich keine Zeit, um mich lange damit zu befassen, weil Ivy mich zu sich eingeladen hat.

Ich versuche, irgendwie meine Haare zu bändigen, habe aber danach das Gefühl, dass sie mir nur noch wirrer vom Kopf abstehen. Während der Motorradfahrt zur Lower East

Side wird mir jedoch klar, dass meine Bemühungen ohnehin vergebens waren. Der Helm ruiniert jeden Handgriff und wälzt mein Haar platt.

Trotzdem strahlt Ivy, als sie mir öffnet. Zur Begrüßung gibt sie mir einen kleinen Kuss, dann zieht sie mich an der Hand in ihre Wohnung und schließt hinter sich die Tür.

»Ist Lennon nicht da?«, frage ich, denn es ist absolut still.

»Keine Ahnung, wo sie steckt. Sie benimmt sich seltsam in letzter Zeit.«

»Was heißt denn seltsam?«

»Geheimnisvoll. Langsam glaube ich, da ist irgendein Kerl im Spiel, aber sie verrät mir nichts und schiebt es nur auf die Arbeit. Aber sie wird es schon erzählen, wenn sie so weit ist.«

»Hätte trotzdem nicht gedacht, dass Lennon so was geheim halten kann. Sie ist doch sonst eher redselig.«

»Das wundert mich auch.«

Ivy zieht mich zur Couch, und wir setzen uns.

»Ich wüsste auch gar nicht, wo Lennon jemanden kennenlernen sollte. Die letzten Wochen war echt viel los. Sie war entweder hier, bei den Kursen oder im *Silverside*.«

»Vielleicht ist es einer ihrer Kursteilnehmer«, mutmaße ich.

»Oder es ist dieser Barista von *Starbucks*«, überlegt Ivy. »Ich hatte schon immer das Gefühl, dass er Lennon anflirtet.«

»Vielleicht hat sie sich auch einen Star im *Serpent* geangelt und darf nichts verraten, weil derjenige auf absolute Geheimhaltung besteht.«

Ivys Augen werden größer.

»Hey, das war nur ein Witz.«

»Oder ein Treffer ins Schwarze«, murmelt sie. »Seit dem Abend im *Serpent* benimmt sie sich tatsächlich ganz komisch. Sie wollte mir auch nicht sagen, was sie in diesem VIP-Bereich gemacht hat.« Ich hätte nicht gedacht, dass ihre Augen *noch* größer werden könnten. »Oh mein Gott, sie hat dort jemanden kennengelernt, oder? Wenn schon Stars wie Jeremy Stone im vorderen Bereich waren … wer könnte sich dann im VIP-Bereich aufhalten? Timothée Chalamet?«

»Wie war das: Sie wird es dir schon sagen, wenn sie so weit ist?«

Ivy seufzt. »Du hast ja recht. Ich wäre eh die Letzte, die beleidigt sein darf, weil Lennon mir nicht alles erzählt. Ich bin schließlich die Königin der Geheimnisse.«

»Apropos, wie lief das Gespräch mit Trish und Keyla?«

»Ich fahre nach Montana«, verkündet Ivy müde. »Ich ziehe es durch, egal, was kommt.«

Ich nehme ihre Hand in meine. »Du wirst es schaffen.«

»Trotzdem bin ich total angespannt. Heute Morgen unter der Dusche hatte ich eine Panikattacke. Es war das erste Mal, dass es keinen direkten Trigger gab. Sie kam einfach aus dem Nichts.«

»Richtig aus dem Nichts auch nicht, oder? Gedanklich bist du vermutlich viel in Montana, und das ist sicher purer Stress für dich.«

»Das stimmt.«

»Aber ich habe heute auch nicht so einen guten Tag«, gebe ich zu.

»Willst du darüber reden?«

So gerne würde ich ihr alles erzählen. Von meinen Schuldgefühlen wegen des Baseballs, meiner Angst davor, Jaxon wieder gegenüberzustehen. Aber das würde auch bedeuten, ihr alles andere beichten zu müssen, und das kann ich nicht. Noch nicht. Vielleicht kann ich es nie. Die Angst vor den Folgen ist zu groß.

»Wir könnten auch zusammen einen Zettel aus dem Glas ziehen«, schlage ich stattdessen vor.

»Keine schlechte Idee. Warte kurz.«

Ivy geht in ihr Zimmer und kommt nur eine Minute später

mit dem Glas in der Hand zurück. Viele Zettel sind nicht mehr übrig, nur noch der Boden ist bedeckt.

»Du darfst aussuchen«, sagt sie und reicht mir das Glas.

Ich entscheide mich für einen dunkelblauen Zettel und reiche ihn Ivy, damit sie ihn vorliest.

»Zeit für ein Upgrade. Schon kleine Veränderungen von Möbeln oder Deko in deiner Wohnung bringen Ablenkung und neue Energie.«

»Zugegeben, ich habe den Spruch aus dem Internet geklaut.«

»Doch nicht etwa von einem dieser Lifestyle-Magazine, in denen man etwas über Zitronenmelisse lernt?«

Ich stelle das Glas grinsend auf den Couchtisch.

»Schon eine Idee, wie wir die Aufgabe ausführen können?«, frage ich.

»Habe ich tatsächlich. Dafür müssten wir aber noch mal vor die Tür. Bist du mit dem Motorrad da?«

»Hat meine Helmfrisur mich etwa nicht verraten?«

Ivy mustert mich. »Ich mag es, wenn sie so am Kopf platt anliegen und die Spitzen verwuschelt sind.«

»Das klingt grauenvoll.«

Ivy gibt mir lachend einen Kuss auf die Stirn. »Du kannst es tragen.«

»Und wohin willst du mich mit dieser Frisur schicken?«

»Nach deinem letzten Besuch habe ich recherchiert, wo wir ein schönes Tablett finden könnten.«

»Ein Tablett?«, frage ich irritiert.

»Jetzt sag nicht, du hast deine Verbesserungsvorschläge für meinen Beistelltisch vergessen. Es gibt in Manhattan einen Vintage-Laden, der auch Haushaltswaren im Sortiment hat. Vielleicht finden wir da etwas Schönes, und dann können wir deinen Plan in die Tat umsetzen.«

Allein der Vorschlag löst pure Euphorie in mir aus. Es ist viel zu lange her, dass ich diesem Hobby nachkommen konnte, aber die Arbeit mit den Händen hatte schon immer etwas sehr Meditatives, das definitiv helfen wird.

»Ich glaube, so ein Projekt wäre heute genau das Richtige«, sage ich.

Der Vintage-Laden, den Ivy herausgesucht hat, ist sehr atmosphärisch. Ich liebe es, wenn die Läden proppenvoll und ein wenig chaotisch sind, weil es bedeutet, in jeder Ecke einen Schatz finden zu können. Von Secondhandkleidung über alte Blumenvasen, verziertes Geschirr bis hin zu Retro-Sonnenbrillen ist von allem etwas dabei, und Ivy hat sichtlich Spaß daran, die Kleidung zu begutachten.

Am Ende kauft sie nicht nur eine schwarze Sonnenbrille im Stil der 50er und ein schwarzes Korsett, wir finden auch ein wundervolles Tablett aus Walnussholz, das genug Platz bieten würde, um Ivys Beistelltisch mehr Ablagefläche zu verleihen. Zudem ist das Holz schön massiv und wird lange halten.

Mit der Ware im Gepäck fahren wir noch zu Walmart und holen dort passende Schrauben und Holzlasur.

Zwei Stunden später haben wir Zeitungen in Ivys Wohnzimmer ausgebreitet und das Tablett mit vereinten Kräften auf das Gestell ihres Beistelltisches geschraubt. Im Hintergrund läuft wieder die Musik von meinem ersten Besuch hier und weckt Erinnerungen an unseren Tanz. Noch vor ein paar Wochen hätte ich nie gedacht, jetzt hier mit ihr zu sitzen und ihr Zuhause zu verschönern.

Nachdenklich sehe ich zu der Frau, die gerade die Holzlasur öffnet, damit wir das Tablett damit einpinseln können. Auch wenn das Holz noch in einem guten Zustand ist, braucht es ein wenig Schutz.

»Ich schulde dir übrigens noch ein Geständnis«, sagt Ivy irgendwann.

Ich runzle die Stirn. »Was für eins?«

»Du wolltest mein Ritual vor den Konzerten wissen, weißt du nicht mehr?«

»Jetzt sag nicht, dass du doch Öl wie Selena Gomez trinkst.«

»Kein Öl und auch keine Infusionen. Aber wenn ich mich für die Show fertig mache, höre ich über Kopfhörer gerne Affirmationen.«

»So was wie *Ich bin schön* oder *Ich gebe mein Bestes*?«

»Eher Sätze wie *Ich erlaube mir, loszulassen*. Es hilft mir, mich auf der Bühne so zu zeigen, wie ich bin.«

»Das ist wirklich ein schönes Ritual … aber auch sehr persönlich. Ich verstehe, wieso du es mir nicht sofort gesagt hast.«

»Aber jetzt war es an der Zeit, dass ich es dir verrate. Ich will dir ja schließlich nicht mehr die kalte Schulter zeigen.« Sie zieht eine Grimasse, die mich auflachen lässt und gleichzeitig etwas nachdenklich stimmt. Es erinnert mich daran, dass der September immer näher rückt und sie dann durch die Staaten ziehen wird.

»Wie lange wirst du eigentlich auf Tour sein?«

»Eineinhalb Monate. Ich kann mir noch gar nicht richtig vorstellen, so viel mit dem Tourbus unterwegs zu sein. Das wird echt eine Umstellung.«

»Und ein Abenteuer, oder?«

Ivy lächelt. »Das auf jeden Fall. Am meisten freue ich mich darauf, Fans außerhalb von New York zu sehen. Auch wenn ich Manhattan ziemlich vermissen werde. Und die Menschen hier.«

Unwillkürlich denke ich an Stevens Worte. Darüber, dass Ivy mich während der Tour ohnehin vergessen wird, und der Gedanke schmerzt mehr, als ich zugeben möchte.

»Ich werde jedes Konzert online verfolgen«, verspreche ich.

»Dabei musst du immer den Button tragen. Das ist wichtig.«

»Natürlich, der ist sowieso mein liebstes Accessoire.«

»Ich werde Daniel, Lizz, Lennon und dir VIP-Karten für mein New-York-Konzert besorgen.«

»Reserviere am besten noch eine Karte mehr, für Lennons heimlichen Schwarm.«

»Stimmt. Gute Idee.«

Amüsiert sehe ich zu ihr. »Du weißt schon, dass das als Scherz gemeint war?«

»Ich halte aber an der Theorie fest.«

Wir verfallen in Schweigen, während wir weiter das Tablett lasieren, bis jeder Zentimeter bedeckt ist. Dabei summt Ivy leise die Lieder mit, und ich fühle mich heimelig. Als hätte es dunkle Geheimnisse und Zweifel nie gegeben. Da sind nur Ivy und ich und die Gefühle, die immer mehr Form annehmen, genau wie der Beistelltisch vor unserer Nase. Aus Alt mach Neu, fast wie bei uns beiden.

Zwei etwas gebrochene Menschen, die zusammen eins ergeben.

Der Gedanke ist schön, und ich will ihn festhalten und genießen. Nur ist ganz hinten in meinem Kopf noch das Wissen um mein Treffen mit Jaxon, das diesen Frieden stört. Ein letztes kleines Geheimnis, eingeschlossen zwischen meterhohen Mauern aus Angst, die niemals einreißen dürfen, wenn ich das, was ich hier mit Ivy gewonnen habe, nicht wieder verlieren will.

KAPITEL 36

ON THE BRINK OF THE ABYSS

Milo

Es gab in meinem Leben viele Vater-Sohn-Momente. Wie oft waren Dad und ich in der Weihnachtszeit zusammen am Rockefeller Center und haben den großen Baum bewundert. Wie oft waren wir zusammen an der Summer Stage im Central Park, um dort den Benefizkonzerten zu lauschen. Damals hätte ich wohl niemals gedacht, mal mit ihm auf Kriminelle warten zu müssen.

Wie beim letzten Mal treffen wir uns auf dem Innenhof im Hunts Point, nur dass wir diesmal zu zweit sind. Jaxon hat darauf bestanden, uns beide zu sehen, und ich fürchte mich mehr davor, dass Dad mit dabei ist, als Jaxon selbst gegenüberzutreten. In seinen letzten Nachrichten hat er immer wieder klargemacht, dass *ich* nun sein Verhandlungspartner geworden bin ... dass er Dad nun trotzdem treffen will, setzt ein gruseliges Gedankenkarussell in Gang. Als würde Jaxon ahnen, dass wir nicht genug Geld dabeihaben?

Sie fahren wieder mit zwei Wagen vor und halten im Innenhof. Jaxon steigt aus, erneut wird er von den beiden Männern begleitet.

»Ich freue mich, euch beide zu sehen«, begrüßt er uns.

Während er näher kommt, krempelt er sich elegant die Ärmel seines Hemds hoch. Er sieht aus, als wäre er auf dem Weg zu einem schicken Abendessen, nicht zu einem Treffen wie diesem.

Direkt vor mir bleibt er stehen. »Milo, ich hoffe, du hast etwas für mich.«

Blei liegt in meinem Magen. Besser, ich überbringe ihm die schlechte Nachricht gleich, es länger hinauszuzögern macht es ja doch nicht besser.

»Natürlich. Es ist nur leider nicht so viel wie geplant.«

Jaxon braucht nicht mal zu blinzeln. Seine zwei Lakaien haben meine Worte bereits zum Anlass genommen, um auf Dad loszugehen. Ich will ihm zur Hilfe kommen, aber Jaxon packt mich am Kragen und zerrt mich hoch. Ich spüre den Druck auf meiner Luftröhre, als der Stoff sich enger zieht. Ich höre Stoff reißen.

»Du hast es mir versprochen«, sagt er dunkel.

Dad schreit auf. Ein Laut, der mir durch Mark und Bein fährt.

»Das Geld ist in meiner Jackentasche«, versuche ich sie von Dad abzulenken. »Wir haben es dabei ...«

Jaxon lässt mich los und zieht das Bündel Scheine aus meiner Jacke. Ich nutze den Moment, um meinen Kopf zu Dad zu drehen, der sich vor Schmerzen krümmt. Das Blut strömt ihm aus der Nase.

»Wie viel soll das sein?«, fordert Jaxon meine Aufmerksamkeit.

»Fünftausend.«

Kaum, dass ich es ausgesprochen habe, trifft mich seine Faust. Mein Kiefer knackt, und mir wird für zwei Sekunden schwarz vor Augen. Blut sammelt sich in meinem Mund, der metallische Geschmack ist widerwärtig.

»Es tut mir leid«, ächze ich. »Gib uns noch mal sechs Wochen, und dann bekommst du wirklich den Rest. Du hast mein Wort«, bitte ich. Mein ganzer Kiefer schmerzt beim Sprechen, und blutiger Speichel rinnt aus meinem Mundwinkel.

»Dein Wort hatte ich schon beim letzten Mal«, erwidert Jaxon.

»Hast du mir nicht erzählt, dass du einen Artikel über diese kleine Sängerin schreiben sollst und dass die Bezahlung reichen wird? Was ist damit?«

Scheiße. Ich hätte das niemals erwähnen sollen.

»Es war nicht so leicht, an die Sängerin heranzukommen, wie ich dachte.«

»Lügner.« Plötzlich holt Jaxon eine Pistole aus seiner Hosentasche und richtet sie auf mich. »Meinst du, ich habe die Fotos von dir und ihr nicht gesehen? Diese schäbige Lederjacke war auf jedem einzelnen Bild in der Presse! Also. Lüg. Mich. Nicht. An.«

Der Pistolenlauf zuckt, und in meinem Kopf erscheint Mom, die ich nun wiedersehen würde. Ich könnte wieder ihr Lachen und ihre Stimme hören und sie umarmen, und für einen winzigen Moment ist es ein tröstlicher Gedanke in all der Scheiße um mich herum. Aber dann denke ich an alles, was ich noch erreichen und erleben will. Ich denke an mein Manuskript, das noch darauf wartet, von mir weitergeschrieben zu werden. Ich denke an meinen Traum, ein erfolgreicher Journalist zu sein, den ich immer noch nicht aufgegeben habe. Ich denke daran, dass ich noch mal ein Spiel der Yankees sehen und dabei fettige Hotdogs essen will. Ich will erleben, wie Dad durch seine Therapie wieder zu sich selbst findet. Und ich denke an Ivy. Das mit uns darf nicht so zu Ende gehen, wo ich sie gerade erst gefunden habe. Ich habe doch versprochen, dass ich immer an ihrer Seite sein werde.

»Bitte«, flehe ich, »ich habe wirklich alles getan, um diesen Auftrag von meinem Chef zu erfüllen, aber es gab Komplikationen. Der Auftrag ist gecancelt, also habe ich keine Möglichkeit mehr, an das Bonusgeld zu kommen. Egal, wie gerne ich würde.«

»Und warum zum Teufel sollte ich dann auf dein Wort vertrauen, dass ihr beim nächsten Mal alle Schulden begleichen könnt?«

Mir fällt keine Antwort darauf ein. Genau das ist es doch, was ich selbst nicht weiß. Ich weiß nicht, wo wir noch Geld hernehmen sollen.

Das Atmen fällt mir schwer, alles zieht sich in mir zusammen. Vermutlich braucht Jaxon diese Waffe gar nicht. Es ist sehr wahrscheinlich, dass gleich hier und jetzt mein Herz versagt und ich das Zeitliche segne, und Jaxon hätte dabei keinen Finger gerührt. Das perfekte Verbrechen.

»Ich werde mein Motorrad verkaufen«, bringe ich hervor. Tatsächlich habe ich es längst eingestellt, aber anders als bei meinem Baseball ist noch niemand darauf angesprungen. »Und ich kann meine Wohnung aufgeben und wieder bei Dad einziehen, um die Miete zu sparen.«

»Das geht mir nicht schnell genug.«

Jaxon sieht zu meinem Dad, der noch immer von seinen Männern festgehalten wird, und wirkt dabei wie ein Löwe, der kurz davor ist, ein Gnu zu reißen.

»Frank. Von dir höre ich gar keine Vorschläge.«

Dad wimmert. Noch immer rinnt Blut aus seiner Nase. Er muss dringend zum Arzt.

»Ich … ich weiß nicht.«

»Ihr könnt mir also nicht glaubhaft vermitteln, dass ich alles bekomme, was mir zusteht. Von den Zinsen ganz zu schweigen. Aber Milo, ich denke, ich habe eine Lösung für unser kleines Dilemma.«

»Welche?« Gerne klammere ich mich an jeden Strohhalm, und wenn ich mich daran über eine Klippe hinaufziehen muss.

Jaxon sieht kühl zu mir. »Du wirst zu deiner kleinen Sängerin gehen und es dir von ihr leihen.«

Ich schlucke schwer. »Ivy hat nicht so viel Geld«, gebe ich zurück, obwohl ich das nicht so genau weiß. »Ihre Karriere hat gerade erst begonnen.«

Jaxons Augenbraue schießt in die Höhe. »Sie besitzt sicher mehr als ihr zwei.«

Er hat recht, sie wird mehr Vermögen haben. Eine bessere Kreditwürdigkeit. Aber ich weiß nicht, ob ich sie darum bitten kann, nach allem, was war. Nach meinen Lügen, meinen Geheimnissen. Nach unserer gemeinsamen Nacht.

»Du wirst dir also das Geld beschaffen.« Er dreht den Pistolenlauf und zielt auf Dads Kopf. Ich keuche vor Entsetzen. »Sonst verliere ich meine Geduld.«

Galle steigt meine Kehle hinauf. Genau davor hatte ich Angst: dass Dad nun zum Druckmittel wird, damit *ich* zahle. Weil Jaxon genau weiß, dass ich in der besseren Position bin, irgendwie an das versprochene Geld zu kommen, als Dad.

»Du hast vier Wochen Zeit, dich darum zu kümmern, wenn du nicht möchtest, dass ich meine Ungeduld an deinem Vater auslasse.«

»Ich mache es«, verspreche ich panisch.

»Na also.« Jaxon packt die Pistole weg und gibt seinen Leuten ein Handzeichen, uns loszulassen.

Dad sackt sofort auf dem Boden zusammen, und ich eile zu ihm. Mit einem letzten verächtlichen Blick steigt Jaxon in seinen Sportwagen, die zwei Männer verschwinden im BMW, und sie rauschen davon.

Plötzlich umgibt uns eine unheimliche Stille. Nur Dads Wimmern durchbricht die Nacht.

Ich dachte, ich hätte meine Wahl getroffen und hätte sowohl Ivy als auch Dad haben können. Ich dachte, es würde irgendwie alles gut werden.

Was für ein Irrglaube.

Ich werde unweigerlich einen von beiden verlieren, jetzt habe ich es amtlich. Dad wird sterben, wenn ich mich weigere, mir das Geld von Ivy zu besorgen. Und ich kann Ivy nicht darum bitten, ohne ihr die Wahrheit zu sagen. Sie muss wissen, wofür ich es brauche. Sie muss erfahren, dass es diesen Auftrag gab …

Ivy verdient die Wahrheit. Schon lange. Sie muss wissen, wer ich *wirklich* bin. Mit allen Schatten, allen Lügen, allen Sorgen. Und ich kann nur hoffen, dass sie mich versteht.

KAPITEL 37

BITTER PILL OF TRUTH

Ivy

Niemals hätte ich gedacht, dass die Vorbereitungen für die Tour so anstrengend werden würden. Für die Konzerte auf der *Riveting*-Tour planen wir mehrere Outfitwechsel und spezielle Tanzeinlagen an einer Stange, für die ich noch mal gesondert trainieren muss. Heute habe ich fast sieben Stunden lang Durchgänge geprobt, Outfits anprobiert und an der Setliste gefeilt, weil ich beim Abschlusskonzert im *Silverside* schon eine Kostprobe von der neuen Show geben soll. Immerhin soll der Abend extra live ins Internet übertragen werden, um den Ticketverkauf anzukurbeln.

Das Kleid von *Lorenzo Vazquez* ist gestern bereits bei mir eingetroffen und wartet auf seinen großen Auftritt. Ich habe die Wohnung für mich, und so nutze ich die Ruhe des Abends, um die letzten Vorbereitungen zu treffen und den perfekten Nagellack zu finden.

Ich inspiziere gerade einen dunkleren Lack, als es an der Tür klopft. Irritiert sehe ich auf die Uhr. Wer sollte um Mitternacht bei mir klopfen? Wer kommt um diese Zeit überhaupt ins Haus?

Meine Gedanken überschlagen sich und wandern zu aufdringlichen Fans, die herausgefunden haben könnten, wo ich wohne. Vorsichtig stehe ich auf und gehe auf Zehenspitzen zur Tür, um durch den Spion zu sehen.

»Ivy? Bist du da?« Milo. Seine Stimme zu hören, ist pure Erleichterung. »Ein Essenslieferant hat mich reingelassen.« Ich öffne strahlend die Tür, doch mein Lächeln bleibt auf halber Strecke stecken.

Milo sieht furchtbar aus. An seinem Mundwinkel klebt Blut, und der Kragen seines Shirts ist zerrissen. Das Schlimmste ist jedoch der Ausdruck in seinen Augen. Er wirkt gebrochen.

»Milo«, flüstere ich. »Was ist passiert?«

»Können wir reden?«

»Natürlich.«

Ich trete einen Schritt zur Seite, damit er in die Wohnung kommen kann. Sanft streiche ich ihm über die Wange und begutachte seine Wunde. »Wieso blutest du?«

»Sieh mich nicht so an«, wispert er, als ich nach seiner Hand greife. »Wenn du mich so ansiehst, kann ich dir nicht sagen, was ich zu sagen habe.«

Er ringt um Worte. Und dann zieht er seine Hand zurück.

Was immer er mir zu sagen hat, wird sicherlich mein Herz zerfetzen, sonst würde es ihm nicht so schwerfallen. Ich mache mich auf das Schlimmste gefasst, während wir uns auf die Couch setzen.

»Als wir uns kennengelernt haben, hast du mich überrascht«, beginnt er. »Du hast mich umgehauen, und die Gefühle zwischen uns … die habe ich nicht kommen sehen.«

»Wieso erzählst du mir das?«

»Weil meine Gefühle zu dir die einzige Wahrheit in einer Reihe von Lügen sind. Ich bin nicht der, für den du mich hältst. Nicht wirklich.«

»Und … für wen halte ich dich?«

»Für einen Barkeeper. Für einen Typen, der dich in dieser einen Nacht vor den Paparazzi gerettet hat, nur weil er dir helfen wollte.«

Mein Mund wird staubtrocken. »Und das bist du nicht?«

»Peach«, krächzt Milo. Er sieht mich an, als würde er mich gleich verlieren. »Ich hätte niemals erwartet, dass ich mich in dich verlieben würde. Ich habe doch nie, nie, nie damit gerechnet, dass du mir so viel bedeuten könntest.«

Tränen schießen in seine Augen, und diese Tränen sind wie ein Kugelhagel, der mein Herz trifft.

»Sag mir einfach, was los ist«, bitte ich ihn, weil ich es nicht mehr aushalte. Ich halte es nicht mehr aus, seine Tränen nicht einordnen zu können und nur zu ahnen, dass er mir gleich wehtun wird. Auch wenn ich noch die leise Hoffnung habe, mich zu irren.

»Ich habe dich die ganze Zeit belogen. Ich bin – war – Journalist bei einem Online-Magazin.«

Meine Hoffnung wird zu Boden geschmettert, genau wie mein Herz. Es zerbricht in tausend Teile und hört auf zu schlagen.

Milo berichtet von seinem Auftrag, mehr über meine Vorgeschichte in Erfahrung zu bringen und dass er nur deshalb im *Silverside* engagiert wurde. Er sagt irgendetwas davon, dass die falschen Leute von diesem Auftrag erfahren haben. Aber das alles dringt nur gedämpft zu mir durch, während sein Geständnis noch immer in meinem Kopf vibriert.

Verrat, Verrat, Verrat. Ausgerechnet von dem Menschen, bei dem ich mich das erste Mal wieder sicher gefühlt habe. Dem Menschen, dem ich alles von mir gezeigt habe – selbst die Seiten, die sonst hinter einer hohen Mauer vor der Außenwelt verborgen liegen.

Übelkeit steigt in mir auf.

Er weiß, wer ich bin. Er weiß, was mir passiert ist.

Er weiß *alles*.

»Dann hast du deinen Auftrag ja erfolgreich beendet«, unterbreche ich seine Ausführungen. Ich erschrecke selbst, wie monoton meine Stimme klingt. »Du hast mich immerhin dazu

verleitet, mich dir komplett zu offenbaren. Das wird eine groß-
artige Story. Herzlichen Glückwunsch.«

»Nein, hör mir zu, Peach. Ich habe den Auftrag gecancelt.
Ich werde nichts von dem veröffentlichen, was du mir erzählt
hast. Absolut nichts! Du kannst mir vertrauen!«

Ein bitteres Lachen bleibt mir in der Kehle stecken. »Ich soll
dir vertrauen? Nachdem du mich ausspioniert und mich belogen hast? Die ganze Zeit über?«

»Es tut mir leid.«

Diesmal will er meine Hand nehmen, aber ich ziehe sie weg.

»Ich hätte dir schon früher alles sagen sollen.«

Fahrig stehe ich auf, dabei stoße ich gegen den Couchtisch.
Die offene Nagellackflasche kippt um und läuft auf dem Holz
aus, aber es könnte mir nicht egaler sein.

»Und wann wäre für dich der perfekte Zeitpunkt gewesen?
Nachdem du mir mein größtes Geheimnis entlockt oder nach-
dem du mich gefickt hast?« Ich sehe ihn unter meinen harten
Worten zusammenzucken.

»Aber ich habe den Auftrag abgebrochen. Ich habe das Richtige getan … so gut es ging.«

Ich kann nicht fassen, was ich da höre.

»Das Richtige wäre gewesen, mich gar nicht erst auszuspio-
nieren. Das Richtige wäre gewesen, diesen ekelhaften Job gar
nicht erst anzunehmen.«

Milo schluckt, es klingt schmerzhaft. »Ich hatte keine Wahl.
Es ging um meinen Dad.«

»Ich will deine Ausreden nicht hören«, unterbreche ich ihn.
Milo steht vor mir und weint, und ich sehe den Schmerz in
seinen Augen. Vielleicht glaube ich ihm sogar. Vielleicht glaube ich ihm, dass er sich wirklich in mich verliebt hat. Aber
wenn ich Milo sonst in die Augen gesehen habe, war da pure
Wärme. Sie versprachen Geborgenheit. Zusammen waren wir
das Licht.

Jetzt weiß ich nicht mehr, was ich sehe. Ich weiß nicht mehr, *wen* ich sehe. Seine Lügen haben Schatten geworfen, und es bleibt nichts als eine erschreckende, kalte Finsternis.

Eine Finsternis, die ich nie wieder erleben wollte. Nicht in New York, nicht bei meinem Neuanfang.

»Ich will, dass du jetzt gehst«, bringe ich hervor, obwohl mich jedes Wort ein Stück mehr an den Abgrund zerrt.

Meine Brust wird eng. Ich höre Stimmen in meinem Kopf, die mir zuflüstern, dass ich auch hier in New York kein Glück finde.

»Bitte lass es mich erklären. Gib mir fünf Minuten …«

»Fünf Minuten ändern nichts. Geh jetzt einfach!«

»Meine Gefühle waren immer echt. Ich habe mich in dich verliebt. Das musst du mir glauben, Ivy.«

Trotz meiner Entschlossenheit würde ich ihm gerne zuflüstern, dass ich mich ja auch in ihn verliebt habe. Aber wie ist das jetzt noch möglich? Ich kenne ihn offenbar kein bisschen. Der Verrat sitzt zu tief. Und ich kann nicht darüber hinwegsehen. Ich habe einmal zugelassen, dass ein Mann mich ausnutzt, das wird mir nicht noch einmal passieren.

»Ich kann das nicht mehr«, sage ich, öffne die Tür und zeige auf den Ausgang.

Für zwei Sekunden rührt er sich nicht, als wäre er in Schockstarre. Vielleicht überlegt er auch, ob er sich weigern soll zu gehen. Vermutlich hofft er, mich doch noch überzeugen zu können, und ich fürchte mich davor, dass er es versucht.

Schließlich steht Milo auf und setzt sich in Bewegung. »Es tut mir leid.«

Sanft drückt er mir einen Kuss auf die Stirn, und ich lasse es zu. Ich verharre auf der Stelle, bin gefangen in diesem Abschied, der mir alles abverlangt. Zu gerne würde ich ihm zurufen, dass wir eine Lösung finden werden und ich meine Worte zurücknehme, aber ich wüsste nicht, wie.

Also lasse ich Milo gehen.

Ich schließe die Tür, beende dieses Kapitel.

Noch an der Tür sacke ich zusammen und beginne zu weinen.

***

Ich habe schon viele Berichte über außerkörperliche Erfahrungen gelesen. Dieses Phänomen, bei dem Betroffene sich außerhalb ihres Körpers befinden und sich selbst wie aus einer Vogelperspektive beobachten.

Es ist, als würde ich seit über einer Woche in dieser Phase stecken. Das Leben geht weiter, es zieht an mir vorbei, und mein Körper ist bei allem anwesend – bei meinen Proben für die Tour, bei den letzten Absprachen fürs Abschlusskonzert. Nur mein Geist ist irgendwo in einem Delirium gefangen und befindet sich in einem Sumpf aus Liebeskummer, Zweifeln und Flashbacks.

Alles ist wieder da, alles zerrt an mir, und trotzdem sehe ich meinem Körper dabei zu, wie er alle Aufgaben meistert und dabei zur Höchstleistung aufläuft. Aus meiner Position sehe ich meinen Schweiß, aber ich spüre nichts davon.

Dabei sollte das hier mein Moment sein: der Moment, auf den Millionen von Musiker da draußen warten. Wie lange habe ich von einer Tourankündigung geträumt? Mein Geist erinnert sich kaum noch. Die Sogkraft des Sumpfes ist zu stark.

»Sehr gut, Ivy«, lobt mich Keyla.

Es ist das erste Mal, dass sie uns während der Proben besucht. Ansonsten war meistens Trish hier, die eine Übersicht über die Outfitwechsel und die geplanten Special Effects brauchte. Ich soll bei dieser Tour, auf der es darum geht, mich in der Musikbranche zu etablieren, der Fokus der Show bleiben. Keine Backgroundtänzer, kein Schnickschnack. Nur Nebel, Licht, eine Polestange und ein Stuhl.

»Für das Abschlusskonzert reicht eine kleine Kostprobe«, sagt Keyla mit Blick auf die Polestange.

Daniel ist bereits mitten in den Vorbereitungen für den großen Abend und kümmert sich händeringend um Ersatz für Milo, denn ich habe ihm gesagt, dass ich Milo nicht mehr in meiner Nähe haben möchte. Verständlicherweise war Daniel nicht glücklich darüber und hat mir tausend Fragen gestellt, also habe ich ihm erzählt, dass er diesen Job unter Vorspiegelung falscher Tatsachen angenommen hat. Da Daniel Diskretion und Ehrlichkeit wichtig sind, hat es ihm als Erklärung vorerst gereicht.

Die Tickets für das Abschlusskonzert sind längst verlost, und genau in der Minute, in der der Livestream von dem Konzert endet, fällt der Startschuss für den Vorverkauf meiner Tourtickets. Ich schwanke zwischen Aufregung und Wehmut. Mein letztes Konzert im *Silverside*.

In der jetzigen Situation weiß ich nicht, wie bereit ich dafür bin, dieses Kapitel erst mal abzuschließen, weil ich nicht weiß, ob es ein Zurück gibt. Wenn ich einmal die Tourkonzerte gegeben habe, was dann? Werde ich danach noch mal in kleinen Clubs auftreten? Gerade weiß ich nicht mal mit Bestimmtheit, ob ich nach New York zurückkehren will.

Jahre habe ich damit verbracht, mein Verhalten in Montana anzuzweifeln und mich deswegen zu geißeln. Weil ich nicht früh genug etwas gesagt und nicht erkannt habe, was Garrett mit mir macht. Viel zu spät habe ich gemerkt, welche Auswirkungen sein Machtmissbrauch auf mich hatte. Ich dachte, mit meinem Umzug nach New York wäre es vorbei, dass noch mal jemand seine Überlegenheit mir gegenüber ausnutzt. Tja, und nun muss ich erfahren, dass Milo ebenfalls mit mir gespielt hat. Und ich frage mich unweigerlich, ob das Plattenlabel sich am Ende nicht auch in die Abfolge der schlechten Entscheidungen einreiht.

Als Henry mir angeboten hat, mich beim Label aufzunehmen, habe ich nicht eine Sekunde gezögert. Es war wichtig, um all das hier zu bekommen und meine Musikkarriere voranzutreiben, aber ich kann nicht aufhören, mich deswegen klein zu fühlen. Denn es scheint, als hätte ich keine Macht über mein Leben – weder in der alten noch in meiner neuen Welt.

Keyla, Trish und Henry hatten die Macht, meinen Traum Wirklichkeit werden zu lassen, und sie könnten ihn mit einem Fingerschnipsen beenden.

Milo hat die Macht, sich doch noch für den Auftrag zu entscheiden und meine Geheimnisse zu verraten.

Und was bleibt mir?

»Lasst uns einen letzten Durchgang machen«, schlage ich den anderen vor, um mich aus der Gedankenspirale zu befreien. Auch wenn wir schon seit Stunden proben, brauche ich das. Musik war meine Kraftquelle in den dunkelsten Stunden. Sie ist das Einzige, das mich durchhalten lässt, egal wie schwer die Zweifel und Sorgen auch werden.

KAPITEL 38

YOU CAN'T BE REAL

Ivy

Eine Woche, nachdem ich Lennon kennengelernt hatte, stand ich das erste Mal auf der Bühne im *Silverside*. Damals ohne Publikum und ohne Band, einfach nur zum Spaß, während Lennon und Daniel Getränke sortiert haben. Es war nur ein Experiment, wie es sich anfühlen würde, vor anderen zu singen. Jetzt fühlt es sich komplett surreal an, vorerst das letzte Mal hier aufzutreten.

Keyla steht mit mir im Backstagebereich und schaut sich prüfend um. Sonst kommt sie nie zu meinen Konzerten, allein ihre Anwesenheit suggeriert also die Tragweite dieses Abends, an dem ihrer Einschätzung nach gleich hunderttausend Leute den Livestream des Konzerts verfolgen werden. Es bleibt abzuwarten, ob sie danach auch wirklich alle Karten für meine Tour kaufen.

»Du wirkst nervös. Denk immer nur an die Menschen, die gerade vor ihren Smartphones sitzen und den Countdown mitzählen. Genau wie die Leute, die die Konzerttickets für heute gewonnen haben. Und hab Spaß!«

Ich höre bereits ihre Fangesänge. Sie singen den Refrain von *Faint*, einige rufen meinen Namen. Es zaubert mir sofort ein Lächeln ins Gesicht, denn es ist genau die Energie, die ich gerade brauche, um alles andere abzuschütteln.

»Na siehst du«, sagt Keyla aufmunternd. »Spiel ein bisschen mit der Kamera, für die Leute, die den Stream verfolgen.«

Der Vorhang bewegt sich, und Lizz steckt ihren Kopf hindurch. »Wir wären so weit«, kündigt sie an. »Die anderen sind auf Position, alle haben ihre Getränke, und der Online-Countdown läuft.« Sie mustert mich lächelnd. »Wie sieht es bei dir aus?«

In meinen Fingern kribbelt es, so sehr wünsche ich mir, da rauszugehen und alles um mich herum zu vergessen.

»Ich kann es kaum erwarten«, erwidere ich.

»Dann geht's jetzt los.«

Lizz verschwindet wieder in den Bühnenraum, und auch Keyla wünscht mir viel Erfolg und begibt sich auf Position. Sicher wird sie Fotos und Videos machen, um sie später auf Insta zu posten und den Ticketverkauf für die Tour zusätzlich anzukurbeln.

Vor der Bühne hört der Gesang abrupt auf und wird von Applaus und Jubel unterbrochen. Das Licht ist gedimmt, nun sind alle Augen auf die Bühne gerichtet. Das Konzert und der Livestream beginnen, die ersten Töne des Schlagzeugs setzen ein. Ein Raunen geht durch die Menge, selbst hinter dem Vorhang kann ich die freudige Erwartung spüren. Sie schwappt in Wellen zu mir herüber und schürt den Drang, rauszugehen und alles zu geben.

Die Bass Drum erklingt zweimal hintereinander. Mein Zeichen. Ich strecke den Rücken durch, richte ein letztes Mal mein Oberteil, setze meine In-Ears ein, und dann trete ich durch den Vorhang auf die Bühne. Scheinwerfer blenden mich. Auch wenn ich die Zuschauenden durch meine In-Ears nicht mehr hören kann, vernehme ich ihre Euphorie.

Gil stimmt *Descent* an. Es ist immer unser erstes Lied, und ich lasse mich treiben. Von den melodischen Riffs von Gil, dem durchdringenden Bass von Josh und Effies starken Drums, die ich im Magen spüre. Ich lasse mich fallen in dieses Lied, das ich mit neunzehn Jahren geschrieben habe. Immerzu hatte ich Garrett im Kopf, ihn und seine Vorwürfe, wenn ich zu kurze Röcke oder zu knappe Tops getragen habe. Wenn ich mit Travis einfach ein paar Erfahrungen sammeln wollte, ohne als Schlampe dargestellt zu werden. Die Worte dieses Lieds stecken noch immer in einem tiefen Riss in meiner Seele, aus dem sie entsprungen sind. Doch wo früher Schmerz war, wenn ich sie hervorgeholt habe, fühle ich mich nun freier. Es hilft, sie zu singen und dabei zu spüren, dass mir die alten Erfahrungen nichts mehr anhaben können. Ich spiele mit ihnen. Spiele mit den Verurteilungen und den Schuldzuweisungen.

Ich drehe dem Publikum den Rücken zu und beginne zu tanzen. Jede meiner Tanzeinlagen ist ein Stück Provokation an meine früheren Unterdrücker, jede Tanzeinlage ist ein Stück Freiheit, die ich mir erkämpfe.

Mein Körper gehört mir.

Gils Solo verebbt, die letzten Klänge hallen nach. Ich nehme meine Schlusspose ein und singe den letzten Ton des ersten Liedes. Dann nehme ich kurz die In-Ears heraus, um das Publikum zu hören.

»Hallo, *Silverside*!«, rufe ich ins Mikro, als ich mich umdrehe. »Und Hallo an alle, die den Livestream verfolgen.«

Ich winke in die Kamera und gehe in die Hocke, um ein paar der Fans in erster Reihe zu begrüßen. Eine Gruppe von Mädchen, vielleicht fünfzehn Jahre alt, winken mir zu.

»Ich hoffe, wir machen uns alle schon mal warm für meine Tour«, sage ich und lasse meinen Blick über die Menge schweifen. »Direkt nach dem Konzert startet der Ticketverkauf, aber vorher geben wir noch mal Gas. Let's go!«

Ich stehe auf und mache mich bereit für mein nächstes Lied, *Humanity*, das ich am Mikrofonständer singen werde, weil es etwas ruhiger ist. Ich will gerade meine Ohrstöpsel wieder reinstecken, als jemand meinen Namen ruft.

Eine dunkle, mir bekannte Stimme frisst sich durch den Jubel und stellt mir die Nackenhaare auf.

Ich blinzle gegen das Scheinwerferlicht und will mir einreden, dass ich halluziniere. Ich war zu tief in meinen Gedanken an früher. Vielleicht hat jemand eine ähnliche Stimme. Niemals kann ich sie wirklich gehört haben. Hier, im *Silverside*, bei meinem Konzert.

Joshs Bass hat eingesetzt.

Schnell stöpsle ich wieder einen meiner In-Ears ein und singe die ersten Strophen von *Humanity*, während ich das Publikum absuche. Jedes Gesicht wird von mir gescannt, jede Person wird begutachtet.

Ich will mich irren.

Ich *muss* mich irren.

Doch dann entdecke ich ihn. Direkt am Notausgang, in der vorletzten Reihe, steht er und starrt mich an. Seine aschblonden Haare sind ein wenig länger als vor einem Jahr, und er trägt nun einen dichteren Bart.

Er hat mich gefunden.

Sofort habe ich einen Blackout. Ich kann mich nicht mehr an meinen Songtext erinnern, die Worte bleiben mir im Hals stecken. Die Fans schmunzeln über meinen kleinen Texthänger und beginnen, den Text lauter mitzusingen, um mir zu helfen, aber ich bin wie paralysiert und kann nicht darauf eingehen. Ich kann auch nicht aufhören, Garrett anzusehen, obwohl ich *wirklich* gerne meinen Blick abwenden würde. Ich will meine Augen schließen und bis zehn zählen und darauf hoffen, dass das hier nicht real, sondern ein böser Traum ist. Und wenn ich die Augen wieder öffne, steht dort ein anderer Mann am Notausgang, der Garrett nur etwas ähnlich sieht.

Ich wünschte wirklich, es wäre einfach ein Doppelgänger.

Aber er ist es. Garrett ist hier.

Keine Ahnung, wie ich ihn nicht direkt bemerken konnte, denn ich bin mir seiner Anwesenheit plötzlich mehr als bewusst. Ich spüre sie in dem Ekel, der über meine Haut kriecht. In dem Schamgefühl, das mich dazu bringen will, mich zu bedecken und sämtliche positiven Körpergefühle, die ich eben noch hatte, zu vernichten. Ich spüre sie in den Tränen, die aufsteigen und mir die Sicht rauben wollen.

Jede Zelle meines Körpers will fliehen.

Meine Fans haben aufgehört zu singen, die Band spielt nicht mehr. Oder? Ich weiß es nicht, ich nehme kaum noch etwas wahr. Alle fixieren mich, aber es ist nur ein Augenpaar, das mich interessiert.

Ich muss weg von ihm. Das ist der einzige klare Gedanke, den ich fassen kann, und der einzige Gedanke, der mich irgendwie dazu bringt, mich zu bewegen.

»Was ist den los?«, wispert Gil.

Garrett geht ein Stück auf die Bühne zu. Es fühlt sich an, als würde er auf mich zustürzen. Mein Fluchtinstinkt übernimmt die Kontrolle.

Ich laufe einfach los, runter von der Bühne in den Backstagebereich. Aber der Vorhang wird mich nicht lange schützen, Garrett könnte mir viel zu leicht folgen. Ich muss raus aus dem *Silverside* und nach Hause.

Panisch eile ich aus dem Hinterausgang und renne los – nicht auf die Straße, wo Paparazzi und Fans auf mich warten könnten, sondern über Seitenstraßen, auf denen mich keiner vermutet. Ein fataler Irrtum, wie sich herausstellt, als sich links von mir eine Seitentür öffnet und ich geradewegs in jemanden hineinlaufe. In ihn. Mein Körper weiß es, bevor ich ihn richtig sehe. Er packt mich am Arm und drückt mich gegen die Häuserfassade.

»Na, wen haben wir denn da?«, fragt er dunkel.

Ich bin eingekeilt zwischen ihm und der Wand, aber es würde ohnehin keinen Unterschied machen, weil ich mich nicht rühren kann.

Ein Blick in seine graublauen Augen genügt, um mich wieder wie mit zwölf zu fühlen. Es ist, als würde ich seine Finger auf meiner Haut spüren, seinen Griff an meinem Oberschenkel, sein raues Stöhnen, während er mir zuflüstert, dass er mich liebt.

Schwindelerregender Ekel überfällt mich, der durch meinen Magen nach oben treibt und meine Speiseröhre verätzt.

Sein brutaler Griff um meinen Arm hat nichts von der Zärtlichkeit, die er mir die ersten Jahre entgegengebracht hat.

»Ivy?« Daniels Stimme hallt durch die Nacht, aber Garrett hält mir sofort den Mund zu. Ich versuche trotzdem zu schreien, versuche etwas zu sagen, aber es kommt kein Ton aus meiner Kehle.

»Ivy, wo bist du?«, höre ich nun auch Lizz.

Sie rufen nach mir, aber sie können mich nicht sehen, denn Garrett hat mich unbemerkt in eine dunkle Ecke gezogen.

»Vielleicht hat sie sich ein Taxi genommen«, höre ich Daniel mutmaßen, und ich will ihm zurufen, dass sie mich bitte weitersuchen sollen. Gerade wünsche ich mir sogar nichts sehnlicher, als dass mich die sonst so aufdringlichen Paparazzi entdecken.

Bitte findet mich.

Bitte rettet mich.

Doch niemand kommt. Daniel und Lizz sind nicht mehr zu hören. Da sind nur Garrett und der einsetzende Nieselregen, der nun auf das Vordach prasselt, unter dem er uns versteckt hält.

Garrett löst seine Hand von meinem Mund. Lüstern wandert sein Blick meinen Körper hinab. Er bleibt an meinen Brustwarzen hängen, die sich wegen der Kälte gegen den dünnen Stoff meines Kleids drücken.

»Du siehst wunderschön aus, Honey.«

Ich zucke zusammen. Der Spitzname ist wie ein Schlag ins Gesicht.

»Ich habe dich vermisst.«

Die Übelkeit kriecht weiter meine Kehle hinauf und lässt mich zittern. Ich halte den Atem an und wage es nicht, mich zu rühren, obwohl ich es doch aus der Vergangenheit besser weiß. Genau dafür habe ich mich immer verurteilt.

Wieso stehe ich nur da, gefangen in meiner Angst vor diesem Mann, der mein Leben zur Hölle gemacht hat? Wieso lasse ich zu, dass seine Finger sich auf meine Wange legen und sie streicheln, als würde ich ihm gehören?

Plötzlich drückt er meinen Kopf gegen die Wand. Schmerz durchzuckt mich, aber nichts ist schlimmer als die Erinnerung, die diese Situation auslöst. Wie oft hat er mich so gegen die Wand im Trailer gedrückt ... wie oft hat er dann voller Sehnsucht auf mich geblickt, weil ich mich ihm entzogen hatte. Wie oft hat er sich an mir gerieben, als wäre ich sein Eigentum.

»Als ich dich gestern in diesem orangenen Wohnhaus gesehen habe, war ich mir nicht sicher, wie viel von meinem Mädchen noch in dir ist.«

Er weiß, wo ich wohne? Er war da?

»Aber dich auf der Bühne in diesem Outfit zu sehen, hat viele Erinnerungen geweckt.«

Ein ausgewachsener Schauer läuft mir über den Rücken.

»Du hast dich nicht bei deiner Mutter zurückgemeldet«, raunt er mir ins Ohr. »Dabei bist du uns das schuldig, findest du nicht? Nach allem, was du getan hast ...«

Ich bin wieder dreizehn.

»Ich verzeihe dir, was geschehen ist. Ich könnte dir doch nie wirklich böse sein. Ich könnte dir doch nie etwas tun. Dafür liebe ich dich viel zu sehr.«

Ich bin ein kleines Mädchen, das geliebt werden will.

»Aber auch ich bin nicht frei von Fehlern. Es war nicht richtig von mir, dich in Montana halten zu wollen. Sieh nur, wie du hier aufblühst. Sieh dir an, was du aus dir gemacht hast.«

Ich bin eine verlorene Seele, die Zuneigung braucht.

»Aber bei all dem Stolz, den ich dabei empfinde, bin ich auch wütend auf dich«, spricht er weiter. »Wegen deiner kleinen Attacke konnte ich vier Monate lang nicht arbeiten gehen. Außerdem schuldest du uns beiden ein gemeinsames Jahr. Einfach abzuhauen war nicht richtig.«

Ich bin nicht stark genug, um mich seinen Berührungen zu widersetzen.

Oder?

Blutige Hände und ein Messer dringen durch meine Schockstarre und katapultieren mich zwölf Monate zurück. Beim letzten Mal dachte ich auch, ich könnte mich niemals gegen Garrett wehren, aber ich habe es geschafft. Ich bin kein Teenager mehr, bin nicht mehr wehrlos.

»Ich schulde euch gar nichts«, spucke ich aus.

Mit einem Schrei kralle ich meine Fingernägel in seine Wange. Sie dringen in sein Fleisch.

Er jault auf und lässt mich los. Fünf lange Kratzer zieren nun sein Gesicht.

Es wird ihn nicht lange aufhalten, also nutze ich die Gunst der Stunde und schubse ihn von mir weg. Viel Kraft habe ich nicht, er bewegt sich nur einige Millimeter, aber es reicht, um mich zu bücken und aus seinen Fängen zu befreien. Die Wand ist nun nicht mehr in meinem Rücken.

»Wage es nicht!«, warnt mich Garrett, als ich im Begriff bin, fortzulaufen. »Ich habe nach deiner Messerattacke keine Anzeige erstattet, aber es wäre ein Leichtes für mich, das nachzuholen. Wie würde es deinem Musiklabel wohl gefallen, wenn sein neuer Star wegen schwerer Körperverletzung angezeigt würde?«

Sein Grinsen ist diabolisch. Sicher hat er gerade bemerkt, dass ich bei seinen Worten tatsächlich innegehalten habe. Die Kälte, die sich nun in mir ausbreitet, ist vernichtend.

»Dann wäre es für mich ein Leichtes, den Leuten zu erzählen, was du mir angetan hast«, erwidere ich. »Was wiegt schwerer: Körperverletzung aus Notwehr oder der Missbrauch eines unschuldigen Kindes?«

Nie zuvor habe ich Garretts Gesicht derart fratzenhaft gesehen. Als würde er sich gleich in einen rauchenden Dämon verwandeln.

»Spiel keine Spielchen, die du nicht gewinnen kannst.«

Er macht einen Schritt auf mich zu, ich weiche zurück.

»Du hast keine Beweise für deine Anschuldigungen«, fährt er fort.

»Weil du dafür gesorgt hast, dass mir niemand geblieben ist. Du hast mir alle genommen.«

»Tja, ich hingegen habe eine Zeugin, nicht wahr? Deine Mutter ist durchaus gewillt, der Polizei von diesem Abend zu erzählen. Sie wird bestätigen, wie heimtückisch du mich angegriffen hast. Körperverletzung, Sachbeschädigung. Du hast dir da einiges zuschulden kommen lassen. Wir haben Fotos, wir haben den Notruf deiner Mom. Dieses Spiel verlierst du, Honey.«

Zu gerne würde ich diesem Schwein wieder meine Fingernägel ins Gesicht jagen für sein herablassendes Grinsen.

»Aber du hast die Wahl: Entweder du begleichst meinen Verdienstausfall und bezahlst die Reparatur der Windschutzscheibe und kommst nach Hause zurück.«

Er richtet seine Jacke.

»Oder ich verkaufe die Story an die Presse und gehe dann zur Polizei – ich wette, das wäre sogar noch lukrativer für uns. Aber wir sind immer noch eine Familie – und du weißt, dass mir das immer das Wichtigste war. Du hast vierundzwanzig Stunden Zeit, dich zu entscheiden.«

»Ja, in Familien stehen Erpressungen, Gewalt und Missbrauch auf der Tagesordnung. Vater des Jahres.«

Ich bin überrascht über meinen Mut. Noch nie habe ich so mit Garrett geredet, und es erfüllt mich mit Genugtuung.

Zumindest für einen Moment, bis er mich ansieht, als hätte ich gerade die Jagdsaison eröffnet.

Ich taumle rückwärts, um noch etwas mehr Abstand zwischen uns zu bringen, dabei löse ich einen Bewegungsmelder aus. Licht erhellt die Straße und bringt uns damit die Aufmerksamkeit von Paparazzi ein, die noch immer vor dem *Silverside* stehen. Sie erkennen mich und rufen nach mir, sie sind meine Rettung, weil Garrett es nun nicht mehr wagt, mich weiter zu bedrängen.

»Vierundzwanzig Stunden«, wiederholt er und tritt den Rückzug an.

Erleichterung durchflutet mich, aber ich fühle mich trotzdem nicht besser. Ein Teil meines Körpers ist immer noch im Überlebensmodus und versucht zu verdauen, was gerade passiert ist.

Er weiß, wo ich wohne. Dorthin kann ich auf keinen Fall zurück.

Ich weiß nicht mal, ob ich mich dort jemals wieder sicher fühlen kann, wenn ich fürchten muss, dass er jederzeit vor meiner Wohnungstür auftauchen könnte. Mein Zufluchtsort ist verschwunden, und es bleibt nichts als Ratlosigkeit.

Die Paparazzi kommen auf mich zu. Spiegelreflexkameras und Smartphones recken sich mir entgegen, und ich werde mit Fragen bombardiert, warum ich das Konzert fluchtartig verlassen habe.

Es katapultiert mich geradewegs in die Gegenwart.

Shit, mein iPhone und mein Portemonnaie befinden sich noch im *Silverside*.

Daniel und Lizz sind dort, und ich sehne mich danach, sie

zu sehen, aber auch Keyla und Trish warten auf mich. Die Band. Das Social-Media-Team. Alle Menschen, die ich enttäuscht habe und die sicher eine Erklärung fordern, die ich ihnen nicht liefern kann. Wenn ich jetzt allen erzählen muss, wer Garrett ist und was er getan hat, während ich immer noch seinen Finger auf meiner Wange spüre, dann war's das. Ein für alle Mal.

Und diese Macht kann ich ihm nicht geben.

»Ivy?«, fragt einer der Paparazzi. »Miss Cohen? Geht es Ihnen gut?«

Ich weiß keine Antwort darauf. Mein Geist ist längst wieder dabei, meinen Körper zu verlassen.

Gibt es überhaupt einen sicheren Ort in New York, wenn Garrett Morales in der Stadt ist?

KAPITEL 39

PLEASE STAY

Milo

Die Stellenportale in New York sind wie ein Heuhaufen, in dem man die sprichwörtliche Nadel finden muss. Inzwischen habe ich mich damit abgefunden, dass ich meine Journalismus-Karriere erst mal auf Eis legen und mich auf andere Branchen konzentrieren muss. Ich dachte, das würde die Suche nach einer Anstellung leichter gestalten, doch in Wahrheit sind die Jobangebote ohne besondere Qualifikationen komplett überrannt. Die letzten zwei Tage habe ich bei mindestens zwanzig Firmen angerufen, und das Ergebnis waren verfluchte Wartelisten für Vorstellungsgespräche.

Ich markiere mir drei weitere Stellenausschreibungen für Gebäudereinigung und Hausmeisterarbeiten, bei denen ich mich morgen melden muss. Heute ist es dafür zu spät. Der Mond erhellt bereits meinen geliebten Apothekertisch. Eine Tasse Jasmintee steht vor mir und sollte mir eigentlich Trost spenden, aber es hilft in dieser verdammt aussichtslosen Situation nicht.

Frustriert klappe ich den Laptop zu. Früher hätte ich mich jetzt ans Manuskript gesetzt – raus aus dieser bitteren Realität und hinein in Fantasiewelten, in denen alles besser läuft. Aber meine Kreativität scheint mit Ivys Rauswurf aus ihrer Wohnung verpufft zu sein.

Ich habe Menschen verletzt, die ich eigentlich beschützen

wollte. Ich habe Menschen belogen, die die Wahrheit verdient hätten. Und wofür das Ganze? Ich habe alles riskiert und alles verloren.

Der Tee ist längst kalt, als ich ihn hinunterkippe. Ich spiele mit dem Gedanken, jetzt einfach schlafen zu gehen und zu hoffen, dass morgen alles besser wird. Doch gerade, als ich die Kissen aufschüttle und mich wirklich dazu entschließe, den Tag hinter mir zu lassen, klingelt es an der Haustür.

Sofort denke ich an Jaxon und seine Männer, für die es sicher ein Leichtes wäre, meine Adresse herauszufinden. Wissen sie, dass ich Ivy nicht nach Geld gefragt habe und nun ohnehin jede Chance verflogen ist, von ihr den nötigen Betrag zu bekommen? Denkbar. Jaxon traue ich inzwischen alles zu.

Vorsichtig linse ich aus dem Fenster, um irgendetwas zu erkennen. In meinem Apartment brennt noch Licht, sie müssen also längst gesehen haben, dass ich zu Hause bin.

Doch die Szene vor dem Haus passt kein bisschen zu Jaxon. Dort steht ein Yellow Cab mit laufendem Motor, und die Scheinwerfer offenbaren nicht nur leichten Nieselregen, sondern auch eine Frau, die darauf wartet, dass ich auf das Klingeln reagiere. Ihr Atem steigt in kleinen Wolken in den Himmel. Sie trägt keine Jacke, keinen Mantel, nur ein dünnes Kleid.

Ich öffne das Fenster, klare Regenluft schwappt mir entgegen.

»Ivy?«, rufe ich. »Komm hoch, ich mache dir auf!«

Nur wenige Sekunden später steht sie vor mir: mit Tränenspuren auf den Wangen und feuchten Haaren. Ich frage nicht, was sie hier macht. Ich frage nicht, ob es bedeutet, dass sie mir verzeiht. Ich sage gar nichts, sondern nehme sie in die Arme und halte sie.

Ivy schluchzt leise auf. Ihr Körper wirkt komplett durchgefroren. Als wäre sie sofort nach ihrem großen Auftritt hergekommen, für den mir die Werbung immerzu im Internet angezeigt wurde.

»Kann ich heute Nacht hierbleiben?«

»Natürlich.«

Nach allem, was ich getan habe, schuldet sie mir keine weitere Erklärung.

»Ich habe mein Portemonnaie nicht dabei. Deswegen konnte ich das Taxi noch nicht bezahlen. Würdest du das bitte übernehmen? Du bekommst das Geld morgen direkt wieder.«

»Kein Problem. Ich erledige das.«

Ich gehe zu meinem Sofa und hole eine Wolldecke, die ich Ivy über die Schultern lege. Dann hole ich meine Karte aus dem Portemonnaie.

Der Taxifahrer schimpft genervt über seine kostbare Zeit, die er mit Warten verbringen musste, aber ich höre ihm nicht richtig zu. Die Rechnung ist schwindelerregend hoch. Ivy muss wirklich direkt nach ihrem Konzert aus der Bronx hierhergekommen sein. Aber ohne Handtasche? Ohne Mantel?

Meine stummen Gebete, die Summe auf meinem Konto möge für die Taxirechnung reichen, werden erhört.

Der Fahrer fährt schließlich davon, und ich begebe mich zurück in meine Wohnung, wo Ivy in die Decke gewickelt auf dem Sofa sitzt. Als sie das letzte Mal so dasaß – so klein und in sich zusammengesunken, mit Tränen in den Augen –, hat ihr Label ihr gerade dieses Konzert in Montana aufgebrummt, und sie war gefangen in ihrer Angst.

»Das Taxi ist bezahlt.«

Sie sieht zu mir, als hätte sie mein Kommen gar nicht gehört.

»Willst du einen Tee? Dir muss bitterkalt sein.«

»Es geht schon. Die Decke hilft …«

»Okay.«

Ich setze mich neben sie.

Ihr wieder so nah zu sein, macht etwas mit mir. Mit meinem

Körper, meinem Geist. Die Hoffnungslosigkeit und Leere der letzten Tage zerstreuen sich sofort. Es ist, als würde allein ihre Anwesenheit meinen Herzschlag beruhigen und meine Nerven besänftigen, und das, obwohl ihre Verfassung besorgniserregend ist.

»Tut mir leid, dass ich hier einfach so auftauche. Vor allem, nachdem ich dich rausgeworfen habe.«

»Das war dein gutes Recht«, erwidere ich leise. »Ich habe dich enttäuscht, und ich weiß, dass Worte das nicht wiedergutmachen können. Aber ich werde trotzdem immer für dich da sein – egal, was passiert.«

Sie beißt sich auf die Lippe. »Er ist in New York.«

Der Klang ihrer Stimme verursacht mir einen Schauder, die Bedeutung ihrer Worte Übelkeit. Ich muss nicht fragen, wer gemeint ist. Ein Blick in ihre Augen genügt.

Mein Magen verkrampft sich vor Zorn. Zorn auf diesen Mann, Zorn auf die Welt. Ivy hat genug durchgemacht, sie braucht nicht noch mehr von dem Scheiß.

»Hat er dir etwas getan? Hat er ... was hat er gemacht?«

Sie schüttelt den Kopf und zuckt gleichzeitig mit den Schultern. »Er war im *Silverside*. Ich wusste, dass gerade Hunderttausende von Leuten live dabei sind, wenn ich mit meinem größten Albtraum konfrontiert werde, und ich war komplett überfordert. Ich musste einfach weg. Also bin ich abgehauen – mitten im Konzert.«

»Das ist doch absolut verständlich. Niemand hätte unter den Gegebenheiten weitermachen können.«

»Das Label wird das sicher anders sehen. Und die Fans ... vermutlich habe ich damit alles zerstört.«

»Darüber machst du dir morgen Gedanken, okay? Nicht heute. Heute zählt nur, dass Garrett dir nichts tun kann.«

»Nur weil ich jetzt hier bin.«

Ivy umklammert die Decke, während sie mir erzählt, dass er

weiß, wo sie wohnt. Mit krächzender Stimme berichtet sie davon, wie er ihr aufgelauert und sie erpresst hat.

Meine Hand zuckt mehr als einmal in dem Wunsch, ihre zu nehmen, aber ich traue mich nicht. Es ist das eine, für sie da zu sein und ihr einen sicheren Ort zu bieten, aber ich darf nicht der Illusion unterliegen, dass es gleichzeitig Vergebung bedeutet.

Sie ist hier, weil sie Hilfe von jemandem braucht, der ihre Vorgeschichte kennt. Nur daran darf ich denken.

»Du kannst so lange bei mir bleiben, wie du möchtest.«

Ich gehe zu meiner Kleiderkommode und ziehe Sportshorts und ein Shirt heraus, um ihr beides zu reichen.

»Das ist sicher bequemer.«

Ivy nimmt die Sachen entgegen und sieht sich um. »Kann ich mich im Bad frisch machen?«

»Du brauchst nicht zu fragen.« Nun lasse ich mich doch dazu hinreißen, kurz ihre Hand zu nehmen und sie zu drücken. »Ich will, dass du dich hier wohlfühlst.«

Sie nickt und lässt meine Hand los. Viel zu früh für meinen Geschmack. Diese kleine Berührung unserer Finger hinterlässt ein sehnsüchtiges Kribbeln.

Ich sehe ihr nach, als sie ins Bad geht. Kurz darauf wird die Dusche aufgedreht, und ich stelle mir für eine Sekunde vor, wie schön es wäre, einfach zu ihr in die Dusche steigen zu können. Aber es ist egal, wie sehr ich sie begehre. Durch meine Lügen habe ich mir die Sache mit ihr versaut. Wenn ich noch eine Chance bei ihr habe, dann als Freund, und den kann sie heute sicher gut gebrauchen.

»Du kannst in meinem Bett schlafen«, sage ich, als sie zurückkommt. In meinem Shirt versinkt sie förmlich, während die Hose bei ihren langen Beinen kürzer ausfällt, als ich dachte. »Es ist alles frisch bezogen.«

»Und was ist mit dir?«

»Ich nehme die Couch.«

Ivy schürzt die Lippen. »*Ich* sollte auf der Couch schlafen.«

»Wirst du aber nicht.«

Ich nehme ihre Hand und ziehe sie zum Bett, auf das sie sich widerwillig niederlässt, aber ich sehe sofort, wie sehr sie sich nach Ruhe und Geborgenheit sehnt. Der Abend muss sie ausgelaugt haben. Sie kuschelt sich unter die Bettdecke.

Die Erinnerungen an unsere gemeinsame Nacht übermannen mich augenblicklich. Wer hätte vor ein paar Wochen gedacht, dass sie nun in einer ganz anderen Verfassung hier liegen würde? Oder in einem ganz anderen Verhältnis zu mir.

Ich lasse mich dazu hinreißen, mich Ivy zu nähern. Sanft streiche ich ihr eine Haarsträhne aus dem Gesicht. Sie hält merklich den Atem an und sieht zu mir auf.

»Du bist in Sicherheit«, flüstere ich ihr zu. »Ruh dich einfach aus, okay?«

Sie nickt sachte. »Danke, Milo.«

Ich lösche das Licht. Der Schein des Vollmonds reicht, um trotzdem das Sofa zu finden und sich dabei nicht den Zeh zu stoßen.

Zum Glück ist meine Couch recht bequem, normalerweise kann ich auch schnell einschlafen. Doch wo vorher noch bleierne Erschöpfung war, fühle ich jetzt nichts als Ivys Nähe. Es macht keinen Unterschied, dass ein Couchtisch und mindestens zwei Meter Abstand zwischen uns liegen, denn ich spüre ihre Anwesenheit mit jeder Faser meines Körpers. Sie breitet sich mit einem einnehmenden Kribbeln auf meiner Haut aus. Nicht nur körperlich, ich spüre es auch auf meiner Seele, die sich nach ihr verzehrt und sich fragt, ob es ihr wohl genauso geht. Ich rieche ihr Pfirsichshampoo bis hierher, und der Gedanke, dass dieser Duft in den Kissen haften bleibt, setzt eine nie gekannte Sehnsucht in mir frei.

Im *Serpent* dachte ich, Ivy wäre mein Untergang. Die letzte

Woche hat mir jedoch gezeigt, dass der Untergang erst kommt, wenn sie nicht bei mir ist. Wenn ich damit leben muss, dass ich die Sachen, die ich getan habe, nicht wieder geradebiegen kann.

Keine Ahnung, ob das hier irgendetwas ändert. Ob sie mir irgendwie verzeiht. Ich weiß auch nicht, ob *ich* mir verzeihen kann, sie verletzt zu haben.

»Milo?« Ivys Flüstern befeuert diese Gedanken nur. »Bist du noch wach?«

»Ja. Kannst du nicht schlafen?«

Ich sehe zu ihrer Silhouette. Ihr Kopfkissen raschelt.

»Ich muss die ganze Zeit an Garrett denken.«

»Was kann ich tun?«

Ich spüre deutlich ihren Blick auf mir. Er brennt sich in meine Haut.

Spannung baut sich auch ohne Worte zwischen uns auf.

»Kannst du … hier schlafen? Bei mir?«

Ihre Worte füllen den Raum. Ich hätte gedacht, dass sie mein Verlangen nach ihr anfachen würden, aber da ist nichts als Fürsorge. Nichts als der tiefe Wunsch, ihr den Schutz zu bieten, den sie braucht, egal, wie sehr ich danach in Liebeskummer vergehen werde.

Mit wenigen Schritten bin ich bei ihr. Sie rückt nach links, damit ich Platz finde. Noch bevor ich mich auf der Matratze niederlasse, sieht sie über die Schulter zu mir.

»Ich weiß nicht, was das hier für uns bedeutet«, raunt sie. »Ich kann gerade nicht darüber nachdenken.«

»Ich weiß, Peach.«

Ich lege mich hinter sie und ziehe sie an mich heran. Ihr Duft hüllt mich ein, ihr Körper schmiegt sich an meinen. Ein perfektes Löffelchen.

»Ich will auch gar nicht, dass du darüber nachdenkst«, flüstere ich noch mal und streiche ihr übers Haar. »Ich will nur, dass du zur Ruhe kommst.«

Kurz schließe ich die Augen und gebe mich diesem Gefühl hin, sie in meinen Armen zu wissen und ihr nah zu sein.

»Bei dir fühle ich mich sicher«, flüstert Ivy.

Mein Herz macht einen Satz, während ich sie halte. Während ich daliege und ihr dabei zuhöre, wie ihr Atem immer ruhiger und schwerer wird. Erst als ich überzeugt bin, dass sie wirklich schläft, traue ich mich auch, die Augen zu schließen.

KAPITEL 40

TELL ME THE TRUTH

Ivy

Für ein paar wunderschöne Augenblicke fühle ich nichts als Wärme, Geborgenheit und Milos Arm um meine Taille. Meine Augenlider sind noch schwer, und ich will mich zu gerne in dieses Gefühl hineinfallen lassen. Doch dann ist alles wieder da: jede Sekunde des gestrigen Abends, von Garretts Auftauchen über meinen übereilten Konzertabbruch bis hin zu meiner Bitte an Milo, sich neben mich zu legen.

Ich schlage die Augen auf und blinzle gegen das Sonnenlicht, das durch die Fenster dringt. Milo schläft noch, das Gesicht ins Kissen vergraben und die Haare verwuschelt. Sein Shirt ist ein wenig hochgerutscht, sodass es die feinen dunklen Härchen unter seinem Bauchnabel freigibt.

Wenn ich ihn so sehe, würde ich am liebsten vergessen, was er getan hat. Ich würde ihn gerne küssen und einfach in dieser Parallelwelt leben, in der es seinen Verrat und den gestrigen Abend nie gegeben hat.

Aber die Realität holt mich ja doch wieder ein, ob ich will oder nicht.

Sachte befreie ich mich aus Milos Arm und schleiche zu seinem Laptop. Dem kleinen Lämpchen nach zu urteilen ist er nur auf Stand-by, also berühre ich das Mousepad.

Auf seinem Browser sind noch Fenster geöffnet.

Verkaufsangebot Suzuki SV 650.

Jobsuche New York, ab sofort.

In meinem Magen entsteht ein Klumpen, während ich mich durch die geöffneten Tabs klicke. Vieles davon hinterlässt Fragezeichen und ein ungutes Gefühl in mir, dem ich auf jeden Fall näher auf den Grund gehen muss. Aber erst muss ich mich um mein eigenes Drama kümmern.

Also öffne ich einen neuen Tab und gebe meinen Namen in das Suchfeld ein. Die Schlagzeilen, die erscheinen, sind noch schlimmer, als ich befürchtet hatte.

**Ivy Cohen bricht Internetauftritt ab:
Ist das das Karriereaus für den neuen Star?**

**Ticketverkauf für Ivy Cohens erste Tour von Konzertabbruch
überschattet. Vorverkauf bleibt unter den Erwartungen.**

Fans in Sorge: Was steckt hinter Ivy Cohens Zusammenbruch?

Die letzten zwei Monate war negative Publicity mein ständiger Begleiter. Das bleibt nicht aus, wenn man im Rampenlicht steht. Keyla hat mir sogar gesagt, dass ich mich mit jedem Schritt auf der Karriereleiter auf mehr auf Hasskommentare und Kritik einstellen muss.

Wenn ich mir die Schlagzeilen jetzt jedoch so ansehe, bin ich nicht mehr auf dieser Karriereleiter. Ich bin geradewegs gestolpert und die Stufen hinuntergestürzt und liege nun auf dem Boden.

Plötzlich spüre ich eine Hand auf meiner Schulter und zucke zusammen. Ich hatte gar nicht mitbekommen, dass Milo aufgestanden ist.

»Schau dir das nicht an. Die haben alle keine Ahnung.«

»Ach nein? Da steht, dass das gestern mein Karriereaus bedeutet.«

»Es steht da mit einem Fragezeichen, weil sie es nicht wissen«, erwidert Milo und geht zur Küchenzeile, um dort Kaffee aufzusetzen. »Jeder dieser Artikel besteht nur aus Spekulationen. Glaub mir … ich kenne die Branche.«

»Habe ich nicht vergessen.«

Ich beiße mir auf die Lippe und sehe zu Milo. Er hat sich leicht versteift, fährt aber mit dem Kaffeekochen fort.

»Wieso hast du diesen Auftrag angenommen?«

Milo seufzt leise. »Wir müssen nicht darüber reden.«

Er steckt zwei Pop-Tarts in den Toaster und holt zwei Tassen aus dem Schrank.

»Ich will es aber.« Die letzten Tage habe ich mir immer einzureden versucht, dass ich keine Informationen mehr brauche, weil seine Erklärungsversuche nichts ändern würden. Aber die Fragen nach dem *Warum* waren trotzdem da und haben mich gequält.

»Ich denke, ich verdiene die Wahrheit.«

»Du hast recht.«

Er zeigt zum Sofa, auf dem ich Platz nehme. Ein paar Minuten später kommt er mit Kaffee und Pop-Tarts zurück.

»Frosted Raspberry«, erkenne ich. »Immer eine gute Wahl.«

»Ein paar gute Entscheidungen muss ich ja treffen. Der Rest reiht sich ein in eine Vielzahl von falschen Abzweigungen.«

Mit einem leisen Krächzen in der Stimme erzählt mir Milo von dem Anruf aus dem Krankenhaus, nachdem sein Dad zusammengebrochen ist. Von den Wettschulden, den Gewaltandrohungen und Milos Bemühungen, all das irgendwie aus dem Weg zu schaffen.

Daher stammten also die Blutergüsse auf seinen Rippen. Deswegen das Blut und das zerrissene Shirt. Puzzleteile rücken an die richtige Stelle, und ich verstehe langsam das große Ganze.

»Willst du deshalb dein Motorrad verkaufen?«, frage ich, als ich es nicht mehr aushalte, nur zuzuhören.

»Ich habe mich viel zu lange dagegen gewehrt. Das Motorrad bedeutet mir viel, aber es ist nur ein Bike. Und jetzt, wo ich den Job in der Redaktion nicht mehr habe, brauche ich es auch nicht, um zur Arbeit zu kommen. Es ist nur Ballast.«

»Klingt, als hättest du jede Menge von diesem Ballast. Du und dein Vater habt viel durchgemacht.«

»Du auch«, sagt Milo und sieht mich an. Tränen schimmern in seinen Augen. »Spätestens nach der Sache mit Montana wusste ich, dass ich den Artikel nicht schreiben konnte. Aber eigentlich wusste ich es vorher schon – bei jedem Kuss, jedem Blick, jedem Lächeln. Ich dachte nur, ich müsste es durchziehen.«

»Wegen deines Dads?«

»Ich hatte Angst, ihn zu verlieren. Habe ich noch immer …«

Gequält sieht er zu mir. Das ist also der echte Milo. Der Milo, den er die ganze Zeit zurückgehalten hat und der alles für seinen Vater tun würde. Der Milo, der um seine Mutter trauert, der sich Träume mit ihr geteilt hat und diese erfüllen wollte.

Ich verstehe nur zu gut, wie es ist, mit seinen eigenen Entscheidungen ins Gericht zu gehen, und kenne das Gefühl, versagt zu haben. Ich kenne die Schuldgefühle und die Ängste, falsche Entscheidungen zu treffen. Ich kenne Leute wie diesen Jaxon – davon gab es einige im Trailerpark, und meine Mom hatte mir früh eingebläut, mich niemals mit ihnen einzulassen.

Ich verstehe jetzt, wieso Milo diesen Auftrag angenommen hat. Das verstehe ich wirklich. Vermutlich hätte ich genauso gehandelt. Für einen *echten* Dad, einen, der sich mein Leben lang um mich gekümmert und mich aufrichtig geliebt hat – für den würde ich auch über meine moralischen Grenzen gehen.

»Wenn der Auftrag gecancelt wurde, hast du das Geld nicht bekommen, oder?«

»Nein. Und ich bin ja auch nicht mehr bei *Current Flash* angestellt.«

»Aber was bedeutet das dann für dich und deinen Dad?«

Milo schluckt hörbar. »Wir haben noch zweieinhalb Wochen, aber die Zeit wird nicht reichen. Ich war vorgestern noch mal bei der Bank und habe versucht, einen Kredit aufzunehmen, aber ohne Job und mit Studienschulden hatte ich erneut keine Chance. Mir bleibt noch, das Motorrad zu verkaufen, aber bisher gibt es keine Interessenten. Dad arbeitet, so viel er kann, aber dafür macht er wieder an anderen Stellen Schulden, weil er mit den Zahlungen immer mehr in Verzug gerät. Das könnte ihm noch das Genick brechen … wenn Jaxon das nicht eh erledigt.«

Sein Lachen klingt bitter, und es verursacht mir eine ausgewachsene Gänsehaut.

»Sag das nicht. Es muss doch irgendeine Lösung geben.«

»Ich habe überlegt, die Wohnung zu kündigen und wieder bei meinem Dad einzuziehen. Das würde uns langfristig Miete sparen, und ohne Job kann ich das Apartment eh nicht lange halten. Aber um die Schulden bei Jaxon zu begleichen, würde die Entlastung nicht schnell genug kommen.« Milo sieht sich traurig um. »Und dieses Stück Unabhängigkeit aufzugeben, fällt mir extrem schwer. Auch wenn es vielleicht egoistisch ist.«

»Du bist nicht egoistisch. Nach allem, was du schon versuchst, um das Problem aus der Welt zu schaffen …«

»Ich wünschte nur, es würde reichen.«

Nachdenklich sehe ich zu dem Mann, den ich eigentlich nie wiedersehen wollte. Es ist seltsam, dass ich mich nach allem, was passiert ist, noch immer geborgen bei ihm fühle. Obwohl er mir doch jeden Grund gegeben hat, um misstrauisch zu sein.

»Was ist, wenn ich euch etwas leihe?«, schlage ich vor. »Es reicht vielleicht nicht für alle Schulden, aber es wäre bestimmt genug, um Jaxon auszuzahlen.«

Milos Augen blitzen vor Dankbarkeit auf, und ich sehe den tiefen Wunsch, dieses Angebot einfach anzunehmen und sich dieser Last zu entledigen. Er zögert für exakt vier Sekunden, dann schüttelt er den Kopf.

»Ich habe wirklich Angst um meinen Dad. Ich habe Angst, jetzt *Nein* zu sagen und es zu bereuen, wenn es längst zu spät ist. Aber nach allem, was passiert ist, kann ich kein Geld von dir annehmen.«

»Bist du dir sicher?«

Nachdenklich fährt er sich durch seine Haare, dann nickt er.

»Wenn du mir etwas anbieten willst, dann gib mir eine zweite Chance«, antwortet er leise. »Gib mir eine Chance, meine Fehler wiedergutzumachen und dein Vertrauen zurückzugewinnen.«

Mein Herz ruft laut *Ja.*

Nur mein Kopf ist nicht in der Lage, eine Entscheidung zu treffen. Nicht, wenn gerade alles so ungewiss ist. Mein Konzertabbruch, Garretts Erpressung, die negativen Schlagzeilen, Milos Hintergründe und die Sorge um seinen Dad sind schmerzhaft und beängstigend. Es ist zu viel.

Trotzdem beuge ich mich vor und gebe Milo einen kleinen Kuss auf die Wange.

»Ich verspreche dir, dass ich darüber nachdenken werde«, erkläre ich, weil ich ihm gerade nicht mehr versprechen kann. »Aber erst mal muss ich mich mit dem gestrigen Abend auseinandersetzen und überlegen, wie ich mit der Situation umgehe.«

Milo nickt seufzend. »Das verstehe ich.«

Ich nehme den letzten Schluck Kaffee, der inzwischen kalt geworden ist, dann stehe ich auf, um mich umzuziehen. Auf dem Weg ins Bad drehe ich mich noch mal um. Milo sitzt noch auf der Couch und blickt aus dem Fenster. Er wirkt gelöster. Immer noch voller Sorge um seinen Dad, aber im Reinen mit seinem Gewissen.

»Würdest du mich zu dem Gespräch mit Keyla begleiten?«

»Natürlich«, erwidert er.

***

Das Sony-Gebäude wirkte früher auf mich wie das Schloss meiner Träume, in dem aus einer Bürgerlichen eine Königin wird. Heute verspüre ich in dem gläsernen Aufzug vor allem Traurigkeit. Mein altes Leben hat offiziell mein neues infiltriert, und ich kann die Sorge einfach nicht abschütteln, dass das nun das Aus für meine Karriere bedeutet. Keyla klang jedenfalls sehr unterkühlt, als ich sie von Milos Smartphone aus angerufen und dieses Meeting vereinbart habe.

Milo steht neben mir im Aufzug wie ein Fels. Seine Anwesenheit hilft ein wenig, aber ich bin trotzdem unglaublich nervös.

Keyla, Trish und Henry erwarten mich bereits. Ihre Mienen sind versteinert, als sie mich begrüßen und Milo mustern, der ihnen etwas verlegen die Hand schüttelt.

»Wieso haben wir einen Gast?«, erkundigt sich Henry.

»Ich brauche ihn an meiner Seite, wenn ich euch erzähle, was gestern vorgefallen ist.«

»Da bin ich ja mal gespannt.«

Keyla nimmt seufzend auf einem der Ledersessel Platz. Sie bedeutet uns anderen, uns ebenfalls zu setzen.

Das Leder quietscht, während ich versuche, die richtige Position zu finden, und mit dem Sprechen beginne – angefangen bei meiner Zeit in Montana und geendet mit Garretts Auftauchen im *Silverside*.

Mein Mund ist schließlich ganz trocken, als ich einen Punkt hinter meine Erzählungen setze. Für ein paar Sekunden ist es unwahrscheinlich still im Raum.

»Das ist übel«, setzt Keyla schließlich an, und mein Magen verkrampft sich. »Dein Konzertabbruch hat dir einige Spekulationen zu deiner Verfassung eingebracht. Die Leute fragen sich, ob du zu labil bist und eine Tour überhaupt durchhalten würdest. Wenn herauskommt, dass du irgendeinen Mann angegriffen und sein Auto demoliert hast, war es das.«

»Nicht irgendeinen Mann«, spuckt Milo förmlich aus. »Ihren Stiefvater, der sie missbraucht hat. Es war Notwehr.«

»Gut möglich, dass die Leute Mitgefühl mit Ivy haben werden«, überlegt Trish.

»Das Problem ist doch, dass die Leute längst über Ivys Gemütszustand spekulieren«, erwidert Keyla. »Erst wegen der Songtexte, jetzt dieser Konzertabbruch. Und wenn Garrett Zeugen hat, die die Notwehr widerlegen, dann interessieren die wahren Hintergründe niemanden.«

In diesem Moment fällt mein Kartenhaus in sich zusammen: der Neuanfang, die schnelle Karriere, die Zahnräder, die seit meiner Ankunft in New York ineinandergegriffen haben. Es war wohl zu schön, um wahr zu sein.

»Was können wir tun?«, frage ich leise.

Keyla ist diejenige, die das Wort ergreift. »Ich denke, das Beste wäre es, deine Familie eine Verschwiegenheitserklärung unterschreiben zu lassen. Damit verpflichten sie sich, die Vorfälle nicht öffentlich zu machen – weder bei der Polizei noch bei der Presse.«

Milo runzelt die Stirn. »Warum zum Teufel sollten sie so was unterzeichnen? Was haben sie davon?«

»Natürlich machen sie das nicht ohne einen gewissen finanziellen Anreiz.«

Ich starre Keyla an. »Du meinst Schweigegeld?«

In meinem Kopf dreht sich alles bei dem Gedanken, diesem Schwein das Geld zu geben, das ich mir so hart erarbeitet habe. Als wäre *ich* diejenige, die etwas zu befürchten hätte, obwohl *er* der Mensch war, der mich missbraucht hat. Er hat es ausgenutzt, dass ich ein wehrloses Kind war, er hat ausgenutzt, dass ich geliebt werden wollte. Er hat mich benutzt und kleingehalten, und dafür soll er auch noch belohnt werden?

»Ich nenne es eine Versicherungspolice«, setzt Keyla wieder an. »Geld im Austausch für die Verschwiegenheitserklärung. Damit stellen wir sicher, dass die Presse nichts gegen dich in der Hand hat und deine Familie nicht immer mehr und mehr fordert.«

Jedes ihrer Worte fühlt sich wie ein Schlag ins Gesicht an. Für sie mag es vernünftig klingen, aber für mich ist es blanker Hohn. Es würde suggerieren, dass Mom und Garrett die Opfer sind. Nicht ich. Ich würde ihnen recht geben, dass ich etwas falsch gemacht habe. Oder?

»Ich will das nicht machen«, traue ich mich zu sagen.

Keyla lächelt milde. »Nun, ich verstehe, dass das finanziell eine große Sache für dich ist.«

»Es geht gar nicht um das Geld. Es geht um Gerechtigkeit.«

Das Lächeln auf Keylas Lippen verschwindet.

»Das hier ist kein Gericht, das ist ein Businessmeeting. Ein Meeting, das wir brauchen, weil du nicht ehrlich zu uns warst und weil du das Konzert abgebrochen hast. Du kannst froh sein, dass wir überhaupt noch etwas zu bereden haben.«

»Wir bieten dir eine Lösung an, mit der du noch weiteren Schaden von deiner Künstlerpersönlichkeit abwenden kannst«, ergänzt Trish.

Ich zögere, Keyla fasst sich genervt an die Stirn.

»Ich kann dir nur dringlichst raten, unseren Vorschlag zu befolgen. Ich bin es nämlich leid, mit dir zu diskutieren. Erst dein Aufstand mit dem Konzert in Montana, und jetzt diese

Misere. Du kannst dir wirklich keine Fehltritte mehr erlauben.«

Allein das Wort *Montana* aus Keylas Mund zu hören, schürt heiße Wut in mir. Damals haben sie mir nicht zugehört, und diesmal tun sie es auch nicht. Sie nehmen mich und meine Einwände einfach nicht ernst.

Trotzdem sitze ich da, während alle mich anstarren, und versuche, eine Entscheidung zu fällen.

Milos Hand liegt noch immer in meiner und ist wie ein Anker, um mich nicht in meinen Gedankenspiralen zu verlieren.

Gerade verstehe ich, in welchem Dilemma Milo sich befunden hat, denn ich stehe vor zwei Türen und habe keine Ahnung, durch welche ich hindurchgehen soll.

Da sind so viele Träume auf der einen Seite: die Ivy, die schon mit zehn Jahren Musikerin werden wollte. Die Ivy, die Kraft aus ihren Songtexten zieht und darin aufgeht, auf der Bühne zu stehen. Die Ivy, die alles dafür tun will, um diese Karriere nicht aufs Spiel zu setzen. Die weiß, dass sie ein Label im Rücken braucht, damit es weitergeht, und die sich keine Fehltritte mehr erlauben kann.

Und dann sind da zwei andere Ivys auf der anderen Seite: eine kleine Ivy, mit Zöpfen und großen Kulleraugen, die beschützt werden will. Die so viel durchgemacht hat. Und da ist die Ivy vom letzten Jahr, die sich geschworen hat, dass Garrett nie wieder ein Teil ihres Lebens sein wird.

Mit dieser Verschwiegenheitserklärung würde ich ihm meine geschundene Seele verkaufen und sagen: »Schwamm drüber. War doch nicht so schlimm. Hier hast du eine Belohnung für deine Taten.«

»Ich kann und werde meiner Familie kein Geld geben«, bringe ich hervor.

Noch während ich es ausspreche, überkommt mich Angst, aber ich dränge sie weg. Während meiner Kindheit und Jugend wurden meine Grenzen nicht beachtet, aber heute kann ich dafür sorgen, dass sie niemand mehr überschreitet. Auch wenn ich das Gefühl habe, an der Entscheidung zu ersticken.

»Ich werde mich auf keine Deals einlassen.« Mit zitternden Beinen stehe ich auf. »Egal, welche Konsequenzen das auch haben mag.«

Keyla sieht aus, als hätte ich ihr ins Gesicht gespuckt. Eine Ader an ihrer Schläfe zuckt.

»Ich hatte dich für professioneller gehalten«, entgegnet sie.

»Ich habe euch für empathischer gehalten«, gebe ich zurück. Damit ist alles gesagt.

Mit Milo an meiner Seite lasse ich Keylas Büro und das Label hinter mir, möglicherweise auch meine Karriere.

Das war zumindest der Sargnagel für meinen Vertrag bei ihnen, da bin ich mir ganz sicher.

Aber auf dem Weg zum Aufzug sehe ich die kleine Ivy mit ihren Zöpfen stehen, und sie lächelt mich dankbar an. Diese Entscheidung war für sie, für mein inneres Kind.

Für *mich*. Für alles, was war.

***

Ich hänge meinen Gedanken nach, während Milo uns mit dem Motorrad Richtung Bronx fährt. Ich brauche meine Sachen aus dem *Silverside,* und ich brauche Daniel und Lizz. Sie werden sicher dort sein, denn an den Tagen nach Veranstaltungen sind sie meistens mit dem Aufräumen und dem Neubefüllen der Bar beschäftigt.

Der East River zieht an uns vorbei. Normalerweise hätte ich es bewundert, wie sich die Sonne auf der Wasseroberfläche spiegelt und alles zum Funkeln bringt, aber heute stimmt es mich traurig. New York, die Stadt meiner Träume, die vor mir in Scherben liegt.

Ich bin froh, endlich vor dem *Silverside* zu halten, den Code einzugeben und hineinzugehen. Im Backstagebereich brennt kein Licht.

»Lizz? Daniel? Ich bin's, Ivy!«

Die Tür fällt hinter uns ins Schloss, kurz darauf tritt Lennon durch den Vorhang.

»Gott sei Dank«, murmelt sie und umarmt mich fest. »Wir haben uns solche Sorgen um dich gemacht.«

Sie löst sich von mir, mustert mich eingehend und gibt mir einen Klaps auf den Oberarm.

»Aua«, schimpfe ich. »Wofür war das?«

»Dafür, dass du mitten in deinem Konzert davonläufst, nicht nach Hause kommst und keiner wusste, wo du bist. Zum Glück hat Keyla irgendwann angerufen und uns gesagt, dass du dich bei ihr gemeldet hast, aber wir hätten gerne selbst von dir gehört.«

»Tut mir leid«, murmle ich.

Plötzlich sind auch Lizz und Daniel da und fallen mir ebenfalls sofort um den Hals.

Daniel mustert mich, als würde er sich davon überzeugen wollen, dass ich nicht verletzt bin.

»Mir geht es gut«, sage ich. »Körperlich zumindest.«

Zusammen gehen wir in den vorderen Bereich des *Silverside*, in dem der vertraute Geruch von zitronigem Putzmittel liegt. Wir setzen uns an einen der Tische, und zum zweiten Mal an diesem Tag erzähle ich alles, was passiert ist. Auch Milo sagt ein paar Worte, um zu erklären, was es mit seinem Barkeeper-Job auf sich hatte.

Lennon, Daniel und Lizz verdienen schon lange die Wahrheit. Von uns beiden.

»Sollte das Label mich nun fallen lassen, kann ich ja vielleicht einfach weiter die Sängerin aus dem *Silverside* sein?«, frage ich wehmütig.

»Es wird immer deine Bühne bleiben, solange du sie haben willst.« Ich sehe den Schmerz in Daniels Augen, den meine Enthüllungen über Garrett dort hineingespült haben.

»Du hast alles richtig gemacht«, sagt er. »Dein Stiefvater soll keinen Cent kriegen.«

»Wieso fühlt es sich dann trotzdem so an, als hätte er gewonnen? Ihn wird nichts davon abhalten, der Presse seine Lügen zu verkaufen. Und wenn diese Artikel mir wirklich noch mehr schaden, was bleibt dann noch von meiner Karriere?«

»Deine Musik«, antwortet Milo. »Die wird dir immer bleiben.«

Lennon reckt das Kinn. »Nicht nur die. Du hast trotzdem Fans.«

»Ich weiß nicht, ob ich die noch habe, wenn sie Garretts Version der Geschichte kennen.«

»Da unterschätzt du deine Fans aber ziemlich.«

Lennon holt ihr Smartphone aus der Hosentasche, tippt etwas ein und reicht es mir schließlich.

»Ein Video von meinem Konzertabbruch?«

Ich bekomme direkt einen Kloß im Hals. Hilfreich ist es nicht gerade, zu sehen, wie viele Menschen bereits auf dieses Video geklickt und es geteilt haben. Ich bin dann wohl die Lachnummer der Stadt.

»Guck dir die Kommentare darunter an«, sagt Lennon.

»Ich bin froh, dass das Konzert abgebrochen wurde«, lese ich vor. »Diese Ivy Cohen kann man ja nicht lange ertragen.«

Ich werfe Lennon einen Seitenblick zu.

»Danke, fühle mich schon viel besser.«

»Die nächsten Kommentare.«

»Wir halten auch in schweren Zeiten zu dir, Ivy«, lese ich weiter. »Und wir freuen uns auf deine Konzerte.«

*Du hast mir so viel Kraft mit deinen Texten gegeben, jetzt schicke
ich dir Kraft.*

Ivy, du bist nicht allein.

*Mir ist egal, was ihr sagt. Es zeigt doch nur, dass sie viel durch-
macht und ihre Texte authentisch sind. Ivy war immer sie selbst
und hat uns nie etwas vorgemacht.*

Natürlich gibt es auch Hasskommentare, die sich über meinen
abgebrochenen Auftritt und meinen entsetzten Gesichtsausdruck lustig machen. Leute, die glauben, dass ich dem Showbusiness nicht gewachsen bin. Aber da sind auch viele andere Stimmen. Stimmen von Fans, die verstehen, dass mein Leben nicht
immer schön war. Von Leuten, denen es vielleicht ähnlich geht.

Die Buchstaben verschwimmen vor meinen Augen, während es in meinem Kopf rattert. Während ein entscheidender
Faktor zu der bisherigen Gleichung hinzukommt.

Ich bin nicht hilflos.

Ich bin nicht machtlos.

Da draußen gibt es Menschen wie mich, die sich einsam
fühlen und in ihren Problemen ertrinken und meine Songs als
ihren Rettungsanker sehen. Sie halten sich daran fest, weil sie
sich verstanden fühlen.

Ich bin die Person, die ihnen Hoffnung schenkt.

Ich denke, äußerlich bin ich gerade zur Salzsäure erstarrt,
aber im Innern laufe ich auf Hochtouren. Entschlossenheit
sammelt sich in meinem Magen, meinem Herzen, meinem
Kopf. Entschlossenheit, Dinge zu verändern. Mich nicht mehr
klein und schwach zu fühlen, sondern die Position zu nutzen,
in der ich mich gerade befinde.

»Schluss mit Trübsalblasen«, verkünde ich daher. »Ich weiß,
was zu tun ist.«

Lennon kräuselt die Stirn. »Das kam jetzt plötzlich.«

»Nenn es eine Eingebung«, antworte ich lächelnd, dann sehe ich zu Milo. »Aber ich brauche dich dafür. Kannst du dir die nächsten Stunden freischaufeln?«

»Klar. Ich habe nichts vor.«

»Gut. Aber wir müssen zurück in deine Wohnung. Wir brauchen deinen Laptop.«

KAPITEL 41

TURNING INTO GOLD

Milo

E s ist bereits mitten in der Nacht. Ivy und ich liegen auf einem Berg aus Kissen und starren auf den Bildschirm meines Laptops, auf dem ich die letzten Stunden alles festgehalten habe, was Ivy mir zu ihrer Vergangenheit erzählt hat.

Es war ihre Idee, alles aufzuschreiben, auch wenn ich noch immer nicht weiß, was sie damit bezweckt. Immer, wenn ich sie frage, redet sie weiter und bittet mich erneut darum, ihr Gesagtes zusammenzufassen.

»Ich denke, das war es«, sagt Ivy irgendwann und beißt in ein Stück Thunfischpizza. »Das ist meine Geschichte.«

Ihre Haare streifen meinen Arm, während sie die einzelnen Spiegelstriche studiert. Wir haben alles chronologisch angeordnet: Ivys Kindheit in Montana, den Missbrauch durch ihren Stiefvater, ihre Suche nach Trost in ihren Songtexten, die Flucht mit Hindernissen, ihren Neuanfang in New York und den Überraschungsbesuch von Garrett auf ihrem Konzert.

Ich kann mir vorstellen, dass es wichtig für sie war, alles zu sortieren und aus ihrem Kopf zu bekommen. So ging es mir mit meiner Mom auch, als ich das Manuskript über sie geschrieben habe. Es war heilsam.

»Was hast du nun damit vor?«

Ivy schielt zu mir und lächelt vorsichtig. »*Ich* habe nichts damit vor. Aber du.«

»Ich?«

»Das ist dein Enthüllungsbericht. Kein Klatsch, kein Tratsch, nur die Wahrheit.«

Mein Mund öffnet sich, weil es so viel gibt, was ich gerade sagen will. So viel, was mir im Kopf herumschwirrt.

»Ich will diesen Artikel über dich doch gar nicht mehr. Ich bin durch damit.« Fahrig streiche ich mir über meine Bartstoppeln. »Ich werde nichts mehr tun, was dich verletzt.«

»Verletzen würde es mich nur, wenn die Presse Garretts Geschichte zuerst bringt. Die vierundzwanzig Stunden sind fast um, und ich habe mich nicht bei ihm gemeldet, also wird er jetzt wütend sein und um sich schlagen. Hiermit nehme ich ihm den Wind aus den Segeln. Aber ich will es nicht nur deswegen machen. Ich bin es meinen Fans schuldig, ihnen die wahre Ivy zu zeigen. Die, die hinter ihren Songtexten ein echtes Schicksal und echte Gefühle verbirgt. Eine Frau mit Stärken und Schwächen, mit Licht und Dunkelheit. Ich will ihnen zeigen, wer ich bin. Schluss mit der Rolle der mysteriösen Sängerin, in die das Label mich pressen wollte.«

»Wirklich? Das ist ein mutiger Schritt.«

Ich kann nicht anders, als voller Bewunderung diese Frau anzusehen. Als ich sie kennengelernt habe, war sie jemand, der vor seiner Vergangenheit davongelaufen ist. Nun ist sie bereit, sich ihr zu stellen.

»Ich würde dich immer dabei unterstützen.«

»Aber?«

»Bist du sicher, dass du das machen willst, ohne Sony einzuweihen? Wenn es noch den Hauch einer Chance auf Zusammenarbeit gibt, verspielst du sie damit vermutlich.«

»Ich weiß. Aber entweder, das Label steht zu mir – mit all meinen Facetten –, oder wir passen nicht zusammen.« Ivy beugt sich zu mir. »Mach daraus den besten Artikel, den du je geschrieben hast. Und mit dem Geld, das du dafür bekommst, bezahlst du die Schulden bei diesem Jaxon. Damit dein Dad in Sicherheit ist ... und du die Wohnung behalten kannst.«

Tränen treten mir in die Augen und nehmen mir die Sicht. Bevor ich etwas sagen kann, greift Ivy nach meiner Hand. »Ich muss die Wahrheit erzählen, und du brauchst das Geld; und ich kenne niemanden, der meine Geschichte besser erzählen könnte als du. Also sag einfach Ja.«

»Ja«, krächze ich, weil ich zu mehr nicht imstande bin. Weil mir ganz schwindelig wird bei dem Gedanken.

Nach dem Konzertabbruch werden die Zeitungen nur noch stärker an einer Exklusivreportage interessiert sein und sicher viel dafür zahlen. Vielleicht mehr, als mir Steven zuvor geboten hat.

»Aber eine Bedingung habe ich«, meldet sich Ivy wieder zu Wort.

»Was für eine?«

»Ich will, dass dein früherer Chef leer ausgeht. Biete es den richtigen Leuten an. Keine Klatschmagazine, sondern die Zeitungen, bei denen du dich immer schon bewerben wolltest. Zeig ihnen damit, was du draufhast, und nutze es als Sprungbrett.«

Mein Herz schlägt schneller bei der Vorstellung, vielleicht doch eine Chance für meine Journalismus-Karriere zu bekommen.

Vielleicht ist das ja hier ein kompletter Neuanfang. Eine zweite Chance für uns beide.

»Einverstanden«, sage ich, schnappe mir das letzte Stück Pizza und gehe mit meinem Laptop zum Apothekertisch. Wenn wir mit dem Artikel schneller sein wollen als Garrett, dann rennt die Zeit. »Dann mache ich mich jetzt an die Arbeit.«

Es ist lange her, dass ich eine ganze Nacht lang durchgearbeitet habe. Das letzte Mal war es wohl irgendwann im Studium, als ich noch voller Tatendrang war, der dann von der bitteren Realität des Berufslebens begraben wurde. Jetzt, nach sechs Stunden Arbeit, fühle ich mich erstaunlich befreit und zufrieden.

So ungefähr stelle ich es mir vor, wenn man den Zieleinlauf nach einem Marathon erreicht: das Setzen des letzten Absatzes ist ebenso ein Kick. Ein Erfolgserlebnis.

Jetzt muss es Ivy nur noch absegnen.

Sie sitzt in meinem Bett und hat den Laptop auf dem Schoß, um meinen Artikel zu lesen. Ihr Leben, komprimiert auf vier Seiten.

Ich beobachte sie genau, während sie meine Worte liest. Beobachte jedes Zucken ihres Mundwinkels und jedes kleine Stutzen. Ich kann nur hoffen, dass sie sich in dem Artikel wiederfindet.

Als sie fertig ist mit Lesen, den Laptop zuklappt und mich ansieht, erkenne ich Ergriffenheit in ihren Augen.

»Du hast so wunderschöne Worte gewählt. Es ist perfekt geworden.«

»Es war mir eine Ehre, deine Geschichte aufschreiben zu dürfen.«

»Dann hoffe ich, dass sie jetzt auch die richtigen Menschen findet.«

»Ich habe mir heute Nacht schon mal überlegt, wem wir den Artikel anbieten könnten, und habe eine Top-drei-Liste erstellt.«

Ich reiche ihr mein Smartphone, auf dem ich die Namen aufgelistet habe.

»Welche Zeitung wäre dein Favorit?«

»Die *Havington Gazette*«, antworte ich sofort. »Das war die Zeitung, für die meine Mom gearbeitet hat. Aber ich will wirklich nur das machen, womit du dich wohlfühlst.«

»Diese *Havington Gazette* ist eine seriöse Zeitung, oder?«

»Die beste der Stadt ... meiner Meinung nach.« Ich schmunzle. »Vermutlich bin ich etwas voreingenommen. Für die meisten New Yorker wäre vermutlich die *New York Times* die erste Wahl, und die ist mein Platz zwei. Aber die *Havington Gazette* hat meiner Mom viel bedeutet, und sie hat immer voller Hochachtung von der Arbeit dort gesprochen. Der dortige Chefredakteur hatte oft viel Mut bewiesen und auch Artikel herausgebracht, die für andere zu provokativ oder riskant gewesen wären, aber die nötig waren, um auf wichtige Themen aufmerksam zu machen.«

»Und meinst du, sie würden dir für den Artikel genug Geld anbieten, um die vertane Bonuszahlung von deinem alten Chef auszugleichen?«

»Viel mehr als das, schätze ich. Mit einer guten Strategie reicht es vielleicht sogar für mehr als die Schuldenbegleichung bei Jaxon.«

Eine Gänsehaut-Vorstellung. Die letzten Wochen haben diese Schulden so sehr mein Leben und meine Handlungen bestimmt, dass ich es mir kaum vorstellen kann, wie es wäre, wieder sorgenfreier zu leben – vorausgesetzt, Dad würde es weiterhin schaffen, seiner Spielsucht zu trotzen. Die erste Therapiesitzung ist schon mal ein guter Anfang, ebenso wie die Selbsthilfegruppe zur Trauerbewältigung, die ihm dort empfohlen wurde und die er ab nächster Woche besuchen will.

»Dann biete den Artikel noch heute der *Havington Gazette* an«, beschließt Ivy.

Ich habe bereits eine entsprechende Mail vorbereitet, die ich sofort abschicke, damit wir Garrett zuvorkommen.

»Jetzt heißt es abwarten«, sage ich.

»Ich bin da zuversichtlich.« Ivys Blick ist voller Wärme. Es ist fast, als wären wir vier Wochen in die Vergangenheit gereist, als noch nichts zwischen uns stand.

»Es tut mir alles so leid, Peach. Der Gedanke, uns mit meinen Lügen zerstört zu haben, ist unerträglich.«

»Hey.« Sie lächelt sanft. »Du hast uns nicht zerstört. Wir sind doch jetzt hier. Zusammen.«

»Nicht wie vorher.«

Nicht auf die Art, nach der ich mich sehne. Ich würde jederzeit mit Ivy befreundet sein, wenn es bedeutet, sie in meinem Leben zu haben, und gleichzeitig bin ich mir sicher, dass es mich zerreißen wird, nicht mehr zu haben als ihre Freundschaft.

»Ich werde wohl nie wieder der Mann sein, der ich mal für dich war«, sage ich mit einem Kloß im Hals. »Und ich verstehe es.«

Ivy mustert mich nachdenklich, während sie sich noch ein wenig näher zu mir beugt. Sie ist mir so verdammt nah. Ihr sehe ihre dichten Wimpern, die heute ohne Mascara ihre Augen umrahmen.

»Du bist viel mehr als der Mann, für den ich dich anfangs gehalten habe«, sagt sie. »Und du hast uns nicht zerstört. Weder uns beide noch meine Gefühle für dich.«

Mein Mund wird trocken, während mein Herz zu hoffen wagt. »Habe ich nicht?«

»Erst dachte ich, ich könnte dir nicht verzeihen. Aber egal, was passiert ist, du hast mir auch etwas geschenkt, was ich lange Zeit nicht gespürt habe.«

Der Ozean in ihrem linken Auge scheint mich mitzureißen.

»Mit dir kann ich mich zeigen wie ich bin. Du verstehst mein Licht und du verstehst meine Dunkelheit, weil du auch beides in dir trägst.«

Ivy rückt noch näher, ihre Finger berühren meine Lippen. Sanft streicht sie darüber, während sich ihre eigenen Lippen erwartungsvoll öffnen. Am liebsten würde ich diesen letzten Millimeter sofort überwinden, aber ich verharre und überlasse

Ivy die Kontrolle. Sie ist diejenige, die bestimmt, wie es weitergeht.

Sie sieht mir in die Augen, als würde sie meine Gefühle ergründen wollen, dann seufzt sie und überwindet den letzten Abstand zwischen uns.

Wir sind vorsichtig, fast als wäre es unser erster Kuss, und irgendwie fühlt es sich auch so an. Diesmal küsst sie Milo Harrison, einen etwas zusammengeflickten Journalisten, der zu viele Fehler gemacht hat. Aber ich werde alles dafür tun, es diesmal besser zu machen.

»Heißt das, du verzeihst mir?«, frage ich, als ich mich von ihr löse. Ich muss es einfach wissen.

Ivys Finger tänzeln über meine Wange, während sie über meine Worte nachdenkt. Ich wage es währenddessen kaum zu atmen.

»Ich verzeihe dir«, sagt sie leise, und dann küsst sie mich wieder.

Stürmischer.

Plötzlich sind wir uns ganz nah. Unsere Körper schmiegen sich glühend aneinander. Es fühlt sich fast an, als würden wir beide in einen Fiebertraum fallen. In unsere eigene Realität voller Hitze und Lust. Nachdem ich sie verloren geglaubt hatte, will ich nun jeden Zentimeter ihres Körpers in mir aufnehmen.

Ihr Oberteil ist bereits nach oben gerutscht und offenbart die weiche Haut ihres Bauches. Ich benetze sie mit Küssen, und Ivys Atem wird lauter. Noch lauter, als ich ihre Brüste in meine Hände nehme und so mit ihnen spiele, wie sie es vor meinen Augen gemacht hat.

Es bringt mich fast um den Verstand.

Ich weiß nur noch, dass ich diese Frau will. Auf jede erdenkliche Weise, aus den tiefsten Ecken meiner Seele. Und doch zögere ich kurz, denn auch wenn Ivy aussieht, als würde sie es genießen – auch wenn sie sich gegen mich drängt –, ist es anders als beim letzten Mal, und ich bin mir dessen bewusst. Sie liegt unter mir, sie hat diesmal nicht die Kontrolle. Und ich will nichts tun, was sie nicht will.

»Ist das okay?«, frage ich daher.

Ivy sieht mich unter einem Augenaufschlag an und nimmt sich ein paar Sekunden Zeit, um die Situation und ihre Gefühle dazu zu ergründen. Und dann macht sie etwas, mit dem ich nicht gerechnet habe. Sie nimmt meine Hand und schiebt sie in ihre Hose. Ich schlucke schwer, als warme, feuchte Haut mich willkommen heißt.

»Ich vertraue dir, Milo.«

Ihre Lippen streifen mein Ohr, dann meinen Hals. Sie beginnt, mich in der Halsbeuge zu küssen. Ein Ziehen fährt durch meinen Körper.

Ihre Klitoris pulsiert unter meinen Fingern, also beginne ich, ein wenig Druck darauf zu geben. So viel, dass Ivy leise stöhnt und vergisst, meinen Hals zu küssen. Sie vergisst alles. Ihre eine Hand vergräbt sich in meinem Rücken, die andere in meinem Kissen, während ich sie streichle und sie dabei immer feuchter wird.

Ihr Rücken drückt sich durch, ihre Wangen röten sich. Es fehlt nicht mehr viel, also höre ich nicht auf, auch wenn alles in mir danach schreit, auch erlöst zu werden. Alles in mir will sie nehmen, hier und jetzt.

Aber auch ohne mit ihr zu schlafen, ist es das Erregendste und Schönste, was ich jemals getan, jemals gesehen habe.

Ivys Körper zuckt, als sie zum Orgasmus kommt und meinen Namen wimmert. Hier, in meinen Armen.

Es ist unfassbar, dass ich mir vor ein paar Wochen noch gewünscht habe, sie nie kennengelernt zu haben, weil meine Gefühle mir zu schwer vorkamen. Jetzt glaube ich, dass alles genau so kommen musste. Mit mir und ihr, mit unseren Geheimnissen und Lügen, mit den Entscheidungen, die wir zu treffen hatten. Egal, wohin sie uns führen werden, wir wissen nun immerhin, dass wir uns aufeinander verlassen können. Wir dürfen nur nicht davor zurückschrecken, uns alles gegenseitig offenzulegen.

Ihr Orgasmus ebbt ab, und sie öffnet die Augen. Liebevoll streiche ich ihr eine Haarsträhne aus der Stirn.

»Ich vertraue dir auch«, flüstere ich ihr zu. »Ich vertraue *uns*.«

KAPITEL 42

LOOK AT ME NOW

Ivy

Ich weiß, wie schnell sich das Leben verändern kann, immerhin wurde mein Alltag bereits zweimal durch den Fleischwolf gedreht und neu sortiert: einmal nach meiner Flucht aus Montana und einmal, als mir durch meine Auftritte im *Silverside* Türen zu einer Welt geöffnet wurden, die ich mir vorher nur erträumt hatte. Jetzt passiert es zum dritten Mal. Diesmal ist es kein neuer Wohnort und keine Tür zu einer neuen Welt. Es ist eine Tür zu mir selbst – so fühlt es sich zumindest an. Es war nur nie geplant, dass so viele Menschen mit mir durch diese Tür treten dürfen, um sich umzusehen.

Milo sitzt an meiner Seite im Blitzlichtgewitter, und ich bin froh, nicht allein zu sein. Auch wenn ich die Aufmerksamkeit durch die Presse inzwischen gewöhnt bin, haben wir mit dem Artikel in der *Havington Gazette* für ganz neue Dimensionen gesorgt. Die Tische vom *Silverside* sind voll besetzt, von Printmedien bis hin zu Onlinemagazinen und Fernsehsendern sind alle vertreten, um unserer Pressekonferenz beizuwohnen.

»Ivy, wieso hast du nicht früher über deine Vergangenheit gesprochen?«, fragt einer der Reporter.

Die Mikros schnellen nach vorne, weil jeder hier Anwesende meine Antwort hören möchte.

»Ehrlich gesagt wollte ich meine Zeit in Montana einfach hinter mir lassen und neu anfangen«, erwidere ich. »Am liebsten hätte ich nie wieder davon gesprochen, nie wieder daran gedacht und so getan, als wären die Erinnerungen, die mich so oft gequält haben, die einer anderen Person. Ich dachte, es wäre leichter so, aber ich habe mich geirrt. Denn am Ende musste ich mir eingestehen, dass ich meine Erlebnisse nicht einfach abschütteln kann. Ich bin, wer ich bin, mit all meinen Erfahrungen und mit allen Problemen.«

Daniel, Lizz und Lennon sitzen an der Bar und nicken mir zu. Gleich daneben stehen Keyla, Henry und Trish.

Es ist ein Wunder, dass sie überhaupt hier sind und mir nach meinem Alleingang nicht die Zusammenarbeit gekündigt haben.

Im Endeffekt mussten sie sich wohl eingestehen, dass meine Strategie vielleicht ungeplant, aber effizient war. Immerhin hat Milos Artikel wie eine Bombe eingeschlagen und das damit verbundene Presseaufkommen für einen Anstieg meiner Ticketverkäufe gesorgt, nun sind sie erst mal zufrieden mit mir.

Wie lange, das wird sich jedoch noch zeigen.

Mein Blick wandert weiter nach links, wo eine Frau mit blonden Haaren und einer großen silbernen Brille steht. Kelly Vanover, eine Künstleragentin, mit der ich im Gespräch bin, seit Tweezy mir ihre Nummer beschafft hat. Wenn alles gut läuft, wird sie mich in Zukunft bei allen Gesprächen mit dem Label begleiten und mich beraten, damit ich nie wieder unter Druck gesetzt werde. Es wird finanziell sicher eine Herausforderung, sie zu bezahlen, aber ich brauche jemanden, der meine Interessen vertritt und mir dabei hilft, nur noch Verträge zu unterschreiben, die das beinhalten, was ich will. Ich war zehn Jahre lang so etwas wie Garretts Marionette, und ich werde mir hier in New York keine neuen Fäden verpassen lassen. Auch nicht für meine Träume.

»In der *Havington Gazette* stand, dass Sie unter Panikattacken leiden«, meldet sich ein anderer Pressevertreter zu Wort. »Wie geht es Ihnen damit?«

»Jetzt gerade?« Ich sehe zu Milo und lächle. »Gerade geht es mir sehr gut. Seit dem Artikel ist eine große Last von meinen Schultern gefallen, das können Sie mir glauben.«

Mikrofone zucken, die meisten erwarten wohl noch mehr dazu. Ich denke an die Leute da draußen, die diese Pressekonferenz im Internet verfolgen und denen es vielleicht auch so geht wie mir.

»Aber auch wenn es mir gerade besser geht, weiß ich, dass Panikattacken mich immer wieder überkommen können. Sie sind heimtückisch, und ich kann sie nicht immer kontrollieren.«

»Hillary Adams«, meldet sich eine junge Frau mit roten Haaren zu Wort. »Journalistin bei *Current Flash*.«

Milo zuckt kurz zusammen, als sie den Namen seines alten Arbeitgebers ausspricht. Am liebsten würde ich sie vor die Tür setzen, damit ihr widerlicher Chef seine Story nicht bekommt, aber es schmerzt ihn hoffentlich genug, dass die *Havington Gazette* Milos Titelstory gebracht hat und nicht er.

»Wie kommt es, dass du uns ausgerechnet jetzt von dem Missbrauch und deinen Panikattacken erzählst?«, fragt Hillary provokant. »Soll das den Patzer bei deinem letzten Konzert wiedergutmachen?«

»Natürlich war dieser Abend ein Moment des Erwachens für mich«, gebe ich zu. »Ich denke, dass die Panikattacken mir etwas sagen wollten. Sie wollten mir sagen, dass ich meine Gefühle und Erinnerungen nicht verdrängen kann, sondern alles aufarbeiten muss. Und genau damit fange ich jetzt an.« Ich lächle traurig. »Außerdem möchte ich mich so zeigen, wie ich bin. Ich wollte es die ganze Zeit. Nur, wenn man neu in der Musikbranche ist und plötzlich in der Öffentlichkeit steht, dann ist es nicht so leicht, man selbst zu sein, weil es einen angreifbar macht. Und wie nun alle wissen, musste ich in den letzten Jahren schon genug Angriffe, Vorwürfe und Grenzüberschreitungen erleben. Es war zunächst einfacher, mich vor der Vergangenheit zu verschließen und für die Zukunft zu kämpfen. Spätestens seit dem letzten Konzert weiß ich aber, dass das nicht möglich ist. Es gibt keine Zukunft ohne die Vergangenheit. Und ich will jedem da draußen, der Ähnliches durchleben musste oder sich einsam fühlt, zeigen, dass er nicht allein ist. *Wir* sind nicht allein.«

»Und wie kommt es, dass Sie sich ausgerechnet dem Journalisten Milo Harrison anvertraut haben?«, fragt der Reporter neben Hillary. »Er war der Mann auf dem Motorrad, richtig?«

»Der bin ich«, ergreift nun Milo das Wort. »Ich habe Ivy bereits vor einigen Wochen kennengelernt.«

»Er war der Erste, dem ich mich anvertraut habe, wann immer ich dachte, die Kontrolle zu verlieren«, erkläre ich. »Und jetzt ist er derjenige, der mir geholfen hat, diese Kontrolle zurückzuerobern.«

»Wie ist Ihre Beziehung zueinander?«, fragt nun jemand anderes. »Sie wirken sehr innig miteinander.«

Milo und ich sehen uns an, dann nehme ich seine Hand.

»Wir sind zusammen«, verkünde ich.

Die Kameras klicken jetzt in einem fort. Alle wollen einfangen, wie wir uns an den Händen halten.

Vorsichtig schiele ich zu Keyla, die etwas frustriert an ihrem Kaffee nippt. Ihr wäre es lieber gewesen, wenn ich in der Öffentlichkeit als *noch zu haben* gelten würde, aber allein die Formulierung ist schrecklich. Wenn ich schon allen zeige, wer ich bin, dann darf ich die Menschen, die mir nahestehen, nicht verheimlichen. Das zieht nur neue Geheimnisse und Lügen nach sich, und damit bin ich durch.

»Ich bin unendlich froh, dass ich ihn dazu ermutigen konnte, meine Erfahrungen aufzuschreiben, denn ich wusste, dass nur er genügend Einfühlungsvermögen und Fingerspitzengefühl haben würde, um meine Erlebnisse in die Öffentlichkeit zu tragen.«

Etwas herausfordernd sehe ich zu Hillary, denn der nächste Satz ist für ihren Chef.

»Er ist ein großartiger Journalist, und ich bin sehr froh, dass die *Havington Gazette* erkannt hat, was für ein Talent in ihm steckt. Er ist dazu geboren, feinfühlige und authentische Artikel zu schreiben und dabei nicht zu vergessen, dass es bei Personen aus dem öffentlichen Leben um echte Menschen mit echten Gefühlen geht.«

»Milo«, sagt nun wieder jemand anderes. »Stimmt es, dass schon deine Mutter für die *Havington Gazette* geschrieben hat?«

Ich spüre die Wärme, die bei dieser Frage durch Milos Körper fließt und sich auf meine Hände überträgt.

»Das ist richtig. Sie war dort jahrelang Journalistin, und ich freue mich sehr, dass es nicht bei dieser einmaligen Zusammenarbeit mit der *Havington Gazette* bleiben wird.«

»Milo wird mich im September offiziell auf die *Riveting*-Tour begleiten«, verkünde ich. »Dort wird er meine Fans hautnah daran teilhaben lassen, wie ich meine erste Tour erlebe und behind the scenes den Alltag dort dokumentieren.«

Tausend Fragen prasseln auf Milo ein – darüber, wie er es findet, auf Tour mitzugehen, und welche Pläne er danach verfolgt. Ich lehne mich ein wenig zurück und erfreue mich daran, dass Milo nun im Mittelpunkt steht.

Das alles hier fühlt sich so richtig an. Wie ein Sieg. Vielleicht nur in einem einzelnen Kampf und noch keiner Schlacht, denn es gilt noch immer, ein paar Hindernisse zu überwinden.

Auch wenn Milo Jaxon mit seinen Artikeleinnahmen ausbezahlen konnte, bleiben Schulden übrig. Sein Dad wird weiter Doppelschichten schieben müssen, um das Haus nicht zu verlieren. Und Garrett wird vielleicht noch Möglichkeiten finden, um sich wegen des Artikels zu rächen.

Ein Teil von mir rechnet damit, dass er immer wieder auftauchen wird, denn er kann einfach nicht loslassen. Das ist einer der Gründe, wieso ich beschlossen habe, mir eine neue Wohnung zu suchen. Es fällt mir schwer, mich von Lennon als Mitbewohnerin zu verabschieden. Es bedeutet auch, mein erstes Zuhause in New York zu verlassen, und der Gedanke schmerzt. Nur brauche ich einen Ort, an dem ich mich sicher fühle, und das kann nicht funktionieren, wenn ich jederzeit damit rechnen muss, dass Garrett dort auftaucht.

»Nur noch eine Frage, bitte, wir sollten langsam zum Ende kommen«, meldet sich Keyla per Mikrofon zu Wort.

»Ich, bitte.« Wieder ist es Hillary, die das Wort ergreift. Ihre Aufmerksamkeit richtet sie auf mich. »Gibt es noch etwas, was du deinen Fans mitteilen möchtest?«

»Danke«, sage ich aufrichtig. »Danke, dass ihr von Anfang an hinter die Fassade geblickt und mich gesehen habt. Ich sehe euch auch! Für euch werde ich alles geben.«

KAPITEL 43

IN THE LIGHTS OF NEW YORK

Milo

In den letzten Wochen habe ich mich öfter gefragt, wie es wohl für Ivy war, sich ihren Träumen über Nacht einen so großen Schritt zu nähern und sich plötzlich in einer neuen Realität wiederzufinden. Nun kann ich mir ein eigenes Bild davon machen. Es ist ein wenig wie eine rasante Achterbahnfahrt, auf der es Loopings und Schrauben gibt, wenn man irgendwo zwischen Spaß und Überforderung feststeckt und nur etwas unkontrolliert lachen und schreien kann.

Die Presseleute haben das *Silverside* verlassen, aber einige Menschen sind noch da, um den Erfolg mit Ivy und mir zu feiern. Lennon hat Musik angemacht, die nun durch die Boxen dröhnt, und Lizz verteilt Getränke.

Mein Dad kommt auf mich zu und zieht mich in seine Arme. Seine Augen sind feucht vor Tränen des Glücks. Er ist wohl derjenige, der am meisten versteht, was dieser Artikel in der *Havington Gazette* bedeutet.

»Deine Mom wäre unglaublich stolz auf dich«, flüstert er mir zu.

Erst gestern habe ich meinen Artikel in Moms Arbeitsmappe geheftet. Ihre Artikel neben meinem, genau, wie ich es mir immer gewünscht habe. Fast habe ich ihre Hand auf meiner Schulter gespürt, fast konnte ich ihr Parfüm riechen und ihr Lachen hören.

»Ich bin auch stolz auf dich«, flüstere ich zurück.

Er sieht besser aus. Sein Gesicht hat etwas mehr Farbe, seine Augen sind wieder voller Zuversicht, immerhin sitzt Jaxon ihm nicht mehr im Nacken. An seinem Handgelenk trägt er wieder Grandpas Uhr, die wir erst gestern beim Pfandleiher eingetauscht haben. Wenigstens dieses Erinnerungsstück konnten wir retten, und ich hoffe, dass wir nie wieder in die Situation kommen, die Uhr versetzen zu müssen. Dads Therapie geht diese Woche in die vierte Sitzung, und er besucht weiterhin die Trauer-Selbsthilfegruppe. Es sind große Schritte in die richtige Richtung.

Ivy kommt auf uns zu. »Darf ich mir Milo mal ausleihen, Mister Harrison? Effie will ein paar Fotos machen.«

»Er gehört ganz dir. Ich wollte mir sowieso etwas zu trinken holen.«

Dads Augen blitzen auf, als er von Ivy zu mir guckt. Dann geht er zur Bar, wo Daniel ihn sofort in ein Gespräch verwickelt. Meine neue Chefin Rita Kingston sitzt am Tresen und prostet mir zu. Noch immer kann ich nicht fassen, dass sie mir gleich einen zweiten Auftrag gegeben hat und ich Ivy wirklich auf die Tour begleiten darf.

»Komm schon, Milo«, ruft Lennon mir zu. »Wir müssen den Moment doch festhalten.«

Ivy und Lennon stehen bereits in Position, damit Effie Fotos schießen kann. Ich eile zu ihnen, stelle mich neben Ivy und lächle in die Kamera. Viermal wiederholen wir das Spiel, weil Lennon auf Nummer sicher gehen will.

»Jetzt eins von Effie, Ivy und mir«, sagt sie. »Milo, du wärst doch so lieb?«

»Klar.«

Effie reicht mir das Handy und nimmt ihre Pose ein.

»Seid ihr bereit?«

Mein Daumen verharrt über dem Auslöser, die drei lächeln

in die Kamera, und dann geht eine Nachricht auf Lennons Handy ein, die ich unmöglich ignorieren kann. Ich starre auf den Namen des Absenders. Starre und starre. Ivy hatte also die ganze Zeit recht mit ihrer Vermutung. Jetzt weiß ich, wen Lennon im VIP-Bereich des *Serpent* kennengelernt hat.

»Was ist?«, fragt Lennon irritiert. »Hast du einen Geist gesehen?«

Sie wird es ihnen sagen, wenn sie so weit ist, oder? Was auch immer da läuft, geht mich nichts an. Es ist *ihr* Geheimnis.

»Alles gut«, erwidere ich. »Lächelt noch mal.«

Wortlos schieße ich die Fotos und reiche Lennon das Handy. Dabei beuge ich mich ein wenig näher zu ihr.

»Du hast da eine interessante Nachricht von einem gewissen Rockstar bekommen«, flüstere ich Lennon zu.

Ihre Augen werden sofort größer. »Oh Mist, das hättest du nicht sehen dürfen. Verrat es keinem, okay? Bitte. Ich darf noch nichts erzählen.«

»Keine Sorge, von mir erfährt niemand etwas. Aber ich denke, Ivy sollte es bald erfahren, denn sie ahnt schon, dass du jemanden kennengelernt hast, und stellt die wildesten Theorien auf.«

Nur ist die Wahrheit noch viel krasser. Es ist mir schleierhaft, wie Lennon es überhaupt geschafft hat, *ihn* kennenzulernen. Er gilt doch als so unnahbar, ich hätte nie gedacht, dass er an dem Abend überhaupt im *Serpent* war.

Lennons Blick huscht zu Ivy, die bereits auf uns zukommt. »Ich kläre das. Sobald es geht.«

»Solange verrate ich niemandem etwas«, verspreche ich. »Aber wenn das Ganze noch so geheim ist, würde ich ihn vielleicht unter einem Pseudonym einspeichern. Sicher ist sicher.«

»Danke.«

Mit geröteten Wangen verstaut Lennon schnell ihr Smartphone in ihrer Handtasche, dann dreht sie die Musik lauter und fordert Effie zum Tanzen auf, als wäre nie etwas gewesen.

Auch Ivy tänzelt nun auf mich zu und zieht mich in ihre Arme.

»Wie fühlst du dich?«, fragt sie.

»Dankbar, glücklich … und ziemlich überfordert. Ein Teil von mir würde gerne einen Moment Ruhe haben, um alles zu sortieren.«

»Da habe ich eine Idee.«

Ivy flüstert Lennon etwas zu, dann nimmt sie meine Hand und zieht mich in den Backstagebereich. Dort geht sie mit mir durch den Hintereingang nach draußen. Die letzten Sonnenstrahlen verschwinden gerade hinter den Hochhäusern.

»Was hast du vor?«

»Uns einen Moment Ruhe verschaffen.«

Sie zeigt zur Feuerleiter. Gemeinsam klettern wir sie hoch und landen auf dem Flachdach des *Silverside*.

Die Musik der Party dringt gedämpft zu uns nach oben, aber ansonsten ist es hier wunderbar ruhig. Nur der übliche New Yorker Verkehr, ohne den die meisten von uns sicher nicht mal mehr schlafen könnten, weil wir absolute Stille einfach nicht gewöhnt sind.

Auf Tour zu gehen wird schon alleine in dieser Hinsicht aufregend. Ich war schon seit Jahren nicht mehr in einem anderen Staat, war immer nur in New York und Umgebung.

Kurz denke ich an Dad, der unter uns gerade auf meinen Erfolg anstößt.

»Du wirkst nachdenklich«, stellt Ivy fest. Sie lehnt sich mit dem Rücken gegen die Klimaanlage und sieht hoch in den Nachthimmel, der von den Lichtern der Stadt erhellt wird. »Was geht dir durch den Kopf?«

»Mein Dad. Und wie es ihm wohl geht, wenn ich eineinhalb Monate mit dir unterwegs bin.«

»Machst du dir Sorgen?«

»Eigentlich habe ich mir vorgenommen, mir weniger Sorgen zu machen. Die letzten Monate waren anstrengend. Aber ich habe auch etwas Angst, ihn allein zu lassen und dann festzustellen, dass er wieder gewettet hat.«

»Das wäre nicht deine Schuld, das weißt du, oder? Du bist nicht verantwortlich für die Sucht deines Dads.«

»Ich weiß.«

Inzwischen weiß ich es wirklich, auch wenn es noch immer diesen kleinen Funken Schuldgefühl in mir gibt, weil ich Dad von mir gestoßen habe.

»Aber ich denke, ich werde erst wieder unbesorgt sein, wenn Dad keinen zweiten Job mehr braucht und er wieder mehr Schlaf bekommt.«

»Daniel und dein Dad scheinen sich gut zu verstehen. Vielleicht kann er während der Tour mal nach ihm sehen.«

»Das wäre schön. Dad braucht Menschen in seinem Leben. Er ist viel zu einsam.«

Ivy rutscht etwas näher zu mir und legt ihren Kopf auf meine Brust. »Aber er geht doch jetzt auch zu dieser Selbsthilfegruppe. Da findet er sicher ein paar Gleichgesinnte, mit denen er sich austauschen kann.«

»Das hoffe ich. Und er muss weiterhin zur Therapie.«

»Ich habe auch schon über eine Therapie nachgedacht«, flüstert Ivy leise. »Ob es vielleicht gut wäre, alles noch mal aufzuarbeiten, was in Montana passiert ist. Es wäre sicher auch hilfreich wegen meiner Panikattacken.«

»Es wäre definitiv einen Versuch wert.«

»Ja. Der Gedanke ist mir gestern gekommen.«

Ich streiche ihr übers Haar. »Wieso gerade gestern?«

»Weil Trish mir da verkündet hat, dass für meine Tour genügend Tickets verkauft worden sind, um wirklich alle Konzerte stattfinden zu lassen. Auch das in Montana.«

»Verstehe.«

Ich weiß, dass der Gedanke an das Konzert ihr nun noch mehr Angst macht als zuvor. Immerhin weiß sie jetzt, dass Garrett ihre Karriere verfolgt, also wird er wissen, wann sie in Billings auftritt.

»Aber es wissen nun alle, was Garrett getan hat. Er wird nicht mehr so leicht an dich herankommen.« Ich hebe ihr Kinn an. »Und ich bin auch da und lasse dich nicht aus den Augen. Es sei denn, du erträgst meine Anwesenheit irgendwann nicht mehr.«

Sie grinst. »Ich kann nichts versprechen.«

»Aber ich.« Ich sehe ihr tief in die Augen. »Ivy Peters, ich verspreche dir, dass das Konzert in Montana eine gute Erfahrung für dich wird. Du wirst dort auftreten und dich so zeigen, wie du bist, und wir alle werden sicherstellen, dass dir dein Stiefvater nicht zu nahe kommt. Und dann wirst du merken, dass dieser Ort nicht mehr nur Schreckliches für dich bereithält.«

Ivy schluckt ergriffen. »Weißt du eigentlich, dass du immer die richtigen Worte findest?«

»Der Umgang mit Worten ist ja auch mein Job. Jetzt mehr denn je.«

Es ist das erste Mal, dass ich mich nicht wie ein Versager fühle, wenn ich von meinem Job spreche. Ich denke nicht an unerfüllte Träume und Erwartungen, sondern an die neuen Chancen, die vor mir liegen.

»Ganz genau, du krasser Journalist bei der *Havington Gazette*.«

»Nur dank der krassen Sängerin Ivy Cohen«, gebe ich zurück.

»Das Paar, das es so vermutlich nie hätte geben sollen.«

Ich schlinge meine Arme um sie und ziehe sie näher zu mir. Ihre Nase liegt an meiner, während ich ihr ins Gesicht sehe. In die zweifarbigen Augen – Bronze und Meer, direkt nebeneinander. Auf die blasse Haut mit den dunkel geschminkten Wimpern. Auf ihren kleinen Leberfleck unter dem Auge.

»Es sollte genauso sein. Dieser Auftrag war das Beste, was mir je passiert ist.«

»Noch vor einigen Wochen hätte ich dir für diesen Spruch eine Abreibung verpasst. Aber ich fürchte, ich muss dir recht geben.«

Ich ziehe sie noch näher zu mir und küsse sie. Es fühlt sich nach zu Hause an. Nach Wärme, die die Nacht durchdringt. Wir brauchen gar keinen Sternenhimmel, wir strahlen so hell, dass wir ganz New York erleuchten. Nur, weil wir zusammen sind.

»Ivy!« Lennons Stimme dringt zu uns hoch. »Schwing deinen sexy Arsch hier runter, ich will mit dir tanzen!«

Ivy kichert, als sie sich von mir löst. »Klingt, als würde sie die Party auf ein neues Level heben wollen.«

Sie steht auf und reicht mir die Hand.

»Kommst du auch?«

»Ich komme in zwei Minuten nach, okay?«

Ivy gibt mir noch einen Kuss, der mir suggeriert, dass ich sie ja nicht zu lange allein lassen soll, und dann klettert sie die Feuerleiter hinunter.

Ich hingegen blicke zu den Häuserreihen vor mir. Irgendwo in der Ferne heult eine Sirene, die Musik vom *Silverside* erfüllt die Nacht, und die Scheinwerfer von vorbeifahrenden Autos streifen die Dächer. Sie erinnern mich an Ivys und meine Flucht vor den Paparazzi.

Damals habe ich Ivy in ihrer Not gesehen, und ich wusste, dass sie etwas in mir auslöst. Ich wusste es in dem Moment, in dem ich mich dazu entschieden habe, ihr zu helfen. Nicht nur, weil ein Auftrag es von mir verlangt, sondern weil sie so verloren gewirkt hat.

Dabei war *ich* derjenige, der orientierungslos und voller Selbstvorwürfe durch die Straßen New Yorks lief. *Ich* war derjenige, der weggerannt ist. Vor unschönen Wahrheiten, vor Schuld, vor Dads Spielsucht, vor meiner Trauer … vor Entscheidungen.

Die Wahrheit ist, dass ich genau wie Ivy zwischen Vergangenheit und Zukunft feststeckte und nicht vorwärtskam, weil die Wände mich erdrückten.

Wände, die nun von mir weggerückt sind.

Nie hätte ich gedacht, es unbeschadet herauszuschaffen.

Ich atme tief ein und aus und nehme die Luft von New York in mir auf. Den Duft von Freiheit und unbegrenzten Möglichkeiten.

DANKSAGUNG

Ich bin in einem Haus groß geworden, das immer mit Musik gefüllt war. Mit neun Jahren war ich – auf den Schultern meines Vaters – auf meinem ersten Konzert. Einige meiner Lieblingsbands habe ich schon über dreißig Mal live gesehen und bin durch ganz Deutschland gereist, um bei den Konzerten dabei zu sein.

Musik und Konzerte haben mir schon immer unglaublich viel Kraft gegeben, also war es wohl nur eine Frage der Zeit, bis ich einmal eine Rockstar-Romance schreiben würde. Dass ich diese Geschichte, die mir 2019 in den Sinn gekommen ist, aber nun wirklich zu Papier bringen durfte, habe ich einigen tollen Menschen zu verdanken, die hier definitiv Erwähnung finden sollten.

Zuerst danke ich meinem Verlag Droemer Knaur, der so viel Vertrauen in meine Geschichten und mich als Autorin hat, dass ich innerhalb von nur anderthalb Jahren gleich mein fünftes Buch bei ihnen veröffentlichen darf.

Was für Ivy die Musik ist, ist für mich das Schreiben. Wenn ich mich in die Geschichten hineinfallen lasse, dann finde ich mich immer selbst wieder. Ich kann Ivys Träume also durchaus nachvollziehen, und ich sehe die Zusammenarbeit mit Droemer Knaur wirklich nicht als selbstverständlich an und bin unendlich dankbar für die Möglichkeit, meine Träume zu erfüllen und das zu tun, was ich liebe.

Vor allem danke ich meiner Lektorin Sabine Ley, die sofort an diese Idee geglaubt und sie verwirklicht hat.

Ich danke auch Michelle Stöger, die das Manuskript wieder in ihre fähigen Hände genommen und durchleuchtet hat. Es ist irgendwie krass, dass das jetzt schon das fünfte Buch ist, bei dem wir zusammengearbeitet haben. Danke für deine Zeit, deine Anmerkungen und dein Lob. Ich hoffe, es gibt noch viele gemeinsame Projekte.

Mein Dank gilt auch der Günter Berg Literary Agency. Danke, Franziska und Günter, für euer Engagement und die wertvolle Zusammenarbeit.

Natürlich sind noch viele andere Menschen an der Entstehung eines Buches beteiligt – manchmal sogar unwissentlich. Und auch die sollen ihren Dank bekommen:

Niklas, für deine unermüdlichen Aufmunterungen und Motivationssprüche und deinen Glauben, dass irgendwann mal ein roter Bestseller-Sticker auf meinen Büchern kleben wird. Ich bin gespannt, ob dieser Traum irgendwann real wird.

Meine Familie, die meine Bücher kauft und weiterempfiehlt und mich auf meinem Weg begleitet.

Danke vor allem, Papa, für deine Liebe zur Musik, die uns selbst über den Tod hinaus verbindet. Wann immer ich einen deiner Lieblingssongs höre, kann ich dich tanzen und singen sehen, und das ist so wertvoll. Ein bisschen ist dieses Buch auch für dich.

Meinen tollen, talentierten Autorenkolleg*innen Mira, Heike, Becca, Laura, Chrissy, Julia, Francesca, Eva und Nina: für viele Schreibdates, in denen dieses Buch entstanden ist, und für unseren wertvollen Austausch.

Lisa, die sich den Clubnamen *The Serpent* ausgedacht hat.

The Pretty Reckless, *Måneskin*, *Taylor Swift*, *Miley Cyrus* und *Billie Eilish*, weil sie die perfekte Inspiration für Ivy und ihre Musik sind. Ihr werdet hiervon wohl nie erfahren, aber ihr musstet trotzdem erwähnt werden.

Und zu guter Letzt danke ich euch: Allen, die zu diesem Buch gegriffen und sich auf eine female Rockstar-Romance eingelassen haben. Allen, die meine Bücher und mich unterstützen. Ich wünschte, ich wäre Ivy Cohen, die als Dank Konzertkarten verschenken kann, denn ich würde euch so gerne mehr von eurer Liebe zurückgeben. Ohne euch wären meine Romane nur Geschichten, aber eure Vorfreude, eure Reaktionen, eure Fotos, Videos und Nachrichten füllen sie mit Leben. Hört bitte nicht damit auf und schreibt mir gerne, wenn ihr das hier gelesen habt – ich freue mich über jede Nachricht, egal ob auf Instagram oder auf TikTok.

Eure Jenny

LISTE SENSIBLER INHALTE/ CONTENT NOTES

- Sexueller Missbrauch
- Panikattacken
- Spielsucht
- Trauer
- Androhung und Ausübung von Gewalt
- Bedrohung mit einer Waffe
- Erwähnung von Brustkrebs

Lügen, Intrigen und Liebe gegen alle Widerstände:
Willkommen an der Cliffworth Academy in Wales!

JENNIFER WILEY

CLIFFWORTH ACADEMY

Between Lies and Love

ROMAN

Die ehrgeizige Vada und die schüchterne Macy sind ihrem
Traum vom Stipendium zum Greifen nahe: Sie dürfen mit zwölf
anderen jungen Menschen am Auswahlverfahren der altehr-
würdigen Cliffworth Academy teilnehmen, wunderschön gelegen an der Küste von Wales. Als sie sich am ersten Tag kennenlernen, fühlen sie sich sofort zueinander hingezogen. Doch
dann erfahren sie, dass sie in verschiedene Gruppen eingeteilt
wurden, die gegeneinander um das Stipendium kämpfen.
Ein Konkurrenzkampf entbrennt zwischen den Gruppen, der
mit immer dunkleren Methoden geführt wird. Vada und Macy
stehen sich ungewollt als Feindinnen gegenüber und verschaffen
sich trotzdem Momente, in denen sie sich näherkommen. Doch
ihre heimlichen Gefühle füreinander könnten sie alles kosten …

Der queere, mitreißende Auftakt des romantischen
Dark-Academia-Duetts von Jennifer Wiley.

Wie weit bist du bereit, für deine Träume zu gehen?

JENNIFER WILEY

CLIFFWORTH ACADEMY

Between Shadows and Light

ROMAN

Charlotte hatte sich den Start an der renommierten Cliffworth University leichter vorgestellt. Als Stipendiatin begegnen ihr einige Studierende feindselig, und dann gerät sie auch noch mit Morgan aneinander, Star der Uni und Sohn zweier Top-Anwälte. Daher ist sie völlig überrascht, als ausgerechnet Morgan ihr eine unerwartete Chance anbietet: Er unterstützt sie bei der Aufnahme in den elitären Geheimbund, dessen Vorsitz er innehat. Eine Mitgliedschaft würde Charlotte völlig neue berufliche Wege ermöglichen. Im Gegenzug erwartet Morgan, dass Charlotte ihm gewisse Informationen beschafft. Charlotte lässt sich auf einen Deal ein – nicht ahnend, dass ihr nicht nur das Initiierungsritual des Geheimbunds, sondern vor allem ihre Abmachung mit Morgan alles abverlangen wird.

Der eigenständig lesbare Abschluss des romantischen Dark-Academia-Duetts.